Wertheim
Walldürn
Boxberg
Bad Mergentheim
Neckar
Heilbronn
Weinsberg
Lauffen
Langenburg
Schwäbisch Hall
Crailsheim
Dinkelsbühl
Schwäbischer Wald
Murrhardt
Backnang
Ludwigsburg
Markgröningen
Schorndorf
Schwäbisch Gmünd
Aalen
Nördlingen
Stuttgart
ESSLINGEN
Sindelfingen
Schönbuch
Filderstadt
Neckar
KIRCHHEIM
Geislingen
Heidenheim
Herbrechtingen
Hermaringen
Lauingen
Donau
Neuffen
Schwäbische Alb
Laichingen
Tübingen
Rottenburg
Reutlingen
URACH
Münsingen
BLAUBEUREN
Ulm
Hechingen
Lichtenstein
Alb
Hohenzollern
Zwiefalten
Ehingen
Donau
Ebingen
Schwäbische
BUSSEN
Federsee
Biberach
Buchau
Sigmaringen
Saulgau
Donau
Pfullendorf
Oberschwaben
Weingarten
Leutkirch
Überlingen
Salem
Ravensburg
Meersburg
Wangen
Bodensee
Konstanz

Vom Mummelsee zur Weibertreu

Manfred Wetzel

Vom Mummelsee zur Weibertreu

Die schönsten Sagen
aus
Baden-Württemberg

mit Illustrationen
von
Joachim Burzik

Konrad Theiss Verlag

CIP-Titelaufnahme der Deutschen Bibliothek

Wetzel, Manfred:
Vom Mummelsee zur Weibertreu : d. schönsten Sagen aus Baden-Württemberg / Manfred Wetzel. Mit Ill. von Joachim Burzik. –Stuttgart : Theiss, 1988
ISBN 3-8062-0534-5

Umschlaggestaltung: Jürgen Reichert, Kornwestheim
Umschlagfoto: Siegele, Weinsberg

ISBN 3-8062-0534-5
Printed in Germany

Vorwort

Es gibt gewiß mancherlei Anlässe, durchs Land zu reisen; der Reiz der Landschaften mag einen dazu verführen, der Wunsch, Sehenswürdigkeiten kennenzulernen, Fremdes zu erforschen. Als Gustav Schwab zu Beginn des vorigen Jahrhunderts die »Neckarseite der Schwäbischen Alb« erwanderte, beschrieb er indes nicht nur Land und Leute, sondern erzählte auch die Sagen, denen er mancherorts begegnete, und jene naiven Geschichten des Volkes schienen ihm so bedeutsam, daß er sie dichterisch gestaltet zu Papier brachte.

Und seltsam: Steht man vor den Trümmern einer alten Raubritterburg, am Ufer eines schilfumsäumten Waldsees, vor dem finster gähnenden Schlund einer Höhle, so bedarf es keiner übermäßigen Phantasie, zu glauben, daß sich einst gar wundersame und merkwürdige Geschehnisse an jenen Orten zugetragen haben könnten.

Sagen, jene einfachen und schmucklosen Erzählungen des Volkes, lange Zeit nur mündlich weitergegeben, Spinnstubengeschichten, von ungeheuerlichen und zuweilen recht grausigen Ereignissen berichtend, sollten trotz aller Wirklichkeitsferne beim Zuhörer Glauben finden. Lebendig wurden sie auf besondere Weise durch die Nennung und Beschreibung der Orte; waren es doch oftmals Merkwürdigkeiten der Landschaft, eine unwirtliche Schlucht, ein scheinbar bodenloser

See etwa, oder Spuren unserer Vorfahren, ein Feldkreuz, ein Grabfund, die Reste einer Wehranlage, die eine Deutung forderten und Anlaß zur Sagenbildung gaben.

Die vorliegende Sammlung beinhaltet allerdings auch eine größere Anzahl von Sagentexten mit hohem Wahrheitsgehalt. Sie berichten von besonderen Ereignissen in Kriegs- und Notzeiten, von Taten außergewöhnlicher Menschen. Ihre Interpretation historischer Sachverhalte ist deshalb so interessant, weil sie auf zuweilen recht drastische Weise die Herrschaftsstrukturen vergangener Epochen dokumentieren. Raubritter und Zwingherren, die ihre Untertanen ausbeuteten und schikanierten, blieben ebenso im Bewußtsein des Volkes wie Herrscherpersönlichkeiten, deren feudale Macht oft kritiklos bewundert wurde.

Sagen waren gewiß nicht nur Erzählgeschichten, die der Unterhaltung dienten, und wenn sie von dämonischen Mächten berichten, die das menschliche Dasein bedrohten und ängstigten, kann man solcherlei Schilderungen nicht als bloße Phantastereien oder als Äußerungen naiven Aberglaubens abtun. In ihrer Hilflosigkeit, Unerhörtes und Unerklärliches zu verstehen, suchten unsere Vorfahren nach Möglichkeiten, das Unheimliche zu beschwören oder gar zu bannen. Sie fühlten sich nicht immer den Überirdischen ausgeliefert, denn oft schienen gerade jene Gesetzen gehorchen zu müssen, welche Gerechtigkeit und die Sühnung böser Taten forderten, aber auch Erlösung verhießen. Und oft wurden in den Sagen den Menschen Regeln und Verhaltensmuster genannt, mit deren Hilfe sie der Bedrohung entgehen, sich jene Mächte sogar untertan machen konnten. Manche Sagenstoffe mögen unsere Vorfahren auf besondere Weise beeindruckt haben. Beim Weitererzählen verpflanzte man die geschilderten Ereignisse in den heimatlichen Raum, um durch die Lokalisierung den Zuhörer noch stärker in den Bann zu ziehen. Bekannte Motive, etwa das der getreuen Ehefrau in der Sage »Die Weiber von Weinsberg«, oder der verborgenen Schätze, von Jungfrauen bewacht, die ihrer Erlösung harren, sind weit verbreitet und Zeugnis dafür, welche Geschehnisse die Aufmerksamkeit des Publikums besonders zu fesseln vermochten.

In den Sagen finden wir oftmals Eigenheiten der Landschaften und ihrer Bewohner, und es wäre sicher reizvoll, zu untersuchen, durch welche charakteristischen Merkmale sich die Texte unterscheiden, je nachdem, ob sie im schwäbischen, alemannischen oder fränkischen Teil Baden-Württembergs beheimatet sind. Schwierig war jedenfalls die Aufgabe, aus der Fülle jene auszuwählen, die mir für die verschiedenen Landschaften des Bundeslandes besonders bedeutsam erschienen. Daß ich der Versuchung erlag, in einigen Fällen die Grenzen zu überschreiten, möge man mir nachsehen.

Sagen waren einst Geschichten der einfachen Leute, und auch in den ersten Niederschriften bediente man sich deshalb meist der einfachen Sprache des Volkes. Spätere Bearbeitungen mögen dem Zeitgeschmack entsprechend in der Darstellung der Ereignisse und in der Verwendung der stilistischen Mittel von jener charakteristischen Eigenheit abgewichen sein. Mir jedenfalls war es ein wichtiges Anliegen, von den frühesten schriftlichen Quellen ausgehend, eine Erzählsprache zu finden, die dieser Textgattung angemessen ist.

Bei der Beschäftigung mit den Sagen erinnerte ich mich an den Tübinger Professor Ernst Meier, einen Zeitgenossen Schwabs, der durchs Land reiste, um sich von den Leuten »altes Gesag« erzählen zu lassen und es sorgsam aufzuschreiben. Jenes Glück, mündliche Überlieferungen aufspüren zu können, ist uns heute kaum mehr beschieden.

Doch vertraut und bedeutsam sollen sie uns bleiben, jene alten Sagen. Ist auch ihr literarischer Rang gering, so gehören sie doch zu einem Land wie die Berge und Flüsse, die Wälder, Felsen und Höhlen, denn sie sind Spuren von Menschen, die vor uns lebten und auf ihre Weise zu deuten versuchten, was ihnen fremd und geheimnisvoll erschien.

Manfred Wetzel

Inhalt

Nordostalb

Um die Kaiserberge und im Filstal

Mittlere Alb

Südwestalb

Am oberen Neckar

Donautal und Oberschwaben

Allgäu, Bodensee und Hegau

Hochrhein und Südschwarzwald

Nordschwarzwald

Am Oberrhein

Zabergäu und Kraichgau

Am unteren Neckar

Haller und Hohenloher Ebene, Taubergrund und Bauland

Rund um Stuttgart
Joachim Bürgik '87

Wie Württemberg zu seinem Namen kam

Die Tochter des Kaisers Barbarossa, eine wunderschöne Jungfrau, begleitete einst ihren Vater auf einer Reise durch das Schwabenland. Zum Hofgesinde zählte ein junger Knappe, der das Mädchen von ganzem Herzen liebte. Auch die Jungfer fand Gefallen an dem hübschen Burschen.

Die beiden Liebenden trafen sich oft an geheimen Plätzen, denn niemand durfte von ihrer Zuneigung erfahren. Weil sie wußten, daß der Kaiser niemals seine Einwilligung zu einer Ehe geben würde, beschlossen sie schließlich, zu fliehen und für ihr Glück einen Ort zu suchen, wo keiner sie kannte.

Eines Nachts, als alles schlief, schlichen sich die beiden aus dem Lager. Die Flucht war mühsam und beschwerlich, und immer hatten sie Sorge, des Kaisers Kundschafter könnten sie aufspüren. Tagsüber versteckten sie sich deshalb im Gehölz, im Schutze der Nacht aber wanderten sie weiter, über Berge und durch Schluchten, über ödes Land und durch finstere Wälder. Endlich gelangten sie in das liebliche Tal des Neckars. Sie begegneten freundlichen Menschen, und niemand erkannte die Prinzessin, da sie die Tracht der einfachen Landleute angelegt hatte.

Auf ihrer Reise kamen die Liebenden auch zum Rotenberg. Seine Hänge trugen damals schon prächtige Weinberge. Weil den beiden das Land gefiel, beschlossen sie, sich hier niederzulassen, kauften ein kleines Weingut und eine Herberge am Fuß des Hügels, und viele der Reisenden, die durch das Neckartal zogen, machten nun Rast beim »Wirt am Berg«.

Nach vielen Jahren kam eines Tages auch der Kaiser mit seinem Gefolge auf dem Weg zum Reichstag nach Frankfurt zu jener Herberge. Weil der hohe Herr müde und hungrig war, kehrte er ein und verlangte zu essen und zu trinken. Die Wirtin erschrak zutiefst, als sie ihren Vater in die Gaststube treten sah, ließ sich aber nichts anmerken und kredenzte dem Kaiser voller Anmut den Willkommenstrunk. Jenem wurde beim Anblick der Frau ganz wunderlich zumute, und als man ihm sein Leibgericht auftischte, das er so lange Zeit hatte entbehren müssen, überfiel ihn die schmerzliche Erinnerung an die vermißte Tochter so sehr, daß er seufzte: »Ach, wo mag wohl mein geliebtes Kind sein?«

Als die Wirtin diese Worte vernahm, warf sie sich weinend ihm zu Füßen, gab sich als seine Tochter zu erkennen und bat um Gnade und Vergebung. Der Kaiser schloß die Prinzessin voller Freude in die Arme und verzieh ihr gerne. Er fand auch Wohlgefallen an seinem stattlichen Schwiegersohn und dem Kind, das den beiden geboren worden war, und um das Glück des jungen Paares vollkommen zu machen, schenkte er ihm den Rotenberg samt aller umliegenden Güter und erhob den einstigen Knappen in den Grafenstand. Den Namen »Wirt am Berg« sollte er aber weiter führen. Der Graf erbaute später auf dem Rotenberg eine stattliche Burg und wurde zum Stammvater des Hauses Württemberg.

Der Blutturm im Nesenbachtal

Am Neckar nahe bei Cannstatt stand einst die Biberburg, in der zwei Brüder, die Ritter Ericho und Werner, wohnten. Ericho, der ältere, war ruhig und ernst, der jüngere Werner dagegen leichtsinnig, unbesonnen und jähzornig. Trotzdem kamen die beiden gut miteinander aus. Am meisten Vergnügen bereitete ihnen die Jagd, und oft ritten sie gemeinsam hinüber ins Nesenbachtal. Dessen Hänge waren damals von dichtem Wald bewachsen, und die fruchtbare Talaue bot dem Wild reichlich Nahrung und Wasser.

Als die beiden wieder einmal dort jagten, wurden sie von einem plötzlich hereinbrechenden Gewitter überrascht. Noch hatten sie nichts erlegt, aber vor dem Regenguß mußten sie Schutz suchen in einem alten Turm, der aus der Römerzeit stammte und nahe beim Egelsee stand. Da sprang auf einmal ein Reh aus dem Dickicht hervor und legte sich, vor Angst zitternd, zu Erichos Füßen nieder.

»Nun werden wir doch nicht ohne Beute heimkehren!« rief Werner und hob seinen Jagdspeer. »Schone das Tier, das bei uns Schutz sucht!« wehrte sein Bruder und beugte sich über das Reh. Aber schon hatte Werner den Speer geschleudert, und dieser fuhr tief in Erichos Schulter. Tödlich getroffen stürzte jener zu Boden. Voller Entsetzen über seine Tat warf sich Werner neben dem Sterbenden nieder, verzweifelt bemüht, ihm zu helfen und ihn um Verzeihung zu bitten. Noch einmal öffnete Ericho die Augen, tröstete den Bruder und mahnte ihn, fortan besonnener zu sein. Dann starb er in den Armen Werners.

Nachdem der Tote in der Kirche zu Mühlhausen am Nekkar beigesetzt worden war, verließ Werner die Biberburg und zog in den alten Turm, den nun das Volk den Blutturm nannte. An jener Stelle aber, wo die Untat geschehen war, ließ er ein Steinkreuz errichten. Sechs Jahre lebte er als Einsiedler hier in tiefer Einsamkeit, gequält vom schlechten Gewissen. So sehr er sich auch mühte, er fand keine Ruhe. In seiner Verzweiflung grub er die Worte in das Steinkreuz: »Den Brudermord sühnt nicht Reue noch Buße.« Schließlich befolgte er den Rat eines alten Priesters, eine Pilgerfahrt ins Heilige Land zu unternehmen.

Erst zweiundsechzig Jahre später kehrte Werner in die Heimat zurück. In Palästina war er in Gefangenschaft geraten, hatte lange Zeit im Kerker gelegen, dann verschiedenen Herren als Sklave dienen müssen und war endlich auf dem Weg durch die Wüste ohnmächtig zusammengebrochen. Als der Sklavenvogt merkte, daß der Gefangene dem Tod nahe war, ließ er ihn liegen und zog mit der Karawane weiter. Ein alter Araber fand ihn und nahm ihn bei sich auf, und als Werner wieder bei Kräften war, gab er ihm Geld für die Heimreise.

Zu Hause angekommen, führte des Ritters erster Weg an jenen Unglücksort im Nesenbachtal. Der Blutturm stand noch; in ihm wohnte nun der Verwalter des Stutengartens, den Herzog Luitolf inzwischen in der Talaue angelegt hatte. Das Kreuz aber war von Unkraut überwuchert, die Inschrift unleserlich, und niemand wußte mehr von der Bluttat, die einst hier geschehen war. Der Greis kniete noch einmal vor dem Steinkreuz nieder, um zu beten.

Einige Tage später fand man ihn tot am Grab seines Bruders in der Kirche zu Mühlhausen. Die Leute wunderten sich über den Frieden, den nun das verhärmte Antlitz des Alten zeigte. Endlich hatte er alle Schuld gebüßt und seine Ruhe gefunden.

Die falsche Klinge

Jener Talkessel, der heute erfüllt ist vom geschäftigen Leben der Großstadt Stuttgart, war einst ein liebliches, stilles Wiesental, durch das der Nesenbach floß. Diesen Ort wählte Herzog Luitolf von Schwaben für einen Stutengarten, denn die Zucht edler Pferde lag ihm sehr am Herzen.

Eines Tages nun kam es zum Streit zwischen dem Schwabenherzog und seinem mächtigen Vater, dem Kaiser Otto. Um die Empörung niederzuwerfen, bot der Kaiser ein Heer auf; das fiel in die schwäbische Gaue ein und verwüstete das blühende Land. Überall im Neckartal rötete sich der Himmel allnächtlich vom Feuerschein brennender Dörfer und Gehöfte. Bald war auch das abseits gelegene Nesenbachtal nicht mehr sicher. Um die wertvollen Tiere nicht in die Hände der

Feinde fallen zu lassen, beschloß deshalb der herzogliche Verwalter, die Pferde in einer tiefen Schlucht zu verbergen. Er ließ dort ein festes Blockhaus erstellen und den unteren Ausgang der Klinge durch einen hohen Zaun und einen Wassergraben sichern. Zu beiden Seiten der Waldschlucht waren die Felswände so steil, daß sie genügend Schutz vor Feinden boten.

Es war ein heißer, schwüler Sommertag, als die Knechte mit den Pferden in die Schlucht hinaufzogen. Kaum waren sie dort angekommen, da brach ein fürchterliches Gewitter los. Schauerlich hallte der Donner in der engen Klinge, und mehrmals schlugen Blitze in die Bäume bei der Blockhütte. Die Pferde scheuten, rissen sich los und rannten wild umher. Als die Knechte sich mühten, die verängstigten Tiere wieder einzufangen, öffneten sich plötzlich die Schleusen des Himmels, und gewaltige Wassermassen stürzten hernieder. Sie ergossen sich von allen Seiten in die Schlucht, Bäume und Felstrümmer mit sich reißend, und ein breiter Strom wälzte sich alles zerstörend durch die Klinge.

Nur wenige der Knechte konnten sich vor der Flut retten, die anderen samt den Pferden fanden den Tod. Seitdem heißt die Schlucht »Die falsche Klinge«, weil sie sich als ein trügerischer Zufluchtsort erwiesen hatte.

Das Silberglöcklein auf der Weißenburg

Auf einer Höhe bei Stuttgart stand einst die Weißenburg. Dort wohnte vor mehr als sechshundert Jahren eine Edelfrau mit ihrer Tochter. Eines Tages verirrte sich die Mutter in den nahen Wäldern. Als sie am Abend nicht zurückkehrte, schickte die Tochter die Burgknechte aus, sie zu suchen. Aber alle Mühe war umsonst – die Frau blieb verschwunden.

In seiner Verzweiflung brachte das Mädchen seinen kostbaren Schmuck und alles Silbergerät, das es besaß, zu einem Goldschmied und ließ daraus ein silbernes Glöcklein gießen. Das hängte es im höchsten Turm der Burg auf und läutete es jeden Abend um neun Uhr und um Mitternacht. Sein heller, weitreichender Klang sollte an die Mutter erinnern und – wenn sie noch am Leben war – ihr den Heimweg weisen.

Jahre vergingen, und täglich vernahm man das Geläute, doch die Glockentöne verklangen über der Weite des Waldes, ohne daß die geliebte Mutter zurückkehrte. Als das Edelfräulein sein Ende nahen fühlte, bestimmte es in seinem Testament, daß das Silberglöcklein im Turm der Stuttgarter Stiftskirche seinen Platz finden solle, wenn die Weißenburg nicht mehr stehe. Auch stiftete es zweihundert Gulden als Lohn für den, der nach seinem Tode das Glöcklein läuten würde.

Viele Jahre später geschah es, daß sich eine württembergische Prinzessin in den Wäldern zwischen Denkendorf und Stuttgart verirrte. Voller Angst suchte sie sich einen Weg durch den immer dichter werdenden Tann. Die Nacht brach herein. Auf einmal vernahm sie in der Ferne einen wohlbekannten Klang. Das Silberglöcklein wurde geläutet! Sie ging den Glockentönen nach, fand einen Pfad, der aus dem Wald herausführte, und gelangte bald wohlbehalten nach Hause.

Noch bis in unsere Zeit ertönte das Geläute des Silberglöckleins vom hohen Turm der Stuttgarter Stiftskirche.

Der Postmichel

Wenn man früher von Stuttgart aus die alte Esslinger Steige hinaufging, kam man an einem Steinkreuz vorbei. Die Stuttgarter nannten es das Postmichelkreuz, und es soll schon vor nahezu fünfhundert Jahren aufgerichtet worden sein zum Gedenken an eine schreckliche Bluttat, die sich an jenem Ort zugetragen hatte.

Drüben im nahen Esslingen lebte zu dieser Zeit Herr Amandus Marchthaler, ein wohlangesehener Junggeselle, reich an Gütern und doch ein freundlicher und fröhlicher Mensch. Er hatte seine verwitwete Schwester, die Frau von Welzh, mit ihrem Söhnlein zu sich genommen, und die beiden, aus einfachen Verhältnissen kommend, führten bei ihm ein gar behagliches und sorgloses Leben. Als die Schwester starb, nahm sich Herr Amandus seines Neffen an und versprach, ihm ein Vater zu sein und ihn als seinen Erben einzusetzen. Matthäus war seinem Onkel von ganzem Herzen zugetan, wußte er doch, daß er all sein Glück und seine sorgenfreie Zukunft ihm zu verdanken hatte. Der Bub wuchs heran und wurde ein flotter junger Bursche, der sich gern bei Tanz und Spiel vergnügte und die Wirtshäuser fleißig besuchte. Doch der Onkel nahm ihm dies nicht übel, denn er weilte selbst gerne unter fröhlichen und lebenslustigen Menschen.

Eines Tages nun hatte man Herrn Amandus zur Einweihung des »Landhauses« nach Stuttgart eingeladen. Er war zu Gast bei seinem Freund, dem Doktor Nüttel, und leerte dabei manches Glas Wein. Als es dunkelte, ging man auseinander. Auch Amandus nahm herzlich dankend Abschied und stieg guten Mutes die Esslinger Steige hinauf, um in dieser Nacht noch nach Hause zu kommen.

Anderntags in aller Frühe meldete ein Weingärtner am Ess-

linger Tor, oben auf der Steige liege ein Mann in seinem Blut. Der Tote bot einen schrecklichen Anblick. Seine Kleidung war zerfetzt, sein Antlitz von Blut überströmt, das aus einer tief klaffenden Wunde am Hinterkopf geflossen war. Neben ihm lag sein zerbrochener Degen, und Spuren auf dem Weg deuteten darauf hin, daß er sich heftig zur Wehr gesetzt hatte, ehe sein Mörder ihn tötete.

Zunächst wußte niemand, wer der Tote war, bis ein Maurer, nachdem er ihn lange betrachtet hatte, meinte, es sei der Herr, der gestern beim Fest gewesen und, ehe er Abschied nahm, jedem der Bauleute aus einem blauen Leinensäckchen einige Heller geschenkt habe. Man suchte nach dem Geldbeutel und fand, was der Maurer beschrieben hatte, und als man eilends Doktor Nüttel herbeiholte, gab es bald keinen Zweifel mehr: Der Tote war Herr Amandus von Marchthaler!

Man schickte nach Esslingen, Matthäus war rasch zur Stelle, und jeder verstand den Schmerz des jungen Mannes, der seinen geliebten Onkel verloren hatte. Der Leichnam wurde am selben Abend noch nach Esslingen gebracht, unter großen Ehren in der Stadtkirche beigesetzt, und der Neffe ließ über der Gruft einen Gedenkstein anbringen, auf dem geschrieben stand, wie Amandus zu Tode gekommen war.

Indessen suchte man in Stuttgart nach dem Mörder. Verdächtige wurden festgenommen, verhört, gefoltert, aber keinem konnte man die Tat nachweisen. Die Zeit verging, und nach zwei Jahren hatten die meisten den Mord vergessen.

Nun geschah es, daß eines Tages der Postreiter Michel Banhard, als er die letzte Höhe gegen Stuttgart hinaufritt, am Wegrand in der Morgensonne etwas glitzern sah. Neugierig stieg er vom Pferd und fand im Gras einen goldenen Ring. Nachdem er die Kostbarkeit betrachtet hatte, steckte er sie in die Tasche und ritt weiter. Aber er konnte es nicht lassen, das Schmuckstück immer wieder hervorzuziehen und zu bewundern. Und er unterließ es zunächst auch, seinen Fund zu melden, um sich an ihm noch einige Zeit erfreuen zu können.

Als Michel am Abend in der Esslinger Botenherberge mit anderen Knechten beim Wein saß, fiel einem auf, was für eine Kostbarkeit der Postreiter da am Finger trug, und er erinnerte sich, den Ring beim Herrn von Marchthaler gesehen zu haben. Michel spürte den Blick des andern, streifte den Ring vom Finger und wollte hinausgehen, da trat man ihm in den Weg und rief die Wache. Nun half alles Erklären und Beteuern nichts, Michel kam in den Turm.

Als der Postreiter vor den Richter geführt und des Mordes an Herrn von Marchthaler beschuldigt wurde, blieb er bei seiner Aussage, den Ring erst vor kurzem gefunden zu haben. Man drohte ihm, zeigte ihm die Folterwerkzeuge und begann ihn schließlich zu martern und zu quälen, doch Michel beteuerte weiterhin seine Unschuld. Da renkte man ihm die Glieder aus den Gelenken und ließ brennendes Pech auf seine

Haut tropfen. Seine Schmerzen waren so groß, daß es in der Stadt keinen Winkel gab, in dem man nicht sein Schreien hörte. Der Knecht bat, man möge ihn endlich von seinen Qualen erlösen, aber er verweigerte ein Geständnis. Zuletzt jedoch, als die Folter ihn so entstellt und verstört hatte, daß ihn seine eigene Mutter nicht mehr erkannte, flehte er, seinem armseligen Dasein ein Ende zu machen, und er bekannte alles, was man forderte.

Das Todesurteil wurde gefällt, der Scharfrichter von Stuttgart geholt. Auf dem Weg zum Richtplatz kam der traurige Zug am Haus Marchthalers vorbei. Da sah Michel den jungen Herrn Matthäus, den reichen Erben des Ermordeten, zufrieden lächelnd auf ihn herabschauen. Er hielt inne und rief hinauf: »Ihr schaut lachend zu, wie ich unschuldig sterbe! Und Ihr habt keinen Finger gerührt, obwohl Ihr am besten wißt, daß ich der Mörder nicht bin! So wisset auch: Was Ihr von heutiger Stunde an tut, wo Ihr seid, in Lust und Leid, soll Euch nachgehen mein unschuldig Leiden und Sterben! Ich will Euch zum Abschied noch ein Stücklein blasen, damit Ihr meiner nimmer vergeßt.« Und Michel hob sein Horn an die Lippen und blies eine Weise, so leicht und froh, als ginge es zum Tanz und nicht zum Richtplatz. Der droben blickte seine Braut an, die neben ihm stand, und erbleichte. Ein eisiger Schauder erfaßte ihn, aber er gab sich ganz unbeteiligt, damit alle sahen, daß ihn das irre Gerede des armen Sünders nicht berührte.

Als der Zug beim Richtplatz ankam, stieg Michel auf das Gerüst. Man wollte ihm sein Horn nehmen, doch er bat: »Laßt es mir, damit ich noch einmal hineinstoße, ehe ich sterbe!« Und zum Richter gewandt, fuhr er fort: »Zum Zeichen meiner Unschuld werde ich auch dir nach meinem Tod keine Ruhe lassen. Jedes Jahr in der Michaelsnacht werde ich vor deinem Haus in Stuttgart blasen, bis der wahre Mörder gefunden ist, für den ich gelitten habe.« Er griff nach dem Horn, da schlug der Scharfrichter zu, und Michels Kopf rollte in den

Sand. Im selben Augenblick war's, als ob auf der Straße nach Stuttgart ein Reiter trabte und der Klang des Posthorns herüberhallte, bis er sich langsam zwischen den Bergen verlor. Alles schwieg entsetzt still, und auch den Henker schauderte. Er nahm Roß und Horn des Toten und zog nachdenklich heimwärts nach Stuttgart. Das Posthorn hängte er über seine Lagerstatt, das Rößlein führte er in den Stall und fütterte es reichlich, aber es weigerte sich zu fressen und starb nach sechs Tagen.

Das Jahr verstrich, und nur noch selten dachte man an das grausige Ereignis. Als aber im September der Michaelstag kam, da hörte um Mitternacht der Scharfrichter vor seinem Haus ein Roß traben. Es hielt bei der Tür, und eine ihm wohlbekannte Weise wurde auf einem Horn geblasen. Und als der Henker schreckensbleich aus dem Fenster blickte, sah er den Michel, der, auf seinem Rosse sitzend, sein lustiges Stücklein blies. Den Kopf aber trug er unterm Arm. Nach einer Weile zerfloß die Erscheinung wie Nebel, den der Wind forttreibt, und in der Ferne, Esslingen zu, hörte man verhallenden Hufschlag.

Der junge Herr Matthäus hatte in jener Nacht keinen Schlaf gefunden. Plötzlich vernahm auch er des Postreiters Horn und sah mit Entsetzen den toten Michel über den Hof reiten. Anderntags raffte er in aller Eile Hab und Gut zusammen und reiste fort, niemand wußte, wohin. Den Leichnam seiner Braut aber fand man einige Zeit später in den Neckarauen. Sie hatte sich ertränkt.

Nach vielen, vielen Jahren, als man den Postmichel und sein trauriges Ende schon lange vergessen hatte, kam auf ärmlichem Fuhrwerk ein uralter Greis in die Stadt und nahm Quartier im Spital. Er lebte still und zurückgezogen, besuchte oft die Kirche, wo man ihn dann vor dem Gedenkstein Marchthalers fand, und ging auch zuweilen hinaus zum Richtplatz, um dort zu beten. Allmählich sprach sich herum, das Männlein sei recht wunderlich, laufe des Nachts im Zimmer umher, statt zu schlafen, und rede mit sich selber. Es schien, als habe der Greis Angst, als fürchte er um sein Leben, und immer öfter stieß er entsetzliche Laute aus und schrie um Hilfe. Kam man dann in sein Zimmer, so fand man das Männlein unter dem Ofen oder dem Bett, wohin es sich zitternd verkrochen hatte.

Je näher der Michaelstag kam, desto schlimmer wurde es mit dem Fremden. In der Nacht zuvor war seine Angst so entsetzlich, daß jedermann Mitleid mit ihm hatte, und man hörte sein Klagen und Jammern sogar auf der Gasse. Als es aber Mitternacht schlug, vernahm man im Spitalhof ein seltsames Blasen. Viele wachten auf und liefen zum Fenster. Da ritt langsam ein dunkler Reiter auf einem weißen Roß über den Hof, den Kopf unter dem Arm.

Anderntags fand man den Alten in seiner Stube auf dem Boden liegen, die Arme ausgebreitet, die Hände krampfhaft geballt, und man dachte schon, er wäre tot und legte ihn auf sein Bett, als jener die Augen aufschlug, stöhnte und jammerte und schließlich rief: »Sterben wollen und nicht können, das ist mehr als die Hölle!« Er lag zehn Tage in Todesnot, unter fürchterlichen Schmerzen und Qualen, bis er endlich den frommen Doktor Unzenschneider holen ließ, ihm die Beichte abzunehmen.

Da zeigte sich, daß der Alte niemand anders war als Herr Matthäus Welzh, der Neffe des ermordeten Amandus Marchthaler, den es nach vielen Jahren in der Fremde getrieben hatte, in die Heimat zurückzukehren, um die Untat zu sühnen, die er einst begangen. Als der junge Matthäus damals ein Mädchen kennenlernte und heiraten wollte, das einen schlechten Ruf besaß, änderte sich das zuvor so herzliche Verhältnis zu seinem Oheim, dem er sein angenehmes Leben zu verdanken hatte. Herr Amandus forderte, die Beziehungen abzubrechen und drohte unmißverständlich, seinen Neffen zu enterben, falls er nicht von der Jungfer ließe. Da meinte das Mädchen, ob es denn sein müsse, daß sie alt und grau würden, bis sie ihr Glück fänden, und ob man da nicht nachhelfen sollte. Der furchtbare Gedanke setzte sich in ihnen fest, und sie suchten und planten, wie sie den Onkel umbringen könnten. Als Matthäus von der Einladung seines Oheims nach Stuttgart erfuhr, folgte er ihm heimlich und erschlug den Ahnungslosen auf dem Rückweg. Unbemerkt gelangte er in derselben Nacht nach Esslingen zurück und heuchelte den Verzweifelten, als ihn die Todesbotschaft erreichte.

Der Pfarrer war entsetzt über das Geständnis des Alten. Jenen aber hatte es die letzten Kräfte gekostet, sein Gewissen zu erleichtern, und er starb bald darauf.

Den Michel indes hat man seither nie mehr gesehen oder gehört. Ihm zum Gedenken errichteten die Esslinger 1916 auf der oberen Ritterstraße den Postmichelbrunnen.

Die Katharinenlinde

In Esslingen lebte vor langer Zeit ein Mädchen, das hieß Katharina. Von ihr sagten die Leute, sie sei eine Hexe. Schließlich schleppte man sie vor den Richter, und so sehr auch Katharina ihre Unschuld beteuerte, sie wurde zum Tode verurteilt und sollte verbrannt werden.

In einem Karren fuhr man sie hinauf auf die Höhe zwischen dem Kernen und dem Rotenberg, und viel Volk zog mit, um die Hexe brennen zu sehen. Als die Flammen sie erfaßten, rief Katharina mit lauter Stimme: »Ich sterbe unschuldig! Zum Zeichen dafür werden drei Blutstropfen vom Himmel fallen, sobald ich tot bin. Und noch einen anderen Beweis meiner Unschuld will ich euch geben: Begrabt mich an dieser Stelle, und wenn ihr meine Asche mit Erde bedeckt, so pflanzt einen

Lindenbaum hinein, die Krone nach unten, die Wurzeln nach oben! Ich sage euch, er wird trotzdem ausschlagen und Blätter treiben!«

Kaum war Katharina tot, da fielen wirklich drei große Blutstropfen vom Himmel, und als man die Linde in den Grabhügel pflanzte, da grünte sie wirklich und wuchs zu einem stattlichen Baum heran. Seither erinnert die Katharinenlinde an jenes Mädchen, das hier unschuldig hingerichtet worden war.

Andere berichten, die heilige Katharina sei einst auf ihrer Flucht aus Ägypten zu jener Anhöhe gekommen. Als sie sich weigerte, den Göttern der Alamannen zu opfern, habe man sie töten wollen. Da schlug die Heilige vor, an dieser Stätte einen Lindenbaum in den Boden zu pflanzen, die Wurzeln nach oben. Wachse und grüne er trotzdem, so sollten die Richter erkennen, daß der Christengott stärker als die Götter der Alamannen ist. Man tat, wie sie geheißen. Das Wunder geschah, und die Esslinger ließen sich taufen. Katharina aber, so erzählt die Sage, wurde nach ihrem Tod unter dem Baum, der fortan ihren Namen trug, begraben.

Das Mädchen von Esslingen

Gegen Ende des 17. Jahrhunderts, als die Wirren des Pfälzischen Erbfolgekriegs auch Württemberg erschütterten, lebte in Esslingen ein Mädchen, dessen Anmut und Schönheit überall gerühmt wurde. Sie hieß Margarete und war Benedikt Hägeles Tochter, des Wirts vom »Schwarzen Adler« in der Küfergasse.

Zu jener Zeit schlug ein französisches Heer, das von dem General Melac angeführt wurde, vor den Mauern der Reichsstadt Esslingen sein Lager auf. Die Bürger hatten die Tore verschlossen, doch fürchteten viele den Zorn des Feindes, dessen Zug durch das wehrlose Land eine entsetzliche Spur hinterlassen hatte: Das prächtige Heidelberger Schloß war zerstört, viele Städte und Dörfer hatten die Franzosen niedergebrannt, und nun drohte Esslingen das gleiche Schicksal. Als deshalb Melac die Übergabe der Stadt forderte, hoffte man, durch Nachgiebigkeit den Mordbrenner milde zu stimmen, und öffnete die Tore.

Die Soldaten bezogen in der Stadt und auf der Burg Quartier, der General aber, der von der Schönheit Margaretes gehört hatte und das Mädchen kennenlernen wollte, wählte den »Schwarzen Adler« als Unterkunft. Man begegnete dem ungebetenen Gast höflich und freundlich, doch als er nach Margarete fragte und sie zu sehen begehrte, erhielt er die Auskunft, sie sei abwesend. Dies stimmte, denn kaum hatte Hägele erfahren, wer bei ihm Wohnung nehmen würde, zog er seiner Tochter Männerkleidung an und führte sie durch dunkle Gäßchen zur Pliensau, zum abseits liegenden Hause von Freunden. Schon glaubten sich die beiden in Sicherheit, als ihnen auf der Brücke über dem Neckararm betrunkene Soldaten entgegenkamen. Ein Ausweichen war nicht möglich, doch Flucht hätte erst recht Verdacht erregt.

Zunächst fragten die Franzosen nur nach dem Weg in ihr Quartier, aber als Margarete nicht antwortete, witterten sie ein Geheimnis und rissen ihr den Mantel von den Schultern. »Ein feines Vögelchen haben wir da gefangen!« rief der eine und packte das Mädchen, das sich ängstlich an seinen Vater klammerte. Der aber zog sein Schwert, stach den Soldaten nieder und wehrte auch tapfer die Angriffe der anderen ab, die wütend auf ihn eindrangen, um ihren Kameraden zu rächen. Der Kampf gegen die Übermacht war aussichtslos, und Hägele wurde bald überwältigt, gebunden und vor Melac gebracht. Margarete aber war im Getümmel entflohen und verbarg sich in der Dachkammer des Hauses in der Pliensau.

Als der General von dem Geschehen hörte und auch erfuhr, daß das Mädchen entkommen war, entlud sich sein furchtbarer Zorn über dem Wirt vom „Schwarzen Adler". Er fragte zuerst nach dem Aufenthaltsort Margaretens, und als Hägele beharrlich schwieg, drohte er, den Wirt zu foltern und die Stadt niederzubrennen, wenn sich das Mädchen ihm nicht freiwillig ausliefere.

Entsetzen breitete sich unter den Bürgern aus. Margarete aber, als sie erfuhr, daß das Schicksal ihres Vaters und der ganzen Stadt nur von ihr abhing, begab sich zu Melac und bat um Gnade. Den General rührte der Mut und die Schönheit des Mädchens. »Willst du die Meine werden, so soll deine Vaterstadt von Stund' an frei sein«, versprach er, »andernfalls aber ist sie verloren und allen voran dein Vater.«

Das Mädchen besann sich, willigte dann ein und schlug vor, sich mit dem Franzosen um Mitternacht in einem Turm bei Obertürkheim zu treffen, der zum Weinberg seines Vaters gehörte. Zuvor aber wolle es zu seinen Angehörigen zurückkehren, um sich von ihnen zu verabschieden. Melac, ein besonderes Abenteuer witternd, war mit allem einverstanden und ließ Margarete ziehen.

Als es Zeit war, machte sie sich auf den Weg zum Weinberg. Ihr Entschluß stand fest: Für den Vater und die Stadt wollte Margarete ihr Leben opfern, und deshalb hatte sie sich von ihren Eltern einen Dolch erbeten. Aber auch Melac, so hatte sie sich vorgenommen, sollte sterben, damit alle Freveltaten ein Ende hätten.

Der General erwartete sie ungeduldig vor dem Turm. Margarete schaute noch einmal hinunter auf die Stadt. Ein Sturmwind fegte herüber von der Burg, die Häuser, Tore und Türme aber lagen friedlich im Mondlicht unter ihr. Dann traten sie in die Turmstube. Melac wollte sie an sich ziehen. Das Mädchen sträubte sich und bat nochmals um Gnade. Doch als der General daraufhin in ein höhnisches Gelächter ausbrach, zog es plötzlich den Dolch und stieß zu. Weil Melac jedoch unter seiner Kleidung stets ein Panzerhemd trug, glitt die Spitze ab, und er konnte Margarete die Waffe mühelos entwinden.

In diesem Augenblick aber fuhr ein gewaltiger Windstoß über das Türmchen hin, das einzustürzen drohte, und eine Stimme rief: »Verbrecher, dein Maß ist voll, du mußt mit!« Von Entsetzen gepackt, griff Melac nach dem Dolch, stieß ihn dem Mädchen ins Herz und warf sich fluchend auf sein Pferd. Der Rappe galoppierte aufwiehernd davon, immer schneller und schneller, bis er sich plötzlich in die Lüfte erhob.

Bis zum Jüngsten Tag, so sagt man, müsse der Frevler der Wilden Jagd nachreiten, ob er wolle oder nicht. Esslingen aber sei bald darauf von den Franzosen verlassen worden.

Schönbuch und Filder
1987

Der ewige Jäger

Als Graf Eberhard von Württemberg einst im Schönbuch jagte, war er einmal einem riesigen Hirsch auf der Spur. Er trennte sich von seinen Gefährten und folgte tagelang der Fährte des flüchtigen Wildes, ohne es erlegen zu können.

Eines Abends rastete er erschöpft und machte Feuer, um sich zu wärmen. Plötzlich rauschte es im Unterholz, und ein Jäger von recht wunderlichem Aussehen trat aus dem Dunkel des Waldes. Sein Antlitz war von tiefen Runzeln zerfurcht, seine Haare zerzaust und eisgrau, und die Kleider hingen ihm in Fetzen am Leib. »Laßt ab von der Jagd und kehrt um!« sprach er zu dem Grafen, und nach dem Grund gefragt, begann der seltsame Fremde zu erzählen: »Ich war einst Herr über die Schönbuchwälder, und nichts gefiel mir mehr als die Jagd. Verfolgte ich ein Wild, so vergaß ich alles andere, setzte ihm nach und gab keine Ruhe, bis ich es erlegt hatte. Das war für mich das Schönste auf Erden, und einmal überwältigte mich die Jagdlust so sehr, daß ich rief: ›Wenn unser Herrgott mit sich handeln lassen würde, so wollt' ich für mein Teil auf alles, sogar auf das Himmelreich verzichten, wenn er mich nur ewig jagen ließe!‹ Was ich forderte, wurde mir zuteil, und seit fünfhundert Jahren verfolge ich nun in jeder Nacht vom Sonnenuntergang bis zur Morgendämmerung einen Hirsch und kann ihn doch nicht erlegen.«

Er schaute den Grafen traurig an und verschwand, wie er gekommen. Diesen aber erfaßte ein Schauder; er ließ ab von der Fährte und kehrte zu seinem Jagdgefolge zurück.

Die Steinkreuze bei den Sieben Linden

In der Nähe von Filderstadt findet man unter einer Linde eine Gruppe von seltsamen Steinmalen. Dort wuchsen einst sieben Linden, und die letzte, ein mächtiger, uralter Baum, breitete ihre Äste so weit aus, daß sie abgestützt werden mußten, um nicht zu brechen. Das Innere des gewaltigen Stammes war hohl und diente oft Gesindel als Unterschlupf. Auch der gefürchtete Räuberhauptmann Hannikel soll sich einmal hier versteckt haben. Zu der Baumgruppe gehörten sieben Kreuze, über deren Herkunft und Bedeutung die Sage mancherlei zu erzählen weiß.

Einst sei es, so wird berichtet, an diesem Ort zu Händeln zwischen Plattenhardter und Bernhauser Burschen eines Mädchens wegen gekommen, das bei einem Spinnabend war und nach Hause gebracht werden sollte. Die Burschen seien so hitzig gewesen, daß sechs von ihnen samt dem Pfarrer von Plattenhardt, der den Streit schlichten wollte, tot auf dem Platz zurückgeblieben wären.

Eine andere Sage berichtet, im Schloß zu Plattenhardt habe ein Ritter gewohnt, den die Bauern wegen seiner Grausamkeit und Rohheit fürchteten. Sechs seiner sieben Söhne glichen ihm, nur der jüngste war freundlich und gütig zu jedermann, obwohl es ihm an Mut und Tapferkeit nicht fehlte.

Als einmal der Burggraf von Neuffen zu einem Turnier einlud, ritt auch der Plattenhardter mit seinen Söhnen hinüber zum Hohenneuffen. Im friedlichen Wettstreit stießen die Plattenhardter manchen Ritter aus dem Sattel; der Jüngste aber besiegte jeden, und zum Lohn erhielt er aus den Händen des schönen Burgfräuleins den Siegerkranz.

Das erregte den Neid und Haß seiner Brüder, und verdrossen ritten sie heim. Sie stichelten und höhnten, ein Wort gab das andere, und schließlich griffen sie nach den Waffen und drangen auf den Jüngsten ein. Der wehrte sich tapfer und erschlug drei der Angreifer. Schließlich schickte der Vater, der dem ungleichen Kampf zuschaute, den Schloßkaplan in das Getümmel, um den Streit zu schlichten. Aber die Kampfhähne schlugen so wütend um sich, daß ein verfehlter Hieb auch den Pfarrer traf und tödlich verletzte. Der Kampf endete erst, als der Jüngste alle seine Brüder erschlagen hatte. Aber dann sank auch er, tödlich getroffen und aus vielen Wunden blutend, zu Boden.

Zum Gedenken an den Bruderstreit pflanzte man sieben Lindenbäume und errichtete sieben Steinkreuze auf dem Kampfplatz. Der Ort heißt heute noch »Sieben Linden«.

Der Schwarze Tod

Im Dreißigjährigen Krieg kamen Soldaten der Kaiserlichen auch nach Plattenhardt, raubten, plünderten und taten viel Böses. Bald herrschte große Hungersnot im Dorf. Schlimmer aber war die Angst vor der Pest, dem Schwarzen Tod. Die Soldaten hatten die Seuche ins Dorf geschleppt. Wer an ihr erkrankte, spürte zuerst heftige Schmerzen im Leib, Krämpfe und Erbrechen folgten, und nach qualvollen Stunden brachte der Tod die Erlösung. Die Leichen aber, so wird erzählt, wären nach kurzer Zeit kohlschwarz gewesen.

Am Anfang läutete man, sobald in einem Hause der Tod eingekehrt war, die Glocke, die große bei den Erwachsenen, bei den Kindern die kleine. Aber dann starb auch der Pfarrer. Von da an blieben die Glocken stumm, und man verscharrte die Leichen still und ohne Segen. Als schließlich der Totengräber selbst beim Schaufeln einer Grube, von der schrecklichen Krankheit befallen, ins Grab stürzte, fand sich zunächst niemand, seinen Dienst zu versehen, bis endlich zwei alte ausgediente Soldaten, die sich weder vor Tod noch Teufel fürchteten, die Aufgabe übernahmen. Aber sie taten dies schlecht und lieblos, soffen sich meist einen Rausch an, ehe sie von Haus zu Haus gingen, um die Toten einzusammeln. Die Leichen warfen sie wie ein Stück Holz auf ihren Karren und kümmerten sich nicht weiter drum, ob einer der Pestkranken noch Leben zeigte.

Das Sterben dauerte schon fünf Monate, und die, die bisher verschont blieben, waren verzweifelt. Da hörte eines Nachts im November ein Bub, wie jemand dreimal ans Fenster klopfte. Er wachte am Lager seines erkrankten Vaters. Als er nun das Fenster öffnete und hinausschaute, sah er niemand, vernahm jedoch eine feine Stimme: »Esset Braunelle, no sterbet er net älle!«

Braunelle war ein Heilkraut, das man im Hause hatte. Der Bub gab es seinem Vater, und wirklich – am andern Morgen ging es dem Kranken besser, und bald war er gesund.

Wie ein Lauffeuer verbreitete sich diese Nachricht im Dorf. Überall wurde das Kraut gesucht und den Pestkranken gegeben. Wer davon aß, so wird berichtet, sei dem Schwarzen Tod entkommen, und zu Weihnachten wäre die Seuche überall im Lande verschwunden gewesen.

Der böse Mann im Schnecken

In der Nähe von Plattenhardt soll einst ein Schloß gestanden haben, an das heute nur noch der »Schnecken« erinnert, ein turmartiges Gemäuer, das seinen Namen sicher der gewundenen Steinstaffel im Innern verdankt. Hier hauste vor uralter

Zeit ein Ritter, dem es gefiel, seine Bauern und Leibeigenen zu plagen und zu schinden. Unbarmherzig trieb er die Abgaben ein und forderte die Frondienste, auch wenn seine Untertanen große Not litten.

Als einmal die Ernte gar kärglich ausgefallen war, weil Sturm und Hagel die Felder verwüstet hatten, brach eine schreckliche Hungersnot aus. Nur der Ritter im Schnecken hatte genug zu essen, denn seine Scheunen waren voll vom Reichtum der vergangenen Jahre, und die Jagd brachte ihm Fleisch in Hülle und Fülle. In ihrer Verzweiflung wandten sich die Hungernden schließlich an ihren Herrn und baten bescheiden um Hilfe. Sie versprachen auch, alles zurückzugeben, wenn ein besseres Jahr komme.

Der Ritter betrachtete die Bittsteller spöttisch und ließ dann im Hof eine Tafel aufstellen voll von köstlichen Speisen. Er rief alle zu Tisch, setzte jedoch jedem einen alten Ritterhelm mit herabgelassenem Visier auf. Da saßen die Armen mit hungrigem Magen vor den duftenden Braten und frischen Broten und konnten nichts essen. Der Ritter aber stellte sich zornig, fing an zu schimpfen und zu fluchen und rief: »So dankt ihr meiner Gastfreundschaft, daß ihr meine Gaben verschmäht! Wenn euch meine Kost zu gering ist, so eßt Steine oder verhungert!«

Auf einen Wink hin rissen die Knechte den Bauern die Eisenkappen vom Kopf und hetzten die Hunde auf sie, und alles drängte zum Tor hinaus. Ein alter, gebrechlicher Mann aber stolperte und fiel, und die Hunde stürzten sich auf den Wehrlosen. Der Ritter schaute lachend zu, wie die Meute ihn so übel zurichtete, daß er todwund auf dem Platz liegen blieb. Als der Alte sein Ende nahen fühlte, richtete er sich noch einmal auf, schaute den Herrn fest an und sprach: »Möge Gott so an dir handeln wie du an uns Armen.« Dann sank er zurück und starb.

Der Ritter kümmerte sich nicht um den Fluch. Doch als er sich zu Tisch setzte, um zu essen und zu trinken, da wurden ihm Brot und Fleisch im Mund zu Stein, und als er den Becher hob, da wurde ihm auch der Schluck Wein zu einem Steinbrocken, den er entsetzt ausspie. Nun merkte er, daß der Wunsch des Alten in Erfüllung gegangen war und daß er den Hungertod zu sterben hatte. In seiner Verzweiflung biß er nochmals vom Brot, schluckte – und erstickte an dem Brokken aus Stein.

Als bessere Jahre kamen, hatten die Plattenhardter die Hungerzeit bald vergessen. Aber bis auf den heutigen Tag erzählen sie vom bösen Mann im Schnecken und von seinem qualvollen Ende.

Der Liebesbrunnen

Vor vielen, vielen Jahren, als Wolfschlugen noch ein kleines Dorf war, stand draußen auf den Bühläckern ein stattliches Schloß. Es gehörte dem Herrn von Bühl. Viele Güter zählten zu seinem Besitz, und er war nicht nur reich und angesehen, sondern auch stolz.

Unweit von Wolfschlugen, Köngen zu, lag noch ein Schloß, das dem Herrn von Waldhausen gehörte. Zwischen beiden Familien herrschte seit langem Streit, dessen Ursache so geringfügig war und so weit zurücklag, daß sie niemand mehr kannte. Wenn sich die Herren begegneten, ritten sie grußlos aneinander vorüber. Ihre Knechte aber taten einander Böses, wo sie nur konnten.

Nun traf es sich, daß der junge Herr von Waldhausen, Reinhard, auf dem Morgenritt einem Mädchen begegnete, das so schön war, wie er noch keines gesehen hatte. Verwirrt grüßte er und fragte nach Namen und Herkunft. Aber die Fremde schwieg und wandte sich ab. Als er ihr folgte, sah er, daß sie

den Weg zum Schloß Bühl einschlug. Da wußte er, daß er Irmgard, die Tochter seines ärgsten Feindes, getroffen hatte. Weil der junge Ritter erst vor kurzem aus dem Dienst des Kaisers zurückgekehrt war, hatte er sie nicht gleich wiedererkannt. Auch das Mädchen war überrascht von der Begegnung, und als die beiden sich wieder und wieder trafen, aber so heimlich, daß niemand davon erfuhr, gewannen sie einander lieb.

Schließlich faßte sich der junge Ritter ein Herz, trat vor den Herrn von Bühl und bat um die Einwilligung zur Hochzeit. Der Alte, überrascht, daß der Sohn seines Erzfeindes es wagte, seinen Besitz zu betreten, geriet über das Ansinnen in einen so gewaltigen Zorn, daß er den jungen Ritter mit Spott und Hohn aus dem Schloß jagen ließ.

Am Abend, als die letzten Lichter verlöscht waren und alles schlief, schlich Irmgard durch den Garten, fand die Pforte offen und wandte sich hinüber zum Brunnen, wo sich die beiden Liebenden treffen wollten. Reinhard erwartete seine Freundin schon und berichtete von der Demütigung, die ihm widerfahren. Sie setzten sich auf den Rand des Brunnens und blickten lange Zeit schweigend hinunter in das Wasser, auf dessen Spiegel das Licht des Mondes schimmerte. Dann verabredeten sie, sich weiterhin hier heimlich zu treffen und zu hoffen, daß sich des Vaters Gesinnung ändere.

Doch nichts deutete darauf hin. Irmgard hatte eine böse Zeit zu durchleben, denn täglich mußte sie die schlimmsten Verwünschungen anhören, mit denen der Alte ihren Liebsten bedachte. Aus dem Schweigen und der Betroffenheit des Mädchens schloß er, daß die beiden sich immer noch heimlich trafen. Und als Späher seinen Verdacht bestätigten, faßte er den Plan, die beiden zu überraschen.

Eines Abends, als er die Liebenden wieder am Brunnen wußte, stand er plötzlich vor ihnen, rasend vor Zorn. Irmgard erschrak so heftig, daß sie sich mit einem gellenden Schrei in die Tiefe des Brunnens stürzte. Reinhard sprang ihr nach, um sie zu retten, aber die Wasser schlossen sich über beiden und gaben sie nicht mehr frei.

Die Brunnenmauer hat man längst schon abgetragen und ihre Steine zum Bau eines Hauses verwendet, doch in der Tiefe rauschen noch immer die Wasser und erzählen von der Treue der beiden Liebenden.

Herzog Ulrich und der Pfeifer von Hardt

Herzog Ulrich von Württemberg war noch jung und unerfahren, als er an die Regierung kam. Dies spürte man bald im Lande. Der Fürst lebte im Überfluß, sein Hof feierte glänzende Feste, das Volk aber litt unter den immer härteren Steuerlasten. Vor allem die Bauern murrten über die Verschwendungssucht ihres Herrn. Als ihnen wieder einmal neue Abgaben auferlegt wurden, rotteten sie sich zusammen, um sich gegen das harte Regiment aufzulehnen. Sie bewaffneten sich mit Sensen, Mistgabeln und Dreschflegeln. Ihrem Heerhaufen aber gaben sie den Namen »Der arme Konrad«, um allen zu zeigen, in welch großer Not sie waren. Einer ihrer Anführer hieß Hans der Pfeifer. Er stammte aus Hardt bei Nürtingen und genoß bei den Bauern hohes Ansehen.

Das Bauernheer zog das Remstal hinauf, der Herzog hinterher. Vor Schorndorf kam es zur Schlacht. Die Bauern konnten gegen die Landsknechte nichts ausrichten. Viele wurden erschlagen, die meisten flohen. Ihre zwölf Anführer aber nahm man gefangen und verurteilte sie zum Tode.

Ganz Schorndorf war auf den Beinen, um das grausige Schauspiel mitzuerleben. Aber bevor es zur Hinrichtung kam, gewährte der Herzog jedem der zwölf die Gnade, mit ihm um sein Leben zu würfeln. Doch alle Hoffnung war vergebens; jedesmal warf Ulrich die höhere Zahl. Schließlich kam die Reihe an den letzten, an Hans, den Pfeifer von Hardt. Der Herzog warf zwölf, und niemand glaubte, daß der Bauer seine Haut retten könnte. Da packte Hans den Becher, schüttelte ihn kräftig und ließ die beiden Würfel über den Tisch rollen. Und siehe da, eines der Augen an einem Würfel war abgesprungen, und der Pfeifer hatte dreizehn geworfen! Der Herzog schenkte ihm das Leben und ließ ihn laufen.

Einige Jahre später kam es zum Krieg zwischen Württemberg und dem Schwäbischen Bund. Das Heer des Herzogs wurde vernichtend geschlagen, und Ulrich mußte, von wenigen Getreuen begleitet, fliehen. Unterwegs traf er den Pfeifer von Hardt, der versprach, ihn sicher außer Landes zu geleiten, da er alle Wege und Stege kenne. So zog die kleine Schar über die Filder nach Süden, denn Ulrich wollte in die Schweiz, um dort ein neues Heer zu sammeln und später sein Land zurückzugewinnen.

Als sie aber bei Köngen den Neckar überqueren wollten, fanden sie die Brücke von Feinden besetzt. Eine Umkehr war nicht möglich, denn von Köngen her näherten sich schon die Verfolger. Da warf sich der Pfeifer, mit nichts anderem bewaffnet als seinem guten Beil, auf die Feinde, schlug nieder, was sich ihm in den Weg stellte, und bahnte sich eine blutige Gasse bis zur Mitte der Brücke. Der Herzog und seine Gefährten folgten und gedachten, die Bündischen niederzureiten. Aber die Übermacht war zu groß, und bald mußte auch Ulrich den Kampf verloren geben. Da nahm sein Getreuester, der Ritter Georg von Sturmfeder, ihm den Herzogsmantel ab und legte ihn sich selber um. Ulrich gab seinem Pferd die Sporen, setzte über das Geländer der Brücke und sprengte in den Fluß hinab. Sein Pferd überstand den Sturz unverletzt und trug ihn ans Ufer. Georg wollte seinem Herrn folgen, aber er versank in den Fluten des Neckars.

Als die Feinde den Herzogsmantel im Wasser verschwinden sahen, dachten sie nichts anderes, als daß Ulrich ertrunken sei, und sie freuten sich ihres Sieges. Der Herzog aber ritt davon in der Richtung, die ihm der Pfeifer zuvor gewiesen hatte. Dieser kämpfte verbissen, aus vielen Wunden blutend, bis er seinen Herrn in Sicherheit wußte. »Herr Herzog, wir sind quitt!« soll er noch gerufen haben, ehe er tödlich verwundet zusammenbrach.

Ulrich wandte sich zunächst nach des Pfeifers Heimat, den Neckar aufwärts gegen Oberensingen und Hardt. Hans hatte ihm von einem Felsspalt in einer Schlucht zwischen den beiden Ortschaften erzählt, der so schmal sei, daß er gerade einem Mann Unterschlupf biete. Dort versteckte sich der Herzog in der ersten Nacht.

Als Ulrich anderntags erwachte, beobachtete er ein Spinnlein, das sein Netz über dem Eingang der Höhle gesponnen hatte. Plötzlich vernahm er Pferdegetrappel. Seine Feinde waren auf der Suche nach ihm. Zwei der Verfolger ritten dicht an seinem Versteck vorbei. Er vernahm, wie der eine zum andern sagte: »Gesell, wir wollen die Höhle durchsuchen; gewiß steckt er drinnen.« »Bist du von Sinnen?« erwiderte darauf der andere, »was wird er in der Höhle stecken! Dann hätte er doch beim Hineingehen das Spinnennetz zerreißen müssen.« Darauf ritten die beiden weiter. Eine Spinne hatte dem Herzog das Leben gerettet.

Noch heute heißt der hohle Fels unterhalb von Hardt Ulrichstein, und die Brücke, auf der sich der Kampf zugetragen, nennt man Ulrichsbrücke. Der Herzog aber floh außer Landes und konnte erst nach vielen bitteren Jahren in der Fremde seine Heimat wieder zurückerobern.

Im Gäu
Joachim Burzik
'00

Der Lindwurm im Ammertal

Vor uralter Zeit war das Ammertal ein einziger großer Sumpf. In ihm hauste ein schrecklicher Lindwurm, ein riesiger Drache, dessen Körper mit einem Schuppenpanzer bedeckt war. Mit seinen scharfen Krallen ergriff er die Beute, und kam es zum Kampf, so versengte der Feueratem, der aus seinen Nüstern quoll, alles, was sich ihm widersetzte. Mit seinem langen Schwanz konnte er gewaltige Schläge austeilen, und seine scharfen Zähne zerrissen jeden Feind.

Um das Ungeheuer zu besänftigen, brachten ihm die Bauern von Schwärzloch, Poltringen und Wurmlingen jeden Tag ein Schaf zum Fraß. Reichte dies nicht, seinen Hunger zu stillen, so fiel er die Menschen an, die in Wald und Feld bei der Arbeit waren oder sich zu weit vor ihre Dörfer wagten. Immer wieder versuchten mutige Männer das Untier zu töten, aber niemand konnte es bezwingen. Die Kinder sangen den Reim:

»Lindwurm, Lindwurm, grausig's Tier,
hascht scho drei, vier g'fressa,
den fünfta hascht em Racha,
dem sechsta wirscht's ao so macha.«

Eines Tages wollte eine Gräfin von Tübingen durch den Wald nach Jesingen gehen. Kaum aber kam sie ins Ammertal, da stürzte plötzlich der Lindwurm aus dem Dickicht des Sumpfes auf sie los und wollte sie verschlingen. Sie erschrak zutiefst und floh voller Angst den Weg zurück, Tübingen zu, verfolgt von dem Untier. Im letzten Augenblick, gerade als der Drache nach ihr greifen wollte, konnte sie hinter dem Stadttor Schutz finden. Dort traf sie einen Ritter auf einem stolzen schneeweißen Roß. Er fragte das zitternde Edelfräulein, warum es sich so sehr fürchte, und es berichtete von der schrecklichen Gefahr, der es mit knapper Not entronnen war.

Da schlüpfte der Ritter in ein Gewand, das ringsum mit großen Spiegeln behängt war, stieg auf sein Pferd und ritt hinaus zu dem Sumpf im Ammertal. Der Lindwurm sah ihn kommen und näherte sich neugierig der fremden Erscheinung, von deren Kleid das Sonnenlicht hundertfach zurückgeworfen wurde, als ob von ihr unzählige Blitze ausgingen. Plötzlich erblickte er sein Spiegelbild, glaubte, einen von Seinesgleichen vor sich zu haben, und kroch arglos herzu. Der Ritter aber sprengte auf ihn los, hob seine Lanze, suchte eine verletzbare Stelle am Rumpf des Untiers und stieß mit aller Kraft zu. Mitten ins Herz getroffen, bäumte sich der Drache auf und stürzte tot zu Boden.

Endlich waren die Bauern des Ammertals befreit von dem Drachen. Zur Erinnerung an die tapfere Tat ließen die Schwärzlocher ein Bildnis des Untiers in Stein hauen und an einer Kapelle aufstellen. Die Gräfin aber heiratete den mutigen Ritter, und ihre Nachkommen, die Herren von Wurmlingen, führen seitdem einen Lindwurm in ihrem Wappen.

Die Hochzeiterin

In Hailfingen bei Rottenburg lebte einst ein wunderschönes Mädchen, das hatte einen Burschen lieb, der wohl brav und hübsch war, aber recht arm. Deshalb wollten die Eltern des Mädchens nicht zulassen, daß die beiden heirateten, und sie zwangen ihre Tochter, einen zum Manne zu nehmen, der zwar reich, aber häßlich und garstig war.

Das Mädchen sträubte sich bis zuletzt, und als man es in seinem festlichen Hochzeitsgewand vor den Altar führte, war es bleich wie der Tod. Wie es nun dem ungeliebten Manne das Jawort geben sollte, begann es bitterlich zu weinen, riß sich los und stürzte zur Kirche hinaus. Man suchte nach der Entflohenen, zuerst im Dorf, dann in der Umgebung. Bald wurde zur Gewißheit, was viele geahnt hatten: Die Unglückliche hatte sich in ihrer Verzweiflung das Leben genommen. An einer Fichte im Hailfinger Wald nahe dem Weg von Oberndorf nach Seebronn hatte sie sich erhängt.

Seitdem wurde das Mädchen schon von vielen in jenem Waldstück gesehen. Es war wie zur Hochzeit gekleidet und trug eine mit Gold und Silber geschmückte Krone. Deshalb nannte man es auch »die Hochzeiterin«. Es tat niemandem etwas zuleide, der es in Ruhe ließ, wenngleich manche erzählen, sie seien von ihm im Wald in die Irre geführt worden.

Einmal aber fuhr ein Bauer des Nachts mit seinem Sohn von Seebronn nach Oberndorf, wo er zu Hause war, und als sie an jenem Fichtenbaum vorbeikamen, sprach er zu dem Jungen: »Sieh her, dort ist der Platz, wo sich die Hochzeiterin aufgehängt hat! Die ist ihrem Bräutigam vom Altar weg davongelaufen. Das muß doch ein übles Frauenzimmer gewesen sein!« Kaum hatte er geendet, da stand die Hochzeiterin in ihrem ganzen Schmuck vor den beiden, packte den Bauern, warf ihn zu Boden und zerkratzte ihm das Gesicht. Dann riß sie die zwei vorderen Wagenräder von den Achsen und schleuderte sie weit in den Wald hinein. Dem Sohn, der dies alles stumm mit angesehen hatte, tat sie nichts, sondern verschwand, wie sie gekommen. Als die beiden sich von ihrem Schrecken erholt hatten, suchten sie die Wagenräder und zogen still weiter. Der Bauer aber sprach nie mehr etwas Böses über die Hochzeiterin.

Kurze Zeit später war der Hailfinger Waldschütz, ein recht grober und unerschrockener Kerl, auf einer Hochzeit bei Verwandten in Wendelsheim. Als er auf dem Heimweg durch den verrufenen Wald kam, vernahm er, wie jemand in der Nähe Bäume fällte. Er rief laut: »He, was isch do los?« Doch es wurde weiter mit der Axt auf die Stämme eingeschlagen. Da bahnte sich der Waldschütz einen Weg durch das dichte Unterholz. Plötzlich sah er eine Frau vor sich. Wütend rief er: »Wenn du net glei aus em Wald gohscht, no schlag i dir's Hirn nei!« Doch da warf ihn die Frau zu Boden und verprügelte ihn so fürchterlich, daß er mehrere Stunden lang ohnmächtig liegenblieb. Als er endlich wieder zu sich kam und aufblickte, stand die Hochzeiterin vor ihm. Da erhob sich der Waldschütz und schlich still nach Hause.

Der Pfeifer von Ilsfeld

Im Dienste des Grafen von Helfenstein stand einst Melcher Nonnenmacher, ein armer Spielmann, den man wegen seiner Herkunft den Pfeifer von Ilsfeld nannte. Wenn er auch bei Hof mit lustigen Weisen zum Tanz aufspielte oder bei den Gelagen der Edelleute für Unterhaltung sorgte, so wuchs in seinem Herzen doch ein bitterer Zorn über die Verschwendungssucht und Lasterhaftigkeit der Ritterschaft, denn er wußte, daß aller Prunk bezahlt werden mußte mit den Steuern und Abgaben des geringen Volkes, das ein gar armseliges und freudloses Dasein führte. Deshalb sann er auf eine Gelegenheit, es den Herren gehörig heimzuzahlen.

Als nun im Jahr 1525 die hohenlohischen Bauern sich zusammenrotteten und gegen ihre Unterdrücker erhoben, schloß sich der Pfeifer dem Haufen an und half eifrig mit, die Burg des Grafen zu stürmen und niederzubrennen. Den Helfensteiner nahmen die Bauern gefangen und jagten ihn unter Hohngelächter durch die Spießrutengasse, bis er tot in seinem Blute liegenblieb. Dem Pfeifer aber hatte es gefallen, seinem einstigen Herrn so recht zum Spott ein lustig Liedlein auf dessen letztem Gang zu blasen.

Als jedoch der Truchseß von Waldburg, der Bauernjörg, mit

seinen Landsknechten in einer blutigen Schlacht bei Böblingen den Aufstand niederschlug, da wandte sich das Blatt. Wer von den Bauern am Leben blieb, floh in die Wälder aus Angst vor der Rache der Herren. Melcher aber und etlichen anderen gelang es, sich in das Städtlein Sindelfingen zu flüchten und dort zu verbergen.

Doch die Späher des Bauernjörg hatten davon Kunde erhalten. Alsbald zog der Truchseß mit einem Heer vor die Stadt und drohte den Bürgern: »Ihr schützt den Pfeifer von Ilsfeld und seine Mordbrüder, die den Tod meines edlen Vetters von Helfenstein auf dem Gewissen haben. Wenn ihr die Bauern nicht binnen einer Stunde herausgebt, so lasse ich eure Stadt stürmen und an allen vier Ecken anzünden!« Die Sindelfinger fürchteten den Zorn des Herrn und suchten überall nach den Flüchtigen. Als die Frist fast verstrichen war, stieg eine Bürgerstochter, des Klotzen Madel, hinauf auf den Dachstock ihres Hauses, um durch die Luke nach dem Lager der Landsknechte zu spähen. Plötzlich gewahrte sie einen Mann im Taubenschlag. Leise schlich sie wieder nach unten und meldete ihre Entdeckung. Die Bürger drangen in das Haus, nahmen den Pfeifer und seine Gesellen fest und übergaben sie dem Truchseß.

Der Bauernjörg ließ die Gefangenen aufs freie Feld gegen Maichingen hinausführen und auf einem eilig aufgerichteten Holzstoß verbrennen. So fand die Fehde des Pfeifers von Ilsfeld gegen die Herren ein jämmerliches Ende.

Die Glocke im Sindelfinger See

Nach einer Jagd im Sindelfinger Wald kehrte Graf Atzimbert von Calw des Abends müde in seine Burg zurück, begab sich früh zu Bett und schlief bald ein. In der Nacht hatte er einen seltsamen Traum: Ein Mann in einem weißen Gewand trat an sein Lager und sprach: »Brich die Mauern deiner Burg ab und baue aus ihren Steinen eine Kirche! Damit du in meinen Worten Gottes Willen erkennst, wirst du in einem nahen See eine Glocke finden. Sie soll die erste sein in dem neuen Gotteshaus und für ewige Zeiten auf seinem Turme hangen.«

Kaum graute der Morgen, da meldete sich einer seiner Jäger beim Grafen und sagte, er habe ihm eine wichtige Kunde zu bringen. »Was gibt's?« fragte Atzimbert. »Schon lange bin ich einer Wildsau auf der Fährte«, berichtete der Jäger. »Gestern endlich stieß ich wieder auf ihre Spur, verfolgte sie und kam

so zu einem See mitten im Wald. Im dichten Ufergestrüpp entdeckte ich das Tier mit seinen Jungen in einer Höhlung am Boden. Als ich genauer hinsah, war mir, als ob der Rand der Höhle wie Metall glänzte, und da erkannte ich, daß die Sau eine gewaltige Glocke aus dem Schlamm des Sees gewühlt hatte.«

Da erinnerte sich der Graf seines Traumes. Sogleich sandte er Leute zum See, um nach der Glocke zu suchen. Und wirklich, sie fanden alles so, wie es der Jäger beschrieben hatte. Mit großer Mühe zogen sie die Glocke aus dem Schlamm und brachten sie nach Sindelfingen. Der Graf aber tat, wie ihm im Traum geheißen, ließ die Burg abbrechen und die Kirche St. Martin errichten. Von ihrem Turm soll noch heute das Geläut der Glocke aus dem See erklingen.

Der Schatz im Maisenberg

Auf dem Maisenberg zwischen Eltingen und Renningen stand einst eine Burg. In ihr hauste ein Raubritter, ein gar habgieriger und geiziger Gesell, der seine armen Bauern plagte und quälte und ihnen den letzten Kreuzer aus dem Beutel holte. Mit seinen Knechten überfiel er Kaufleute, die durch das Tal zogen, und in den Kellern seiner Burg häuften sich die erbeuteten Schätze. Das Geld verwahrte er in einer mächtigen Truhe, und am liebsten wühlte er in seinem Gold, lauschte dem Klang der Talerstücke und ergötzte sich am Glanze des edlen Metalls.

Eines Tages erstürmten Feinde das Raubritternest und erschlugen die Burgleute. Man suchte nach dem Schatz, fand aber die Gewölbe leer. Später erzählten manche, der Ritter habe seine Reichtümer an einem heimlichen Ort verborgen und müsse sie dort hüten bis zum Jüngsten Tag. Einem mutigen Burschen aber könne es gelingen, den Schatz zu heben. Es müsse ihn dabei eine Jungfrau begleiten, und kein Wort dürfe währenddessen gesprochen werden.

Ein Hütejunge fand einmal unterhalb des Berggipfels den Eingang zu einer Höhle, und weil er sich der Sage erinnerte, überredete er seine Liebste, ihn auf der Suche nach dem Schatz zu begleiten. Die beiden fanden auch wirklich einen Gang, der in den Berg hineinführte. Sie tasteten sich im Schein ihrer Laterne vor, bis sie an eine Tür stießen, und als sie diese öffneten, gelangten sie in einen großen Saal. Sie erschraken zuerst, als sie in der Mitte des Raumes die Gestalt des einstigen Burgherren erblickten. Der Raubritter saß an einer festlich gedeckten Tafel. Die Arme auf den Tisch gestützt, starrte er mit blicklosen Augen den Eindringlingen entgegen. Neben ihm aber stand die Schatztruhe. Als der Ritter stumm blieb, faßte sich der Bursche ein Herz und trat zu der Geldkiste, um sie zu öffnen. Da mußte das Mädchen niesen. »Kannst du nicht still sein!« entfuhr es dem Jungen. Im selben Augenblick verschwand der ganze Spuk, und die beiden fanden sich in einer kahlen Felsenhöhle wieder. Alle Vorwürfe halfen nichts; sie hatten ihr Glück für immer verscherzt.

Man hat seither nie mehr davon gehört, daß einer versuchte, den Schatz im Maisenberg zu heben.

Der Zwerg im Hauerloch

In einer Felswand des Glemstals zwischen Leonberg und Höfingen findet man eine Höhle, das Hauerloch. Hier hauste einst ein Zwerg, von dem die Leute sagten, er sei steinreich.

Als nun einmal die Felsenmühle, die im Talgrund unterhalb der Wand liegt, zum Verkauf anstand, wollte sie ein junges Paar aus Höfingen erwerben. Aber den Leuten fehlte es an Geld. Da dachten sie an den Reichtum des Zwerges im Hauerloch, stiegen hinauf zu seiner Höhle und baten ihn um Hilfe. »Ihr könnt das Geld haben«, sagte der Zwerg, »aber nur unter zwei Bedingungen: Zum einen sollt ihr mir eure erstgeborene Tochter, wenn sie zwanzig Jahre alt ist, zur Frau geben. Zum andern dürft ihr nie verlangen, meinen Namen zu erfahren.« Die beiden wunderten sich und zögerten; da aber ihr Wunsch, die Mühle zu besitzen, übermächtig in ihnen war, versprachen sie schließlich beides, erhielten die Kaufsumme und freuten sich über den leichten Handel.

Bald wurde ihnen ein Töchterlein geboren, und als es zu einem schönen Mädchen herangewachsen war, kam der Zwerg oftmals zur Mühle, um seiner Braut allerlei kostbaren Schmuck zu schenken. Das gefiel der Jungfer, und weil sie ihren Eltern gehorsam war, hatte sie gegen den seltsamen Bräutigam nichts einzuwenden. Nur eines betrübte sie: daß sie seinen Namen nicht wußte. Ihre Eltern schwiegen, wenn sie danach fragte, und auch der Zwerg gab ihr keine Auskunft.

Darüber ärgerte sich die Tochter, und als ihr Bräutigam eines Abends wieder an dic Tür klopftc, tat sic, als wärc sic nicht zu Hause und ließ ihn warten. Da hörte sie, wie der Zwerg flüsterte: »O, wenn meine Braut wüßte, daß ich Erdmann heiße...«

Voller Freude öffnete sie ihm, und als er in die Stube trat, sagte sie zum Gruß: »Guten Abend, Erdmann!« Der Zwerg erschrak, und als er sich wieder gefaßt hatte, jammerte er: »Warum hast du mich ausgehorcht! Du hättest mich erlösen können! Nun muß ich wieder hundert Jahre in meiner Höhle ausharren.«

Damit ging er fort und wurde seitdem nie wieder gesehen.

Der Schäferbarthel von Markgröningen

Düsteren Sinnes war einst Graf Eberhard von Württemberg, den das Volk »den Erlauchten« nannte, mit einer kleinen Schar seiner Getreuen auf dem Weg zur Festung Hohenasperg. Der Kaiser hatte die Reichsacht über ihn verhängt, und nun, im Jahr darauf, waren dem Württemberger von seinem reichen Besitz nur noch wenige Burgen geblieben. Alle anderen festen Plätze im Land hatte ein übermächtiges kaiserliches Heer unter dem Grafen Konrad von Weinsberg eingenommen. Jetzt wollte Graf Eberhard Zuflucht suchen auf dem Hohenasperg, der bisher dem Feind widerstanden hatte.

Am Osterholz bei Eglosheim überholte der Reitertrupp einen jungen Schäfer, der humpelnd desselben Wegs ging. Als jener ehrerbietig zur Seite trat und grüßte, zügelte der Graf sein Pferd, musterte den Burschen und sprach: »Gesell, dich sollt' ich doch kennen?« »Mag wohl sein, Herr«, meinte jener daraufhin, »hab ich doch mit meinem Spieß den Staufenecker vom Pferd gestoßen, als er Euch in der Schlacht am Rotenberg mit seinem Schwert den Schädel spalten wollte. Dafür haben mich die Schelme allerdings übel zugerichtet, wie Ihr seht.« »Mein treuer Kampfgesell«, sagte der Graf bewegt, »daß ich dir in dieser bitteren Stunde begegnet bin, ist mir viel wert. Gebe Gott, daß bald bessere Zeiten kommen, dann will ich deine Hilfe gerne vergelten.«

Als der Württemberger anderntags die Mauern und Wälle seiner Festung besah, mußte er feststellen, daß sie morsch und baufällig waren und einer Belagerung nicht lange standhalten würden. Er beschloß daher, sogleich nach Besigheim weiterzureiten, um dort Schutz zu finden bei seinem Vetter, dem Markgrafen von Baden.

Inzwischen kam auch der junge Schäfer auf dem Asperg an.

Dort erwartete ihn Margret, seine Liebste, des Torwächters Tochter, und sie freute sich, endlich ihren Barthel wiederzusehen. Besorgt fragte sie nach seiner Verwundung, aber der Bursche verlor darüber kein Wort, sondern berichtete nur immer von der Begegnung mit dem Grafen und dessen Versprechen. »Wenn ich unserem Herrn helfen könnte, die Burg zu retten«, sagte er nachdenklich, »dann würde dein Vater gewiß nichts mehr gegen mich und unsere Heirat einzuwenden haben.«

Als Margret hörte, daß der Burg eine Belagerung drohe, fiel ihr ein, daß ihr Großvater von einem unterirdischen Gang erzählt hatte, der von der Festung bis nach Markgröningen führe. Barthel zögerte keinen Augenblick, nach diesem Gang zu suchen. So rasch es sein verletztes Bein zuließ, eilte er nach seiner Heimatstadt Markgröningen und fand dort endlich einen alten Mann, der ihm den verfallenen und längst vergessenen Einstieg zu dem Gang zeigen konnte. Der Bursche begann den Schutt in dem Loche wegzuräumen, grub immer tiefer und stieß schließlich auf eine Eisenplatte, die er mit großer Anstrengung hochheben konnte. Unter ihr tat sich ein finsteres Loch auf, in das eine Wendeltreppe hinabführte. Sorgfältig verschloß Barthel den Eingang wieder und machte sich auf den Weg zum Grafen nach Besigheim.

Graf Eberhard, der glaubte, daß niemand von seinem Aufenthalt in Besigheim wüßte, war daher höchst erstaunt, als er hörte, ein junger Bursche wolle ihn sprechen. Erst hatte man den Schäferbarthel abgewiesen, aber als jener mitteilen ließ, er habe eine wichtige Nachricht, führte man ihn vor den Grafen. Dem berichtete der Bursche von seiner Entdeckung. Der Württemberger erkannte sogleich die Möglichkeit, den bedrängten Burgleuten zu helfen und bat den Barthel, der Besatzung seine Unterstützung zuzusichern, denn inzwischen war das Heer des Kaisers vor den Asperg gezogen und hatte mit der Belagerung begonnen.

Mit Fackeln versehen, stieg der Schäfer in das Loch, fand

auch glücklich den Weg durch den finsteren Gang und gelangte schließlich zur Verwunderung der Burgleute in die Festung. Er zeigte dem Vogt einen Ring, den ihm der Graf mitgegeben hatte, und versprach, der Besatzung Lebensmittel zu bringen, denn in der Burg war Schmalhans Küchenmeister geworden.

Noch manchmal machte der Bursche heimlich den Weg durch den Gang zur Burg, brachte Brot und Wein hinauf und konnte auch die Pläne der Feinde erkunden, und als jene den ersten Sturm wagten, mußten sie mit blutigen Köpfen wieder abziehen. Schließlich vermochte das kleine Häuflein der Getreuen die Festung doch nicht zu halten. Als die Feinde aber in die Burg eindrangen, fanden sie das Nest leer, denn die Besatzung hatte sich durch den geheimen Gang der Gefangenschaft entzogen.

Als kurze Zeit danach das Kriegsglück sich wendete und Graf Eberhard in sein Land zurückkehren konnte, gedachte er seines Versprechens. Er setzte den Barthel zum Meister über die Schäferzunft in Markgröningen und sorgte dafür, daß der Bursche seine Margret heiraten durfte. Überdies bestimmte er, daß alljährlich an Bartholomäi, dem Namenstag des Schäfers, zu Ehren der Schäferzunft ein Fest, der Markgröninger Schäferlauf, gefeiert werde. Dies geschieht bis zum heutigen Tag.

Eine andere Sage erzählt, dem Grafen zu Gröningen sei zugetragen worden, sein Schäfer, der Barthel, verkaufe heimlich Tiere und behalte den Erlös. Dies verdroß den Herrn, denn er hatte bisher immer geglaubt, sein Knecht diene ihm treu und ehrlich. Eines Tages nun gab der Graf vor, über Land zu reiten, kehrte des Nachts aber zurück und begab sich, als Metzger verkleidet, zum Pferch seiner Schafe. Dort tat er, als wolle er einige Tiere kaufen, und als Barthel ablehnte, bat und schmeichelte er, bot viel Geld und griff schließlich nach einem Stück der Herde. Da wurde der Knecht zornig und schlug nach dem frechen Metzger. Der Graf meinte, nun sei der Barthel genug geprüft, gab sich zu erkennen und lobte die Treue seines Schäfers. Er schenkte ihm einen Hammel und gebot, zu Barthels Ehre alljährlich an seinem Namenstag einen Schäferlauf zu feiern.

Schwäbischer Wald
J. BURZIK
87.

Schlappohrle am Weißen Stein

Wenn man einst nachts im Schurwald unterwegs war, kam manchem das Gruseln, denn Kobolden, Irrlichtern, weißen oder schwarzen Riesenpudeln und schwarzen Katzen konnte man da überall begegnen. Am schlimmsten trieb es ein Geist, den man Schlappohrle hieß, denn seine beiden Ohrlappen waren so groß, daß sie bis auf die Schultern herabhingen. Das gab ihm ein trauriges und erschreckendes Aussehen, und wahrscheinlich war ihm dies ganz recht so.

Meist begegnete man ihm in der Nähe des Weißen Steins zwischen Plochingen und Aichschieß. Da setzte er sich heimlich zu den Fuhrleuten auf den Wagen, daß die Pferde kaum mehr ziehen konnten, oder er trieb den armen Tieren große Mückenschwärme zu, daß sie wild um sich schlugen, scheuten und den Wagen in den Graben warfen. Und war man zu Fuß unterwegs, um einen Botengang zu tun oder Holz und Beeren zu suchen, dann konnte es sein, daß plötzlich ein Mann neben einem auftauchte, der sah aus wie ein riesiger behaarter Jäger. Die Mütze hatte er tief über die Ohren gezogen, um ihr sonderbares Aussehen zu verbergen. Er tat einem nichts, aber jeder, dem er begegnete, ging in die Irre, auch wenn er sich im Wald noch so gut auskannte.

In Plochingen erzählt man, eines Tages habe ein Ertrunkener am Neckarufer gelegen, den niemand kannte. Man wollte ihn begraben, aber nicht auf dem Kirchhof, sondern droben beim Weißen Stein, und trug ihn in einem Korb dorthin. Unterwegs aber habe der Tote die Träger beständig an den Ohren gezogen. Als man anderntags nach dem Grab schaute, lag der Ertrunkene daneben. Dreimal begrub man ihn, und immer geschah dasselbe. Schließlich wälzte man einen schweren Stein auf den Grabhügel. Der Leichnam blieb daraufhin verschwunden, aber sein Geist, der Schlappohrle, treibt seither an diesem Ort sein Unwesen.

Die Weiber von Schorndorf

Als vor etlichen hundert Jahren die Franzosen unter dem General Melac sengend und brennend durch das Schwabenland zogen, wurde auch die kleine Stadt Schorndorf im Remstal von ihnen belagert. Die Bürger unter ihrem wackeren Kommandanten Peter Krummhaar hielten dem übermächtigen Feind zunächst tapfer stand. Erst als die Not in der Stadt größer und größer wurde, kam manchem der Gedanke, ob es nicht besser wäre, die Tore zu öffnen und sich der Willkür der Soldaten auszuliefern statt Leben und Besitz aufs Spiel zu setzen. Schließlich trat der Rat zusammen, und da zeigte sich, daß die meisten der Herren samt dem Bürgermeister gesonnen waren, Schorndorf zu übergeben.

Aber der hohe Rat hatte nicht mit dem Mut der Bürgerinnen gerechnet. Sie meinten, es sei nicht nur Männersache, über das Wohl und Wehe der Stadt zu entscheiden. Als die Weiber darüber rätselten, welchen Beschluß wohl die Ratsleute fassen würden, versteckte sich die Frau des Bürgermeisters, Anna Barbara Walch, kurzerhand im Ofenloch der Ratsstube, um die Reden der Herren belauschen zu können. Da merkte sie bald, wo es hinaus wollte, und eilends kroch sie aus dem Loche hervor, lief die Rathaustreppe hinab und rief die Frauen der Stadt auf dem Marktplatz zusammen.

Weil jene nun meinten, es gehe gegen den Feind, brachten sie gleich mit, was sie an Waffen zur Hand hatten: Küchenmesser und Besenstiele, Heugabeln, Sensen und Misthaken. So erschienen sie vor dem Rathaus. Die Walchin führte den Haufen zum Ratssaal, öffnete die Tür und verkündete den verdutzten Ratsherren: »Wir Weiber von Schorndorf tun Euch kund, daß wir den wohlweisen Rat unserer Stadt nicht eher aus dieser Stube gehen lassen, bis er beschlossen hat, die Stadt mannhaft zu verteidigen und nicht den Franzosen auszuliefern!«

Was blieb den Herren anderes übrig als zu tun, was die Weiber verlangten? Beherzt und tapfer wehrten sich die Bürger weiterhin gegen ihre Feinde. Melac wunderte sich über die Hartnäckigkeit der Schorndorfer und brach schließlich die Belagerung ab.

Der Ring der Herzogin

Herzogin Agnes von Schwaben lebte einst auf der Burg Hohenstaufen. Weil sie das Jagen und Fischen so sehr liebte, durchstreifte sie oftmals das Tal der Rems, eine bewaldete und besonders wildreiche Gegend.

Einmal war die Herzogin auf der Fährte eines flüchtigen Hirsches. Sie folgte dem Tier durch das dichteste Gestrüpp, verlor aber schließlich seine Spur. Als Agnes zu ihrem Gefolge zurückkehrte, bemerkte sie plötzlich voller Schrecken, daß an ihrer Hand jener kostbare Ring fehlte, den der Herzog ihr einst zur Hochzeit geschenkt hatte. Ein solcher Verlust galt als Vorzeichen künftigen Unheils. Deshalb gebot die Fürstin ihrem Gesinde, den Wald zu durchstreifen und versprach dem Finder hohen Lohn. Aber alle Mühe war umsonst; wie sollte man auch im Dickicht ein solch kleines Ding finden!

Wochen vergingen, und die Herzogin erwartete voll banger Sorge die Heimkehr ihres Gemahls, der den Kaiser auf einem Kreuzzug begleitete. Da geschah es, daß ein junger Jäger auf der Pirsch durch jenes Tal kam, wo die Edelfrau ihren Ring verloren hatte. Plötzlich rauschte es im Gebüsch, und vor ihm stand ein so prächtiger Hirsch, wie er noch keinen gesehen. Rasch legte er die Armbrust an und schoß. Das Tier machte noch einen gewaltigen Satz, aber dann brach es röchelnd nieder. Als der Jäger seine Beute betrachtete, entdeckte er an der obersten Stange des Geweihs einen funkelnden Ring, der fest in die Spitze eingezwängt war. »Der Ring der Herzogin!« rief er überrascht.

Agnes war überglücklich, als ihr das teure Kleinod gebracht wurde, und als der Jäger ihr beschrieb, auf welch wundersame Weise er es gefunden hatte, ließ sie sich den Platz zeigen. Um Gott für seine Hilfe zu danken, beschloß die Edelfrau, an jener Stelle eine Kirche bauen zu lassen. An ihrer Außenwand soll ein Jagdbild angebracht worden sein, das die seltsame Geschichte des Rings darstellte.

Um die Johanniskirche siedelten sich bald Leute an. Sie rodeten die Wälder an der Rems, ein Dorf entstand, eine Stadt: das schöne Schwäbisch Gmünd.

Der Geiger von Gmünd

Einst kam ein armer Musikant, der durch das Land zog und mit seinem Geigenspiel zusammenbettelte, was er zum Leben brauchte, vor die Tore der Stadt Gmünd. Der Tag war heiß, und die lange Wanderung hatte ihn ermüdet. Deshalb trat er in die kleine Kapelle, die unter einer alten Linde am Graben stand. Als sich seine Augen an das Dämmerlicht gewöhnt hatten, sah er über dem Altar das Bildnis der Muttergottes. Lange stand er andächtig vor der Jungfrau, und weil sie ihn so freundlich anzublicken schien, griff er zu seiner Geige und spielte ihr zur Ehre eine kleine Weise. Kaum war der letzte Ton verhallt, da bewegte sich die Gestalt, neigte sich lächelnd zu ihm hernieder, zog einen ihrer goldenen Schuhe vom Fuß und warf ihn dem Spielmann zu. Jener hob das kostbare Geschenk dankend auf und betrachtete es ehrfürchtig. Weil ihn aber der Hunger so plagte, begab er sich zum nächsten Goldschmied, um das wertvolle Stück zu verkaufen.

Kaum erblickte der Meister das Kleinod, da herrschte er den Burschen an und fragte, wie er zu dem goldenen Schuh gekommen sei. Der Geiger konnte noch so beteuern, es sei ein Geschenk der Muttergottes, der Goldschmied hielt ihn für einen Spitzbuben und Kirchenräuber, packte ihn und rief die Wache. Der arme Spielmann wurde vor den Rat geführt, um sich zu verantworten. Aber auch die hohen Herren glaubten ihm nicht; man fand ihn des Diebstahls für schuldig und verurteilte ihn zum Tod am Galgen.

Als man den Gefangenen am andern Tag zur Richtstätte führte, kam der traurige Zug auch an jener Kapelle vorbei. Da bat der Geiger, noch einmal vor dem Heiligenbild spielen zu dürfen. Diesen Wunsch wollte man dem armen Sünder nicht abschlagen. Der Verurteilte trat vor den Altar und begann voller Inbrunst jene liebliche Weise zu spielen, die er am Tag zuvor hatte erklingen lassen. Sein Lied rührte auch die gestrengen Ratsherren. Als aber der letzte Ton verklungen war, sahen sie mit Verwunderung, wie sich die Heilige lächelnd zu dem Spielmann herabneigte und ihm auch den zweiten Goldschuh zuwarf.

Nun war seine Unschuld erwiesen. Man schämte sich des bösen Verdachts und bat den Geiger um Vergebung. Unter dem Jubel des Volkes führte man ihn in die Stadt zurück, lud ihn zu einem Fest und ließ ihn reich beschenkt seines Weges ziehen.

Der Einsiedler und der Kaiser

Kaiser Ludwig der Fromme mußte einst gegen seine ungeratenen Söhne, die ihm den Gehorsam verweigerten, zu Felde ziehen. Nahe bei Straßburg standen sich die Heere gegenüber. Doch in der Nacht vor der entscheidenen Schlacht verließen die meisten Krieger den Kaiser und liefen zum Feind über.

Ludwig der Fromme mußte fliehen. Nur von seinem Oheim begleitet, setzte er über den Rhein, überquerte die unwirtlichen Höhen des Schwarzwaldes und gelangte endlich ins liebliche Neckartal. Aber auch dort war er vor den Häschern seiner Söhne nicht sicher. Deshalb wanderte er das Murrtal hinauf, durch finstere Wälder und wilde Schluchten, von allen verlassen, denn sein treuer Begleiter war auf der Flucht gestorben.

Immer unwirtlicher und unwegsamer wurde die Gegend. Nirgends fand sich ein Dorf, eine Hütte, wo der hohe Herr hätte Herberge finden können. Nur mühsam bahnte er sich einen Weg durch das dichte Unterholz des Urwaldes. Es ging auf den Abend zu. Plötzlich vernahm der Kaiser den silbernen Klang eines Glöckleins. Er folgte den Tönen und gelangte zum Eingang einer Höhle an einem Talhang oberhalb der Murr. Dort lebte in aller Stille und Einsamkeit ein Einsiedler, und bei ihm, den die Leute den heiligen Walderich nannten, fand der Flüchtling Zuflucht.

Lange Zeit lebte der Kaiser unerkannt bei dem frommen Mann in der Felsenklause. Er gab sich für einen fränkischen Ritter aus, der vor Feinden habe fliehen müssen. Eines Nachts aber erschien dem Einsiedler im Traum die Gestalt Kaiser Karls, und eine Stimme rief: »Bruder Walderich, du beherbergst Kaiser Ludwig, den Gesalbten des Herrn, den seine Söhne vom Thron stießen. Gott aber wird ihn wieder erhöhen und ihm sein Reich zurückgeben!« Am andern Morgen erzählte der Klausner dem fremden Gast seinen Traum. Da gab sich jener zu erkennen, und mit neuer Hoffnung ertrug er sein hartes Geschick.

Nach langem Warten drang freudige Kunde in das stille Waldtal: Die Söhne des Kaisers bereuten ihre Freveltat und forschten nach dem Aufenthaltsort ihres Vaters, um ihn wieder auf den Thron zu setzen. Nun mußte der Flüchtling die stille Klause verlassen. Ehe er schied, schenkte er dem Einsiedler die Höhle und das umliegende Land, damit niemand das Recht hätte, ihn daraus zu vertreiben. Auch versprach er Walderich, im Tal eine Kirche und ein Kloster bauen zu lassen, das Murrhardt heißen solle.

Aus Frankreich kamen Bauleute ins stille Waldtal, und inmitten der Wildnis erhob sich bald die Walderichskapelle. Von einem schönen Garten umgeben und einer hohen Mauer geschützt, entstand ein kleines Kloster, das zwölf frommen Brüdern Raum bot. Walderich, der Einsiedler, wurde sein erster Abt, und als der Kaiser kurze Zeit später nach Ulm zum Reichstag zog, kehrte er in Murrhardt ein, um wieder Gast zu sein, wo er einst in der größten Bedrängnis Zuflucht gefunden hatte.

Der Ochsenkerl

Als einmal ein Poppenweiler Bauer des Abends auf dem Heimweg ins Löhrle kam, ein Wäldchen zwischen Poppenweiler und Affalterbach, bemerkte er plötzlich einen großen Ochsen. Da das stattliche Tier an einem Baum festgebunden war, dachte er, sein Besitzer werde ein Viehhändler oder Metzger sein, und aus Neugier blieb er eine Zeitlang bei dem Ochsen stehen. Schließlich begann der Bauer zu pfeifen und zu rufen, aber als niemand erschien, band er das Tier los, führte es am Strick nach Hause und stellte es in seinen Stall. Daraufhin ging er zu seinem Weib in die Stube hinauf und berichtete von seinem Fund.

Die Bäuerin wollte sehen, welch seltsamen Gast ihr Mann da heimgebracht hatte, zündete die Laterne an und ging in den Stall. Aber wie groß war ihr Schreck, als sie im flackernden Kerzenlicht statt des Tieres einen Mann in der Stallecke stehen sah, einen riesigen Kerl mit einem gewaltigen Hut auf dem Kopf!

Die Bauersleute sprachen den seltsamen Fremden zuerst schüchtern an, baten, flehten, er möge doch woanders ein Nachtlager suchen, die Tiere würden scheu. Aber der Riese schwieg beharrlich und starrte sie nur immer mit funkelnden Augen an. Da wurde ihnen noch unheimlicher zumute, und weil sie sich fürchteten, zogen sie sich in ihre Stube zurück, ließen jedoch die Stalltür offen, damit der Fremde das Haus verlassen konnte.

In der Nacht taten sie kein Auge zu, horchten nur immer auf die Geräusche, die aus dem Stall heraufdrangen, doch außer dem Klirren der Ketten und dem schläfrigen Muhen einer Kuh war nichts zu vernehmen. Als der Morgen graute, schlichen sie wieder hinunter in den Stall. Der Riese stand immer noch in der Ecke, starr und stumm! Ihnen graute, aber schließlich gingen sie wie gewohnt an ihre Arbeit.

Als jedoch Tag um Tag verstrich und das Ungeheuer nicht von der Stelle wich, sie nur immer mit funkelndem Blick verfolgte, da holte der Bauer Steine und mauerte die Ecke zu. Von nun an hatten die Leute Ruhe, aber noch lange überfiel sie ein Grauen, wenn sie in die Nähe der Wand kamen, die den unheimlichen Fremden verbarg.

Die Glocke vom Wunnenstein

Auf dem Kreuzzug ins Heilige Land hatte einst der Ritter Stein von Wunnenstein im Kampf gegen die Ungläubigen manchen Gefahren zu trotzen. Als er einmal in ärgste Todesnot geriet, da gelobte er, auf der väterlichen Burg eine Kirche zu bauen, wenn Gott ihn unbeschadet in die Heimat zurückkehren ließe.

Wie durch ein Wunder konnte er seinen Feinden entkommen, und als er etliche Jahre später wieder nach Hause gelangte, gedachte er seines Versprechens und ließ auf dem Wunnenstein eine Kirche errichten, die er dem heiligen Michael weihte. Den Turm schmückte eine mächtige Glocke, deren reiner und voller Klang in allen Dörfern der Umgebung zu vernehmen war.

Wenn ein Unwetter nahte, wurde die Glocke geläutet, und seltsam – fortan ging auf der ganzen Markung kein Hagel nieder, und kein Blitzschlag richtete Schaden an. Überall im Land rühmte man die schützende Kraft der Glocke auf dem Wunnenstein, und die Heilbronner wollten unbedingt das Wunderding in ihren Besitz bringen. Sie verhandelten lange mit den Stiftsdamen von Oberstenfeld, denen die Kirche eine Zeitlang gehörte, und kauften ihnen schließlich die Glocke um eine riesige Summe Geldes ab.

In den Dörfern um den Wunnenstein herrschte große Trauer, als die Heilbronner die Glocke im Triumph fortführten und in ihre Stadt brachten. Auf dem Turm der Kilianskirche sollte sie ihren neuen Platz erhalten. Als jedoch der Mesner sie zum ersten Mal läuten wollte, blieb sie stumm. Zwar ließ man Geisterbanner kommen, und die ganze Gemeinde versammelte sich auf dem Kirchplatz, betete und sang zum Lobe Gottes, aber niemand konnte die Glocke zum Klingen bringen. Als gar ein Unwetter nahte und sich über der Stadt entlud, glaubten die Bürger, Gott strafe ihren Frevel und machten sich eilends daran, die Glocke an ihren alten Platz zurückzubringen.

Zwölf Rösser mußten vor das Fuhrwerk gespannt werden, auf das man die Glocke lud, und nur mit großer Mühe kamen sie vorwärts. Als sie in die Nähe des Wunnensteins gelangten, begegnete ihnen ein Bauer aus Winzerhausen. Der freute sich über alle Maßen, als er die geliebte Glocke wieder zu Gesicht bekam und erbot sich, sie den Heilbronnern abzunehmen und auf den Berg zu führen. Und siehe da, das ging so leicht, daß er mit seinen zwei Ochsen die schwere Last ohne Mühe den steilen Schloßberg hinaufbrachte! Bald hing die Glocke im Turm des Burgkirchleins, und als ihr volles Geläut zum ersten Mal wieder erklang, fiel alles auf die Knie und dankte Gott für solche Gnade.

Die feindlichen Brüder auf Burg Lichtenberg

Bei Oberstenfeld gegenüber dem Wunnenstein erhebt sich die alte Burg Lichtenberg. Einst sollen sich zwei Brüder um ihren Besitz gestritten haben. Sie bewaffneten ihre Knechte und zogen gegeneinander ins Feld. Beim Sauferhof nahe der Burg kam es zur Schlacht. Zuvor aber ließ der jüngere der beiden dem andern durch einen Boten ausrichten: »Wenn ich dich in meine Gewalt bekomme, so wartet auf dich der Hungertod.« Der andere wollte der Grausamkeit des Bruders nicht nachstehen und gab zur Antwort: »Und ich werde dich verdursten lassen!«

Nach erbittertem Kampf gelang es dem älteren, mit seinen Knechten die Feinde zu besiegen und den Bruder zu überwältigen. Er warf ihn in das tiefe Burgverlies und gab ihm, wie er gedroht hatte, nur trockenes Brot zu essen. Der Gefangene verspürte bald heftigen Durst und untersuchte verzweifelt die Wände seines finsteren Kerkers. Plötzlich entdeckten seine tastenden Finger einige Wassertropfen, die zwischen den Steinritzen hervorquollen. Gierig leckte er sie auf, und fortan konnte er den ärgsten Durst damit stillen.

Woche um Woche, Monat um Monat vergingen, und dem Bruder war es unbegreiflich, wie der Gefangene so lange am Leben blieb. Schließlich erbot sich der Burgkaplan, in das Verlies zu steigen, um dem Eingekerkerten das Geheimnis zu entlocken. Der Pfaffe erschlich sich das Vertrauen des Gefangenen, gab an, das Abendmahl mit ihm feiern zu wollen und beschwor ihn, zuvor in der Beichte all sein Tun und Lassen zu offenbaren. Die List gelang, und der Kaplan hinterbrachte seinem Herrn alsbald die Lösung des Rätsels.

Da befahl der Ritter, den Kerker mit Brettern auszuschlagen. Als man ihm aber nach einigen Tagen meldete, sein Bruder sei unter schrecklichen Qualen gestorben, überfiel ihn bittere Reue. Er ließ den Kaplan kommen und warf ihm vor, schuld zu sein am Tod des Gefangenen. Jener verteidigte sich und beteuerte, er habe nur seinem Herrn gefällig sein wollen. Der Ritter aber packte ihn, schleppte ihn hinauf auf den Burgfried, stieß ihn über die Zinnen und stürzte sich selbst ihm nach in die Tiefe.

Nordostalb
Joachim Burzik 87

Die Schweden vor Dinkelsbühl

Nach der Schlacht bei Nördlingen zog ein schwedisches Heer unter dem Obersten Sperreuther vor die Stadt Dinkelsbühl. Die Bürger hielten den Angriffen der Feinde zunächst tapfer stand und lehnten die Aufforderungen des Obersten, die Stadt zu übergeben, beharrlich ab. Schließlich ließ jener durch einen Boten den Dinkelsbühlern sagen: »Es ist umsonst, daß ihr euch wehrt. Engel müßten vom Himmel niedersteigen und euch helfen, sollte eure Stadt gerettet werden.«

Der Hunger ging um in der Stadt, und allmählich fanden sich die meisten Bürger damit ab, daß sie Dinkelsbühl auf Gedeih und Verderb den Schweden übergeben mußten, da kam Lorle, des Turmwächters Tochter, ein guter Gedanke: Sie hatte Kinder besonders lieb, und oft fand sich bei ihr ein Häuflein in der Turmstube ein, um den Geschichten zu lauschen, die das Mädchen zu erzählen wußte, oder sich der schönen Aussicht zu erfreuen. »Kinder in ihrer Unschuld gleichen den Engeln«, dachte sie, trat vor den Rat und sprach: »Hat der Schwede gesagt, es müßten Engel vom Himmel steigen, wenn Dinkelsbühl geholfen werden solle, so sage ich, daß die Engel schon in unsere Stadt gekommen sind und daß in jedem Haus einer, ja zwei oder drei und mehr aus und ein gehen. Ich will eure Kinder um mich sammeln und mit ihnen dem Schweden entgegengehen, damit er sich der Kinder und unser aller erbarme.«

Lorle scharte die Kleinen um sich und zog mit ihnen durch die Gassen dem Tore zu, durch das eben der Oberst mit seinen Soldaten in die Stadt drang, denn der Rat hatte inzwischen die Schweden eingelassen. Furchtlos schritt sie dem Zug der Kinder voran, an der Hand das jüngste, ein kleines Büblein, damit es sich vor den wilden Soldaten nicht fürchte.

Wie nun der Oberst den Knaben sah, da war ihm, als käme

ihm sein eigenes Söhnlein entgegen, das erst vor kurzem gestorben war. Dem harten Kriegsmann stiegen Tränen in die Augen. Der Anblick der vielen Kinder, die stumm und verängstigt zu ihm aufblickten, rührte sein Herz. Er befahl seinen Soldaten, ins Lager zurückzukehren, und bald danach zog er mit seinem Heer ab.

Als Dank für die wunderbare Rettung ließ daraufhin der Rat der Stadt auf einem Platz vor dem Tor für die Kinder ein Fest feiern, bei dem die Kleinen sich fröhlich und nach Herzenslust tummeln konnten. Auch Speise und Trank wurde ihnen gereicht, und die Zeche beglich der Bürgermeister aus der Stadtkasse. Bis auf den heutigen Tag haben die Dinkelsbühler den schönen Brauch beibehalten. Alljährlich feiert man dort zur Erinnerung an die Befreiung der Stadt durch die Kinder ein Fest, das man »die Kinderzeche« nennt.

Das Licht über den Mauern

Wo einst die stolze Burg Hochhaus der Herren von Hürnheim stand, findet man heute nur zerfallenes Gemäuer. Manchmal aber, so erzählen die Hürnheimer, flackere des Nachts ein rätselhaftes Licht zwischen den Trümmern. Unter dem Schutt soll nämlich ein reicher Schatz begraben sein, den einst einer der Burgherrn geraubt und hier verborgen habe. Wegen seiner Missetaten fände er keine Ruhe und musse umgehen.

Vor vielen Jahren wohnte in der Mühle unterhalb der Ruine ein Müller mit seiner Frau und dem zwölfjährigen Töchterlein. Die Leute waren fleißig und ehrlich, aber ihr Verdienst wurde immer geringer, und als das alte Mühlwerk stehenblieb, mußten sie hohe Schulden machen, um es wieder instand zu setzen. Da kehrten Not und Sorge in der Mühle ein, und auch das Kind spürte den Kummer der Eltern.

»Warum holen wir nicht von den Schätzen, die oben im Hochhaus begraben liegen?« fragte es einmal. »Ach Kind«, gab die Mutter zur Antwort, »jenes Gold kann nur finden, wer unschuldig ist.« – »Bin ich unschuldig?« fragte das Mädchen weiter. »Ja, du bist es, liebes Kind«, sagte die Mutter, »aber wir sind ehrliche, unbescholtene Leute und wollen mit solchem Teufelszeug nichts zu tun haben.«

Dem Mädchen ging der Gedanke, es könne dem Vater helfen, nicht aus dem Kopf. Als das Elend im Haus immer schlimmer wurde, schlich es eines Abends heimlich den Weg hinauf zum Hochhaus. Wie es aber in das Gemäuer gelangte, stand plötzlich ein großer, bärtiger Mann vor ihm und fragte nach seinem Begehr. Das Mädchen erschrak, faßte sich jedoch ein Herz, erzählte, wie die Eltern ohne eigenes Verschulden in Not gekommen waren und bat um Hilfe. Der Mann blickte das Kind lange nachdenklich an, gebot dann, ihm zu folgen und führte es durch einen langen Gang, der sich unverhofft zwischen den verfallenen Burgmauern auftat, in die Tiefe des Berges. Sie gelangten in ein rußgeschwärztes Gewölbe mit einem mächtigen Schmelzofen. Der Schein der Flammen, die aus dem Feuerloch schlugen, fiel durch eine Felsspalte in den Burghof und war jenes rätselhafte Licht, das zuweilen vom Tal aus gesehen wurde. Fünf oder sechs Knechte waren dabei, alte Goldmünzen einzuschmelzen und neue zu prägen, von denen ein ganzer Haufen am Boden lag. Als das Kind die vielen blitzenden Goldstücke sah und bedachte, wie hart die Eltern arbeiten mußten, um eines davon zu verdienen, wandte es sich an seinen Führer und sagte in aller Bescheidenheit: »Lieber Herr, wenn Ihr so reich seid, könntet Ihr doch meinem Vater gut dreitausend Gulden leihen, damit er seine Schulden zurückzahlen kann. Ich bitte Euch von Herzen, helft uns!« Da lächelte der Mann und sprach: »Geh zu deinen Eltern zurück und bestelle ihnen, ich würde sie morgen besuchen.«

Die Müllersleute erschraken und wunderten sich, als das

Mädchen erzählte, was ihm widerfahren war. Am Abend des nächsten Tages klopfte es an ihre Tür, und herein trat ein vornehm gekleideter Herr, in dem das Mädchen sogleich den Mann wiedererkannte, der es in die Schatzkammer geführt hatte. »Ich bin der Letzte aus dem Geschlecht der Herren von Hürnheim, denen einst die Burg Hochhaus gehörte«, sprach er, »und will Euch aus Eurer Not helfen. Doch habt Ihr dies nur Eurem Kinde zu verdanken, das in seiner Unschuld und Liebe auch mir und meinen Gesellen geholfen hat. Ich schenke Euch das Geld, wenn Ihr mir versprecht, volle zwei Jahre darüber zu schweigen. Haltet Ihr Euch nicht daran, so komme ich wieder und fordere es zurück.« Damit legte er einen Beutel voller Goldstücke auf den Tisch.

»Ihr könnt uns helfen«, fügte er hinzu, als die Müllersleute ihren Dank vorbrachten, »indem Ihr alljährlich eine Messe lesen laßt für arme, unerlöste Seelen.«

Die Leute erfüllten gerne die Wünsche des Burgherrn, und jener kam nie wieder zur Mühle.

Der Spion von Aalen

Aalen, einst eine freie Reichsstadt, hatte einmal Streit mit ihrem mächtigen Herrn, dem deutschen Kaiser. Als die Bürger nicht nachgaben, zog jener mit einem Heer vor das Städtlein, um es zu belagern und einzunehmen. Da bekamen es die Bürger doch mit der Angst zu tun und gedachten, einen der ihren ins Lager der Feinde zu schicken, um die Stärke der Kaiserlichen auszukundschaften. Dazu wählten sie den pfiffigsten ihrer Bürger.

Der Aalener begab sich ohne Umschweife ins feindliche Lager und wurde auch prompt von den Wachtposten abgefangen und vor den Kaiser und seine Feldobersten geführt. Unbefangen begrüßte er die hohen Herrn, und als man ihn fragte, wer er sei und was er wolle, da antwortete er wahrheitsgetreu: »Erschrecket fei net, ihr Herra, i ben bloß der Spion von Aale ond will euer Lager a bißle beseha ond auskondschafta, wiaviel Kanona, Musketa ond sonstigs Kriagszeug ihr hent.«

Die Offiziere wunderten sich über so viel Unverfrorenheit und meinten, der sonderbare Kauz gehöre an den Galgen. Der Kaiser aber sagte lachend: »Solch einen Spion hab ich mein Lebtag noch nicht gesehen. Weil er mit seiner gespielten Einfalt gescheiter zu sein scheint als viele seiner Art, möge man ihm die Strafe erlassen.« Er gestattete dem Burschen zudem, durch das Lager zu gehen und auszukundschaften, was er seiner Vaterstadt zu melden für wichtig halte.

Der Spion bedankte sich recht manierlich für die Gunst und kehrte schließlich nach Aalen zurück. Der Kaiser aber zog bald darauf mit seinem Heere ab, denn er meinte, eine Stadt, in der solche Schlauberger zu Hause seien, habe Schonung verdient.

Ihrem Spion setzten die Bürger später ein Denkmal, indem sie ihn lebensgetreu an der Rathausuhr abbilden ließen. Mit jedem Pendelschlag wendet er den Kopf hin und her und schneidet Grimassen dazu, wie er es damals im feindlichen Lager getan hatte.

Die Sage vom Herwartstein

Unweit des alten Klosters Königsbronn findet man über der Brenz einen Felsklotz, den Herwartstein. Er trug einst eine mächtige Burg. Dort hausten die Ritter von Herwartstein, wilde, gewalttätige Gesellen, vor denen sich Bauern und Kaufleute fürchteten.

Am schlimmsten von allen trieb es der Ritter Adalbert. Auf der Jagd sprengte er mit seinem Pferd querfeldein durch die Saaten oder das reifende Korn, und baten ihn die Bauern um Schonung, hieb er ihnen die Peitsche um die Ohren und ritt hohnlachend davon. Die finsteren Kerker der Burg waren voll von Menschen, die er überfallen und hierhergeschleppt hatte, um von den Angehörigen Lösegelder zu erpressen. Vor allem Kaufleuten lauerte er auf, und war ihm ein guter Fang gelungen, so feierte er mit seinen Spießgesellen ein wüstes Fest, spielte und soff, und das Gröhlen, Johlen und Fluchen der Betrunkenen erfüllte nächtelang die ganze Burg.

Die Tochter des Ritters verabscheute aufs tiefste das wüste Treiben des Vaters. Kunigunde hatte das fromme Gemüt ihrer verstorbenen Mutter geerbt und setzte alles daran, einen Teil des Unrechts wiedergutzumachen, das ihr Vater und seine Spießgesellen verschuldeten. Wenn jene auf Raub auszogen, stieg sie mit einem Korb am Arm in die Dörfer hinab, besuchte die Armen und Kranken, schenkte ihnen, was sie selbst an Nahrung entbehren konnte und tröstete sie in ihrem Unglück. Auch zu den Gefangenen im Burgverlies verschaffte sie sich heimlich Zugang und suchte ihnen ihr hartes Los zu erleichtern.

In einem der Keller schmachtete schon jahrelang ein alter Mann. Als der Gefangene krank wurde und den Tod nahen fühlte, bat er die Jungfer, noch einmal das Licht der Sonne erblicken und den reinen Atem des Windes spüren zu dürfen. Kunigunde führte den Greis hinauf in den Burghof, setzte ihn dort unter die Linde am Brunnen und brachte ihm einen Becher Wein.

Plötzlich vernahmen die beiden Hufschlag auf der Brücke, und ehe Kunigunde den Gefangenen in den Kerker zurückbringen konnte, sprengte ihr Vater in den Burghof. Mit einem Blick erkannte er, was geschehen war, sprang vom Pferd, riß sein Schwert aus der Scheide und stürzte sich wütend auf den hilflosen Alten. Das Mädchen warf sich dazwischen, um den

Mann zu schützen, und fing den Stoß auf. Vom Schwert des Vaters ins Herz getroffen, brach es zusammen.

Der Ritter erstarrte. Sein eigenes Kind hatte er getötet! »Verflucht seist du und deine ganze Sippe, du grausamer Mörder!« rief der Alte mit bebender Stimme. Da packte den Ritter die Wut aufs neue. Der Gefangene war schuld an seiner Untat! In blindem Zorn tötete er den Wehrlosen.

Von Stund an lastete ein schreckliches Verhängnis über den Herren vom Herwartstein. Alle kamen auf grausame Weise ums Leben: Ritter Adalbert wurde kurz nach der Untat unter den Felsen der Burg zerschmettert aufgefunden; im Trunk hatte er vergessen wollen, was er getan, war vom Weg abgekommen und in die Tiefe gestürzt. Ein anderer Herwartsteiner ertrank beim Baden in der Brenz, einen dritten traf ein verirrter Pfeil auf der Jagd, und der letzte Junker brach sich bei einem Sturz vom Pferd das Genick. Allen soll kurz vor ihrem Tod eine Frauengestalt erschienen sein, die ihnen das nahe Ende ankündigte und sie beschwor, Einkehr zu halten in ihrem Herzen. Die Leute sagten, Kunigunde sei jene Mahnerin gewesen. Gram und Sorge um das Seelenheil ihrer Verwandten hätten sie keine Ruhe finden lassen.

Das Erzmännle von Nattheim

Im Wald zwischen Heidenheim und Nattheim findet man heute noch etliche Gruben, in denen einst nach Bohnerz gegraben wurde. Eine davon ist die Wagnersgrube, heute ein kleiner, stiller Waldsee, auf dessen dunklem Wasser im Sommer weiße Seerosen blühen.

Vor etlichen hundert Jahren herrschte hier lebhaftes Treiben. Die Stelle galt als besonders ergiebig, und viele gruben nach dem kostbaren Erz, um damit ihr Glück zu machen, denn in den Hüttenwerken im Brenztal wurde ein schöner Batzen Geld für jede Fuhre bezahlt. Nachdem aber einige der Bergleute auf recht sonderbare Weise spurlos verschwanden, ging das Gerücht um, ein kleines Männchen hause im Berg und dulde es nicht länger, daß ihm die Menschen seine Schätze raubten. Daraufhin blieb die Grube eine Zeitlang verlassen.

Eines Tages kam ein vornehmer Fremder mit einigen Arbeitern in die Gegend. Er ließ in der Wagnersgrube schürfen, und als die Leute ihn warnten, in dem Loche sei es nicht geheuer, da lachte er über ihre Einfalt. Einige seiner Arbeiter indessen berichteten ganz verstört von einem seltsamen kleinen Männlein mit langer, spitzer Nase, wirrem, feuerrotem Bart und einer giftgrünen Mütze. Es sei plötzlich aus der Finsternis der Grube aufgetaucht und wie wild vor ihnen herumgehüpft, daß sie lange Zeit nur noch rote und grüne Kreise vor ihren Augen flimmern sahen. Keine Gewalt der Erde bringe sie mehr in die Grube hinab.

Weil nun etliche der Bergleute davongelaufen waren, mußten die anderen um so härter arbeiten und wurden von ihrem Herrn sogar mit Stockhieben dazu angetrieben. Nur wenige, die in ihrer Armut auf den kargen Lohn angewiesen waren, blieben deshalb bei der Arbeit. Zu ihnen zählte auch ein junger und hübscher Bursche aus Nattheim, der wegen seiner Freundlichkeit und Hilfsbereitschaft überall beliebt war. Seine Eltern, arme Köhlersleute, hatten den Verdienst des Sohnes dringend nötig, denn die Mutter war schon seit vielen Jahren krank. Der Bergherr wunderte sich, daß der Bursche die harte und schmutzige Arbeit still und willig verrichtete, während die anderen schimpften und fluchten. Er begann den Jungen deshalb zu hassen, ließ ihn an den härtesten Stellen graben und die schwersten Körbe schleppen. Doch der Bursche tat alles ohne Widerrede, was man von ihm verlangte, dachte nur immer an seine kranke Mutter und wie sie durch seine Hilfe wieder gesund werden könnte. Und auch das Erzmännle, das ihn bedrohte und zu ärgern versuchte, konnte dem Jungen nichts anhaben.

Allmählich wurde die Grube immer tiefer und die Arbeit im Berg immer gefährlicher, aber das Erz, das man hier gewann, war das beste weit und breit. Oft hörte man im Berg ein seltsames Rollen und Rumpeln, und eines Morgens, es war am Tag vor Johannis, schwoll der Lärm zu einem solch fürchterlichen Poltern und Rauschen an, daß die Arbeiter Hals über Kopf aus der Grube flüchteten. Nur der Köhlerjunge stieg ohne Furcht mit seinem Korb in die unheimliche Tiefe hinab. Mit einemmal sah man schwarzes Wasser aus den Stollen strömen und in Windeseile den ganzen Schacht füllen. Voll ohnmächtiger Wut mußte der Bergherr mit ansehen, wie die Fluten immer höher stiegen. Er meinte, der Bursche habe sich im Berg versteckt gehalten und ihm dies nun angetan, um sich für all die erlittene Schmach zu rächen, und voller Zorn schrie er: »Warte nur, du schöner Satan! Das sollst du mir büßen!« Plötzlich aber gab der Boden unter seinen Füßen nach, und er versank im gurgelnden Wasser.

Weder den leuteschinderischen geizigen Meister noch den guten Burschen sah man je wieder. Die Mutter des Jungen aber war von jenem Tage an gesund. Alljährlich um Johannis steigen unzählige weiße Seerosenblüten aus der Tiefe des kleinen Waldsees empor, um an das Opfer des Sohnes zu erinnern.

Die Tochter des Hermaringer Posthalters

Vor vielen Jahren, als noch die Postkutschen durch das Brenztal zogen und der lustige Klang des Posthorns in den Gassen der alten Städtlein widerhallte, lebte in Hermaringen ein Posthalter, dessen Wirtshaus weit und breit berühmt war wegen der köstlichen Speisen und Getränke, mehr aber noch wegen seiner hübschen Tochter, dem Bärmele. Sie war ein ausnehmend schönes Mädchen mit blonden Zöpfen und blauen Augen, dabei aber freundlich zu jedermann, und wenn sie noch so viele Artigkeiten zu hören bekam, sie bevorzugte keinen der Burschen, die sich um ihre Gunst bemühten.

Oft waren vornehme Herren zu Gast in der Posthalterei, der junge Helfensteiner etwa, der Burgberger oder der Herr von Sontheim, und auch ihnen gefiel das schöne scheue Mädchen. Mancher ließ durchblicken, daß so eine wie das Bärmele ihm als Ehefrau recht sei, auch wenn sie nicht von Adel wäre, aber das Mädchen wies alle Anträge mit so viel Anmut zurück, daß keiner der Freier gekränkt sein konnte.

Eines Tages nun kam ein neuer Postillion zur Schenke, ein hübscher und fröhlicher Bursche, der nur das Posthorn an die Lippen zu setzen brauchte, da flogen ihm alle Mädchenherzen zu. Auch das Bärmele wurde still und verlegen, wenn er in die Wirtsstube trat, und schaute nur immer verstohlen nach dem schmucken Burschen hinüber. Der fand ebenfalls bald Gefallen an der schönen Jungfer und konnte es kaum erwarten, sie wiederzusehen.

Von da an ging das Bärmele den anderen Burschen aus dem Weg. Das wurmte manchen, vor allem den Burgberger, der dem Mädchen nachschlich und die beiden Liebenden einmal bei einem heimlichen Treffen überraschte. Voller Zorn, von dem Mädchen verschmäht worden zu sein, sann der Junker auf Rache. Eines Nachts lauerte er dem Nebenbuhler in einer Waldschlucht bei Hürben auf, überfiel den Ahnungslosen und schleppte ihn auf seine Burg. Dort wollte er von dem Burschen das Versprechen erzwingen, das Land zu verlassen und für alle Zeiten auf das Mädchen zu verzichten. Der Postillion aber weigerte sich und schwor, niemals von der Liebsten zu lassen. Da packte den Burgberger ein solch fürchterlicher Zorn, daß er den Burschen an einem einsamen Ort aufhängen ließ.

Das Bärmele wartete Tag für Tag auf die Rückkehr des Geliebten. Es konnte sich sein langes Ausbleiben nicht erklären. Nun saß es, statt mit den Gästen zu scherzen, in seiner Kammer und lauschte, ob nicht der Klang des Posthorns die Ankunft des Freundes verkünde. Aber alles blieb still. Die Mutter, besorgt über den Kummer der Tochter, suchte zu trösten und meinte, vielleicht sei der Bursche ein lockerer Vogel gewesen, und so ein Postillion habe wohl in jedem Städtchen eine Liebste. Doch das Mädchen glaubte lange nicht an Untreue und Verrat. Erst als viele Monate ins Land gegangen waren, ohne daß es eine Kunde von seinem Geliebten erhalten hatte, gab es dem dauernden Drängen der Mutter nach und willigte schweren Herzens ein, den Junker vom Burgberg zu heiraten.

Die Aussteuer wurde gerichtet, und in der Posthalterei sollte an Allerseelen die Hochzeit in allem Glanze gefeiert werden. Aber je näher der Tag kam, desto bleicher wurde die Braut, und als man sie zum Traualtar führte, da war ihr, als ginge es zum Friedhof. Der Burgberger indessen schien guten Muts, blickte nur immer voller Stolz auf das schöne Mädchen an seiner Seite. Aber als der Pfarrer ihn fragte, ob er des Posthalters Tochter zur Frau nehmen wolle, da erstarb ihm das Jawort auf den Lippen, denn im selben Augenblick erklang auf der Gasse vor der Kirche die Weise des Posthorns, die der Ermordete so oft geblasen hatte. Bevor noch das Lied verklungen war, hatte das Bärmele die Brautschleppe gerafft und war

wortlos aus der Kirche geeilt, immer den Tönen nach und dem Geklapper von Hufen, das gespenstisch in der Dorfgasse widerhallte.

Wie es dem bösen Burgberger erging, verschweigt die Sage, und auch von der Braut fand cin Fischer anderntags nur den Kranz, der auf den Wellen der Brenz das Tal hinabtrieb. Alljährlich aber am Allerseelentag soll eine Frauengestalt um Mitternacht im weißen Hochzeitsgewand aus dem Fluß steigen und in die Kirche huschen. Dort kniet sie so lange am Altar, bis draußen die lockende Weise eines Posthorns ertönt. Dann eilt sie dem Klange nach und versinkt wieder im dunkel dahintreibenden Wasser der Brenz.

Die Magd als Schrättele

Bei einem Bauern in Herbrechtingen diente einst eine Magd, die als recht fleißig und gewissenhaft galt. Allmählich aber nahmen die Bauersleute wahr, daß das Mädchen des Morgens schon müde war und sich plagen mußte, ihre Arbeit zu verrichten. Es hatte auch dunkle Ringe unter den Augen und schleppte sich so mühsam durchs Haus, als ob es in der Nacht verprügelt worden wäre. Man schickte es zum Bader, aber auch die bewährten Hausmittel halfen nichts. Da kam in dem Bauern der Verdacht auf, die Magd würde sich als Schrättele herumtreiben.

Schrättele, muß man wissen, waren Menschen, die in mancherlei Gestalt des Nachts die Schlafenden plagten. Sie konnten als Hennen, Katzen oder Mäuse um Mitternacht in die Kammern kommen, ins Bett springen, sich den Schläfern auf die Brust hocken und sie drücken wie Zentnersteine. Auch erschreckten sie die Tiere im Stall, sprangen den Pferden auf den Rücken, flochten im Hui Zöpfe in Mähnen und Schweifhaare und preßten die verängstigten Rösser so sehr, daß sie am anderen Morgen zitternd und schnaubend an ihren Futterkrippen standen.

Eines Nachts blieb der Bauer auf und verbarg sich unter der Treppe. Da sah er gegen Mitternacht die Magd aus ihrer Kammer kommen und in die Stube hinuntergehen. Leise schlich er ihr nach und lugte durch die angelehnte Tür. Als es zwölf schlug, stürzte das Mädchen plötzlich wie tot zu Boden, und gleich darauf kroch eine weiße Maus aus seinem Mund. Das kleine Tier fußelte über den Boden zum offenen Fenster hinüber. »Sicher will das Schrättele zum Stall«, dachte der Bauer, eilte in den Hof und zog rasch das Brett beiseite, das vor der Stalltür lag als Steg über eine Jauchelache. Da erschien auch schon die Maus und huschte lange Zeit am Rande der Pfütze hin und her, um sich einen Weg in den Stall zu suchen. Schließlich kletterte sie auf einen großen Eichenstamm, der vor der Scheuer lag, krallte sich in der Rinde fest und begann zu drücken und zu pressen.

Anderntags nahm der Bauer die Magd beiseite, wies auf ihre zerschundenen Arme und die blauen Flecken an ihren Beinen und fragte, was sie in der Nacht getrieben. Sie erbleichte und suchte nach einer Ausrede. Da erzählte er, was er gesehen hatte.

Das Mädchen wurde kreidebleich und sagte schluchzend: »Ich kann nichts dafür, daß ich schrattweise gehen muß. Meine Mutter hat mir dies böse Erbteil hinterlassen. Helft mir doch, daß ich's loswerde!« Den Bauern dauerte die Magd, und er fragte, was denn zu tun sei. Da sprach das Mädchen: »Euer schönstes Roß müßt' ich erdrücken, dann wär' ich frei.« Der Gedanke, sein bestes Pferd zu verlieren, schmerzte den Bauern, aber weil er ein gutes Herz hatte, sagte er: »Wenn es dir hilft, so tu's!«

Am andern Morgen wunderten sich die Leute, als man des Bauern Lieblingspferd tot im Stalle fand. Doch jener erzählte niemandem, wie dies geschehen war. Die Magd aber war erlöst und dankte es ihrem Herrn ihr Leben lang durch treuen Dienst.

Die Steinernen Jungfrauen

Auf der Eselsburg bei Herbrechtingen im Brenztal soll einst eine Gräfin gelebt haben, von der es hieß, sie sei eine Hexe und mit dem Teufel im Bund. Sie war die letzte ihres Geschlechts und hauste zurückgezogen in dem alten Gemäuer, ließ niemand zu sich und verbot auch ihren beiden Dienerinnen, mit anderen zu sprechen.

Allabendlich sah man die Mägde zur Brenz hinuntersteigen, um in hölzernen Kübeln Wasser zu holen. Sie waren hübsch von Gestalt, gingen aber jedem, der ihnen begegnete, ängstlich aus dem Weg, um ja nicht das Gebot ihrer Herrin zu übertreten. Zwei Fischer, die am Fluß ihre Hütte hatten, gesellten sich manchmal zu den beiden, halfen ihnen, das Wasser zu schöpfen, und allmählich verloren die Jungfern alle Scheu. Endlich konnten sie anderen Menschen sagen, was sie bedrückte: Die Furcht vor den bösen Zauberkünsten der gestrengen Gräfin. Die Fischer trösteten die Mädchen, aus Mitleid wurde bald Liebe, und auch die Jungfern waren den beiden Burschen von Herzen zugetan.

Längst hatte die Gräfin bemerkt, daß die Dienerinnen ihr etwas verheimlichten. Auch kamen sie jeden Tag später vom Tal herauf. Deshalb schlich sie eines Abends den Mädchen nach und traf sie in den Armen der Fischer. Zornbebend lauerte sie den beiden auf, und als diese arglos den Burgweg heraufkamen, trat sie ihnen entgegen und schrie voller Haß: »Verflucht sollt ihr sein und zu Stein werden für ewige Zeit!«

So geschah es, und heute noch stehen unterhalb der Eselsburg nahe dem Ufer der Brenz zwei Felsen, die den beiden Mädchen gleichen. Man nennt sie deshalb die »Steinernen Jungfrauen«. Die Schloßherrin aber wurde für ihre böse Tat grausam bestraft. In derselben Nacht zog ein Unwetter auf, der Blitz schlug in die Burg, die bald in hellen Flammen stand, und die Gräfin wurde von den herabstürzenden Trümmern erschlagen.

Die Räuberburg

Gegenüber der Heuchstetter Höhle im Zwerchstubental findet man eigentümlich gestaltete Felsen, von denen die Sage erzählt, es seien versteinerte Räuber. Wilde Gesellen hatten einst auf dem Berg eine unbezwingbare Burg mit hohen Mauern und Türmen. Vergebens suchte man ein Tor, und kein Mensch im Tal wußte, wie sie hinein- und herausgelangten. Auch wagte sich niemand in die Nähe des Nestes, denn rings um die Burg waren überall Wächter aufgestellt.

Ein Hütebub aus Heuchstetten, der in jener Gegend des öfteren seine Schafe weidete, beobachtete heimlich das Kommen und Gehen der Räuber und fand schließlich heraus, daß sie nicht zum Berg hinaufstiegen, sondern die Waldschlucht als Zugang benutzten. Als die Gesellen eines Tages die Burg verlassen hatten, um irgendwo auf Raub auszugehen, schlich sich der Bub in den Wald. Plötzlich stand er vor einem dunklen Felsloch, neben dem ein bis an die Zähne bewaffneter Räuber saß. Schon wollte der Bub sich wieder still davonmachen, da sah er mit Erleichterung, daß der Räuber schlief. Vorsichtig drückte sich der Junge an ihm vorbei und tastete sich durch den finsteren Höhlengang. Bald gelangte er in eine von Kienspänen beleuchtete mächtige Halle, die weit in den Berg hineinreichte. Überall an den Felswänden waren Schätze aufgestapelt, welche die Räuber als Beute zusammengetragen hatten: kostbare Gewänder und Stoffe, Eßgeschirr, geschliffene Gläser und bemalte Krüge, silberne und goldene Leuchter, Rüstungen und Waffen aller Art, und ganz hinten in der Höhle standen Truhen voll Gold und Edelsteinen.

Schließlich entdeckte der Junge einen Gang im Fels, der in vielen Stufen nach oben führte. Er stieg hinauf und stand bald mitten im Burghof. Niemand war zu sehen. Mutiger geworden, kletterte der Bursche auf die Mauerbrüstung und schaute ins Tal hinunter. Da vernahm er plötzlich Hufschlag und erblickte die Räuberbande auf dem Weg zur Burg! Die Flucht durch den Gang war ihm versperrt, der Sprung über die Mauer der sichere Tod! Wie von Sinnen vor Angst stürzte der Junge die Stufen zum Rittersaal hinauf, und als er im Kamin ein Feuer flackern sah, riß er brennende Scheite heraus und schleuderte sie blindlings nach allen Seiten.

In Windeseile stand die ganze Burg in hellen Flammen. Die Räuber eilten herzu, wollten löschen und ihre Schätze retten, da stürzte das Gemäuer in sich zusammen. Trümmer rollten den Berg hinab und erschlugen die Räuber bis auf den letzten Mann. Auch der Hütebub mag bei dem Unglück umgekommen sein. Die Leute im Zwerchstubental aber waren froh, das böse Raubgesindel endlich los zu sein.

Immer wieder suchte man später den Zugang zur Schatzhöhle, und manche meinen, das Raubgut liege in der Heuchstetter Höhle verborgen. Aber keiner hatte bisher das Glück, den Schatz zu finden.

Herrgottstritt und Teufelsklinge

Der Rosenstein bei Heubach, so erzählt die Sage, sei jener Ort, an dem einst der Teufel unserem Herrn alle Herrlichkeit der Welt zeigte.

Die wollte er ihm schenken, wenn Christus vor ihm niederfiele, ihn anzubeten. Aber der Herr sprach zu ihm: »Hebe dich weg von mir, Satan!« und augenblicklich stürzte der Böse in die tiefe Schlucht am Rande des Nägelbergs. Sie trägt seitdem den Namen »Teufelsklinge«. Dort hört man heute noch zuweilen ein Poltern und Rauschen aus der Tiefe dringen, und manche Leute sagen, da unten tobe der Satan, weil ihn der Herr an diesen Ort festgebannt habe.

Christus aber schritt über das Heubacher Tal hinweg auf den Scheuelberg, und lange Zeit konnte man die Spuren seiner Füße auf den Felsen an den beiden Bergrändern erkennen. Als sich dies herumsprach, besuchten viele Leute die Orte und betrachteten voll Ehrfurcht des Herrgotts Fußtritte. Es hieß, wer ein krankes Bein habe und es in eine der Mulden stelle, werde geheilt. Heute sucht man vergebens nach den Spuren im Fels.

Die Raubritter vom Rosenstein

Über dem Städtlein Heubach bei Schwäbisch Gmünd erhebt sich der Rosenstein, dessen Felsgipfel einst eine gewaltige Burg trug. Heute zeugen nur noch Gräben und Mauerreste von dem Felsennest, in dem vor vielen Jahren wilde Raubritter hausten. Sie lauerten den Kaufleuten auf, die mit ihren Handelswagen durchs nahe Remstal zogen, überfielen und plünderten sie, versteckten das Raubgut in den Höhlen und Klüften unter der Burg und schleppten die Gefangenen ins tiefe Burgverlies. Erst wenn von den Angehörigen hohe Lösegelder bezahlt wurden, kamen die Eingekerkerten wieder frei. Auch den Bauern der umliegenden Dörfer ging es übel. Die Räuber stahlen ihnen das Vieh von den Weiden und aus den Ställen, holten die Vorräte aus den Speichern, und wehrten sich die armen Leute, so zündeten sie ihnen gar das Dach über dem Kopf an.

Als im Jahre 1273 Rudolf von Habsburg zum deutschen König gewählt wurde und bald darauf den Reichsfrieden ausrufen ließ, mißachteten die Raubritter vom Rosenstein den königlichen Befehl und trieben weiterhin ihr Unwesen. Eines Tages wollten sie wieder einen Handelszug überfallen, doch die Kaufleute waren gewarnt, und die Räuber holten sich blutige Köpfe. Als sie auf dem Heimweg an der Beiswanger Kapelle vorbeikamen, plünderten sie im Zorn über den mißlungenen Anschlag das Kirchlein, rissen das wundertätige Marienbild vom Altar und holten sogar das Glöcklein vom Turm.

Kaum aber gelangten sie mit ihrer Beute in die Nähe des Rosensteins, da sahen sie voller Entsetzen, daß ihre Burg in hellen Flammen stand! War man unachtsam mit dem Feuer umgegangen oder hatte ein Blitz gezündet? Die Räuber spornten ihre Pferde an und trieben sie mit Peitschenhieben und wilden Flüchen vorwärts. Wenigstens ihre Schätze wollten sie retten! Doch plötzlich sahen sie sich von Reisigen umzingelt. Ein Kriegsheer des Habsburgers war vor den Rosenstein gezogen; die kleine Besatzung hatte man rasch überwältigt und das Felsennest angezündet. Angesichts der Übermacht mußten sich die Raubgesellen ergeben. Sie wurden später vor ein Gericht gestellt und zum Tode verurteilt. Einer aber, so wird berichtet, habe im Dunkel der Nacht fliehen können. Nach langer Irrfahrt gelangte der Rosensteiner schließlich nach Schweden und soll dort der Stammvater eines mächtigen Fürstengeschlechts geworden sein.

Der Rote Zwerg

Auf den Höhen des Albuchs weidete einst der junge Schafhirt Benedikt seine Herde. Er suchte für seine Tiere die besten Futterplätze. Eines Tages kam er dabei in eine wilde, ihm unbekannte Schlucht, durch die ein Sturzbach brauste. Am Eingang des Tales erhob sich ein einzelner steiler Fels.

Plötzlich fiel dem Burschen ein, daß die Mutter ihn des öfteren gewarnt hatte, diese Gegend aufzusuchen, denn hier herrsche der Rote Zwerg, ein böser und heimtückischer Kobold. Rasch rief er seinen Hund und trieb die Herde zusammen, da erblickte er zwischen den Felsen des Berghangs die Gestalt eines Mädchens, das sich anscheinend verirrt hatte. Es winkte ihn herbei und bat um Hilfe. Behend kletterte Benedikt den steilen Hang hinauf und geleitete es behutsam ins Tal. Das Mädchen dankte ihm herzlich und sagte, nun müsse es gehen, der Vater warte. Wie verzaubert blickte der Schäfer ihm nach, denn noch nie war er einer so schönen Jungfrau begegnet.

Von da an trieb Benedikt seine Schafe Tag für Tag zu der verrufenen Schlucht in der Hoffnung, das Mädchen wiederzusehen. Eines Morgens fand er es endlich im Schatten der Holunderbüsche und Weiden am Bach sitzen. Benedikt hockte sich neben die Jungfer, die ihm ohne Scheu zuhörte, als er zu erzählen begann. Merkwürdige und heitere Geschichten von seiner Arbeit, von seinen Schafen kamen ihm in den Sinn, aber er berichtete auch von seiner Mutter, die seit langer Zeit Witwe war und die er über alles liebte. Dann schwiegen die beiden und lauschten dem Tosen des Wassers und dem Gesang der Vögel. Plötzlich hörten sie in der Ferne jemanden »Nossa!« rufen. »Der Vater verlangt nach mir!« sagte das Mädchen erschrocken und wollte davonlaufen. Aber Benedikt ließ es nicht gehen, bis es versprochen hatte, am nächsten Tag wiederzukommen.

Lange wartete der Bursche anderntags vergeblich auf die Jungfer. Plötzlich fragte eine rauhe Stimme hinter ihm drohend: »Was suchst du hier in meinem Reich?« Erschrocken wandte er sich um und erblickte eine verwachsene Gestalt mit zornfunkelnden Glutaugen, feuerroten Haaren und Krallenfingern. »Der Rote Zwerg!« stammelte er und wich zurück. Da lachte der Gnom höhnisch und fragte den Burschen nochmals nach seinem Begehr. »Nossa will ich wiedersehen«, antwortete Benedikt arglos. »Weißt du nicht, daß Nossa meine Tochter ist? Nie mehr wird sie zu dir kommen!

Und wehe dir, wenn du es noch einmal wagst, mein Reich zu betreten!« rief der Wicht drohend. »Was auch geschieht, ich werde sie im Herzen behalten«, sagte daraufhin Benedikt und ging still davon, von den Flüchen und Verwünschungen des Zwergs begleitet, die jener ihm wütend nachschleuderte.

Von diesem Tag an war der Junge wie verwandelt. Er konnte nicht mehr lachen und fröhlich sein. Auch erkrankten seine Schafe, und so sehr er sie pflegte, eines um das andere starb. Als der Winter hereinbrach, warf ein schweres Fieber seine Mutter aufs Lager, und bald war sie dem Tod näher als dem Leben. Nacht für Nacht saß der Junge an ihrem Bett, wachte und horchte auf den stockenden Atem der Kranken. Aber bei all seinem Kummer vergaß er Nossa keine Stunde und sann immer darüber nach, wie er es anstellen könnte, sie wiederzusehen.

Der Frühling kam; die wenigen Tiere, die ihm von seiner Herde geblieben waren, fanden frisches Gras, und auch die Mutter erholte sich zusehends von ihrer schweren Krankheit. Schon konnte sie das Haus verlassen und ein Stück des Wegs gehen. Eines Tages bat sie Benedikt, er möge sie auf einer Wallfahrt zur Kapelle auf dem Bernhardusberg begleiten, und sie vereinbarten, am nächsten Morgen aufzubrechen. In der Nacht hatte der Junge einen seltsamen Traum. Er wanderte durch ein liebliches Tal. Plötzlich erschien der Rote Zwerg, Nossa an der Hand. Diesmal aber lächelte der Gnom und winkte ihn zu sich.

Voller Zuversicht machte sich Benedikt im ersten Morgenrot des Tages mit seiner Mutter auf die Reise. Unterwegs faßte sich der Junge ein Herz und erzählte der Mutter von seiner Begegnung mit Nossa und dem Roten Zwerg. Nun, da die Mutter wieder genesen war, gestand er auch, daß er eine Zeitlang geglaubt hatte, der Fluch des Zwergs sei schuld an allem Unglück, und seine Verwünschungen würden ihn verfolgen bis an sein Lebensende. Die Mutter tröstete ihn und meinte, vielleicht wende sich jetzt alles zum Guten.

Der Weg führte durch ein weites grünes Tal. Auf einmal schien die Landschaft dem Schäfer bekannt. Sie war dieselbe wie in seinem Traum, und als er sich umschaute, sah er plötzlich den Zwerg hinter einem Weidenbusch hervorkommen, an seiner Seite eine verschleierte Gestalt. Der Gnom war wie verwandelt; seine Augen blickten vergnügt und voller Güte, und mit liebevoller Gebärde führte er Nossa zu Benedikt. »Ich habe euch zu danken«, begann er, »denn eure Liebe und Standhaftigkeit haben mich erlöst von der Strafe für meine Verfehlungen. Nun brauche ich nicht mehr als böser Geist umzugehen und die Menschen zu ängstigen. Du aber, Benedikt, sollst Nossa zur Frau haben. Sie ist meine Pflegetochter, Kind eines Hirten, der sie mir anvertraute, ehe er starb. Und damit euer Glück vollkommen sei, sollt ihr unter jenem Felsen am Talende graben. Was ihr findet, ist euer Eigentum.«

Kaum hatte der Rote Zwerg geendet, da verschwand er. An dem genannten Ort aber fand der Schäfer eine Höhle, und als er weitergrub, stieß er auf eine Schatztruhe, gefüllt mit Gold.

Heute noch findet man am Eingang des Wentales jenen einsamen Felsen mit der Höhle, die einstens der Unterschlupf des Roten Zwergs gewesen sein soll.

Um die Kaiserberge
und im Filstal
Joachim Kirzik 87

Die Belagerung der Burg Hohenstaufen

In jener Zeit, als der mächtige Schwabenherzog Friedrich im Streit mit König Lothar lag, weilte auf seiner Stammburg, dem Hohenstaufen, seine kranke Gemahlin Judith. Während der Herzog seine Burgen und Städte im Schwabenland, im Elsaß und am Rhein zum Widerstand gegen den König rüstete, zog Lothar überraschend mit einem Heer aus Sachsen heran und belagerte den Hohenstaufen. Die Herzogin fand nicht einmal mehr Zeit, einen Boten an Friedrich zu schicken und ihn um Hilfe zu bitten.

Die Besatzung der Burg bestand aus nur wenigen Knechten, die der alte, schon neunzigjährige Vogt Sunneger befehligt. Die Männer waren entschlossen, das Bergschloß bis zum letzten Blutstropfen zu verteidigen, damit ihre Herrin nicht in Gefangenschaft gerate. Als die Belagerung begann, flüchteten auch die Bauern des Dörfleins Hohenstaufen hinter die Burgmauer. Bald zeigte sich aber, daß die Vorräte nicht lange ausreichen würden, so viele Menschen zu versorgen. Auch mangelte es an Wasser, denn der Burgbrunnen war versiegt. Um ihren Durst zu löschen, mußten die Belagerten mit der stinkenden Brühe der Zisterne vorlieb nehmen.

Indessen rückten die Feinde immer näher gegen die Mauern vor. Sie konnten ihr Lager unbesorgt auf dem freien Platz der Spielburg anlegen, wo in Friedenszeiten die Burgleute ihre Pferde zu tummeln pflegten, denn die zerklüfteten und überhängenden Kalksteinfelsen boten ihnen Schutz. Sunneger und seine Knechte verloren den Mut nicht, wehrten alle Angriffe tapfer ab und warteten auf Hilfe. Die Lebensmittelzuteilung fiel immer knapper aus, aber als die Kinder des Herzogs selbst die ihnen zugemessenen Speisen an die notleidenden Mädchen und Buben aus dem Dorf verschenkten, wagte keiner zu klagen oder zu murren.

Schließlich wurde der Hunger in der Burg unerträglich. Da

versuchten die Burgleute, die Feinde durch eine List zum Abzug zu bewegen. Sunneger ließ den letzten Ochsen mit dem letzten Scheffel Gerste füttern, dann das Tier schlachten und den vollen Ochsenmagen über die Mauer werfen, daß er vor den Belagerern zerplatzte. Jene glaubten wirklich, die Burgleute lebten in solchem Überfluß, daß sie das schönste Getreide dem Schlachtvieh geben könnten, und wollten abziehen, da sah man in der Ferne einen neuen Heerzug nahen. Schon meinten die Belagerten, Herzog Friedrich komme zu Entsatz, aber mit Schrecken merkten sie bald, daß Herzog Heinrich der Stolze von Bayern, der Bruder Judiths und Schwiegersohn Lothars, den Belagerern zu Hilfe kam.

Die Nachricht, daß ihr nächster Verwandter sich auf die Seite der Feinde stellte, erschütterte die kranke Herzogin so sehr, daß sie bald darauf starb. Sunneger schickte einen Boten ins Lager, ließ den Tod Judiths melden und erbat einen zweitägigen Waffenstillstand, um die Tote in der Familiengruft im Kloster Lorch bestatten zu können. Die Feinde willigten ein, verlangten aber, daß der Leichenzug seinen Weg durch das königliche Lager nehmen müsse. Man glaubte nämlich an eine List Sunnegers, der vielleicht auf diese Weise Schätze aus der Burg schaffen wollte. Als sich nun anderntags das Burgtor öffnete und der Leichenzug zum Lager kam, gebot König Lothar, den Sarg abzustellen und zu öffnen. Da fielen Herzog Heinrichs Blicke auf das vergrämte Antlitz der Schwester. Er sank neben der Bahre auf die Knie und ergriff voller Reue die kalte Hand der Toten. Darauf schloß er sich mit seinem Gefolge dem Trauerzug an und begleitete die Verstorbene zu ihrer Ruhestätte im Kloster Lorch.

Heinrich blieb nicht vor dem Hohenstaufen, und auch der König wollte die Belagerung nicht mehr fortsetzen, zumal er Kunde erhielt, die Herzöge Friedrich und Konrad seien mit einem starken Heer im Anmarsch. Er ließ das Lager abbrechen und zog weiter. Sunneger aber konnte bald darauf seinem Herrn die Stammburg unversehrt übergeben.

Das Klopferle auf dem Rechberg

Zu jener Zeit, als Graf Ulrich II. von Rechberg um die schöne und fromme Anna von Venningen warb, schickte er oft heimlich seinen Hund als Boten zu seiner Liebsten, denn der alte Herr von Venningen widersetzte sich einer Heirat. Immer fand das kluge Tier den Weg zu der Jungfer und überbrachte ihr unter dem Halsband versteckt die Briefe des Grafen. Schließlich entdeckte Annas Vater die List der Liebenden und gab, von der Treue der beiden gerührt, die Einwilligung zur Hochzeit.

Das Fest wurde mit großer Pracht gefeiert, und das Glück war fortan zu Gast auf dem Rechberg, bis Graf Ulrich im Gefolge des Grafen Eberhard im Bart ins Heilige Land zog. Die Zeit verging, und Tag für Tag wartete die Burgherrin voller Sehnsucht auf die Heimkehr des geliebten Gatten. Doch kein Bote ließ sich blicken, keine Nachricht erreichte die Burg. Viele Stunden täglich weilte die Gräfin in der Burgkapelle und flehte zu Gott und allen Heiligen, ihr Gemahl möge bald und gesund aus dem fernen Land zurückkehren.

Als Anna eines Abends wieder in der Kapelle betete, klopfte es an der Tür. Zuerst achtete sie nicht darauf, doch als das Klopfen ein zweites und drittes Mal sich wiederholte, immer lauter und fordernder, rief sie verärgert: »Ach daß du ewig klopfen müßtest!« Nach der Andacht öffnete sie die Tür – da stand der Jagdhund des Grafen draußen und blickte sie traurig an. Diesmal war kein Brief unter dem Halsband zu finden. Voll schlimmer Ahnung trat die Gräfin ans Fenster und schaute ins Tal hinab. Da sah sie einen langen Zug von Reisigen, Ritter und Knappen, den Burgweg heraufkommen. In ihrer Mitte trugen sie eine Bahre mit dem Leichnam ihres Herrn. So kehrte Graf Ulrich von Rechberg auf seine väterliche Burg und zu seiner geliebten Gattin zurück.

Von Stund an war Anna krank aus Kummer und Gram. Sie nahm kaum mehr Nahrung zu sich, siechte dahin, wurde immer schwächer. Eines Tages klopfte es an die Tür ihres Schlafgemachs. Als man öffnete, war niemand zu sehen; die Gräfin aber starb bald darauf. Seitdem hört man das Klopfen auf der Burg, wenn einer aus dem Geschlecht der Rechberger auf dem Totenbett liegt.

Die weiße Frau vom Roggental

Einige junge Burschen aus Eybach entdeckten einmal, als sie durch die Wälder und Felsschluchten des Roggentals streiften, einen engen Felsspalt, und als sie einen Stein hineinwarfen, währte es lange, bis sie ihn am Grund aufprallen hörten. Da wußten sie, daß sie eine Höhle gefunden hatten, und weil sie hofften, dort unten einen verborgenen Schatz zu finden, machten sie aus, niemandem davon zu erzählen, bald aber wiederzukommen, um das Loch zu erforschen.

Als sie sich nun anderntags mit Seilen und Stricken auf den Weg machten, gesellte sich ein armer Waisenbub, der im Wald Reisig gesammelt hatte, zu ihnen und wollte mit. Die Burschen wiesen ihn zunächst ab und drohten mit Schlägen, falls er ihnen nachkomme. Wie jedoch ihr Anführer die schmale Gestalt des Kleinen musterte, kam ihm der Gedanke, man könne den Buben zuerst in das gefährliche Loch hinunterschicken, und sie nahmen ihn mit.

An dem Felsspalt angelangt, banden die Burschen die Seile und Stricke aneinander und ließen das Waisenbüblein in die Höhle hinab. Der Knabe staunte, als in der Tiefe die Finsternis plötzlich schwand und er sich in einem hell erleuchteten Saal wiederfand. Er schaute sich um und erblickte eine wunderschöne Jungfrau in einem schneeweißen Gewand. Zu ihren Füßen lag ein schwarzer Pudel, und einige Zwerge trippelten diensteifrig hin und her. Der Knabe erschrak, aber das Fräulein trat zu ihm, nahm ihn bei der Hand und sprach: »Weil deine Armut dich hierher geführt hat, so nimm dir von dem, soviel du willst!« Dabei wies sie auf einen Haufen Spreu. Das Büblein bedankte sich artig und steckte davon ein, soviel seine Taschen fassen konnten.

Nachdem die Gesellen ihn wieder heraufgezogen hatten, faßte der Knabe in die Taschen, um ihnen zu zeigen, was ihm das weiße Fräulein geschenkt hatte. Da merkte er mit Verwunderung, daß sich die Spreu in blankes Gold verwandelt hatte. Die Burschen machten große Augen, und als sie erfuhren, wie er zu dem Reichtum gekommen, wollte sogleich jeder in die Höhle hinunter, um auch sein Glück zu machen. Der Anführer aber, ein großmauliger und habgieriger Kerl, rief: »Laßt mich hinab! Potztausend, ich werde euch einen ganzen Sack voll mitbringen!«

Sogleich wurde er in die Höhle hinabgelassen. Als seine Kameraden sich nach einer guten Weile daranmachten, ihn wieder heraufzuziehen, da hing statt des Burschen ein Geißfuß an den Stricken. Ihren Anführer aber sahen sie nie wieder.

Der Geiselstein

Bei Geislingen an der Fils stand einst auf einem Felsen über dem Rohrbachtal die Burg Geiselstein. Hier soll vor langer Zeit ein Graf gewohnt haben, dem der frühe Tod seiner geliebten Frau so nahe ging, daß er an keinem ritterlichen Vergnügen mehr Gefallen fand. Seine einzige Freude waren die beiden Söhne Hugo und Albert, deren fröhliches Treiben ihn zuweilen seine Trauer vergessen ließ. In steter Sorge um das Leben der übermütigen Knaben ließ er die beiden Tag und Nacht nicht aus den Augen.

Einmal kam der Herzog von Schwaben mit seinem Gefolge zur Jagd in den Filsgau, und auch der Geiselsteiner wurde dazu eingeladen. Nur ungern folgte er dem Ruf seines Herrn, und ehe er die Burg verließ, schärfte er den Kindern ein, in ihrer Turmkammer zu bleiben, bis er wiederkehre.

Als der Vater fort war und die Sonne so verlockend durchs Fenster schien, hielt es die Knaben nicht länger in der dumpfen Turmstube. Erst gingen sie hinab in den Hof, dann vor das Tor, und schließlich stiegen sie hinunter ins Tal zu jenem großen Weiher, in dem der Graf Karpfen und Hechte hielt. Am Ufer fanden sie einen kleinen Kahn, setzten sich hinein und ruderten auf den See hinaus. So sehr waren die Kinder in ihr Spiel vertieft, daß sie nicht wahrnahmen, wie sich hinter der Schildwacht dunkle Gewitterwolken auftürmten.

Unterdessen ritt der Graf im Gefolge des Herzogs durch die nahen Wälder. Als er das Gewitter heraufziehen sah, erfaßte ihn eine beklemmende Angst. Er wandte sein Pferd und jagte über Stock und Stein seiner Burg zu. Kaum hatte er den Geiselstein erreicht, da brach das Unwetter los. Grelle Blitze zuckten, und gewaltige Donnerschläge ließen die Mauern erbeben. Sturm kam auf und peitschte Regengüsse und Hagelschauer gegen die Fenster. Rasch eilte der Graf die Wendeltreppe hinauf, um nach den Knaben zu sehen, doch die Turmkammer war leer. Er suchte in der ganzen Burg nach den Kindern, aber nirgends fand sich eine Spur. Endlich warf er einen Blick hinab ins Tal, da entdeckte er voller Entsetzen die beiden mitten auf dem See. In Todesangst klammerten sich die Kinder an den Rand des Nachens, der von den Wellen emporgeschleudert wurde, vollschlug und schließlich in den aufgepeitschten Fluten versank.

Bei diesem schrecklichen Anblick erstarrte der Graf zu Stein. Und heute noch findet man unter den Felstrümmern am Fuße der Ruine einen Klotz, der einem Manne gleicht, dessen Antlitz düster ins Tal hinabschaut.

Das Brünnlein an der Steige

Vor langer Zeit wanderte einmal ein Spielmann die Steige hinab nach Geislingen. Der Bursche war ein lustiger Gesell, der mit seiner Geige von Ort zu Ort zog und zum Tanz aufspielte. Als er so seines Weges ging, sah er plötzlich am Straßenrand einen Menschen liegen. Er trat hinzu und bemerkte mit Entsetzen, daß der Mann aus mehreren Wunden blutete. Rasch kniete er neben dem Verletzten nieder und fragte, was ihm zugestoßen sei. Jener wollte antworten, aber nur ein dumpfes Röcheln entrang sich noch seiner Brust, dann blieb der Atem aus, und er war tot.

Als der Geiger sich über den Toten beugte, hörte er plötzlich hinter sich den Ruf: »Wart, Halunke, dir will ich dein Geschäft versalzen!« Überrascht wandte er sich um und erblickte einen Mann, der sich mit geschwungenem Knotenstock auf ihn stürzen wollte. Offenbar glaubte jener, der Fremde habe den Daliegenden niedergeschlagen und wolle ihn eben ausrauben. Erschrocken sprang der Geiger auf und ergriff eiligst die Flucht. Doch er kam nicht weit, denn das Geschrei seines Verfolgers hatte Leute herbeigerufen, die ihm den Weg abschnitten. Er wurde gepackt und in die nahe Stadt gebracht, und so sehr der Bursche seine Unschuld beteuerte, niemand glaubte ihm. Auch die Richter machten nicht viel Federlesens mit dem fahrenden Gesellen, zumal der Ermordete ein vornehmer Bürger der Stadt war, und verurteilten ihn zum Tode. Als Richtstätte wählte man den Ort, wo die Untat geschehen war.

Das war ein gar trauriger Zug, der kurz darauf die Steige hinaufwanderte: Voran der Scharfrichter im roten Wams, das breite Schwert an der Seite, dann der Gefangene, geführt von den Stadtknechten, danach die Stadtherren und viel Volk, welches das traurige Schauspiel miterleben wollte. Als man am Richtplatz anlangte, fing der Spielmann von neuem an, seine Unschuld zu beteuern, warf sich schließlich vor den Richter nieder und bat um Gnade und Erbarmen. Ungerührt befahl der Stadtvogt dem Scharfrichter, seine Pflicht zu tun. Doch ehe das Schwert niedersauste, rief der Verurteilte: »Wehe Euch, die Ihr weniger Erbarmen habt als jener Stein! Er soll Zeuge sein meiner Unschuld und weinen, da Eure Augen trocken und Eure Herzen hart bleiben!« Kaum aber war das Haupt des Unglücklichen in den Sand gerollt, fing die Erde an zu beben! Im Felsgestein tat sich eine Spalte auf, und eine silberhelle Quelle sprang heraus! Die Menge stand wie erstarrt. Die Richter aber fielen auf die Knie und baten Gott um Vergebung dafür, daß sie unwissend solch schweres Unrecht getan hatten. Dann traten sie hinzu, hoben den Leib des Gerichteten auf und brachten ihn unter dem Geläut der Glocken zur Stadt, wo er in geweihter Erde begraben wurde.

Jene Quelle aber, die Zeugnis gab von der Unschuld des Spielmanns, erhielt eine Fassung, und am Brünnlein an der Steige hat seither manch müder Wanderer seinen Durst stillen können.

Der Drache vom Drackenstein

Unweit von Wiesensteig, dort, wo sich heute das Band der Autobahn zur Hochfläche der Alb hinaufzieht, findet man das Dörflein Drackenstein. Es hat seinen Namen von einem der mächtigen Felsen des Tals. In ihm, so erzählt man, soll einst ein greulicher Drache gehaust haben.

Man mied den Ort, denn alle fürchteten das Untier, das sich mit seinen gewaltigen Schwingen in die Luft erheben und über Land und Meer fliegen konnte. Einmal kam der Drache bis nach Afrika, und als er über einer großen Stadt schwebte, entdeckte er am Fenster eines prächtigen Palastes ein Mädchen, das war so schön, wie er noch keines gesehen. Die Jungfer erschrak zutiefst, als sie das Ungeheuer erblickte, aber ehe sie sich verstecken konnte, hatte sie der Drache mit seinen Klauen gepackt und davongetragen. So sehr die Unglückliche jammerte und bat, sie zu schonen, sie sei des Kaisers Tochter und ihr Vater werde ein hohes Lösegeld zahlen, wenn er sie freigäbe, das Untier ließ seine Beute nicht los, bis es vor seinem Loch in jenem Felsen angelangt war.

Fünf Jahre lang hielt der Drache die Jungfer gefangen. Er wollte sie heiraten, aber sie sträubte sich, so sehr er sich auch um sie bemühte. Viele Kostbarkeiten machte er ihr zum Geschenk, darunter drei prachtvolle Kleider. Auf dem einen war die Sonne abgebildet, auf dem anderen der Mond, auf dem dritten die Sterne. Doch das Mädchen wies die Werbungen des Untiers wieder und wieder zurück.

Eines Tages kam ein wandernder Schneidergeselle in jenes abgelegene Tal. Er hatte sich verirrt und stand plötzlich vor dem Felsenloch, in dem die Jungfer gefangengehalten wurde. Sie freute sich, endlich wieder einem Menschen zu begegnen und berichtete dem Burschen ihr bitteres Geschick. Voller Angst dachte sie an den Drachen, der bald von seinem Raubzug zurückkehren würde. Doch der Geselle zeigte keine Furcht, tröstete die Prinzessin und versprach, ihr zur Flucht zu verhelfen. Dann verbarg er sich im Dickicht des Waldes, bis das Untier den Felsen wieder verlassen hatte.

Die Prinzessin konnte es kaum erwarten, den Burschen wiederzusehen, und als er aus seinem Versteck hervorkroch, versprach sie ihm hoch und heilig, sie wolle ihn zum Manne nehmen und zum Kaiser von Marokko machen, wenn er sie nur glücklich in ihre Heimat zurückbringe. Dem Schneiderlein war's recht so. Die beiden beobachteten, zu welcher Zeit der Drache am längsten ausblieb, und in einem günstigen Augenblick machten sie sich davon. Zuvor aber hatte der Schneidergeselle die drei kostbaren Kleider der Prinzessin in sein Ränzlein gepackt.

Die Reise war lang und beschwerlich, denn die Flüchtlinge mieden zunächst die Straßen und Wege, da sie fürchteten, der Drache würde sie suchen. Allmählich aber fühlten sie sich sicher, und als sie einmal an einem Wirtshaus vorbeikamen, in dem es recht lustig zuging, meinte der Geselle, die Prinzessin solle einstweilen allein vorausgehen, er wolle dann schon nachkommen. Er aber kehrte in dem Gasthof ein, war guter Dinge, bis er sein Geld vertrunken hatte, und reiste dann weiter übers Meer nach Marokko.

Als er in die Kaiserstadt kam, blieb er zunächst dem Palast fern, schlenderte durch die Straßen und Gäßchen und bedachte, wie es wohl wäre, wenn die Leute wüßten, daß er einst einmal ihr Herr und Kaiser sein werde. Dann aber trat er bei einem Schneidermeister in den Dienst.

Zu jener Zeit sprach man im ganzen Land von dem seltsamen Wunsch der Tochter des Kaisers: Wer binnen dreier Monate drei Kleider nähen könne, auf denen Sonne, Mond und Sterne abgebildet seien, der solle zehntausend Gulden zum Lohn bekommen. Als der Schneidergeselle davon hörte, besann er sich nicht lang, ging zu seinem Meister und sagte, er getraue sich, die drei Kleider nach dem Wunsch der Prinzessin zu fertigen, jener solle zum kaiserlichen Palast gehen und dies melden. Der Kaiser freute sich über die Kunde, gab dem Meister sogleich tausend Gulden im voraus und sagte, er möge sie dem Gesellen bringen, damit jener alles kaufen könne, was er für sein Werk benötige. Unser Schneiderlein aber nahm das Geld, verjubelte es mit seinen Freunden im Wirtshaus und lebte herrlich und in Freuden den ganzen Monat bis auf den letzten Tag.

Dem Meister wurde himmelangst, als er noch nichts von dem Kleid sah, und er dachte: »Das kann meinen Gesellen den Kopf kosten und mich auch!« Darum stellte er den Burschen zur Rede. Der aber gab ihm seelenruhig zur Antwort: »Lieber Meister, ich kann nur des Nachts an dem Kleid arbeiten, wenn ich mir am Tag einen Rausch geholt habe.« Darüber schüttelte der Meister den Kopf. Am anderen Morgen aber brachte ihm der Geselle ein wunderbar gefertigtes Gewand, auf dem die Sonne abgebildet war. Der Meister trug es in den Palast, und als die Prinzessin es sah und prüfte, rief sie voller Freude: »Es ist geradeso wie jenes, das mir der Drache schenkte!«

Der Meister erhielt abermals tausend Gulden als Vorschuß, die er wieder seinem Gesellen brachte, und der tat mit dem Geld nichts anderes als beim ersten Mal. Am Ende des Monats aber, genau auf den Tag, holte er aus seinem Ränzlein das Gewand mit dem Mond. Wieder wunderte sich die Prinzessin, daß das Kleid so sehr jenem glich, welches sie von dem Drachen bekommen hatte. Darauf verlangte sie, der Geselle möge das letzte Gewand selber überbringen, sobald es fertig sei. Aber er ließ sich wieder Zeit und verjubelte den gewährten Vorschuß mit seinen Kameraden. Als der Monat schließlich zu Ende war, brachte er der Prinzessin das Sternenkleid. Diese erkannte sogleich ihren Retter, fiel ihm um den Hals und herzte und küßte ihn.

Bald darauf feierte man Hochzeit, und als der alte Kaiser gestorben war, wurde der Geselle Herr über die Stadt und das ganze Land Marokko, lebte vergnügt und fröhlich und war immer guter Dinge. Zuweilen aber erinnerte er sich der wundersamen Fügung, die ihn von jenem Irrweg im Drackensteiner Tal auf den Kaiserthron gebracht hatte.

Das steinerne Weib bei Wiesensteig

Einer der Felsen am Hang des Filstals bei Wiesensteig gleicht einem riesigen Weib, das über die Baumwipfel hinweg ins liebliche Wiesental hinabblickt. Einst – so erzählt die Sage – hat hier eine Frau gelebt, die wegen ihres Geizes einen üblen Ruf besaß. Am meisten mußten ihre Stiefkinder darunter leiden. Ihnen mißgönnte sie sogar das tägliche Brot, und bei je-

dem Brocken, den sie ihnen reichte, fluchte sie: »Ihr Vielfraße, wäret ihr doch tot! Ihr eßt mich noch arm!«

Das böse Weib hielt die Kinder so knapp, daß jene fast des Hungers starben, doch dauerte dies der Stiefmutter zu lange. Deshalb führte sie die Kleinen eines Tages hinauf zur Felswand über dem Wald und stieß sie in die Tiefe. Als sie aber wieder in die Stadt zurückkehren wollte, da konnte sie sich nicht mehr von der Stelle rühren. Ihr Leib war zu Stein geworden gleich den Felsen an jenem Ort, wo sie ihre Untat begangen hatte.

Mittlere Alb
Joachim Burzik, Pfarrer

Sibylle von der Teck

Vor uralter Zeit wohnte in einem Felsenschloß auf dem Teckberg eine Frau, die besaß ungeheure Schätze an Gold und Edelsteinen. Doch Sibylle, wie sie von den Leuten genannt wurde, verfügte auch über weit kostbarere Gaben: Sie konnte weissagen, Ereignisse vorhersehen, die anderen Menschen die dunkle Zukunft noch verhüllte. Vielen, die zu ihr kamen und um Rat baten, half sie aus ihrer Bedrängnis, und überall rühmte man die Weisheit der Frau auf dem Teckberg. Am meisten aber schätzten die Leute ihre Liebe und Güte, und kein Armer, der sich in seiner Not an sie wandte, stieg vergeblich den steilen Weg zu ihr empor.

Die Edelfrau war von hoher, stolzer Gestalt und trug meist ein schlichtes weißes Gewand, das bis zur Erde reichte. Am auffälligsten aber waren die Augen der weisen Frau, die oft traurig schienen, weil sie Kummer und Sorgen der Zukunft erkannten, die aber auch gütig und heiter blickten, wenn Sibylle den verwirrt und unbeholfen gestammelten Dank der Beschenkten entgegennahm.

Die Leute im Land um die Teck lebten glücklich und zufrieden, bis sich allmählich zeigte, daß die drei Söhne der Sibylle von anderem Schlage waren als ihre gute Mutter. Sie wohnten zuerst in ihrem Schloß auf dem Wielandstein, bekamen dann aber Streit und schieden im Unfrieden. Der älteste baute sich auf dem Teckberg eine Burg, der zweite blieb auf dem Wielandstein, und der dritte hauste fortan in einem Schloß auf dem Diepoldsfelsen. Wenn sie aber auf Raub ausgingen, fanden sich die Brüder immer wieder zusammen und zogen hinunter ins Lenninger Tal, durch das eine wichtige Handelsstraße führte. Dort verbargen sie sich, brachen dann plötzlich aus ihren Verstecken hervor, wenn ein Handelszug nahte, rissen die Knechte von den Wagen, erschlugen und erstachen, was sich wehrte, und brachten die Beute in ihre Felsennester. Die Kaufherren wurden in die Burgverliese geworfen, wo sie ausharren mußten, bis ihre Angehörigen hohe Lösegelder zahlten. Und konnten jene nicht die geforderte Summe aufbringen, mußten die Gefangenen bis an ihr Lebensende im Kerker schmachten.

Auch die Bauern litten unter der Willkür und Habsucht der Raubritter. Oft mußten sie fronen und hatten kaum Zeit, die eigenen Felder zu bestellen. Und ernteten sie die Früchte ihrer Arbeit, so forderten die Herren ihren Anteil und mehr, als ihnen zustand.

Am schlimmsten trieb es der Jüngste, der auf dem Diepoldsfelsen hauste. Er war noch härter und grausamer als seine Brüder, und die Leute fürchteten ihn am meisten. Man nannte ihn und seine Burg deshalb den Rauber. Er schreckte auch nicht davor zurück, seine eigene Mutter zu bestehlen.

Sibylle schämte sich ihrer mißratenen Söhne. Sie mühte sich, das von ihnen begangene Unrecht gutzumachen, aber endlich wurde ihr Kummer so groß, daß sie beschloß, ihre Heimat zu verlassen. Eines Abends fuhr sie mit einem goldenen Wagen, der von zwei riesigen wilden Katzen gezogen wurde, zum Felsentor hinaus. Durch die Luft ging die Fahrt hinunter ins Lenninger Tal. Ihre langen roten Haare flatterten im Wind und sprühten Funken. Quer über die Talaue lenkte sie den Wagen hinüber nach Beuren, und dort auf einem Hügel wurde sie zum letzten Mal gesehen. Seitdem heißt der Ort »Sibyllenkappel«.

Selbst auf ihrer Flucht beschenkte die edle Frau die Menschen: Heute noch ist ihre Wagenspur zu erkennen, denn dort trägt das Korn reichere Frucht, und sogar das Laub der Bäume und Weinreben, über die sie fuhr, ist dunkler und üppiger als andernorts.

Wie ihre Söhne endeten, weiß niemand. Wahrscheinlich haben sich die Unterdrückten eines Tages zusammengetan und die Raubnester ausgehoben, denn heute zeugen nur noch traurige Mauerreste von den einst so gefürchteten Burgen.

Verena Beutlin

Auf dem Teckberg beim Gelben Felsen findet man nahe dem Absturz im felsigen Boden ein Loch, eine Öffnung, die, halb eingestürzt, steil in die Tiefe führt. Dort soll einst eine Frau mit ihren beiden Kindern gehaust haben. Verena Beutlin hieß sie, doch niemand weiß, welch böses Geschick ihr die Heimat genommen und sie in diesem düsteren Felsenloch Unterschlupf suchen ließ. Wohl hatten sich die drei eingerichtet in ihrer Höhle, hatten Tisch und Bank aus rohen Brettern gezimmert, eine Lagerstatt aus Stroh und Laub aufgeschüttet und in der Mitte des Raumes eine Feuerstelle angelegt. Auch an Holz zum Heizen und Kochen mag es ihnen nicht gefehlt haben, doch oft an Nahrung, die der Vater herbeischaffen mußte.

Der Vater der beiden Knaben sei nämlich ein verheirateter Mann aus Beuren gewesen, so wird erzählt, und deshalb habe auch niemand etwas erfahren dürfen vom seltsamen Leben der Ausgestoßenen in jenem Loch beim Gelben Felsen. Daß über dem Berg oft eine Rauchwolke vom Küchenfeuer hing, fiel niemandem auf, glaubte man doch, Nebel steige aus den Felsspalten auf. Und auch dem roten Tuchfetzen, der zuweilen weithin leuchtend im Gesträuch hing, schenkte man keine Beachtung. Der Vater aber kannte das vereinbarte Zeichen: Not war dann eingekehrt auf dem Teckberg, und eilends machte er sich auf, seine Angehörigen mit Vorräten zu versorgen.

Lange lebten die drei Menschen still und abgeschieden in ihrem Felsenloch. Als aber während eines besonders harten Winters der Schnee auch im Tal drunten knietief lag und strenger Frost alles Leben verstummen ließ, blieb die Hilfe aus. Dem Hungertod nahe, schickte Verena schließlich ihre beiden Söhne hinab nach Owen, um etwas Brot zu erbetteln. Dort wunderte man sich über die armen Kinder, die trotz

Frost und Eis unterwegs waren, gab ihnen zu essen, fragte aber auch nach dem Woher und Wohin. Da brachen die Buben ihr Schweigen und berichteten alles.

Man hätte meinen sollen, daß nun alle Not ein Ende fand. Doch nicht umsonst hatte Verena die Menschen gefürchtet. Als die Owener hörten, daß die Frau sich mit ihren Kindern schon seit längerem in der Felsenhöhle versteckt hielt, glaubten alle, nur eine Hexe könne solch ein Leben führen. Mit Prügeln, Dreschflegeln und Stangen versehen zogen einige Männer hinauf zum Gelben Felsen, zerrten Verena aus ihrem Loch und schleppten sie hinunter in den Kerker der Stadt. So sehr auch die arme Frau ihre Unschuld beteuerte, sie kam auf den Scheiterhaufen.

Welches Schicksal ihre beiden Söhne und deren Vater erfuhren, verschweigt die Sage. Jene Höhle aber, die den Ausgestoßenen eine Zeitlang Zuflucht geboten hatte, trägt seitdem den Namen Verena-Beutlins-Loch.

Der Drache auf der Limburg

Vor vielen, vielen Jahren hauste in einem Felsenloch auf der Limburg ein gewaltiger Drache. Sein Rumpf war ganz von Schuppen bedeckt, und an den Füßen trug er lange, scharfe Krallen. Feuer und Schwefel sprühten aus seinen Nüstern, und jeder, der ihm nahekam, mußte elendiglich verbrennen oder ersticken. Wehe aber dem, der von seinen scharfen Zähnen gepackt und zerrissen wurde!

Seine Gier war unersättlich. Wenn das Ungeheuer seine Höhle verließ, bebte die Erde, und alle wußten: Nun geht der Drache wieder auf Menschenraub aus. Sie verriegelten die Türen, verkrochen sich in die Keller, flüchteten in die Wälder. Aber der Drache fand sie doch. Jeden Tag holte er sich ein Opfer, ein Kind, das vom Spielen nicht mehr zurückkehrte, einen alten Mann, der nicht schnell genug flüchten konnte. Fast in jedem Haus der umliegenden Orte, vor allem aber in Weilheim, weinte und trauerte man um Angehörige, die man durch den Drachen verloren hatte.

Die immerwährende Todesgefahr zermürbte die Menschen. Sie wagten nicht mehr ihre Häuser zu verlassen. Manche packten Hab und Gut zusammen und zogen fort, weit weg von der Limburg, dorthin, wo man vor dem Untier sicher war. Die Felder lagen brach, das Vieh darbte, und zu der Todesangst kam bitterer Hunger.

Auch der Kaiser hörte von der Not der Menschen, die bei der Limburg wohnten, aber keiner seiner Ritter wagte es, dem Drachen entgegenzutreten. Da befahl er, man möge dem Untier jeden Tag zwei Menschen zum Opfer bringen, den einen des Morgens, den andern des Abends. Durch das Los sollten die Unglücklichen bestimmt werden.

Von nun an blieb der Drache in seinem Versteck, und man konnte ohne Sorge die Felder wieder bestellen. Im ganzen Land aber zitterten und bangten die Menschen jeden Abend, wenn jemand an die Tür pochte, denn vielleicht waren es die Boten des Kaisers, die holten, wen das Los als Opfer für den nächsten Tag ermittelt hatte. Das Gesetz war streng, und, ob reich oder arm, jung oder alt, wessen Name gezogen wurde, der mußte hinauf auf die Limburg.

Eines Tages geschah es, daß des Kaisers Tochter selbst an der Reihe war. Und wenn auch ihr Vater die größte Macht im Reich hatte – er konnte ihr nicht helfen. Voller Schmerz, Mitleid und Bitterkeit blickten die Menschen dem Wagen nach, der das Mädchen zur Limburg brachte. Wunderschön sah die Prinzessin aus. Man hatte sie in ein langes, weißes Gewand gehüllt. Ihr Antlitz war bleich, aber gefaßt blickte sie dem Tod entgegen, und aufrecht schritt sie den Pfad hinauf zur Felsenhöhle.

Alles war wie gelähmt; die Vögel hatten aufgehört zu singen, der Wind erstarb, und sogar das Plätschern des Bächleins verstummte. Plötzlich aber wurde Hufschlag laut. Auf einem Schimmel kam ein Reiter dahergesprengt, wie man noch keinen gesehen hatte. Seine silberne Rüstung glänzte im Sonnenlicht. In der Rechten schwang er seine Lanze, deren Spitze golden schimmerte. Rasch trieb er sein Pferd bergan, zur Limburg hinauf.

Da bebte die Erde. Der Drache kroch aus seiner Höhle, um das Opfer zu erwarten. Aber diesmal war es kein von Todesangst gepeinigtes Menschlein, das ihm entgegentrat, sondern ein tapferer Kämpfer. Und nun begann ein erbitterter Streit.

Der Ritter sprang vom Pferd und suchte hinter seinem Schild Schutz vor dem alles versengenden Feueratem des Tieres. Geschickt wich er den wütenden Hieben der Tatzen aus, zog sich zurück, und als der Drache sich auf ihn stürzen wollte, sprang er rasch zur Seite. Lange währte der schreckliche Kampf, und allmählich wurden die Bewegungen des Tieres mühsamer. Da faßte der Ritter neuen Mut, drang blitzschnell vor und stieß seine Lanze mit aller Kraft in das Herz des Ungeheuers. Ein breiter Strom schwarzen Blutes schoß aus dem mächtigen Leib, der sich noch einmal aufbäumte, gleich darauf aber tot niederstürzte.

Welch ein Jubel brach aus! Die Menschen umarmten sich und weinten vor Freude, denn nun waren sie erlöst aus aller Angst und Not. Als aber die Tochter des Kaisers ihrem Retter danken wollte, war jener verschwunden. Still und unbemerkt hatte er sich auf sein Pferd geschwungen und war davongeritten.

Die einen sagen, der fremde Ritter sei der heilige Georg gewesen, andere meinen, der Erzengel Michael selbst habe den Drachen besiegt, und um ihm zu danken, bauten die Weilheimer auf dem Gipfel des Berges eine Kapelle. Die Burg aber, die später dort errichtet wurde, benannte man nach dem Lindwurm, vor dem man sich einst so sehr gefürchtet hatte.

Der Riese Heim

Hoch oben in einem Felsenloch südlich von Neidlingen hauste einst der Riese Heim, seine Wohnung nannte man den Heimenstein. Er war so schrecklich groß, daß die Menschen sich strecken mußten, um die Riemen seiner Schuhe anzufassen. Verständlich, daß es ihm in seiner Höhle mit der Zeit zu eng wurde. Eines Tages setzte er sich auf den Felsen und schaute hinüber zur anderen Talseite. Dort stieg ein mächtiger Felsklotz aus dem Bergwald empor, der Reußenstein. Er sollte der richtige Bauplatz für seine künftige Burg sein.

Zuerst aber wollte der Riese den Ort näher untersuchen. Doch scheute er die Mühe, ins Tal hinunterzusteigen und nachher den Berghang wieder hochzuklettern. Deshalb versuchte er, das Tal mit einem gewaltigen Schritt zu überqueren.

Aber er hatte seine Kraft überschätzt. Sein Fuß glitt ab und fand erst wieder in halber Höhe des Berghangs Halt. Dort jedoch hinterließ er im Fels eine tiefe Mulde, den Abdruck seines Stiefels. Ärgerlich zog er den Fuß zurück, da sah er aus dem Gestein eine silberhelle Quelle sprudeln. Das Wasser sprang lustig über einen Felsen ins Tal hinab. Dort floß das Bächlein munter weiter, durch Kirschengärten und Wiesen, Dörfer und Städtlein, bis es in die Lauter mündete. So entstanden durch den Fehltritt des Riesen Heim die Lindachquelle und der Neidlinger Wasserfall.

Aber zurück zu seinem Plan, auf dem Reußenstein ein festes Haus zu bauen. Er besah sich den Platz und fand ihn für sein Vorhaben geeignet. Nun galt es, Bauarbeiter zu gewinnen. An Geld fehlte es dem Riesen nicht, also stellte er sich auf den Felsen und rief mit lauter, weithin hörbarer Stimme Bauleute herbei. Wenn sein Schloß fertig sei, so versprach er, solle jeder eine gute Belohnung erhalten.

Da kamen sie herbeigeeilt, die Maurer und die Zimmerleute, die Schlosser und die Schreiner, die Dachdecker und die Maler. Geklopft wurde und gehämmert, gesägt und genagelt, und der Riese schaute wohlgefällig zu, wie sich die Menschlein zu seinen Füßen plagten.

Endlich schien der Bau fertig zu sein. Der Riese prüfte alles sorgfältig, freute sich über das gelungene Werk und wollte schon den wartenden Handwerkern ihren Lohn auszahlen, da bemerkte er, daß über dem obersten Fenster noch ein Nagel fehlte. Nun war guter Rat teuer, denn keiner wagte hinaufzusteigen in die schwindelerregende Höhe und zu tun, was der Riese verlangte. Aber keiner wollte auch ohne Lohn nach Hause zurückkehren. Schließlich versprach der Riese dem, der so mutig war, den letzten Nagel einzuschlagen, einen Sack voll Gold. Da trat ein junger Schlossergeselle vor. Er war fleißig, aber arm, und deshalb hatte sich sein Meister bisher geweigert, ihm die schöne Tochter, die er herzlich liebte, zur Frau zu geben.

»Menschenzwerglein, du hast Mut, darum will ich dir helfen«, sagte der Riese freundlich, packte den Schlossergesellen behutsam im Genick und hob ihn zum Fenster hinaus. Der Bursche schaute nicht nach unten auf die jäh abstürzende Felswand, sondern griff beherzt nach Hammer und Nagel und schlug drauflos, bis der letzte Balken festsaß. »So ist's recht«, sagte der Riese und stellte den Schlosser vorsichtig in den Kreis der anderen zurück.

Nun war die Freude groß. Jeder bekam an Lohn, was ihm zustand, unser tapferer Schlossergeselle aber hatte sein Meisterstück vollbracht. Bald waren Haus und Werkstatt sein eigen, und endlich konnte er des Meisters Tochter als Braut heimführen.

Das Goldloch bei Schlattstall

Ein alter Schäfer, der auf der Uracher Alb seine Herde hütete, entdeckte eines Tages ein Loch unter einem der Felsen am Albtrauf. Neugierig zwängte er sich durch die Öffnung und gelangte in eine große, unterirdische Halle. Ganz finster war es hier und totenstill; nur in der Ferne hörte er Wasser rauschen. Er nahm sich vor, anderntags die Höhle gründlicher zu erforschen und kehrte zu seinen Schafen zurück.

Mit einer brennenden Kerze untersuchte er am nächsten Morgen die Höhlenwände und entdeckte auch wirklich einen Spalt, durch den er den Weg in eine weitere größere Halle fand. Ihren Boden bedeckte ein klarer See, in dessen Wasser sich riesengroße, gespenstische Vögel spiegelten. Sie saßen reglos ringsum an den Wänden. Ihre funkelnden Augen starrten ihn böse an, und ihm schien, als wollten ihre spitzen Schnäbel gleich auf ihn loshacken. Vor Schreck entglitt ihm die Laterne und das Licht erlosch.

Als sich seine Augen an die Dunkelheit gewöhnt hatten, sah er einen fernen Lichtschimmer, der ihm den Weg zum Höhleneingang wies. Zitternd vor Furcht kroch er darauf zu, und wie er endlich wieder ans Tageslicht kam, nahm er sich vor, nie mehr die unheimliche Höhle zu betreten.

Lange Zeit erzählte der Schäfer niemandem von seiner Entdeckung. Als er aber einmal mit dem Mahlknecht von Seeburg zechte und der Wein ihm zu Kopfe stieg, entschlüpfte ihm sein Geheimnis. Aufmerksam hörte der Knecht zu und nahm sich vor, der Sache nachzugehen.

Anderntags schon kroch er in den Berg hinein, fand auch bald die Halle mit dem See, und weil er ein mutiger Bursche war, kümmerten ihn die schrecklichen Vögel nicht, die überall reglos an den Wänden hockten. Er suchte weiter und fand endlich einen schmalen Gang, der abwärts führte. Eine Stunde mochte er unterwegs gewesen sein, und er wollte schon wieder umkehren, da fingen die Wände vor ihm an zu leuchten und zu glänzen. Sie schienen aus purem Gold, und golden schimmerten auch die Zapfen an der Decke der Höhle!

Lange stand der Knecht da und bestaunte die Pracht ringsum. Aber die Kerze in seiner Laterne brannte immer weiter herunter, und er mußte zurück. Zuvor jedoch brach er einen Goldzapfen ab und steckte ihn in die Tasche.

Als er sich auf den Weg machte, vernahm er plötzlich ein vertrautes Geräusch: das Klappern der Mühle von Schlattstall, wo er früher gearbeitet hatte. Also mußte die Höhle einen zweiten Ausgang haben! Er suchte und suchte, aber vergebens. Schließlich folgte er dem vertrauten Weg und gelangte auch glücklich ins Freie, ehe das Kerzenstümpfchen in seiner Laterne erlosch. Bei Tageslicht besah er sich den Zapfen, den er mitgenommen hatte. Kein Zweifel, es war reines Gold! Er brachte ihn zu einem Goldschmied und bekam dafür so viel Geld, daß er sich in der Fremde selbst eine Mühle kaufen konnte.

Ehe er wegzog, vertraute er sein Geheimnis einem anderen Mahlknecht an. Der gedachte auch sein Glück zu machen. Als der jedoch die fürchterlichen Vögel erblickte, erschrak er so sehr, daß er ohnmächtig niederfiel. Er gelangte wohl wieder nach Hause, doch von Stund an war er müde und krank, und bald darauf starb er. Sein Geheimnis aber nahm er mit ins Grab.

Viele Leute glaubten der Sage. 1824/25 erweiterten Goldgräber die Öffnung der vorderen Lauterquelle bei Schlattstall, um in den Berg dringen und den Schatz finden zu können. Doch so sehr sie sich auch mühten, sie fanden nichts.

Die Springwurzel

Auf der Baßgeige, einem Berg zwischen dem Hohenneuffen und der Teck, soll ein wunderliches Kraut wachsen, die Springwurzel. Wer sie besitzt, kann damit jede Tür und jedes Schloß öffnen und vermag auch Gewitter zu zersprengen und fernzuhalten. Und wer sie in der rechten Tasche mit sich trägt, soll sogar stich- und kugelfest sein.

Wen wundert's, daß schon viele nach der Wurzel suchten. Die Pflanze ist so selten und wächst an einem so versteckten Ort, daß lange Zeit keiner sie fand. Doch ein Jäger aus Beuren fing die Sache besonders geschickt an: Er wußte, daß der Wiedehopf, ein wunderlicher Vogel, alle Pflanzen des Waldes kannte. Darum streifte er so lange durch die Wälder der Baßgeige, bis er das Nest des Vogels in einer Baumhöhle entdeckte. Schnell versteckte sich der Jäger im Gebüsch und wartete, bis der Wiedehopf ausflog. Dann vernagelte er die Nesthöhle mit einem Brett. Als der Vogel zurückkehrte, fand er sein Loch verschlossen. Da verschwand er wieder, holte die Springwurzel und hielt sie vor die vernagelte Höhle. Kaum hatte er das Brett berührt, da sprang es ab, und der Eingang war offen.

Nun muß man wissen, daß der Vogel, damit das Zauberkraut in keines Menschen Hand kommt, es ins nächstbeste Feuer wirft. Deshalb hatte der schlaue Jäger vorher schon am Waldrand ein Feuer angezündet. Als der Vogel dahergeflogen kam und es entdeckte, ließ er die Springwurzel in die Flammen fallen. Darauf hatte der Jäger gewartet. Blitzschnell sprang er herzu und riß die Wurzel aus dem Feuer.

Nun war er ein gemachter Mann. Keine Tür blieb ihm verschlossen, jede Schatztruhe konnte er öffnen, und wenn er die Zauberwurzel bei sich trug, vermochte ihm keiner etwas anzuhaben. Er hätte sich allen Reichtum der Erde aneignen können, aber er blieb bescheiden, sorgte dafür, daß seine Heimat von Unwettern verschont wurde, und als sein letztes Stündlein nahte, bat er, man möge ihm die Zauberwurzel mit ins Grab geben, damit sie nicht in unrechte Hände käme. Seitdem hatte keiner mehr das Glück, dem Wiedehopf eine Springwurzel abzulisten.

Der Ritt auf dem Kalb

Einst hatte der Graf von Württemberg, als er auf seiner Burg Hohenurach zu Gast war, eine wichtige Botschaft an den Kaiser nach Prag zu schicken und suchte einen Boten, der innerhalb von acht Tagen wieder zurück sein sollte, um ihm die Antwort zu bringen. Doch keiner der Ritter und Knechte wagte es, den Auftrag zu übernehmen, weil jeder wußte, daß man auch mit dem besten Pferd für eine solch weite Reise viel länger braucht.

Der Tag verging, ohne daß sich ein Bote meldete, und der Graf war darüber sehr ärgerlich. Am Abend endlich klopfte ein altes Weiblein ans Burgtor. Die Knechte wollten es zuerst nicht einlassen, führten es dann aber doch vor ihren Herrn. Die Frau behauptete nichts anderes, als daß sie des Grafen Wunsch erfüllen könne. Man lachte sie zuerst aus, aber als sie hoch und heilig beteuerte, es sei ihr ernst, man möge ihr die Botschaft anvertrauen, willigte der Württemberger ein. »Wenn Ihr Euer Wort haltet«, sagte er, »so soll Euch ein reicher Botenlohn werden.«

Nach Hause zurückgekehrt, kochte die Alte in einer Pfanne über dem Herdfeuer aus allerlei Wurzeln und Kräutern eine Zaubersalbe. Dann holte sie ein Kalb aus dem Stall, bestrich es mit dem Brei und murmelte dabei geheimnisvolle Sprüche. Schließlich setzte sie ihren Mann auf das Tier und schärfte ihm ein, unterwegs kein Wort zu sprechen.

Das Kalb tat ein paar wunderliche Sprünge, hob sich dann mitsamt seinem Reiter in die Luft und jagte davon. Es flog durch die Wolken, über Berge und Täler, Dörfer und Wälder, und seine Sprünge waren so gewaltig, daß es kaum den Boden berührte. Dem Mann verging Hören und Sehen bei dem wilden Ritt, aber als der Morgen graute, war er in Prag, übergab dem Kaiser des Grafen Botschaft und erhielt auch sogleich eine Antwort.

Ohne Säumen machte er sich auf den Heimweg. Wieder sauste das Tier durch die Lüfte, und der Reiter mußte sich an seinem Fell festkrallen, um nicht abzustürzen. Da sah er auch schon das Lenninger Tal unter sich, und mit einem mächtigen Sprung setzte das Kalb von der einen Talwand zur anderen hinüber. »Ho, das war aber ein Sprung!« entfuhr es unversehens dem Mann – und schon lag er am Boden. Langsam stand er auf und blickte sich um, doch sein Reittier war verschwunden. Alle Knochen taten ihm weh, aber was half's? Zu Fuß mußte er nach Urach hinabsteigen und dem Grafen des Kaisers Schreiben bringen. Hätte er geschwiegen, so wäre ihm dies erspart geblieben. Der reiche Botenlohn indes ließ ihn sein Mißgeschick rasch vergessen.

Der Esel vom Hohenneuffen

Vor vielen Jahren wurde einmal die Festung Hohenneuffen von Feinden belagert. Die Besatzung wehrte jeden Angriff tapfer ab. Schließlich sollte der Hunger die Verteidiger zwingen, ihre Tore zu öffnen. Darum wachten die Feinde Tag und Nacht, daß niemand den Burgleuten Nahrungsmittel liefern konnte.

Woche um Woche verging, und die Not der Besatzung wurde immer größer. Auch wenn jedem ein Stücklein Brot am Tag reichen mußte, schrumpften die Vorräte zusammen. Bald waren die Neuffener so schwach, daß sie kaum mehr ihre Waffen heben konnten. Aber sie ergaben sich nicht. Schließlich, als man schon alles Getier, selbst die Katzen, Ratten und Mäuse in der Burg aufgezehrt hatte, blieben nur noch ein Scheffel Korn und ein Esel übrig. Das Grautier hatte in Friedenszeiten das Wasser vom Tal heraufgeschleppt. Jetzt mußte man sich freilich mit der stinkenden Brühe aus der Zisterne begnügen. Schon wollte man den Esel töten, da sagte ein alter Knecht: »Wartet, Kameraden, wir wollen ihn erst schlachten, wenn wir ihm das Korn gefüttert haben.« Da wunderten sich die andern und meinten, das Brot aus dem Korn hätten sie selber bitter nötig. Als der Alte ihnen aber erklärte, was er vorhatte, taten sie nach seinem Willen.

Den Feinden vor der Burg war die Zeit lang geworden. Auch sie litten Hunger, denn die Dörfer in der Umgebung waren längst ausgeplündert. Viele murrten und wollten abziehen. Als gar köstliche Bratendüfte aus der Burg den Hang herabzogen, wurde ihr Unwillen noch stärker. Auf einmal aber sahen sie, wie von den Burgleuten eine sonderbare Kugel über die Mauer geworfen wurde. Sie rollte den Berg herab und blieb vor ihren Füßen liegen. Als die Soldaten den Fund näher untersuchten, erkannten sie mit Verwunderung, daß man einen mit bestem Korn gefüllten Eselsmagen auf sie herabgeschleudert hatte.

»Wenn die da oben ihre Esel noch mit Korn füttern können, müssen wir lange warten, bis sie ausgehungert sind«, sagten sie daraufhin. Ihr Anführer befahl, das Lager abzubrechen, und am andern Tag waren die Feinde weitergezogen. Der Ritter von Hohenneuffen aber ließ aus Freude über die glückliche Rettung einen Eselsfuß auf sein Wappen malen. Und die Neuffener werden heute noch von ihren Nachbarn Eselfresser oder Esel genannt.

Zwerg Gürtelknopf auf dem Florian

Dem Frieder, einem armen Burschen aus Kappishäusern bei Metzingen, widerfuhr einst etwas Seltsames: Eines Nachts, als er nicht einschlafen konnte, weil ihn der Hunger so plagte, ging auf einmal die Kammertür auf, und eine helle Kugel rollte in die Stube, geradewegs auf sein Bett zu. An der Wand aber war in feuriger Schrift zu lesen: »Komm heute nacht auf den Floriansberg!«

Der Bursche brachte kein Wort heraus. Kaum hatte er sich von dem Schrecken erholt, da war der Spuk schon wieder verschwunden. Ganz verstört kroch der Frieder aus seinem Bett, schlüpfte in die Kleider und machte sich wie befohlen auf den Weg. Als er in der Dunkelheit so mutterseelenallein den Berg hinaufstieg, da ging ihm mancherlei durch den Kopf: Ihm fiel ein, daß der Sage nach dort oben ein Geistlein hausen sollte, ein Zwerg, dessen Namen niemand kannte und den die Leute spottend »Gürtelknopf« hießen, weil er an seinem Gürtel einen riesigen Knopf trug. Der Kobold sollte schon mancherlei Unheil angerichtet, aber auch vielen, die in Not waren, geholfen haben, erzählte man.

Endlich stand der Bursche auf der Kuppe des Berges. Ängstlich schaute er sich um. Alles war ruhig und still. Der Mond verbarg sich zuweilen hinter rasch dahinziehenden Wolkenfetzen, drüben im Wald knarrten dürre Äste im Wind, und in der Ferne schrie ein Käuzchen. Am liebsten wäre der Frieder den Berg gleich wieder hinabgerannt, nachdem er ja getan hatte, was ihm geheißen worden war. Aber gerade als er sich zum Gehen wenden wollte, schlug es auf der Metzinger Stadtkirche Mitternacht. Kaum war der letzte Glockenton verhallt, da lohte auf dem Berggipfel ein mächtiges Feuer auf, und eine eigenartige Musik erklang. Neugierig schlich der Bursche näher. Hinter einem Felsen verborgen, sah er mit Verwunderung, wie eine Schar junger Mädchen um die Flammen tanzte. Sie hatten sich an den Händen gefaßt und bewegten sich mit solcher Anmut im Kreis, daß der Frieder meinte, nie in seinem Leben etwas so Schönes gesehen zu haben.

Auf einmal bemerkte eine der Jungfern den Burschen. Sie lächelte, löste sich aus dem Reigen, nestelte am Hals und warf ihm eine goldene Kette zu, die sie getragen hatte. Der Frieder war so verdutzt, daß er sie zu fangen vergaß, und sie fiel zu Boden. Rasch sprang er hinter seinem Felsen hervor und bückte sich, sie aufzuheben. Da stand plötzlich ein kleines Männlein vor ihm. »Gürtelknopf!« stammelte der Frieder, und schon hatte er zwei Ohrfeigen eingefangen, daß ihm Hören und Sehen verging. Kaum daß er den Weg wieder fand hinunter nach Kappishäusern.

Drei Tage lang lag der Bursche krank im Bett, aber dann nahm er allen Mut zusammen und stieg wieder den Berg hinauf, um nach dem goldenen Kettlein zu suchen. Doch so sehr er sich mühte, er fand es nicht mehr.

Als der Frieder anderntags erwachte, traute er seinen Augen nicht: Der Tisch in seiner Stube war mit köstlichen Speisen gedeckt! Und fortan warteten jeden Morgen andere Leckerbissen auf ihn. So hatte es Zwerg Gürtelknopf doch noch gut gemeint mit dem armen Burschen.

Das Totenköpfle auf Hohenurach

Die Verliese der Festung Hohenurach beherbergten einst manchen, der beim Herzog in Ungnade gefallen war. Einer davon war der Dichter Nikodemus Frischlin, der sich mit seinen freimütigen Schriften und Reden viele Feinde geschaffen hatte und monatelang schon in einem der dumpfen Kerker schmachtete. Wie sehr ersehnte der Gefangene den Tag der Freiheit, den Augenblick, der ihm die Bläue des Himmels, das frische Grün der Wälder und Wiesen, die Weite des Landes wieder schenkte! Doch die Zeit verstrich, und der Dichter wartete vergebens auf seine Entlassung.

Eines Nachts wagte er die Flucht. Durch den engen Schacht des Ofenlochs kroch er ins Freie und ließ sich an einem Strick, den er aus dem Leintuch seines Lagers geknüpft hatte, auf die Brüstung der Burgmauer hinab. Unter ihm gähnte nun der Abgrund, aber im ungewissen Lichte des Mondes glaubte er den Fuß der Felswand zu erkennen. Wieder befestigte er den Strick an einem Vorsprung des Gemäuers und ließ sich hinab. Doch er hatte unglücklicherweise die tiefste Stelle des Abhangs gewählt, und als das Seil endete, sah er nichts unter sich als die Finsternis des Waldes. Da hing er nun hilflos zwischen Himmel und Erde. Mit aller Kraft suchte er einen Halt zu ertasten, sich an die Felswand zu klammern. Plötzlich riß der Strick, und der Gefangene stürzte in die Tiefe, prallte gegen die scharfkantigen Steine der Wand und blieb schließlich zerschmettert im Abgrund liegen.

Anderntags entdeckte man die Flucht und barg den Toten. Als übers Jahr aber der Frühling kam, da blühte überall dort, wo des Unschuldigen Blut im Waldboden versickert war, eine seltsame und wunderschöne Blume, wie man sie noch nie zuvor gesehen und wie sie seitdem nur im Uracher Tal zu finden sein soll. Die Leute heißen sie »das Totenköpfle«.

Die Sagen vom Ursulaberg

Wenn man vom Georgenberg zwischen Reutlingen und Pfullingen hinüberschaut zum Ursulaberg, dann entdeckt man, daß dessen langgestreckter Höhenrücken der Gestalt einer schlafenden Frau gleicht. Mag es die eigenartige Bergform gewesen sein oder manch merkwürdige Begebenheit, die sich in jener Gegend zutrug, die Leute erzählen sich heute noch vielerlei Sagen von einer geheimnisvollen Frau, der verwunschenen Urschel, die mit ihren Gespielinnen seit langer Zeit im Innern des Berges hausen soll.

Die Nachtfräulein vom Ursulaberg

Auf dem Hörnle, einem Hügel am Fuß des Berges, findet man eine tiefe Grube, das »Nachtfräuleinsloch«. Diese Höhle soll der Eingang zu einem prächtigen Schloß im Berg sein, das einst auf dessen Gipfel stand, durch einen bösen Fluch aber mit all seinen Bewohnern und Schätzen eines Tages in die Tiefe sank. In ihm wohnt die Urschel oder Ursula mit ihren Nachtfräulein, und wer früher an dem Ort vorbeikam, durfte nicht versäumen, einen runden Stein in das Loch zu werfen und zu sagen: »Wir wollen den Nachtfräulein ein Opfer bringen.« Daraufhin konnte er getrost seines Weges ziehen. Vergaß er aber das Opfer, dann legten die Fräulein ihm Steine in den Weg, daß er darüberfiel, oder spielten ihm sonst einen üblen Streich. Wenn einmal die Grube von den Opfersteinen ganz gefüllt ist, so sagt man, sind die verschwundenen Fräulein erlöst.

Als eine Frau aus Reutlingen einst des Nachts an jenem Ort vorbeikam, sah sie auf einmal ein wunderschönes Schloß vor sich. Das Tor stand weit offen, und die Säle waren festlich beleuchtet. Neugierig trat sie näher und bemerkte prächtig gekleidete Damen und Herren, die sie freundlich zu Tische luden. Von den köstlichen Speisen durfte sie essen, soviel sie wollte. Als sie später nach Pfullingen hinunterkam, fragte sie dort, wem denn das Schloß am Berg oben gehöre, wo sie zu Gast gewesen. Aber die Leute schauten sie nur verwundert an und konnten ihr keine Auskunft geben.

Ein andermal stieg ein Mann aus Pfullingen, der von der Begebenheit gehört hatte, des Nachts hinauf auf den Berg. Er fand auch bald das Schloß und zog an der Glocke neben dem Eingang. Das Tor öffnete sich, und hervor trat ein Fräulein, das war ganz weiß gekleidet und wunderschön. Es fragte ihn freundlich nach seinem Begehr. Da wurde der Mann verlegen und sagte, er habe sich verirrt. Das Fräulein ging ins Schloß zurück, holte eine Laterne und führte ihn wieder nach Pfullingen hinab. Wie sie so dahingingen, verlor der Mann allmählich seine Scheu und fragte die Jungfer mancherlei. Sie aber schwieg beharrlich und schritt nur immer vor ihm her, bis sie zu seinem Hause kamen. Dann sagte sie: »Da geht's hinein!«, wandte sich und stieg den Berg wieder hinauf.

Zuweilen kamen die Fräulein auch nach Reutlingen und

Pfullingen in die »Karz« zum Spinnen. Sie arbeiteten abends von sieben bis elf Uhr, redeten dabei aber kein einziges Wort. War die Zeit um, so entfernten sie sich stillschweigend, ließen jedoch immer ein paar Geldstücke zurück für die Kerzen, die sie gebraucht hatten. Blickte man ihnen nach, so sah man noch lange die Lichter ihrer Laternen den Berg hinaufwandern, bis sie in der Nähe des »Nachtfräuleinsloches« verschwanden.

Nur wenn es dort sittsam zuging, kamen die Geistlein längere Zeit in dasselbe Haus. Versuchte man sie anzusprechen, gab es in der Spinnstube Zank und Streit oder begann einer der Burschen zu fluchen, so blieben sie aus, und mit dem Segen war's in jenem Haus vorbei. Auch wurden sie traurig, wenn man ihnen einen Streich spielte, etwa den Faden heimlich zerschnitt oder das Garn versteckte. Ein übermütiger Bursche soll einmal die Uhr um eine Stunde zurückgestellt haben, und als die Fräulein aufbrachen, schlug es vom Turm der Martinskirche schon Mitternacht. Da erschraken sie zutiefst und mieden künftig den Ort.

Auch nach Eningen kamen die Fräulein eine Zeitlang zum Spinnen. Sie waren klein wie Kinder, von zierlicher Gestalt, und trugen glänzendweiße Kleider, die bis zum Boden reichten. Der Hausfrau fiel bald auf, daß die Mädchen ängstlich darauf bedacht waren, ihre Füße zu verbergen. Das ließ ihr keine Ruhe, und eines Abends streute sie Asche auf die Stiege, ehe die Gäste aufbrachen. Nachher sah man auf den Stufen Spuren wie von Entenfüßen. Aber von da an blieben die Fräulein aus.

Nach Reutlingen sollen die Geistlein durch einen langen unterirdischen Gang gekommen sein, der auf dem Marktplatz endete. Dort stiegen sie aus der Erde hervor, ohne daß man die geringste Spur am Boden wahrnehmen konnte. Als die Fräulein einmal bei einem armen Mann zu Gast waren, klagte jener seinem Weib, das Korn sei ausgegangen und die Erntezeit noch weit. Da versprach eine der Jungfern, ihm welches zu leihen, wenn er es nach der Ernte zurückgäbe; nur dürfe das Korn nicht am Sonntag gedroschen sein. Anderntags standen zwei Säcke voll herrlichster Frucht vor der Tür der armen Leute, und niemand wußte, wie sie hingekommen waren. Nach der Ernte füllte der Mann die Säcke mit Korn und stellte sie an denselben Platz, dort aber blieben sie Tage und Wochen unberührt stehen. Schließlich erschien das Fräulein und sagte traurig, die Frucht sei am Sonntag gedroschen worden. Nun könne es nie mehr zu den Menschen kommen, weil man es betrogen habe. Der Mann konnte sein Korn behalten; aber fortan verdarb ihm alles unter den Händen.

Bei der Pfullinger Hebamme klopfte des Nachts einmal ein wunderliches kleines Männlein an die Tür und bat sie flehentlich, mit ihm in den Ursulaberg zu kommen. Der Frau war die Sache nicht geheuer, und sie lief zum Pfarrer, er solle raten, was zu tun sei. Das Männlein war mitgekommen und erzählte, seine Frau könne ihr Kind nur gebären, wenn ihr ein Mensch dabei helfe. Da gab der Pfarrer seine Zustimmung.

Das Männlein führte die Hebamme zu einem Wagen, vor den zwei schwarze Rosse gespannt waren, und kaum war sie aufgestiegen, da ging es den Hang hinauf, als ob sie fliegen würde. Oben wurden ihr die Augen verbunden, und das Männlein führte sie durch eine geheime Tür in den Berg. Dann nahm man ihr die Binde wieder ab und brachte sie zu der Frau, der sie half, das Kindlein zu gebären. Als sie ihre Arbeit getan und danach sich gestärkt mit köstlichen Speisen, sagte das Männlein: »Geld habe ich keines, aber dein Lohn soll dir trotzdem werden.« Darauf gab es ihr eine Schachtel, gebot ihr aber, sie nicht zu öffnen, ehe sie zu Hause sei.

Doch die Frau konnte ihre Neugier nicht zügeln, und als sie allein war, machte sie die Schachtel auf. Da sah sie im Schein ihrer Laterne, daß nur drei Strohhalme drin lagen. »Ein schöner Lohn ist das!« dachte sie ärgerlich und schloß die Schachtel wieder, ohne zu bemerken, daß einer der Halme zu Boden fiel.

Anderntags wollte sie ihrem Mann zeigen, was sie verdient hatte. Wie sie die Schachtel aufhob, war diese viel schwerer als in der Nacht, und wie sie den Deckel abnahm, da lagen zwei Stangen reinen Goldes darin. Lange noch suchte sie nach dem dritten Strohhalm, aber er blieb verschwunden.

Die mißlungene Erlösung

In Pfullingen lebte vor mehr als hundert Jahren ein Bursche, der hieß Frieder und war hübsch von Gestalt, dabei still und ein wenig sonderlich, so ganz anders als seine Gesellen. Den Mädchen gefiel er recht gut, ihn aber kümmerte dies wenig. Als er nun heiraten sollte, meinte seine Mutter, Nachbars Liese wäre die Richtige für ihn. Die war nicht gerade schön und eigentlich recht langweilig, aber nicht ohne Vermögen. Der Frieder gab sich zufrieden, und die beiden hätten wahrscheinlich bis an ihr seliges Ende friedlich miteinander gehaust, wenn dem Burschen nicht etwas Seltsames begegnet wäre.

Als er eines Tages Holz fällte droben auf dem Ursulaberg, da trat auf einmal ein Fräulein zu ihm von solch sonderbarer Schönheit, daß der Frieder ganz verlegen wurde. Die Jungfer war klein und zierlich, trug ein glänzendweißes Kleid mit einem goldenen Gürtel, an dem ein großer Schlüsselbund hing, und sah viel feiner und anmutiger aus als die Liese oder die anderen Mädchen in der Stadt.

»Fürchte dich nicht«, sprach sie, »und komm mit mir in mein Schloß!« Dem Frieder war's nicht geheuer, aber er faßte sich ein Herz und folgte dem Mädchen, das ihn alsbald zum »Nachtfräuleinsloch« führte und durch einen langen Gang immer tiefer hinein in den Berg. Und auf einmal stand er in einem prächtigen Saal mit goldenen Wänden und Leuchtern aus glänzenden Kristallen. Eine Tafel war gedeckt mit köstlichen Speisen, und dem Frieder mußte man nicht lange zureden; er aß und trank und ließ sich's schmecken. Aber immer mußte er dabei das schöne Fräulein anschauen, das sich neben ihn setzte und endlich zu sprechen begann.

»Denk nichts Böses von mir«, sagte es, »ich bin die Urschel, und die Leute haben nach mir den Berg benannt, in dem ich nun schon seit vielen, vielen Jahren hause und auf meine Erlösung warte. Denn wisse: Einst wohnte ich in einem prächtigen Schloß droben auf der Höhe, bis meine böse Schwester mich verwünschte und mit all meinem Gesinde in den Berg verbannte. In dem Augenblick aber, als alles in die Tiefe sank, fand ich gerade noch Zeit, eine Eichel in den Boden zu treten und den Segen darüber zu sprechen. Aus der Frucht ist nun ein Baum geworden, und als er groß und mächtig war, erlaubte ich deinem Vater, ihn zu fällen und aus dem Holz eine Wiege zu fertigen. Du, Frieder, wurdest einst darin gewiegt, und darum kannst allein du mich erlösen.«

Der Frieder versprach eifrig, alles zu tun, was in seiner Macht stünde. Da schaute ihn die Jungfer lange schweigend an und sprach dann mit großem Ernst: »Nur wenn du mutig bist und mich von Herzen lieb hast, wird dir das Werk gelingen. Dreimal mußt du zu mir in den Berg kommen, um mich zu küssen, und jedesmal erscheine ich dir in schrecklicher Gestalt. Es wird dir aber kein Leid geschehen, und gleich nach jedem Kusse werde ich sein, wie du mich jetzt siehst.«

Der Bursche beteuerte daraufhin, ihn könne nichts schrekken, aber als das Fräulein von ihm Abschied nahm, blickte es ihm nochmals tief in die Augen, legte die Hand auf sein Haupt und sprach traurig: »Am liebsten hätte ich es dir verschwiegen, aber ich muß es dir sagen: Weil du mich gesehen hast, mußt du sterben übers Jahr, ob du mich erlöst hast oder nicht. Nütze drum die Zeit, mir zu helfen.« Das Fräulein bat ihn so bewegt, daß er ihm alles versprach. Dem Burschen aber ging's doch ans Herz, und als er heimkam, war er noch stiller als sonst, blieb oft allein in seiner Kammer und mied noch mehr als bisher die Gesellschaft der anderen Burschen.

Die freilich wunderten sich, wenn sie den Frieder beim

Holzfällen beobachteten, wenn sie sahen, wie bei ihm jeder Hieb saß, wie er mit Leichtigkeit die schwersten Stämme auf den Wagen lud und diesen mühelos den steilen Weg hinabbrachte, wo andere mit aller Kraft sperren mußten. Und sie schüttelten die Köpfe, wenn sie bemerkten, daß der Frieder manchmal redete, als ob jemand bei ihm stünde, und daß sein Arm in der Luft lag, als ob er um einen Hals geschlungen wäre. Als sie ihn schließlich wegen seines sonderbaren Verhaltens zur Rede stellten, machte er keinen Hehl aus der Sache und erzählte von seiner merkwürdigen Liebschaft.

Der Lies indessen war's eher zum Weinen als zum Gähnen, als man ihr die Sache hinterbrachte. Auch die Mutter machte sich große Sorgen um ihren Buben, denn als er zwei Küsse gewagt hatte und der Geist ihm jedesmal in furchtbarer Gestalt erschienen war, kam er ganz verstört vom Berg zurück und berichtete ihr alles.

Als nun die Zeit nahte, da er zum dritten Mal zu dem Fräulein gehen sollte, liefen die beiden Weiber zum Pfarrer. Der ließ den Frieder kommen und ermahnte und beschwor ihn, von der Sache zu lassen, es sei Teufelswerk. Der Bursche zeigte sich lange verstockt, aber als alle auf ihn einredeten, gab er schließlich nach und schwor mit einem heiligen Eid, das Fräulein künftig zu meiden.

Was er gelobt hatte, bereute er bald, und der Kummer um seine verratene Liebe machte ihm das Herz schwer. Fortan blieb er in seiner Kammer am Fenster sitzen und schaute hinauf zum Ursulaberg, und wenn Nebelschleier und Wolkenfetzen über den Bergwald hinzogen, glaubte er, es sei seine Liebste, die ihm winke und der er untreu geworden.

Am Abend jenes Tages, an dem der Frieder zum dritten Mal das Fräulein hätte besuchen sollen, fand man den Burschen tot in seiner Stube, und alle Not hatte ein Ende. Als man ihn begrub, ereignete sich etwas Wunderliches: Wie man den Sarg in die Grube hinabließ, flog etwas Weißes, eine Taube oder ein anderer großer Vogel, auf die Kirchhofmauer und flatterte und klagte zum Erbarmen, und erst als die Schollen auf den Sarg fielen, wurde es still.

Der Greifensteiner

Oberhalb des Dorfes Unterhausen bei Reutlingen findet man nahe am Albrand Gräben und Mauerreste, Spuren einer kleinen Burg. Von ihrem letzten Herrn, dem Greifensteiner, geht folgende Sage.

Der Ritter war hart und böse zu seinen Bauern, und es gefiel ihm, sie zu schinden und zu quälen. Besonders die Leute des nahen Dorfes Holzelfingen hatten unter seinen Launen zu leiden. Nicht genug, daß sie ihm Frondienste leisten mußten, wie es das Herkommen gebot, daß sie seine Äcker bestellen, ihm Wasser zur Burg fahren und das Wild bei der Jagd zusammentreiben mußten; wenn es einmal an Arbeit mangelte, machte er sich ein Vergnügen daraus, sie mit unnützen Verrichtungen zu plagen. Da gab er ihnen etwa auf, die Schneckenhäuschen auf seinen Feldern zusammenzulesen und wieder auszustreuen oder die Frösche im Burggraben zum Schweigen zu bringen. Und bat gar einer, ihn von solcherlei Arbeit zu entlassen, weil ein Wetter drohte und die Ernte eingebracht werden sollte, so prasselten Flüche auf ihn nieder oder er bekam gar die Peitsche zu spüren.

Die meisten Bauern waren bettelarm, aber unbarmherzig erhob der Ritter die Abgaben von ihnen und forderte mehr als sie ihm schuldeten. Und waren sie säumig, so ließ er sie in den Turm werfen. Als einmal einer alten Frau der Mann starb, der lange krank gelegen, da holten des Greifensteiners Knechte ihr die einzige Kuh aus dem Stall. Und als das Weiblein den Ritter anflehte, ihm doch das Letzte zu lassen, was es besaß, da lachte der Greifensteiner höhnisch und sagte: »Ich habe nur geholt, was mir zusteht.« Die Frau aber mußte mit ihren Kindern betteln gehen.

Wen wundert's, daß die Bauern ihren Herrn haßten und ihm den Tod wünschten. Er aber kümmerte sich nicht darum, saß nächtelang mit seinen Gesellen beim Würfelspiel und Wein und verlor, was er auf unrechte Weise gewonnen. Da meinte er, das Glück zwingen zu müssen, spielte mit immer größeren Einsätzen und machte so hohe Schulden, daß er einen Acker und ein Stück Wald nach dem andern verpfänden oder verkaufen mußte, bis ihm schließlich von seinem großen Besitz nur noch die Burgen Greifenstein, Stahleck und Burgstein blieben, die so alt und baufällig waren, daß niemand sie haben wollte.

Da gedachte der Ritter, das Geld dort zu holen, wo es zu finden war, ging auf Raub aus und plünderte mit seinen Gesellen manchen Kaufmannszug, der durchs Echaztal kam. Die Händler aber nahm er gefangen und brachte sie auf seine Burg; und erst wenn er von ihren Angehörigen ein hohes Lösegeld erpreßt hatte, ließ er sie wieder frei.

Das erbitterte vor allem die Reutlinger Kaufleute, denn ihre Handelswagen nahmen oft den Weg durch das Echaztal hinauf auf die Alb und weiter zur Donau und nach Ulm. Sie hätten dem Raubritter gern das Handwerk gelegt, doch wagten sie keine Fehde, denn der Greifensteiner hatte im Grafen von Württemberg einen mächtigen Verbündeten.

Eines Tages aber kam es zum Streit zwischen dem Württemberger und Kaiser Heinrich, und der gebot seiner Reichsstadt, dem widerspenstigen Grafen und seinen Verbündeten Land und Besitz zu nehmen. Nun konnten sich die Reutlinger rächen für all das Böse, das ihnen der Greifensteiner angetan. Sogleich rüsteten sie ein Heer, rückten in der Stille der Nacht vor die Burgen Stahleck und Greifenstein, erstiegen die Mauern und brannten die Raubnester nieder. Der Ritter aber hatte sich noch rechtzeitig in den Burgstein bei Holzelfingen retten können. Doch auch diese Burg konnte dem Ansturm der Städter nicht lange widerstehen. Die Besatzung wurde niedergemacht, der Bau in Schutt und Asche gelegt.

Nach dem Greifensteiner selbst aber suchte man vergeblich. Der hatte sich heimlich durch einen unterirdischen Gang davongemacht und im Wald verborgen. Als er sah, daß die Reutlinger abgezogen waren, wagte er sich aus seinem Versteck, denn Hunger und Durst plagten ihn sehr. Bei seinen Bauern wollte er holen, was er brauchte, und er stieg hinab nach Holzelfingen. Als er nun ins Dorf kam, forderte er von den Leuten herrisch Speise und Trank, wie er es gewohnt war. Aber da kam er schön an! Nun hatten sie keine Furcht mehr vor ihrem Unterdrücker. Haßerfüllt packten sie den sich verzweifelt Wehrenden, rissen ihn zu Boden und hätten ihn wohl auf der Stelle totgeschlagen, wenn ihnen nicht ein altes Bäuerlein Einhalt geboten und gesagt hätte: »Ein rascher Tod wäre zu gut für diesen Bösewicht. Wir wollen ihn peinigen und quälen, wie er uns geplagt hat.«

Daraufhin holten die Bauern ein großes Faß, steckten den Greifensteiner hinein, setzten den Deckel auf und schlugen lange, spitze Nägel durch die Wände. Dann rollten sie das Faß mit dem vor Schmerz Heulenden durch das Dorf und hinauf zum Burgstein. Dort, wo noch die Trümmer der Burg qualmten, stießen sie es über den Felsen hinab in die grausige Tiefe, wo es in tausend Stücke zerbarst.

Jahre später kehrte der jüngere Bruder des Getöteten in die Heimat zurück. Er war lange Zeit in der Fremde gewesen und hatte im Gefolge eines vornehmen Fürsten auch eine Pilgerfahrt ins Heilige Land unternommen. Als er nun statt der Burgen nur noch Ruinen fand und vom schlimmen Treiben und schrecklichen Ende seines Bruders hörte, sann er nicht auf Rache, sondern gedachte, die Missetaten des Älteren zu sühnen. Er stieg hinab ins Dorf Unterhausen, das ihm als Erbteil zugefallen war, und legte Waffen und Rüstung und alles, was er an Wert bei sich trug, vor dem Altar der Kirche nieder.

Dann suchte er weitab von den Menschen einen stillen Ort. Im Stahlecker Tal baute er sich an einem Bächlein eine einfache Hütte und legte einen Garten an, von dessen Früchten er lebte.

Bald verehrten die Leute den Einsiedler wie einen Heiligen, und wenn sie Rat und Hilfe brauchten, zogen sie hinaus zur Zelle des frommen Bruders im Stahlecker Tal. Viele Jahre lebte jener noch in der stillen Einsamkeit. Als er schließlich sein Ende nahen fühlte, verkaufte er, was von seinem Besitz übriggeblieben, und verteilte den Erlös an die Armen, an Kirchen und Klöster.

Nach seinem Tod zerfiel die Hütte, und der Garten, den er bebaut hatte, wurde bald wieder zur Wildnis. Aber die Menschen erzählten noch lange von dem frommen Mann, und heute noch nennt man den oberen Teil des Wiesentals das »Zellertal« und den Ort, wo sein Garten war, das »Brudersgärtlein«.

Herzog Ulrich in der Nebelhöhle

Auf der Flucht vor seinen Häschern wandte sich Herzog Ulrich dem Lichtenstein zu, jenem kleinen Felsennest hoch über dem Echaztal, denn er wußte, daß dessen Burgherr ihm treu ergeben war. Doch wagte er nicht, tagsüber in der Burg zu weilen, um seine Anwesenheit den Feinden zu verheimlichen. Deshalb verbarg er sich in der Nebelhöhle, einem feuchten, verrufenen Felsloch in der Nähe der Burg. Dort verbrachte er den Tag, und erst wenn es dunkel geworden war, ging er hinüber zum Lichtenstein. Schlug dann die Glocke in Honau drunten die elfte Stunde, so klopfte er ans Tor, und fragte der Burgwart, wer Einlaß begehre, so antwortete er: »Der Mann ist da!« Daraufhin wurde ihm geöffnet.

Nur der treue Knecht wußte außer dem Burgherrn und dessen Familie, wer zu so später Stunde auf dem Lichtenstein zu Gast war. Der Herzog konnte während der Nacht Hunger und Durst stillen und sich am Feuer wärmen. Dämmerte aber der Morgen, so mußte der Geächtete wieder zurück in sein finsteres Versteck.

Ungeduldig wartete Ulrich Nacht für Nacht auf gute Nachricht von den festen Plätzen im Lande, die den Bündischen noch Widerstand leisteten. Doch eine Burg um die andere fiel, eine Stadt um die andere öffnete den Feinden die Tore, und als schließlich auch Hohentübingen, von dessen Besatzung er Treue und Tapferkeit erhofft hatte, sich kampflos ergab, floh der Herzog bitter enttäuscht in die Schweiz. Erst nach vielen Jahren in der Fremde konnte er sein Land wieder zurückgewinnen.

Die Herren von Stöffeln

Auf einer Anhöhe zwischen Reutlingen, Gönningen und Gomaringen erhebt sich ein weithin sichtbarer Hügel, die Alteburg. Nur einige Mauerreste und eingestürzte Gräben erinnern an die Zeit, als die Herren von Stöffeln hier hausten. Es war kein vornehmes Geschlecht, eher Bauernadel, und die Ritter waren sich nicht zu schade, mit eigener Hand den Pflug zu führen, ihr Korn anzubauen und die Ernte heimzufahren in ihre Scheunen.

In ihrem Besitz aber soll sich ein Schwert befunden haben, ein riesiges und schweres zweischneidiges Ungetüm, dem man besondere Zauberkraft zuschrieb: Wer es im Kampf führte, konnte damit jeden Feind besiegen. Es wurde nicht satt vom Blute der Erschlagenen und hörte nicht auf zu stechen und zu schlagen, bis alle Gegner vernichtet waren. Wer mit ihm tötete, durfte deswegen nicht angeklagt werden, und jeder mit ihm verübte Mord konnte unbestraft bleiben.

So kam es, daß jedermann sich vor den Herren von Stöffeln fürchtete. Wohl gingen sie meist friedlich ihrer Arbeit nach, aber zuweilen packte sie die Lust an Raub und Mord. Dann bewaffneten sie sich, lauerten Handelszügen auf, plünderten die Wagen und töteten, wer sich ihnen widersetzte. War den Herren ein besonders guter Fang gelungen, so meinten sie, Gott dafür Dank zu schulden. Sie zogen ihre langen roten Mäntel an und stiegen hinab zur Kirche nach Gomaringen. Dort legten sie einen Teil ihrer Beute als Opfer auf dem Altar nieder.

Endlich wurde ihrem bösen Treiben Einhalt geboten. Die Reutlinger zogen mit einem Heer vor die kleine Burg, erstiegen trotz heftiger Gegenwehr die Mauern und brannten das Räubernest nieder. Was aus den Rittern wurde, weiß niemand zu sagen. Ein Bauer soll vor mehr als hundert Jahren Menschenknochen, Helme und Waffen gefunden haben, als er einen Fahrweg aufgrub. Man erinnerte sich der Sage und suchte unter den Trümmern der Burg nach den verschütteten Schätzen der Raubritter, brachte aber nichts zutage als wertlose Scherben und zerbrochene Ziegelsteine.

Blautopfsagen

»'S leit a Klötzle Blei glei bei Blaubeura«, so lautet der Zungenbrecher, den Eduard Mörike in seinem Märchen »Das Stuttgarter Hutzelmännlein« die schöne Lau sprechen ließ. Und die Meerjungfrau verhaspelte sich bei dem Sprüchlein so gründlich, daß alle, die mit ihr bei jener Blaubeurer Wirtin gerade zu Gast waren, ihre helle Freude daran hatten und schließlich die Lau selber in ein erlösendes Gelächter ausbrach. Ob Mörike die Sage vom Zauberstein im Blautopf kannte, ist ungewiß. Die Historie von der schönen Lau indes, jener seltsamen Wasserjungfrau, die von ihrem Gemahl in den Blautopf verbannt wurde, weil sie wegen ihrer Traurigkeit nur tote Kinder gebar, entstammt mit Sicherheit der Phantasie des Dichters. Der geheimnisvolle, scheinbar unergründliche Quelltopf aber, dessen eigenartige Wasserfarbe so blau ist, »als wenn zum wenigsten ein Stücker sechs Blaufärber samt einem vollen Kessel eben erst darin ersoffen wären«, wie Mörike beschreibt, gab im Volke zu mancherlei Sagen Anlaß.

Wie der Blautopf entstand

Einst, so sagt man, sei der Talkessel, in dem heute das Städtlein Blaubeuren liegt, ein einziger großer See gewesen. An seinen Ufern standen auf stolzen Felsen die Burgen Ruck, Hohengerhausen und Blaustein. Sie gehörten allesamt den Pfalzgrafen von Tübingen, die oft vom lieblichen Neckartal herüberkamen auf die Alb, um in den wildreichen Forsten zu jagen.

Eine Zeitlang weilte auch Graf Sigiboto mit seinem Gefolge auf Burg Blaustein. Die Rufe der Jäger, das Gekläff der Hunde und der Klang der Hörner hallten durch die Wälder und über den sonst so stillen See, und bis tief in die Nacht hinein vergnügte sich die fröhliche Gesellschaft bei Trunk und Würfelspiel im Saal der Burg.

An jenem wilden und ausgelassenen Treiben fand Berta, die Tochter des Pfalzgrafen, wenig Gefallen. Oft entfloh sie dem Lärm und wanderte hinunter zum See, in dessen klarem Wasser sich die Wolken, Felsen und dunklen Wälder spiegelten. Die schöne Jungfer setzte sich dann am Ufer nieder und blickte lange hinab in die blaue Tiefe. Einmal aber war ihr, als ob sie am Grunde ein kristallenes Schloß sähe mit prächtigen Säulen und weißen Mauern, und aus den Fenstern winkten Knaben und riefen ihr zu: »Komm herunter zu uns, komm, du Schönste von allen, und werde unsere Königin!« Und plötzlich zerfloß das Bild, das Wasser bewegte sich, und aus dem See tauchte ein Jüngling empor, der war so schön, wie sie noch keinen gesehen. Er stieg ans Ufer, beugte sich zu der Jungfer nieder und berührte ihre Stirn mit seinen Lippen. Da erwachte sie aus ihren Träumen und blickte um sich. Das Bild war verschwunden, dunkel und still lag der See wieder vor ihr, und am Abendhimmel glänzten die ersten Sterne.

Von Stund an war Berta noch verträumter und scheuer als zuvor. Niemandem erzählte sie, was geschehen war. Der Vater machte sich Sorgen um das Mädchen, und als Bertas achtzehnter Geburtstag nahte, beschloß er, ihr zu Gefallen ein besonders prachtvolles Fest zu feiern und dazu die vornehmsten Herren und Edelfrauen Schwabens auf den Blaustein zu laden. Er hoffte, sie würde sich vielleicht einen der jungen Ritter zum Gemahl wählen und dadurch ihre einstige Fröhlichkeit wiedererlangen.

Am Abend vor dem Geburtstag erstrahlte der Saal des Schlosses im hellsten Glanze. Die ganze Gesellschaft hatte sich versammelt, um mit Spiel und Tanz das Fest zu beginnen. Musik klang auf, und, wie es der Brauch gebot, eröffnete Berta den fröhlichen Reigen mit ihrem Vetter, dem Grafen von Calw. Als der Tanz geendet hatte, reichte der Pfalzgraf seiner Tochter eine goldene Schale voll edlen Weins und sprach: »Liebes Kind, schau dich um im Kreise der Ritter, und welchen du als Gatten erwählen willst, dem reiche die Schale zum Trunk!«

Verwirrt blickte die Jungfer zu Boden, und die Schale zitterte in ihrer Hand. Wählen sollte sie unter den Rittern, aber ihr Herz gehörte doch schon längst jenem Jüngling auf dem Grund des Sees! Als alles schwieg und wartete, da ertönten auf einmal in der Ferne die Klänge einer Harfe. Die Musik kam rasch näher. Plötzlich sprang die Tür auf, und in den Saal trat ein Jüngling mit goldenem Stirnreif, eine Harfe in der Hand. Er grüßte die Gäste und begann, den Blick auf Berta gerichtet, zu den Klängen des Instrumentes ein Lied zu singen, wie man schöner noch keines vernommen. Als der letzte Ton verstummt war, reichte die Jungfer dem Fremden aus dem See die Schale und sprach: »Trink und nimm mich mit dir in dein Reich!« Der Jüngling schloß das Mädchen in seine Arme. Im selben Augenblick aber zuckte ein Blitzstrahl nieder, und das Schloß erbebte in seinen Grundfesten. Feuer flammte auf, und nur mit Mühe konnten sich die Gäste ins Freie retten.

Anderntags lag die Burg in Schutt und Asche. Der Fremde und die Pfalzgrafentochter aber blieben verschwunden. Graf Sigiboto war verzweifelt über den Verlust seiner Tochter. Lange irrte er durch die Wälder, sie zu suchen. Als er schließlich zum See zurückkehrte, bemerkte er dort eine seltsame Veränderung: Sein Spiegel hatte sich gesenkt, und das Wasser strömte in einem kleinen Kessel zusammen, dem Quelltopf der Blau. Jahre später hatte sich die Landschaft vollkommen verwandelt. Zwischen den düsteren Berghängen und Felsschroffen breitete sich ein liebliches Tal aus voll saftiger Wiesen und fruchtbarer Äcker, anzusehen wie ein Garten Gottes.

Jenes Wunder brachte den Grafen auf den Gedanken, am Rande des Quelltopfes ein Kloster zu bauen. Vor dem Marienaltar der Klosterkirche betete er jeden Tag für das Seelenheil seiner verschwundenen Tochter. Einmal soll das Gnadenbild ihm Antwort gegeben haben auf seine Bitten. Am andern Morgen fand man den Grafen tot vor dem Altar. Zuweilen aber, so wird erzählt, erklingt aus der Tiefe des Blautopfs seltsame Musik, der Klang einer Harfe und die Melodie einer alten Weise.

Der Zauberstein im Blautopf

Zu jener Zeit, als den Grafen von Helfenstein das Städtlein Blaubeuren samt der ganzen Herrschaft gehörte, geschah es, daß einmal zwei Brüder jenes Adelsgeschlechts zum Blautopf kamen. Plötzlich entdeckte einer der beiden am Ufer des Quelltopfes einen Stein, der schimmerte in vielen bunten Farben. Er hob ihn auf, um den seltsamen Fund zu betrachten. Kaum aber hatte er den Stein in die Hand genommen, da war er den Blicken seines Bruders entschwunden. Jener wunderte sich, auf einmal allein zu sein und fragte den andern, warum er sich verstecke. Der Angesprochene antwortete, er sei doch hier und stehe neben ihm. Darüber wunderte sich jener noch mehr, weil er den Bruder zwar hörte, aber nicht sehen konnte, und er fragte, wie dieser das zuwege gebracht habe. Da gab ihm der Bruder den Stein in die Hand, und alsbald wurde er wieder sichtbar, der andere aber verschwand.

Nun wußten die Brüder, daß die Zauberkraft im Stein verborgen lag, und sie sannen lange darüber nach, wozu ihnen das kostbare Ding verhelfen könnte. Kein Feind vermochte ihnen zu schaden, in jeden verborgenen Winkel könnten sie unbemerkt gelangen, jedes heimliche Tun und Treiben der Menschen wahrnehmen, ohne selbst entdeckt zu werden! Aber sie bedachten auch, was für Übel und Unheil ihre Nachkommen vielleicht mit dem Stein anstiften könnten und daß man sie der Hexerei und Zauberei bezichtigen würde. Deshalb beschlossen sie, lieber auf den Stein zu verzichten, und warfen ihn in den Blautopf. Dort in der dunklen Tiefe soll er bis zum heutigen Tage ruhen.

Die Blautopfbeschwörung

Im März des Jahres 1641, so berichtet eine alte Chronik, ging über die weiten Schneeflächen der Alb ein heftiger Regen nieder. Überall schossen trübe Fluten zu Tal, und aus den Lö-

chern und Quellen strömten gewaltige Wassermassen. Der Spiegel des Blautopfs stieg und stieg, und sein Wasser drohte Kloster und Stadt zu überschwemmen. Zwei Mühlen waren dem tobenden Element schon zum Opfer gefallen, und alle Dämme, die man eilends errichtet hatte, konnten der Gewalt des Wassers nicht widerstehen. Da kam alles Volk in den Kirchen zusammen, Gott um Errettung aus dieser Not anzuflehen. Aber die Flut wuchs und wuchs.

Schließlich zog eine Prozession hinaus zu der erzürnten Quelle, die Priester mit Kreuz und Fahne voran, dann in langem Zug die ganze Bürgerschaft. Man sang fromme Lieder und betete inbrünstig um Hilfe. Endlich aber wurden zwei goldene Becher in die kochenden Wasser geworfen. Kaum sanken sie in die Tiefe, da legte sich das Toben, und nach kurzer Zeit war der Blautopf wieder still und friedlich wie ehedem.

Die Dienstmagd in der Hölle

In Schmiechen bei Schelklingen lebte vor einigen Menschenaltern ein Mädchen, dem war schon früh die Mutter gestorben, und mit der Stiefmutter kam eine hartherzige und mürrische Frau ins Haus. Die plagte das arme Ding mit Arbeit von früh bis spät. Und wenn sich das Mädchen noch so große Mühe gab und alles gewissenhaft erledigte, was sie ihm auftrug, nie war ihr recht, was es getan hatte, immer hatte sie etwas auszusetzen. Dazuhin war sie überaus geizig und zählte jeden Bissen, den sich die Stieftochter in den Mund schob.

Als dem Kind einmal ein Mißgeschick widerfuhr, rief die Frau voller Zorn: »Mach, daß du fortkommst, du dummes Ding! Scher dich zum Teufel; ich will dich nimmer sehen!« Voller Angst lief das Mädchen aus dem Haus. Wo sollte es unterkommen? Ziellos irrte es lange Zeit durch den Wald. Auf einmal trat ein fremder Jäger aus dem Unterholz, der trug ein grünes Gewand, und auf seinem Hut wippte eine kecke Feder. Er sprach das verängstigte Kind freundlich an, und als es Vertrauen zu dem Mann gefaßt und erzählt hatte, was ihm zugestoßen, sagte er mitleidig: »Du kannst mir als Magd dienen. Die Arbeit ist nicht schwer, und du wirst es bei mir besser haben als bei deiner Stiefmutter.« Das Mädchen besann sich nicht lange, willigte ein und ging mit.

Der Jäger führte das Kind immer tiefer in den Wald hinein, bis sie vor einer Höhle standen. Die Kleine fürchtete sich zuerst vor dem finsteren Loch, doch der Grünrock redete ihr gut zu, nahm sie bei der Hand und geleitete sie über viele Stufen hinab in den Schoß der Erde. Schließlich standen die beiden vor einem großen Tor. Der Jäger klopfte, die Flügel taten sich auf, und sie traten in einen riesigen Saal, der von vielen Feuern gespenstisch erhellt wurde. Was aber das Kind am meisten erschreckte, war das unaufhörliche Klagen, Stöhnen und

Jammern, das den ganzen weiten Raum erfüllte. Das Tor schlug hinter ihnen zu, und als das Mädchen seinen Begleiter im zuckenden Schein der Lichter musterte, merkte es voller Entsetzen, daß jener niemand anders war als der Teufel, der es geradewegs in die Hölle gebracht hatte.

Doch der Magd blieb nicht viel Zeit, darüber nachzudenken, denn sogleich wies ihr der Böse an, was sie zu tun hatte: Holz müßte sie herbeischleppen und immerfort die Feuer schüren, die unter großen eisernen Kesseln brannten. »Lupf ja nicht einen der Deckel, um in den Kessel zu schauen, sonst wirst du's bitter büßen!« schärfte ihr der Teufel noch ein, bevor er sie allein ließ.

Gar zu gern hätte das Mädchen gewußt, was in den Kesseln war, aus denen das jämmerliche Geschrei drang, und als der Teufel einmal längere Zeit verschwunden blieb, faßte es sich ein Herz und hob vorsichtig einen der Deckel. Aber wie erschrak es, als es seinen Vater und die böse Stiefmutter in dem eisernen Hafen hocken sah! Die armen Seelen heulten vor Schmerz und baten das Mädchen händeringend, es möge doch weniger Holz unter den Kessel legen, die Hitze sei unerträglich. Die Magd hatte den beiden längst verziehen, was sie Böses an ihr getan, und hätte ihnen gerne geholfen, doch aus Furcht vor der Strafe des Teufels ließ sie den Deckel fallen und schürte das Feuer, daß es heißer und heller brannte als zuvor.

Und das war ihr Glück! Denn kaum hatte sie sich den anderen Kesseln zugewandt, da stand der Böse hinter ihr und sprach: »Du hast mein Gebot übertreten, und ich würde dich auf der Stelle in Stücke reißen, wenn du das Feuer nicht so kräftig geschürt hättest.«

Als nach sieben Jahren die Dienstzeit der Magd um war, führte sie der Teufel wieder an das Tor und gab ihr den Lohn. Und kaum hatte sie die Hölle verlassen, da stand sie in einem Hui am Waldrand bei Schmiechen. Wie das zugegangen war, wußte sie später nicht zu sagen. Während der sieben Jahre an den rußigen Höllenfeuern hatte ihre Haut eine schwarze Farbe angenommen, und als sie ins Dorf kam, wunderten sich die Leute über die Mohrin, die ihnen da zugelaufen war. Erst allmählich glaubte man ihrer Geschichte.

Die schwarze Farbe hat die Magd übrigens bis an ihr Lebensende behalten, und als die Leute sie fragten, was man ihr in der Hölle denn zu essen gegeben habe, erzählte sie, der Teufel habe ihr alle Tage einen Brotranft gebracht. Der wäre ihm von jedem Laib zugefallen, in den die Menschen vor dem Anschnitt kein Kreuz geritzt hätten.

Der Waldgraf von Laichingen

In einem Waldstück zwischen Laichingen und Feldstetten droben auf der Alb findet man eine Felsgrotte, den Hohlen Stein. Dort hauste einst ein Mann, der nur ungern unter den Menschen weilte, von dem es aber hieß, er habe armen und bedürftigen Leuten schon oft aus ihrer Not geholfen.

Als zwei Holzfäller einmal früh am Morgen in das Wäldchen kamen und mit ihrer Arbeit beginnen wollten, merkten sie, daß sie unterwegs ihre Beile verloren hatten. Während die beiden nun beieinanderstanden und berieten, was zu tun sei, sahen sie auf einmal einen fremden Mann durch das Gehölz kommen. Je mehr er sich näherte, desto riesenhafter erschien er ihnen. Sie erschraken und wollten sich schon zur Flucht wenden, da rief der Fremde: »Bleibt, denn euch wird kein Leid geschehen! Ich bin der Waldgraf und will euch helfen.«

Alsdann nahm er die Holzfäller an der Hand und führte sie tief hinein in den »Hohlen Stein«. Drinnen kamen sie vor eine verschlossene Tür. Da rief der Riese mit weithin hallender Stimme: »Der Waldgraf ist da!« Daraufhin öffneten sich die Türflügel von selbst, und die Männer konnten in einen großen, hohen Saal sehen, der voller Schätze war. Der Fremde zeigte ihnen Berge von blinkenden Goldstücken, Truhen voll kostbarem Schmuck und leuchtenden Edelsteinen und erlaubte den Staunenden, mitzunehmen, was sie wünschten. Als sie ratlos all den Reichtum betrachteten, da bemerkten sie an der Wand einige Beile. Sie traten hinzu, wählten die beiden besten aus und wandten sich zum Gehen.

Der Waldgraf schüttelte darüber den Kopf und sagte: »Was seid ihr doch für törichte Leute! Hättet ihr Gold, Perlen oder Edelsteine genommen, so wäret ihr jetzt reich euer Leben lang. Das Glück lag vor euch, und ihr habt nicht zugegriffen!« Die beiden Laichinger aber entgegneten: »Wichtiger als alle Schätze sind uns ein paar gute Beile, damit wir unserer Arbeit nachgehen können.« Da blickte er die Holzfäller lange an und sagte nachdenklich: »Es gefällt mir, daß ihr so zufrieden und bescheiden seid. Ich wollte, ich könnte ebenso anspruchslos sein wie ihr.« – »Das läßt sich lernen«, meinten die beiden und luden ihn ein, mitzukommen und ihnen bei der Arbeit zu helfen.

»Warum nicht?« dachte der Waldgraf, folgte ihnen und fällte Bäume den ganzen Tag lang. Als der Abend nahte, verspürte er gewaltigen Hunger. Die beiden Laichinger boten ihm Brot und Most an. Der Riese jedoch zierte sich und sagte, er wolle nicht unter Menschen gesehen werden. Die Arbeit aber habe ihm Freude gemacht, und deshalb würde er gerne des öfteren kommen und ihnen helfen. Doch müßten sie ihm versprechen, niemandem zu erzählen, daß sie ihn gesehen hätten. Das taten die beiden, und alsbald stampfte der Waldgraf auf den Boden. Da öffnete sich ein Spalt, und der Riese verschwand in der Tiefe.

Anderntags gesellte sich der Waldgraf wieder zu den Männern und half ihnen, und weil er so stark war, hatten sie bis zum Abend so viel Holz geschlagen wie sonst kaum in einer Woche. So ging es einige Zeit, und alles wunderte sich über den Fleiß der beiden Holzfäller. Als einer von ihnen aber einmal am Wirtshaustisch ein Glas zu viel getrunken hatte, erzählte er seinen Freunden die ganze Geschichte. Und von Stund an blieb der Waldgraf den Holzfällern fern.

Der Schatz im Höllenloch

Wenn man über die Hochfläche der Alb wandert, findet man hier und dort Senken und Klüfte im Gestein. Weil manche tief hinabreichen in den Schoß der Erde, glaubte man einst, diese Löcher seien nichts anderes als Pforten der Hölle, und man blieb ihnen fern. Von einem solchen Höllenloch erzählt folgende Sage.

Vor langer, langer Zeit begegneten Feldstetter Bauern immer wieder einem seltsamen Fremden, der über die Heide wanderte, eine Wünschelrute in der Hand, als ob er etwas suchen wolle. Er war gekleidet wie ein Gelehrter und gab sich recht sonderbar, ging den Menschen aus dem Weg, murmelte Zaubersprüche und gestikulierte recht merkwürdig, wenn er sich unbeobachtet glaubte. Auf seinen Wanderungen kam er einmal an jene Stelle, wo man heute das Höllenloch findet. Da warf er sich plötzlich zu Boden und begann wie wild zu graben. Tief in einem Felsschacht habe er schließlich eine Truhe voller Gold entdeckt, die der Teufel selbst bewachte, erzählen die Leute. Es sei ihm auch gelungen, sich durch eine List des Schatzes zu bemächtigen und ihn in ein fernes Land zu bringen.

Viele Jahre waren verstrichen, als eines Tages jener seltsame Fremde nach Feldstetten zurückkehrte. Die Leute erschraken über sein jämmerliches Aussehen: Alt und gebrechlich war er geworden, hatte hohle Wangen und flackernde Augen, die tief in ihren Höhlen lagen. Ruhelos irrte er über die Heide, das Loch suchend, aus dem er einst seinen Reichtum geholt hatte.

An einem Freitag um die Mitternachtsstunde vernahm ein Schäfer, der in der Nähe jenes Ortes bei seiner Herde wachte, plötzlich ein herzzerreißendes Jammergeschrei. Auch sah er aus dem Loch Flammen schlagen, als ob Blitze gen Himmel fahren würden, und die Erde bebte unter seinen Füßen. Dann war alles still.

Der Schäfer wagte nicht, in der Dunkelheit die Stelle aufzusuchen. Erst in der Morgendämmerung ging er hinüber, versehen mit heiligen Dingen, einem Kreuz und einem Weihwasserkesselchen. Wo vordem eine kleine Öffnung gewesen war, da hatte sich in der Nacht eine tiefe Kluft aufgetan, und als er einen Stein in den dunklen Schlund warf, hörte er ihn wohl von Fels zu Fels springen, konnte aber nicht wahrnehmen, daß er am Grunde der Höhle aufschlug.

Mit Grauen vernahmen die Leute die Schilderung des Schäfers, und da der seltsame Fremde fortan verschwunden blieb, glaubten sie nichts anderes, als daß er vom Teufel geholt worden sei, dem er einst seine Seele verschrieben, um den Schatz zu erlangen. Seitdem nannte man den Erdspalt das »Höllenloch«.

Etliche Jahre später hüteten einmal Buben aus Feldstetten ihre Rosse auf der Weide beim Höllenloch. Zum Zeitvertreib warfen sie Steine in den Schlund und lauschten dem Aufprall. Da war ihnen, als ob die Steine auf Eisen träfen. Einer von ihnen, der Frieder, erinnerte sich, von einem alten Bauern die Geschichte von der Schatzsuche gehört zu haben und meinte, da unten warte eine Goldkiste nur darauf, geborgen zu werden. Den Buben schwindelte bei dem Gedanken an plötzlichen Reichtum, und schließlich erbot sich der kecke Frieder, in das Loch zu steigen. Sie holten die Zäume der Pferde, banden sie aneinander und ließen ihren Kameraden in die Höhle hinab. Der Frieder war bald in der Finsternis verschwunden, und schon fürchteten sie, er komme nie mehr herauf, da rüttelte er am Strick, und sie zogen ihn wieder ans Tageslicht. Der Schatz sei da, man brauche ihn nur zu holen, versicherte er, als die andern ihn aufgeregt umringten, und begann zu erzählen:

Als sich seine Augen an die Dunkelheit gewöhnt hatten, sah er unten am Grunde der Höhle eine große Eisenkiste stehen, auf der saß ein schwarzer Pudel mit feurigen Augen. Doch der Frieder zeigte keine Furcht und kletterte weiter hinab. Als er dem Tier nahe war, wich dieses knurrend zurück und sprang von der Truhe herab. Fast konnte Frieder die Schatzkiste berühren, aber da war der Strick zu Ende.

Die Buben machten aus, über alles zu schweigen und anderntags mit einem längeren Strick das Wagnis zu wiederholen. Als sie aber an den Ort zurückkamen, da hatte sich zu ihrer Verwunderung das Loch geschlossen. Schon wollten sie enttäuscht abziehen, da beugte sich der Frieder zur Erde nieder und sprach: »Tu dich auf in Gottes Namen!« Aber die Felsen rührten sich nicht. »Tu dich auf in keines Namen!« sagte daraufhin der Bub. Wieder blieb alles still. Erst als er zum Entsetzen der andern rief: »Tu dich auf in Teufels Namen!«, da wichen die Felswände donnernd auseinander.

Wieder wurde der Frieder in die Tiefe gelassen. Die Buben warteten lange Zeit auf das verabredete Zeichen, aber sie hörten nur ein dumpfes Grollen im Erdinnern, als ob es in weiter Ferne donnere. Plötzlich flog eine Schar Raben wild krächzend über ihre Köpfe. Da erschraken sie, warteten nicht länger und zogen den Strick herauf. Doch der war ganz leicht, und als sein Ende aus dem Dunkel tauchte, da war gewiß, was sie befürchtet hatten: der Frieder blieb verschwunden.

Seitdem meiden Menschen und Tiere den unheimlichen Ort, und man erzählt, des Nachts könne man zuweilen ein dumpfes Rollen und ein klägliches Heulen in der Tiefe vernehmen. Dann quäle der Teufel seine beiden Opfer.

Der böse Baldecker

Auf der Burg Baldeck im Seeburger Tal lebte einst ein Ritter, ein gar hartherziger und grausamer Herr, den seine Bauern fürchteten und haßten. Um so mehr aber schätzten sie seine liebliche Tochter, denn die Jungfer hatte ein gütiges und engelreines Herz. Jeden Tag stieg sie hinunter ins Tal, um die Armen und Kranken zu besuchen. Sie brachte ihnen zu essen, kehrte und putzte ihre Kammern, wusch ihre Wäsche, kleidete die armen und verwaisten Kinder mit dem Tuch ihrer eigenen Gewänder und tat Gutes, wo sie nur konnte. All dies aber mußte sie vor ihrem bösen Vater verheimlichen.

Einmal erfuhr der Baldecker jedoch von den Besuchen seiner Tochter bei den armen Leuten im Dorf und war darüber so erbost, daß er ihr die härtesten Strafen androhte, wenn sie noch einmal gegen seinen Willen die Burg verlassen würde. Das Mädchen aber gedachte des Elends der armen Leute und warf nun jeden Tag heimlich Brot in den Burggraben hinab, wo es die Frauen und Kinder in der Dunkelheit aufsammeln konnten.

Eines Tages kehrte der Ritter früher als erwartet von der Jagd zurück und kam gerade dazu, als seine Tochter das Brot für die Armen über die Mauer warf. Da packte ihn ein so furchtbarer Zorn, daß er mit gezücktem Schwert auf das Mädchen losging. Es wich erschrocken zurück und sprang in Todesangst über die niedere Brüstung der Burgmauer in den Abgrund. Der Vater wollte die Jungfer zurückhalten, griff aber ins Leere und stürzte ihr nach.

Als sich die Armen am Abend im Burggraben einfanden, um das Brot zu holen, fanden sie die beiden Leichen. Man begrub sie in der Magolsheimer Kirche. Die Leute sagen, der Ritter habe wegen seiner Freveltaten lange keine Ruhe finden können und umgehen müssen. An das Edelfräulein aber denken die Menschen noch heute in Dankbarkeit.

Der Goldkessel der Reichenau

Auf der Reichenau, einem runden Berghügel der Münsinger Alb, soll einst ein Schloß gestanden haben, von dem nur noch einige Mauerreste und Gräben zeugen. Hundert Klafter tief unter der Ruine, so sagen die Leute, sei in einem goldenen Kessel ein ungeheuer kostbarer Schatz verborgen. Nur alle fünfhundert Jahre werde ein Mensch geboren, der die Gabe besäße, diesen Schatz zu heben, sofern es ihm nicht an Mut fehle.

Eines Tages weidete ein Hirte aus Heroldstatt am Fuß der Reichenau seine Kühe. Als er am Abend die Tiere zusammentrieb, da merkte er, daß ein Kalb fehlte. Er lockte und rief, und nach längerem Suchen hörte er das Tier auf der Reichenau brüllen. Alsbald ging er den Lauten nach und stieg den Berg hinauf. Aber ehe der Bursche noch den Gipfel erreicht hatte, stand plötzlich eine wunderschöne, seltsam gekleidete Jungfrau vor ihm, die redete ihn an und sprach: »Guter Gesell, du kommst zur rechten Zeit an diesen Ort. Denn wisse, du bist ausersehen, mich von einem bösen Zauber zu erlösen und jenen Schatz zu heben, der jetzt noch unter deinen Füßen ruht.«

Der Bursche erschrak zuerst über die Erscheinung. Weil er aber ein armer Schlucker war, lockte ihn der Gedanke, auf einen Schlag der reichste Mann weit und breit zu werden, und er fragte die Jungfrau, was er tun müsse, damit die Erlösung gelänge. »Wenn wieder Vollmond ist«, so sprach das Mädchen, »dann komm um Mitternacht an diesen Ort. Bring auch zwei Priester mit, denn sie müssen die bösen Geister beschwören. Wenn ihr euch nur mutig widersetzt, so können sie euch keinen Schaden zufügen. Du mußt dann vortreten und den Goldkessel ergreifen. Alsbald ist er dein, und ich bin erlöst. Laßt ihr euch aber schrecken, so muß ich abermals fünfhundert Jahre warten, bis einer kommt, der mir helfen kann, die ewige Ruhe zu finden. Darum erbarm dich meiner, so wie du willst, daß Gott sich deiner einst erbarmt!«

Den Burschen rührte die Bitte der Jungfrau, und er versprach, alles zu tun, um ihr zu helfen. Da lächelte das Mädchen. Wie er jedoch auf sie zutrat, ihr die Hand zu reichen, zerfloß das liebliche Bild vor seinen Augen wie ein Nebelstreif im Frühlicht. Im selben Augenblick aber kam das vermißte Kalb aus dem Gebüsch gesprungen und folgte seinem Herrn willig den Berg hinab.

Am andern Tag suchte der Bursche den Pfarrer von Münsingen auf, berichtete, was ihm widerfahren und bat, ihm beizustehen bei seinem nächsten Gang auf die Reichenau. Der Priester, ein frommer und gescheiter Mann, erklärte sich bereit, den Teufelsspuk zu bannen, und in der nächsten Vollmondnacht fand er sich mit einem Amtsbruder am Fuß des Hügels ein, wo der Hirte schon auf sie wartete.

Drüben im Wald schrie ein Käuzchen, und zuweilen flog eine Fledermaus über den Pfad, der im vollen Mondlicht vor ihnen lag, als die drei Männer schweigend den Berg hinaufstiegen. In der Stille der Nacht hörte man im nahen Dörflein Auingen gerade den Nachtwächter die elfte Stunde ausrufen, da begann es plötzlich in der Erde zu rumoren, und auf dem Berggipfel schoß eine helle Flamme empor. In ihrem Schein erglänzte ein Kessel, der bis zum Rande mit Gold und Silber gefüllt war. Als aber die Männer neugierig nähertraten, erhob sich um sie ein fürchterlicher Lärm. Raben krächzten, Eulen schrien, aus dem Gebüsch wurden Knochen und Steine geschleudert, und grinsende Totenschädel rollten über den Weg. Da sprachen die drei ein frommes Gebet, und auf einmal war alles still wie zuvor.

Kaum aber gingen die Männer weiter, da schoben sich drohende Wolken vor den Mond, der Berg bebte, und ein schreckliches Unwetter brach über sie herein. Blitze zuckten gleich feurigen Lanzen nieder, und schauerlich krachte der Donner. Grausige Ungeheuer stürzten aus dem Gebüsch und drohten, über die Männer herzufallen. Wieder half ihnen die Kraft des Gebets, standhaft zu bleiben. Sie schritten auf den Goldkessel zu, ohne darauf zu achten, was um sie geschah. Aber gerade als der Hirte dem Schatz so nahe war, daß er ihn fast greifen konnte, da öffnete sich vor ihren Füßen die Erde, und aus schwarzen Schlünden kroch scheußliches Gewürm. Schlangen glitten auf sie zu, die Mäuler weit aufgerissen, und ihren Rachen entströmte ein abscheulicher Gestank.

Voller Entsetzen wandte sich der Bursche nach den Priestern um, und als er sie in wilder Flucht den Berg hinablaufen sah, rannte er ihnen hinterher, rannte, ohne auf die Stimme der Jungfrau zu achten, die ihm flehentlich nachrief und ihn an sein Versprechen erinnerte, rannte, bis der Lärm hinter ihm endlich verstummte und er auf die Geistlichen traf, die außer Atem am Fuße des Hügels auf ihn warteten. Dann erst wandte er sich um und schaute zurück. Um den Gipfel der Reichenau zog ein flammender Schein, eine gewaltige Spalte klaffte im Berg, und in ihr verschwand eben der goldene Kessel in der Tiefe. Mit Donnergetöse schloß sich bald darauf die Erde wieder. Aus dem Wald aber ertönte ein solch schauerliches Hohngelächter, daß sich die Männer betroffen anblickten und still nach Hause gingen.

Später sollen Leute nach dem Schatz gegraben haben. Aber keinem gelang es bisher, ihn zu heben.

Die feindlichen Brüder von Gundelfingen

Auf der Burg Hohengundelfingen im schönen Lautertal lebte einst ein Ritter, der hatte zwei Söhne, Eberhard und Konrad. Eberhard, der jüngere, war das Ebenbild des Vaters: rauh, habgierig und jähzornig. Deshalb schätzte ihn jener mehr als den friedfertigen Bruder und übergab ihm die Stammburg. Konrad aber ließ er eine Burg auf einem Hügel in der Talaue bauen und nannte sie Niedergundelfingen.

Der Bau verursachte hohe Kosten, und dies ärgerte Eberhard, der seinem Bruder den Besitz neidete. Zur Einweihung wurden viele Gäste geladen, doch Eberhard blieb verbittert zu Hause. Als nun der Vater spät in der Nacht von dem Gelage heimkam, machte der Sohn ihm heftige Vorwürfe. Ein böses Wort gab das andere, und schließlich zogen die beiden das Schwert und gingen aufeinander los. Der Vater, müde vom Wein, konnte sich der wütenden Angriffe Eberhards nicht lange erwehren. Der indessen zögerte nicht, ihm den Todesstoß zu versetzen, und sein Zorn war auch dann noch so übermächtig, daß er den Leichnam packte und über die Mauerbrüstung hinunter ins Tal schleuderte. Dort fand Konrad anderntags seinen toten Vater, und als er von der Bluttat erfuhr, schwor er dem Mörder Rache. Von nun an glühte ein unversöhnlicher Haß in den Herzen der beiden Brüder.

Eines Tages verirrte sich Konrad, als er einem flüchtigen Wild nachjagte, in der Wald- und Felsenwildnis jener Gegend. Als er endlich einen Weg aus dem Dickicht fand, erblickte er auf einer Lichtung eine kleine Hütte. Er ritt näher und bemerkte im Garten bei den Blumen ein Mädchen, das war so schön, wie er noch keines gesehen hatte. Der Ritter sprach es an und erfuhr, daß es schon viele Jahre zusammen mit seiner Mutter, einer Witwe, in dieser Einsamkeit lebte. Konrad wurde freundlich aufgenommen und bewirtet, und er fühlte sich wohl in der bescheidenen Hütte. Am meisten aber gefiel ihm, der Jungfer bei ihren Hantierungen zuzuschauen, denn alles, was sie tat, war voll Anmut und Liebreiz.

Bald ritt er fast täglich zu der fernen Waldhütte, um das Mädchen zu sehen und mit ihm sprechen zu können, und seine Liebe zu dem schönen Bauernkind wurde so stark, daß er beschloß, es zur Frau zu nehmen. Die Mutter segnete das

Paar, und man legte den Tag der Hochzeit fest, die mit großem Glanz gefeiert werden sollte.

Eberhard indessen hatte jeden Schritt seines Bruders durch Späher überwachen lassen und wußte, was Konrad nach jener Waldhütte trieb. Als er von dem geplanten Hochzeitsfest erfuhr, beschloß er in seinem bösen Herzen, die Braut zu entführen. In einer stürmischen Herbstnacht zog er mit einem Haufen bewaffneter Knechte hinaus zu der Hütte, riß das erschrockene Mädchen mit Gewalt von der Seite seiner Mutter und wollte es nach Hohengundelfingen bringen. Konrad aber hatte Kunde von der Untat seines Bruders erhalten und brach mit einer Schar Reisiger eilends auf, den Räubern den Weg abzuschneiden.

Im stockfinsteren Wald trafen die beiden Haufen aufeinander. In dem erbitterten Kampf wurde die schöne junge Braut von einem verirrten Pfeil getroffen und tödlich verletzt. Die ganze Nacht hindurch suchte Konrad verzweifelt nach der Jungfer. Aber erst in der Morgendämmerung fanden seine Knechte die blutige Leiche des Mädchens. Als man sie dem Ritter brachte, wurde Konrad schier ohnmächtig vor Zorn und Schmerz. Da erscholl vom Berg herab ein teuflisches Hohngelächter. Er blickte auf und sah droben auf der Mauer von Hohengundelfingen seinen Bruder stehen. Schnell griff Konrad nach Pfeil und Bogen und legte auf den Mörder an. Im gleichen Augenblick schoß auch Eberhard seinen Pfeil ab – und beide trafen tödlich.

Von den beiden Burgen blieben nur Ruinen. Die Geister der zwei feindlichen Brüder aber sollen heute noch zwischen den alten Mauern umherirren, über den Tod hinaus erfüllt von glühendem Haß.

Der große Ochse in der Kesselquelle

In einem Tobel hinter dem Kloster Zwiefalten, Upflamör zu, entspringt der zweite Quellfluß der Zwiefalter Ach. Der Kessel ist ein großer Quelltopf, ähnlich dem der Blau. Er soll, so sagt man, bis in die Hölle hinunterreichen.

Als vor vielen Jahren einmal ein fahrender Scholar mit ein paar Gesellen an der Quelle vorbeikam, erblickte er einen Ochsen, der friedlich in der Talaue weidete. Das Tier war von so riesiger Gestalt, wie er noch keines gesehen. Neugierig fragte er, wem es gehöre, doch niemand konnte ihm Auskunft geben. Als nun alle den Ochsen bestaunten, wollte der Bursche seinen Mut zeigen, lief hin und packte das Tier an den gewaltigen Hörnern. Plötzlich aber warf der Ochse den Kopf herum und rannte dem Kessel zu, den Scholaren mit sich schleppend. Es schien, als ob jener seine Hände nicht mehr von den Hörnern lösen konnte, so sehr er sich auch mühte und um Hilfe schrie. Im Augenblick waren Tier und Mensch im hochaufspritzenden Wasser des Kessels verschwunden. Keinen von beiden sah man je wieder.

Die Gründung von Mariaberg

Über dem Laucherttal in der Nähe von Mägerkingen erhebt sich ein mächtiger Felsen mit dem stattlichen Klosterbau Mariaberg, in dem heute eine Heil- und Pflegeanstalt untergebracht ist. Dort soll sich einst das Schloß Altenburg befunden haben. Es gehörte der Sage nach den Grafen von Montfort. Einer jenes angesehenen Geschlechts hatte zwei Söhne, die nichts mehr liebten als tagelang durch Busch und Wald zu streifen, das Wild aufzuspüren und den Fischen in der Lauchert nachzustellen. Der Vater ließ sie gewähren bei ihren wilden Spielen, denn die beiden Buben waren sein ganzer Stolz.

An einem heißen Sommertag zur Zeit der Heuernte stiegen die Grafensöhne wieder einmal hinab zum Bach, um in dem kühlen Wasser zu baden. Vom fröhlichen Treiben müde geworden, suchten sie sich einen Platz, um sich auszuruhen. Sie fanden am Ufer eine Hütte, krochen in das frische Heu und waren bald eingeschlafen.

Als die Kinder am Abend ausblieben, kamen die Eltern in große Sorge. In der Nacht schickten sie das Gesinde mit Fakkeln und Laternen auf die Suche ins Tal, in die Wälder, nach dem nahen Mägerkingen. Doch nirgends fand sich eine Spur. Anderntags sandte man Boten in die Nachbarorte und später in die entfernt liegenden Gegenden. Tag für Tag verstrich, ohne daß Kunde kam, aber die Eltern gaben die Hoffnung nicht auf. Schließlich gelobte der Graf, wenn die Kinder wiedergefunden würden, tot oder lebendig, wolle er Gott zum Dank ein Kloster bauen lassen.

Der Frühling kam, und als das Futter für das Vieh zur Neige ging, fuhr man hinaus zu jener Hütte an der Lauchert, um Heu zu holen. Wie entsetzt waren die Knechte, als sie unter einem Berg dürren Grases die Leichen der beiden Knaben entdeckten!

An jenem Nachmittag im Sommer hatten die Kinder so tief geschlafen, daß sie nicht erwachten, als man weiteres Heu durch den Laden in die Hütte warf. Die Knaben mußten unter der Last jämmerlich erstickt sein.

Den Grafen erfüllte tiefer Schmerz, aber er vergaß nicht, was er einst gelobt hatte. An der Stelle, wo seine beiden Söhne den Tod gefunden hatten, ließ er eine kleine Kapelle bauen. Als Bauplatz für das Kloster aber wählte er jenen stolzen Felsen über dem Tal und gab seiner Stiftung den Namen »Berg der heiligen Maria« oder »Mariaberg«.

Südwestalb
Joachim Kurzik, Pf. 1987

Das Mädchen vom Steinlachtal

In einer Mühle an der Steinlach nahe bei Mössingen lebte einst ein Müller, der hatte unter der Willkür eines bösen Nachbarn arg zu leiden. In seiner Not wandte er sich an den Lehnsherrn des Ortes, den Grafen von Zollern, der dem Manne auch zu seinem Recht verhalf. Bei seinen Besuchen in der Mühle hatte der Graf des Müllers Tochter, eine wunderschöne Jungfer, kennengelernt und liebgewonnen. Auch das Mädchen verehrte und liebte den edlen Herrn, dem sein Vater so viel Dank schuldete.

Eines Tages kam es zu einer erbitterten Fehde zwischen dem Zollerngrafen und seinen Nachbarn. Friedrich mußte sich in seine Burg zurückziehen, die bald von den Feinden belagert wurde. Als sich der Streit hinzog, gingen bei den Burgleuten allmählich die Vorräte zu Ende. Man dachte schon an Übergabe, da geschah eines Nachts etwas Seltsames.

Dem Grafen wurde gemeldet, man habe an einer versteckt liegenden Pforte ein leises Klopfen vernommen. Als er das Törlein vorsichtig öffnen ließ, denn man vermutete eine List der Feinde, schlüpfte die Müllerstochter in die Burg, keuchend vom beschwerlichen Aufstieg, die Hände zerschunden von den scharfen Felskanten und den Dornenhecken, aber froh, von den Feinden unbemerkt zu ihrem Geliebten gelangt zu sein. Einen Sack voll Lebensmittel hatte sie heraufgeschleppt zur Freude der Belagerten, deren Not damit gelindert werden konnte.

Das Mädchen wagte noch mehrmals den gefährlichen Gang zum Hohenzollern hinauf, um die Burgleute mit Nahrung zu versorgen. Die Feinde wunderten sich, daß jene so lange dem Hunger trotzen konnten, und entschlossen sich zum Sturm. Als die Müllerstochter von dem Plan erfuhr, schlich sie sich wieder hinauf zur Burg, diesmal mit einem Sack voll Schießpulver, das sie in Wundsalbenbüchsen gefüllt hatte. Es war die Nacht vor dem Dreikönigstag. Der Mond stand am klaren kalten Winterhimmel, und sein Schein tauchte die Winterlandschaft in ein gespenstisches Licht. Vorsichtig tastete sich das Mädchen den Schleichweg hinauf zur Burg, schleppte den schweren Sack über die eisglatten Felsen und glaubte schon, aller Gefahr entronnen zu sein, da glitt es aus und stürzte einige Meter in die Tiefe.

Die Wachen der Feinde hatten den Fall bemerkt und eilten mit Fackeln herzu. Bald fanden sie das Mädchen, banden es und brachten es ins Lager. Man fragte nach seinem Treiben. Die Jungfer schwieg zwar beharrlich, aber der Sack verriet ihr Tun. Was mit ihr geschah, weiß heute niemand mehr, und dunkel ist auch das fernere Schicksal der Burgleute. Von der Liebe und Tapferkeit des Mädchens aber erzählen heute noch die Leute im Steinlachtal.

Der Schmeller von Ringingen

Im Ringinger Schloß bei Burladingen hauste einst der Freiherr Schmeller, der letzte seines Geschlechts. Er war ein gar hartherziger und gewalttätiger Herr, rücksichtslos und grausam gegen seine Bauern, die er bis aufs Blut quälte. Und so kam es, daß er nach seinem Tod lange Zeit keine Ruhe fand. Hoch zu Roß und gekleidet wie zu Lebzeiten, ritt er durch die Wälder und über die Felder seines einstigen Besitztums. Die Bauern grüßten ehrerbietig, wie sie es gewohnt waren. Der Schmeller aber gab sich nun freundlich, redete mit ihnen über dieses und jenes und tat keinem ein Leid. In seinem Schloß jedoch tobte er umher, polterte die Stiegen auf und nieder und ließ seine Frau und seine drei Töchter nicht zur Ruhe kommen.

Zuletzt trieb er es so wild, daß die Witwe mit ihren Kindern das Haus verließ und nach Rottenburg zog.

Lange Zeit stand das Gebäude öde und leer. Einmal beschlossen ein paar Ringinger Bauernburschen, dem alten Gemäuer einen Besuch abzustatten und zu erkunden, ob der Geist noch umgehe. Sie nahmen zu essen und zu trinken mit, stiegen in den Rittersaal hinauf, verriegelten die Tür, machten Feuer im Kamin, setzten sich an den Tisch und ließen sich's schmecken. Dann warteten sie lange auf den Geist, doch als alles ruhig blieb, überfiel sie der Schlaf.

Um Mitternacht wachten sie plötzlich auf. Eiskalt war es in dem Gemach, und weil sie so froren, sprachen sie untereinander: »Wir sollten Holz holen und das Feuer schüren.« Doch jeder hatte Angst, aufzustehen und hinauszugehen. Auf einmal aber öffnete sich knarrend die Tür, und herein kam der Schmeller. Er brachte ein Bündel Holz, warf es in die Glut und schürte das Feuer so gewaltig, daß die Burschen vor Hitze fast erstickten. »Ist es jetzt warm genug?« fragte er dann und verschwand, wie er gekommen. Die Buben waren zu Tode erschrocken, brachten kein Wort hervor und blieben still und stumm, bis endlich der Tag heraufzog und sie den Mut wieder fanden, den Saal und das Schloß zu verlassen. Fortan wagte sich niemand mehr aus dem Dorf in das alte Gemäuer.

Inzwischen hatte der Schmeller sein Weib und seine Töchter im Schlosse vermißt und entdeckt, wohin sie geflohen waren. Nun folgte er ihnen nach Rottenburg und plagte sie dort nicht weniger. Darum zogen sie bald wieder in ihre alte Behausung.

Zu jener Zeit geschah es, daß ein Landsknecht aus Killer, der lange Zeit in der Fremde geweilt hatte und den Schmeller von früher her gut kannte, auf dem Weg war in seine alte Heimat. Er wußte nicht, daß der Freiherr längst gestorben war, und deshalb wunderte er sich nicht, als er mitten im Walde dem Schmeller begegnete,der hoch zu Roß dahergeritten kam. Der Kriegsmann grüßte ihn ehrerbietig und fragte ihn nach seinem Ergehen. »Ich bin tot«, sagte da der Schmeller. Der Knecht lachte, weil er glaubte, der Herr scherze, und meinte: »Fürwahr, Junker, wenn Ihr tot seid, wie könnt Ihr dann hier umherreiten?«

Da erzählte der Schmeller dem Landsknecht sein Geschick und daß Gottes Zorn so lange über ihm sei, bis alles Unrecht vergeben und aller Schaden getilgt werde. Sonst müsse er umgehen bis zum Jüngsten Tag. »Ach, Junker«, sprach darauf der Knecht, »wenn das Euer Weib wüßte, es würde Euch gewißlich helfen!« – »Sie weiß es wohl«, erwiderte daraufhin der Herr traurig, »denn ich plage und ängstige sie Tag für Tag, damit sie endlich von ihrer Hartherzigkeit läßt und allen Schaden sühnt. Aber sie will den unrechtmäßig erworbenen Reichtum nicht missen. Ich bitte dich, versuche du sie umzustimmen, daß sie sich meiner erbarme und mich erlöse von meiner schweren Pein!« Der Knecht versprach's, meinte aber: »Wird Euer Weib mir wohl glauben?« Da reichte ihm der Schmeller sein Junkerhütlein und sagte: »An diesem Zeichen wird sie merken, daß du von mir kommst. Geh jetzt und tu, um was ich dich gebeten. Aber sieh nicht hinter dich, wenn dir dein Leben teuer ist.«

Kaum hatte sich der Kriegsknecht umgewandt, da brach hinter ihm ein Lärm los, als ob Berg und Tal zusammenstürze. Von Angst gejagt, rannte er hinunter nach Killer, froh, der unheimlichen Begegnung glimpflich entronnen zu sein. Als er zu seinen Verwandten kam, da erkannten sie ihn kaum mehr, denn von einem Augenblick zum andern war er an Haar und Bart schneeweiß geworden.

Der Landsknecht ließ sich nicht aufhalten, sondern begab sich unverzüglich ins Schloß, um sein Versprechen zu erfüllen. Weil er das Junkerhütchen vorweisen konnte, glaubte ihm die Schmellerin, doch war sie weiterhin nicht bereit, ein Schuhbreit Land oder einen Gulden Zins herauszugeben. Fortan plagte sie der Geist noch schlimmer als zuvor, und auch das Hausgesinde und die Kinder hatten unter seinem

Treiben zu leiden. Die jüngste der drei Töchter, Agnes mit Namen, war ihm einst die liebste gewesen, und er hatte sie »Engele« genannt. Ehe er nun zu rumoren begann, warnte er jedesmal das Kind mit dem Ruf: »Engele, hüt dich! Liebs Engele, i komm!«

Im Sommer, zur Zeit der größten Hitze, erschien der Schmeller einmal im Schloß, sperrte sein Weib und die Kinder in ihre Kemenate und schürte im Kamin ein solch mächtiges Feuer, daß sie fast verschmachteten. Etliche Male kam er auch des Nachts zu seiner Frau in die Schlafkammer, riß sie aus dem Bett und tat, als wolle er sie zum Fenster hinauswerfen. Immer bat und flehte er inbrünstig, sie möge doch wiedergutmachen, was er einst Böses getan. Als aber alles nichts half, wickelte er die Schmellerin eines Morgens in ein Leintuch und hängte sie an einen Nagel vor dem Fenster. Dort ließ er sie so lange jammern und schreien, bis sie in ihrer Todesangst alles zu tun gelobte, was er von ihr erbeten.

Fortan erschien der Schmeller nur noch einmal in seiner leiblichen Gestalt. Als der Pfarrer über seinem Grab auf dem Ringinger Friedhof ein Gebet sprach, stand er plötzlich mitten unter den Leuten und dankte jedem für seine Erlösung. Und wie er gekommen, so verschwand er auch wieder.

Das Muotesheer in Veringenstadt

Wenn einst die Winterstürme über das Land brausten, an den Läden und Türen zerrten, Ziegel von den Dächern rissen und dürre Äste von den Bäumen, glaubte man, das Muotes- oder Wuotesheer sei unterwegs, und viele verkrochen sich ängstlich in ihren Behausungen, bis die Naturgewalten sich endlich wieder beruhigt hatten.

Der Anführer jener wilden Jagd sei Wotan, der Gott des Windes und der Toten, glaubten in vorchristlicher Zeit unsere Vorfahren. Später wurde die einstige Gottheit mehr und mehr zu einem Teufelsbild, einem höllischen Jäger, und mit ihm zogen nun die Gehenkten und Erschlagenen, die Hexen, Zauberer und Ketzer, kurz, all jene Seelen, die wegen ihrer Missetaten verdammt waren, so lange ruhelos umherzustreifen, bis gesühnt war, was sie Böses getan. Wer sich dem Muotesheer in den Weg stellte, wurde meist übel bestraft. Man schleppte ihn mit, raubte ihm das Augenlicht, das Gehör, die Sprache, oder brachte ihn gar ums Leben. Meist war das Geistervolk um Mitternacht unterwegs, und am wildesten gebärdete es sich während der zwölf Rauhnächte zwischen Weihnachten und dem Dreikönigstag.

In solch einer Nacht mag dem Nachtwächter von Veringenstadt das Muotesheer begegnet sein. Hans Dröscher ging eben durch die stillen Gassen, um die zwölfte Stunde auszurufen, da erhob sich plötzlich ein wildes Brausen, das vom alten Schloß her immer näher kam. Geschrei glaubte er zu hören, Flüche und Kommandorufe, und dazwischen schrilles Schellengeläut. Der Wächter merkte gleich, daß das Totenheer durch den Ort zog und verbarg sich ängstlich in einem Winkel der Gasse.

Als der Lärm verebbte, da hörte Hans vom Markt herüber eine Stimme rufen: »Mano, Mano!« Er zögerte zuerst, dem Geschrei nachzugehen, aber als es nicht verstummte, sondern immer lauter und lauter wurde, da faßte er sich ein Herz und ging hinüber. Wie erschrak der Wächter, als er im ungewissen Licht seiner Laterne eine Gestalt erblickte, deren Haupt bis zum Hals in zwei Teile gespalten war! Der Mann, der Kleidung nach ein Kriegsknecht, bat Hans, er solle ihm den Kopf wieder zusammenbinden, damit er dem Heer folgen könne. Dabei zog er ein Tuch aus seinem Wams und reichte es dem Wächter. Jener wich entsetzt zurück beim Anblick der gräßlichen Wunde, entschuldigte sich und sagte, das sei nicht sein

Handwerk, er wolle den Bader holen. Auf diese Weise gedachte er den unheimlichen Gesellen loszuwerden. Der Verwundete indes ließ ihn nicht gehen und bat so inständig um Hilfe, daß Hans ihn schließlich verband. Währenddessen erzählte der Mann, er sei vor vielen Jahren in Veringenstadt zur Welt gekommen, später aber in den Krieg gezogen. In einer Schlacht habe man ihm das Haupt gespalten. Seitdem müsse er mit dem Muotesheer umherstreifen.

Als der Wächter seine Arbeit verrichtet hatte, dankte ihm der Kriegsknecht und ermahnte ihn, nicht nachzuschauen, wenn er gehe, um dem Wilden Heer zu folgen. Alsbald schieden sie voneinander. Man weiß nicht, ob sich Hans an das Gebot hielt. Als er heimkam, mußte er sich niederlegen und wurde so krank, daß er sechzehn Wochen lang kein einziges Wort hervorbrachte.

Das Zauberroß des Grafen von Zollern

Vor vielen Jahren lebte auf der Zollerburg Graf Friedrich, ein seltsamer und unruhiger Herr, den es immer wieder drängte, sein Roß zu satteln und hinauszureiten in die Fremde. Einmal beschloß er, weit übers Meer zu den Heiden zu reisen und ferne Länder zu erforschen. Er nahm Abschied von seiner Familie und machte sich auf die weite Reise.

Lange Jahre war er schon unterwegs und hatte manch Abenteuer bestanden, da raffte eine Seuche seine Diener dahin, und bald darauf verlor er auch seine Pferde und alles, was er an Vermögen bei sich führte. In große Armut geraten, konnte er von niemandem Hilfe erwarten.

Als die Not am größten war und der Graf nicht mehr aus noch ein wußte, erschien ihm einmal des Nachts der Teufel.

Der bot ihm Gut und Geld, wenn Friedrich in seine Dienste trete. Doch der Graf blieb standhaft. Erst als ihm der Böse ein Roß zuführte und rühmte, es könne seinen Reiter in einem Augenblick und ohne alle Gefahr an jeden Ort der Erde tragen, den jener wünsche, schwieg er lange, besah sich das schöne Tier und willigte schließlich in den Handel ein. Welche Dienste der Graf dafür zu leisten hatte, ist nicht bekannt. Doch mahnte ihn der Teufel, das Roß immer erst gegen Sonnenuntergang zu wenden, ehe er es abzäume und absattle, sonst würde er es für immer verlieren.

Der Graf hielt sich an das Gebot, und fortan fiel es ihm leicht, die fernsten Länder zu durchstreifen. Das Zauberroß war nun sein treuester Gefährte. Es trug ihn in Windeseile über Wälder und Seen, Berge und Täler, ohne daß er ihm die Sporen geben mußte, und oft rettete es ihn aus einem Hinterhalt oder führte ihn unversehrt aus dem dichtesten Schlachtgetümmel.

Eines Tages überfiel den Grafen das Heimweh. Er sehnte sich nach seiner Frau, seinen Kindern. Kaum hatte er den Wunsch geäußert, da trug ihn das Zauberroß den weiten Weg zurück ins Schwabenland und zur Zollerburg. Voller Freude, seine Lieben wohlbehalten wiederzusehen, sprang Friedrich aus dem Sattel und übergab das Pferd den Knechten mit der Weisung, es in den Stall zu führen und ihm den besten Hafer zu reichen. Dann umarmte er seine Frau und freute sich der Kinder, die inzwischen zu stattlichen Burschen und hübschen Jungfern herangewachsen waren.

Als man später im Rittersaal beim festlichen Mahle saß, trat plötzlich der Reitknecht herein, um ganz verstört zu melden, des Grafen Roß sei fort. Er habe das Tier im Stall festgebunden, gestriegelt und gefüttert wie befohlen, da sei es auf einmal vor seinen Augen verschwunden, als habe der Wind es weggeblasen. Dem Grafen fiel ein, daß er in der Freude des Wiedersehens vergessen hatte, den Knecht anzuweisen, wie das Roß abgezäumt und abgesattelt werden mußte. Der Verlust des edlen Tieres schmerzte ihn sehr, aber er gab dem Diener kein böses Wort, sondern sagte nur: »Was geschehen ist, ist geschehen. Ich will mich Gottes Willen fügen, der mir immer so gnädig war.«

Wenige Stunden später erschienen drei wunderschöne Jungfrauen in weißen Gewändern am Tor der Zollerburg und begehrten, vor den Grafen geführt zu werden. Jener wunderte sich über den Besuch, gebot aber, die Mädchen einzulassen. Sie neigten sich vor Friedrich und sprachen: »Ein böser Zauberer war es, der uns einst in die Gestalt jenes Rosses verwandelte, das bis heute Euer Gefährte war. Nie habt Ihr das Tier geschlagen oder ihm ein böses Wort gegeben. Und nun, nachdem durch Euer Versehen der alte Zauber gebrochen wurde, habt Ihr seinen Verlust gottergeben hingenommen und weder geflucht noch gelästert. Damit wurden wir vom Banne des Bösen befreit und endlich erlöst. Sonst hätten uns die höllischen Geister bis zum Jüngsten Tage geplagt. Dafür möge Euer Geschlecht blühen und gedeihen, und Ihr selbst sollt an der Seite Eures Weibes noch viele glückliche Jahre erleben.«

Darauf verschwanden die Jungfrauen. Das Geschlecht der Hohenzollern aber wurde groß und mächtig, und Könige und Kaiser gingen aus ihm hervor.

Der Schuß auf den Bildstock

Nahe bei Hechingen, dort, wo sich heute die Heiligkreuzkapelle befindet, stand einst ein Bildstock mit einem Kruzifix. Damals zählte zu den Dienstleuten des Grafen Jos Niklas von Zollern ein Leibjäger, dem das Wohlbefinden seines Herrn über alles ging. Da unruhige Zeiten herrschten, blieb er ihm bei Ausritten stets zur Seite, und mit Freuden hätte er sein Leben hergegeben, um das des Grafen zu schützen.

Einmal erfuhr der treue Jäger aus einem alten Zauberbuch, wie man Pfeile unfehlbar machen könne, und da er hoffte, auf diese Wiese seinem Herrn zu nützen, tat er, was der Zauberspruch gebot: Als die Karwoche herankam, begab er sich in die Klosterkirche zu Stetten und lauschte dort, auf einem Fuße stehend, den vier Passionen Christi. Sodann schlich er heimlich des Nachts zu dem Bildstock und schoß auf den Gekreuzigten.

Zwei Schüsse trafen, und auch der dritte ging nicht fehl, doch als der Jäger zu dem Kruzifix trat, da sah er mit Entsetzen, daß das Bildnis zu bluten begann, und als er den Pfeil aus dem Holz ziehen wollte, saß dieser so fest, daß er ihn trotz aller Anstrengung nicht zu bewegen vermochte. Den Jäger überfiel große Angst, denn nun erst erkannte er, welch schlimme Tat er begangen. Niedergeschlagen begab er sich nach Hause und erzählte niemandem von dem seltsamen Geschehen.

Anderntags kam eine alte Frau zu dem Bildstock, um zu beten. Voller Schrecken bemerkte sie den Pfeil und die blutende Wunde, und unverzüglich wurde dem Grafen die Freveltat gemeldet. Jener rief alle Geistlichen und sein ganzes Gesinde zusammen und zog mit ihnen hinaus zu dem geschändeten Kruzifix. Als Graf Niklas den Pfeil sah, erkannte er sogleich, daß das Geschoß von seinem Leibjäger stammte. Er rief ihn aus den Reihen der Knechte und stellte ihn zur Rede. Der Jäger warf sich vor dem Herrn nieder und bekannte seine Missetat, fügte aber hinzu, er habe den Schuß nur um des Grafen willen gewagt.

»Das habe ich dich nicht geheißen. Du hast mir einen schlechten Dienst erwiesen!« entgegnete Graf Niklas und befahl ihm, den Pfeil aus der Wunde zu ziehen. Doch so sehr sich der Jäger auch mühte, es gelang ihm nicht. Da trat der Graf hinzu, griff nach dem Pfeil und löste ihn mit leichter Hand aus dem Kreuzesbild. Der Jäger aber, dem offensichtlich Gott alle Gnade verweigert hatte, wurde gebunden und in den Turm geworfen.

Als später ein Gericht den Schützen schuldig sprach und zum Tod verurteilte, baten die Knechte und Diener, aber auch viele adelige Hofleute, dem Frevler gnädig zu sein. Graf Niklas schätzte den Jäger und kannte seine Treue. Und doch ließ er ihn zum Richtplatz führen und enthaupten. An jener Stelle aber, wo der Bildstock gestanden hatte, errichtete er eine Kapelle, zu der fortan an allen Heiligkreuztagen viele Wallfahrer pilgerten.

Als im Jahre 1506 das Kirchlein eingeweiht wurde, geschah etwas Seltsames: Gerade luden die Glocken zum Hochamt, da kam eine tiefverschleierte Frau in einer Kutsche vorgefahren, legte einen silbernen Kelch und anderes Meßgerät als Opfer auf dem Altar nieder und fuhr wieder davon. Viele glaubten, es sei die Mutter des Jägers gewesen.

Der Schuhmacherfelsen

In Ebingen wurde einst ein Schuhmacher einer Untat wegen zum Tode verurteilt. Auf dem Richtplatz warf sich der arme Sünder dem Vogt zu Füßen und bat um Gnade. Der besann sich und bedachte, daß es eigentlich schade sei um den Mann, denn der Schuster galt als geschickter und fleißiger Handwerker. Schließlich versprach der Vogt ihm das Leben zu schenken, wenn er es fertigbringe, auf den spitzen Felsen vor der Stadt zu klettern und dort droben ein Paar Stiefel zu sohlen, ohne daß ihm ein einziger Nagel oder etwas von seinem Handwerkszeug herunterfalle.

Ehe der Schuster auf den Felsen stieg, mußte er sich bis aufs Hemd ausziehen, damit er ja keinen weiteren Nagel in seinen Kleidern verstecken konnte. Auch standen am Fuße des Felsens Stadtknechte mit langen Spießen, die Weisung hatten, ihn herabzustoßen, sobald ihm etwas entfiele. Zitternd kletterte das Männlein auf den Stein, setzte sich auf die Spitze, legte alles, was es brauchte, zurecht und begann mit der Arbeit. Und in seiner Todesfurcht flickte und hämmerte es sorgfältiger denn je. Als die Stiefel fertig gesohlt waren und der Schuhmacher seinen luftigen Sitz verlassen durfte, prüfte man seine Arbeit und zählte auch die übriggebliebenen Nägel, und siehe – es fehlte keiner!

Da wurde dem Schuster das Leben geschenkt. Man setzte ihm einen Reisigkranz auf und führte ihn in fröhlichem Zug zur Stadt zurück. Zur Erinnerung an die Begebenheit heißt jener spitze Stein bis auf den heutigen Tag Schuhmacherfelsen.

Die Jungfrauen auf der Schalksburg

Eine arme Frau sammelte eines Tages Holz im Schalksbergwald bei Ebingen. Sie hatte ihr Kind dabei, ein kleines Mädchen. Während sie nun das dürre Reisig zusammenlas, streifte ihr Töchterchen durch den Wald und stieg auch hinauf zur Burg. Als das Kind lange Zeit ausblieb, ängstigte sich die Mutter und suchte nach ihm. Endlich sah sie es den Berg herabkommen, ein schönes Kränzlein aus Moos im Haar und eine weiße Rose in der Hand. Ein Fräulein sei ihm erschienen und habe freundlich mit ihm geredet, ihm das Kränzlein gewunden und die Blume geschenkt, erzählte es freudestrahlend. Die Mutter indes erschrak zutiefst, denn sie ahnte, was diese Gaben bedeuteten. Und wirklich, als nach drei Tagen die Rose zu welken begann, wurde das Kind krank, und als die Blütenblätter sich lösten, trug man es zu Grabe.

Die Mutter legte die welke Rose in den Sarg, und als der Frühling kam, da wuchs auf dem kleinen Grabhügel ein Rosenstrauch, der bald in voller Blüte stand. In jeder der vielen Knospen glaubte die Mutter das Antlitz ihres geliebten Kindes wiederzufinden.

Jene Jungfrau, die dem Mädchen begegnet war, zeigte sich des öfteren in der Nähe der Burg, und zuweilen hatte sie auch eine Gefährtin dabei. Einmal streiften ein paar Burschen zwischen den Mauern umher. Plötzlich sahen sie zwei wunderschöne Mädchen auf der Höhe eines steilen Felsens sitzen, die ganz weiß gekleidet waren. Die Burschen sprachen sie an und fragten, was sie so allein in der Wildnis suchten. Da antworteten die Jungfrauen: »Wir sind nicht mehr lebendige Menschen, wie ihr glaubt, sondern gebannte Geister. Zur Strafe für all die Sünden, die wir einst begingen, müssen wir die Schätze hüten, die in den Gewölben der Burg verborgen liegen, bis wir erlöst werden. Wollt ihr uns helfen, so steigt hinunter zum Fuß des Berges. Dort steht mitten im Wald ein mächtiger Ahornbaum, der einzige weit und breit. Den haut um und schneidet seinen Stamm zu Brettern. Und daraus fertigt eine Wiege. Nehmt ihr dann ein unschuldiges Kindlein und legt es hinein, so sind wir erlöst.«

Darauf verschwanden die Mädchen im Gebüsch. Die Burschen aber taten, wie ihnen geheißen, und schon am Abend desselben Tages stand über dem Schloßberg ein helles Licht. Manche glaubten, in seinem Schein die feurigen Gestalten zweier Jungfrauen erkannt zu haben, die sich aus dem Gemäuer lösten und gen Himmel schwebten.

Der Hirschgulden

Einst standen auf dem Hirschberg und dem Schalksberg Burgen, die ebenso stattlich waren wie die auf dem Zollern. Diese drei Burgen gehörten drei Brüdern. Der Hirschberger war der älteste und reichste, und zu seinem Besitz zählte auch die Stadt Balingen. Weil er ledig geblieben war und keine anderen Erben hatte, sollte all sein Hab und Gut nach seinem Tode an die beiden anderen fallen.

Als nun den Hirschberger eine tödliche Krankheit befiel, da warteten die Brüder voller Ungeduld auf sein Ableben, denn das reiche Erbe war ihnen wichtiger als der Bruder. Eines Tages hieß es, der Kranke sei verstorben. Nun scheuten sich die Brüder nicht mehr, ihre Gefühle zu offenbaren, und sie feuerten Freudenschüsse von ihren Burgen herab. Der Todkranke vernahm den ungewohnten Lärm. Als er die Ursache erfuhr, packte ihn ein solch übermächtiger Zorn, daß augenblicklich die Krankheit von ihm wich.

Wohl verbargen die Brüder ihre Enttäuschung, besuchten

den älteren häufig und taten ihm gar freundlich, aber der Hirschberger kannte nun ihre wahre Gesinnung und beschloß, ihnen das Erbe zu entziehen. Er verkaufte deshalb Burg und Stadt an den Grafen von Württemberg um einen elenden Hirschgulden mit der Bedingung, niemand dürfe vor seinem Tode von dem Vertrag Kunde erhalten.

Noch lange lebte der Hirschberger gesund und fröhlich auf seiner Burg und erfreute sich seines reichen Besitzes. Als er aber eines Tages die Augen wirklich für immer zugetan hatte, kamen die Brüder eilends auf den Hirschberg, klagten und jammerten über seinen Tod und waren in ihrem Herzen doch recht fröhlich. Da erschienen die Abgesandten des Grafen von Württemberg auf der Burg, legten die Urkunde mit dem Siegel des Hirschbergers vor und reichten den beiden als Kaufgeld einen Hirschgulden. Die Brüder fühlten sich betrogen, fluchten und tobten, doch was half's? Sie mußten abziehen, und Burg und Stadt gehörten fortan dem Württemberger.

Anderntags kam der von Zollern zu dem auf der Schalksburg und sprach: »Bruder, ich hab die Nacht schlecht geschlafen.« – »Bruder, ich auch«, erwiderte der andere, »die Sache hat sich mir auf den Magen geschlagen. Laß uns den Hirschgulden vertrinken, so wird es besser werden, wenn das Erbe draußen ist!« So ritten sie miteinander nach Balingen hinab und zechten im Wirtshaus. Als es dann ans Zahlen ging, warfen sie den Hirschgulden auf den Tisch. Der Wirt aber schüttelte den Kopf und sagte: »Die Hirschgulden sind abgeschätzt und gelten nicht mehr. Heute morgen hat unser neuer Herr, der Graf von Württemberg, einen Boten geschickt und es uns wissen lassen.«

Da zogen die beiden mit hängenden Köpfen ab und sprachen kein Wort miteinander, denn nun hatten sie einen Gulden Schulden statt des Erbes.

Die Geislinger Erdmännle

In einem Waldstück unweit des Dorfes Geislingen bei Balingen hausten früher Erdmännle und Erdweible. Es waren winzige Geschöpfe, die zuweilen auch ins Dorf kamen und den Menschen bei der Arbeit halfen.

Eines Nachts suchte ein solches Erdmännle die Geislinger Hebamme auf und bat sie, mitzukommen und seinem Weib zu helfen, das ein Kind gebären sollte. Die Frau ängstigte sich, weil es draußen so finster war, und wünschte, daß ihr Mann sie begleite. Das Zwerglein hatte nichts dagegen, ging den beiden mit seiner Laterne voran und zeigte ihnen den Weg durch den dunklen Tann. Bald kamen sie vor eine Moostür. Die tat sich auf, und vor ihnen gähnte eine dunkle Höhle. Sie stiegen hinab und standen vor einer Holztür. Auch diese öffnete sich, und ein langer Gang führte tief in den Berg hinein. Die dritte Tür war aus glänzendem Metall, und dahinter befand sich die Behausung der Zwerge.

In einem schneeweißen Bett lag das Erdweible. Die Hebamme setzte sich zu ihm und half, das Kindlein zur Welt zu bringen. Als sie ihre Arbeit getan hatte und sich zum Gehen wenden wollte, bedankte sich das Erdmännle und sagte: »Unser Essen und Trinken würde euch Menschen doch nicht schmecken. Deshalb will ich euch etwas anderes zum Lohne geben.« Es gebot der Frau, die Schürze aufzuhalten und schüttete eine Schaufel voll Kohlen hinein. »Ein schöner Lohn!« dachte die Hebamme, schwieg aber still, um das Erdmännle nicht zu kränken.

Auf dem Heimweg durch den Wald ließ die Frau heimlich ein Stück Kohle nach dem anderen fallen. Doch das Männlein, das sie begleitet hatte, merkte es und sagte mahnend: »Wie minder Ihr zettelt, je mehr Ihr hättet!« Dann ließ es die beiden allein.

Die Frau wollte wegwerfen, was sie noch in der Schürze hatte. Ihr Mann aber riet, das Erdmännle nicht noch mehr zu kränken, und mißmutig trug sie den Rest der Kohlen nach Hause. Als sie aber ihre Schürze hinter dem Herd ausschüttete, waren aus ihnen lauter blanke Goldstücke geworden. »Lauf zurück, so schnell zu kannst, und hole, was du weggeworfen hast!« meinte der Mann. Doch so genau die Frau mit ihrer Laterne den Weg auch absuchte, sie fand nicht eine der »verzettelten« Kohlen.

Hans Lapp und die Bauern von Wittershausen

Die Bauern des Dörfleins Wittershausen bei Oberndorf galten immer schon als besonders schlau, listig und zu mancherlei Streichen aufgelegt. Auch den Herren gegenüber zeigten sie wenig Ehrfurcht. Zielscheibe ihres Spottes war einst Graf Johannes von Zimmern, ein wunderlicher Herr, dem sie wegen seiner läppischen Einfälle den Beinamen »Hans Lapp« gaben.

Als die Wittershauser eines Tages erfuhren, daß der Graf durch ihr Dorf reiten werde, gedachten sie, ihm einen Streich zu spielen, setzten sich am Straßenrand in einem Kreis zusammen und verschränkten dabei ihre Füße auf so absonderliche Weise, daß man kaum erkennen konnte, zu wem sie gehörten. Wie nun Hans Lapp des Wegs kam, fingen sie ganz jämmerlich an zu klagen und zu schreien. Der Graf hielt an, betrachtete eine Weile das merkwürdige Schauspiel und fragte dann, wo's denn fehle. »Ach, gnädiger Herr«, riefen die Bauern, »wir haben unsere Füße untereinander verloren, und nun möchte jeder die seinen wiederhaben!« Der Lapp lachte über solchen Unsinn, aber darüber gaben sich die Bauern recht betroffen und versicherten, es sei ihnen ernst mit ihrem Anliegen. Wenn er ihnen das Rechte raten und jedem wieder zu seinen eigenen Füßen verhelfen könne, so wollten sie ihm dafür jährlich einen Sack voll Korn geben.

Zu ihrer Überraschung stieg der Graf vom Pferd, nahm einen Stecken und schlug so lange auf die Beine der Bauern ein, bis jeder seine eigenen an sich zog und sich vom Boden erhob. Bevor Hans Lapp sie aber gehen ließ, mußten sie eine Urkunde unterschreiben, in der festgelegt wurde, daß dem Grafen jedes Jahr am Michaelstag ein Sack Korn zu liefern sei.

Herrn Johannes von Zimmern verdroß es, daß die Wittershauser Bauern sich über ihn hatten lustig machen wollen, und er gedachte, ihnen den Streich noch schmerzlicher heimzuzahlen. In dem Pakt, welchen er mit ihnen geschlossen, stand nicht geschrieben, wieviel der Kornsack fassen sollte. Der Graf ließ nun einen dermaßen großen Sack nähen, daß er, mit Korn gefüllt, kaum von einem Wagen weggefahren werden konnte. Damit schickte er seinen Vogt am Michaelstag nach Wittershausen.

Die Bauern erschraken nicht wenig beim Anblick des gewaltigen Sacks. Doch sie mußten gute Miene zum bösen Spiel machen und ihn füllen. Es schmerzte sie, ihr gutes Korn abgeben zu müssen. Noch mehr aber ärgerten sie sich darüber, daß der Lapp sie hereingelegt hatte, und sie beratschlagten, auf welche Weise sie nun wiederum den Grafen schädigen könnten.

Endlich kam ihnen ein glücklicher Einfall. Sie schickten eine Abordnung zu ihrem Herrn und trugen ihm untertänigst die Bitte vor, in seinen Waldungen einen Baum fällen zu dürfen, weil sie Holz zum Bau eines Gemeindestalles bräuchten. Dem Lapp schien der Wunsch angemessen, und er gab ihnen die Erlaubnis. Nun muß man aber wissen, daß die Wälder des Grafen recht weitläufig waren und sich bis zum Schwarzwald erstreckten. Im hintersten Winkel seines Besitztums fanden die Bauern eine Tanne, die höher und breiter als alle anderen war. Als sie den Baum gefällt hatten, schickten sie abermals eine Abordnung zum Grafen und baten, er möge ihnen gnädigst gestatten, einen Weg durch den dichten Wald anzulegen, damit sie den Baum heimführen könnten, und ihnen das wegzuräumende Holz zu überlassen. Nichts Arges denkend, willfahrte der Lapp auch diesem Wunsch.

Was aber taten die schlauen Bauern? Sie fuhren mit zwei Wagen zu jenem Platz und luden die riesige Tanne der Breite nach auf. Tage und Wochen dauerte es, bis sie alles Holz geschlagen und heimgeschafft hatten, das dem eigenartigen Transport im Wege war. Eine breite Schneise zog sich nun durch des Grafen Waldungen, und den Witterhausern war unbehaglich bei dem Gedanken, welchen Schaden sie dem Herrn angerichtet hatten. Sie fürchteten seinen Zorn, und weil sie so schlau waren, suchten sie den Grafen zu versöhnen und erklärten sich bereit, ihm und seinen Erben künftig die Kirchensteuer zu entrichten. Auch benahmen sie sich fortan respektvoller ihrem Herrn gegenüber und mieden den Beinamen »der Lapp«.

Am oberen Neckar

Die Schleiermadel

In Neckartenzlingen erzählt man sich, einst habe zum Pfarrhaus ein Stall gehört, in dem es nicht geheuer gewesen sei. Die Tiere erkrankten, wurden lahm, starben an seltsamen Leiden. Auch habe man jeden Morgen in der Dämmerung eine Frau aus dem Stall kommen und zur Erms hinuntergehen sehen, einen Kübel an der Hand, als ob sie etwas waschen wolle. Ihre Kleidung sei recht altertümlich gewesen, und weil ihr Gesicht stets von einem Schleier verhüllt war, hieß man sie die »Schleiermadel«.

Der Pfarrer gab nicht viel auf das Geschwätz der Leute, und weil er glaubte, die Krankheit der Tiere käme vom Salpeter im Erdreich, ließ er den Boden des Stalls umgraben. Da fand man in der Ecke des alten Gebäudes eine Schüssel mit einem kleinen Kindergerippe. Nun glaubte man zu wissen, wer die Schleiermadel war: eine frühere Pfarrmagd, die, um nicht in Schande zu kommen, einst ihr uneheliches Kind nach der Geburt umgebracht und heimlich hier verscharrt hatte.

Das Gerippe brachte man einstweilen in die Sakristei, und die Magd zeigte es bereitwillig allen, die den grausigen Fund sehen wollten. In der Nacht aber kam die Schleiermadel zu ihr in die Kammer und packte und schüttelte sie, daß die Bettlade krachte. Sonst geschah ihr kein Leid, und da die Frau sich nicht fürchtete, fuhr sie fort, das Kindergerippe zu zeigen.

Schließlich begrub man den Fund auf dem Friedhof. In der Nacht aber wachten die Pfarrleute auf, weil sich auf einmal die wohlverschlossene Tür öffnete und sie Geräusche vernahmen, als ob jemand auf ihr Bett zukrieche. Plötzlich spürte der Pfarrer, wie eine schwere Last auf ihn fiel. Er konnte sich nicht mehr rühren und stöhnte verzweifelt: »Pack dich, du verfluchte Seele, an den von deinem gerechten Richter bestimmten Ort!« Da ließ ihn die Last los, und er konnte wieder Atem holen.

Drei Tage später starb der Pfarrer. Die Schleiermadel aber wurde von Stund an nicht mehr gesehen.

Der Brezelmarkt von Altenriet

Einst lebte in Altenriet ein Bäckermeister, der sein Handwerk gut verstand. Seine Brote, Wecken und Kuchen wurden gerne gekauft, und selbst der Ritter auf der Burg Neuenriet freute sich an seinem wohlschmeckenden Backwerk.

Eines Tages aber drangen die Knechte des Burgherrn unverhofft in die Backstube. Und bald fanden sie, was sie suchten: In einem Winkel hatte der Meister ein Säcklein mit gemahlenem Kalk versteckt. Da half alles Leugnen nichts; er mußte zugeben, daß er seit einiger Zeit dem Mehl Kalk beigemischt hatte, um Kosten zu sparen. Die Knechte nahmen den Betrüger mit und brachten ihn ins Burgverlies.

Nun war die Sorge groß in der Familie des Bäckers, denn damals galten harte Strafen für solcherlei Vergehen. Man mußte damit rechnen, daß dem Vater die Hand abgehackt werde, daß er seine Arbeit aufgeben mußte oder mit Schmach und Schande fortgejagt werde. Die Frau des Bäckers bat darum den Ritter um Gnade, und die Altenrieter unterstützten sie und brachten vor, der Meister habe doch jahrelang fleißig und redlich zu aller Zufriedenheit seine Arbeit getan.

Da ließ der Herr den Übeltäter kommen und sprach: »Ich will Gnade vor Recht ergehen lassen, wenn du mir einen Kuchen bäckst, durch den dreimal die Sonne hindurchscheinen kann.« Man führte den Bäcker in seine Backstube, und da fand er, was er brauchte: Mehl und Milch, Schmalz und auch einige Eier. Unschlüssig ging er an die Arbeit, knetete den Teig und überlegte, wie er die schwere Aufgabe lösen könne: Ein Kuchen, durch den dreimal die Sonne scheint.

Als er sich in seiner Backstube umschaute und nachdenklich die Sonnenflecken auf dem Boden betrachtete, die durch die Fensterrahmung zustandekamen, hatte er plötzlich den rettenden Einfall. Er formte aus dem Teig eine Brezel, bestreute sie mit Salz und schob sie in den Ofen. Und siehe da, als er das knusprige Gebäck nach einer Weile wieder herausholte und ins Licht hielt, da schien die Sonne an drei Stellen hindurch!

Der Ritter lachte über den knitzen Einfall des Meisters, ließ sich die Brezel schmecken und schenkte dem Bäcker die Freiheit. Und weil das neue Gebäck bald überall bekannt und gerne gegessen wurde, gab er den Altenrietern die Erlaubnis, jedes Jahr am Palmsonntag einen Markt abzuhalten, auf dem nur Brezeln verkauft werden.

Eine andere Sage erzählt, zwei Altenrieter Kinder hätten sich einst am Palmsonntag um eine Brezel gestritten, seien dabei von der Brücke in den Neckar gestürzt und ertrunken. Damit man sich um das köstliche Backwerk fürderhin nicht mehr zu streiten brauche, habe der Ritter von Neuenriet den alljährlichen Brezelmarkt angeordnet. Ein Gedenkstein erinnert noch an das einstige Geschehnis.

Wie dem auch sei – der Brezelmarkt hat sich bis heute erhalten. Am Sonntag vor Ostern kommen Leute von nah und fern nach Altenriet. Auf einer Wiese im Gewann Grünschnabel werden in Körben Tausende von Brezeln angeboten und verkauft. Kehrt man dann zu einem Bier oder einem Glas guten Weins im nächsten Gasthof ein, so schmeckt das Gebäck noch besser.

So wurde Altenriet bekannt durch seinen Brezelmarkt, und es ist kein Wunder, daß das Ortswappen zwei Brezeln zeigt.

Die Wasserfräulein von Hammetweil

Am linken Ufer des Neckars, nahe bei Nürtingen, liegt das Hofgut Hammetweil. Dort stand in alten Zeiten ein Schloß. In der Nähe des Hofes sah man früher zuweilen zwei Wasserfräulein im Neckar baden, und manchmal vernahm man auch ihren Gesang über den Wellen. Die beiden waren scheu und versteckten sich meist, wenn sich Menschen näherten. Des Nachts aber kamen sie oft in die Wohnungen der umliegenden Dörfer.

Im nahegelegenen Walddorf hieß man sie Hochzeiterinnen, weil sie am Land stets weiß gekleidet gingen und Blumenkränze im Haar trugen. Sie waren klein und zierlich von Gestalt wie Kinder und hatten pechschwarze Haare. Ihre Füße

verbargen sie in Schuhen, denn diese glichen eher denen von Wasservögeln als denen von Menschen. Waren sie zu Gast bei den Bauern, so machten sie sich gerne nützlich, rührten den Teig und buken Brot, spannen Wolle und erledigten überhaupt alle Hausarbeiten so geschickt und schnell, daß man nur staunen konnte. Aber ansprechen durfte man sie nicht, sonst verschwanden sie. Deshalb kannte auch niemand ihre Namen. Ihre Wohnung, so sagte man, sei der Wasserfall im Märzenbach gewesen, nahe dessen Mündung in den Neckar. Dort hätten sie in der Weihnachtszeit oft Windeln im eiskalten Wasser gewaschen.

Nun wohnte in Mittelstadt ein Kelterknecht, ein junger und bescheidener Bursche. Mit dem traf eines der Fräulein des öfteren auf dem Felde zusammen und unterhielt sich mit ihm. Eines Tages sagte es zu dem Burschen: »Du bist der einzige Mensch, der mich erlösen könnte«, und als er es fragend anschaute, fuhr es fort: »Im Keller des Schlosses droben steht eine Truhe voller Gold. Auf ihr sitzt ein Pudel, der den Schatz bewacht. Tritt ohne Furcht hinzu, pack ihn und heb ihn weg, auch wenn er bellt und Feuer speit, denn dir kann er nichts anhaben. Hab auch keine Angst, wenn garstige Schlangen und Kröten an dir hinaufkriechen, dir auf die Schultern klettern und den Rücken hinabschlüpfen, denn wisse, ich bin es selbst, der dir in der Gestalt dieser Tiere erscheint. Wenn du all dies unerschrocken über dich ergehen läßt, so wird sich die Schatztruhe von selber auftun, und das Gold ist dein eigen. Mich aber hast du erlöst.«

So sprach das Fräulein zu dem Kelterknecht und begleitete ihn bis zur Mittelstädter Brücke. Dem Burschen aber graute vor den Gefahren, und er schüttelte nur immer den Kopf und murmelte: »Gott helf' dir, ich kann nicht.« Als das Wasserweib sah, daß all sein Bitten umsonst war, jammerte es und sprach: »Jetzt muß ich noch dreihundert Jahre warten.«

Da erhob sich ein gewaltiger Sturm, der das Wasser des Neckars aufwühlte, und das Fräulein verschwand in den Wellen. Der Kelterknecht aber kehrte ganz verstört nach Hause zurück. Von Stund an lag er krank zu Bett und blickte nur immer unverwandt hinüber zum Fluß, ob er das Fräulein sähe.

Die Wasserfräulein blieben verschwunden, und übers Jahr starb der Bursche. Als man den Sarg in die Erde senkte, habe man im Schilf jemanden bitter klagen hören.

Die goldene Kette

Um die Achalm, jenen Berg über der einstigen Reichsstadt Reutlingen, den Ludwig Finckh den schönsten auf Gottes Erdboden nennt, ranken sich mancherlei Sagen. Eine erzählt von einer goldenen Kette, die sich um ihren Fuß schlinge. Die Achalm sei nämlich einstens, so wird berichtet, der Wohnsitz Donars, des Wettergotts unserer Vorfahren, gewesen. Von ihrem Gipfel aus habe er gegen die heranziehenden Wolkenberge und Hagelriesen gekämpft, ihnen seine Blitze entgegengeschleudert und sie mit seinem Donnerwagen verfolgt.

Weil nun aber der Gott nicht immer auf seinem geliebten Berg weilen konnte, ließ er von kunstfertigen Zwergen eine riesige Kette aus vielen goldenen Gliedern schmieden und schlang sie um die Achalm. Ihr Zauber war so mächtig, daß hinfort Sturm und Hagel dem Lande fernblieben.

Noch heute sagen die Bauern und Weingärtner des Echaztals, wenn ein Unwetter heraufzieht und ihre Felder bedroht: »An der Achel wird sich das Wetter brechen und einen anderen Weg nehmen.« Lange Zeit glaubte man auch an die goldene Kette, und Bergleute trieben einmal beim Scheibengipfel einen Schacht in den Fels. Nach einiger Zeit fanden sie gelbglänzende Steine und freuten sich schon, Glieder jener Kette entdeckt zu haben. Doch bald stellte sich heraus, daß es nur

Schwefelkies war, was sie gefunden hatten, »Katzengold«, wie man das wertlose Mineral geringschätzig nannte. Die Grube wurde aufgegeben; aber heute noch nennt man den Ort das »Goldloch«.

Der Mann auf dem Rad

An einem Sommermorgen vor vielen hundert Jahren fanden Schnitter beim Wankheimer Wald auf dem Weg zu den Feldern einen Toten, einen Handwerksgesellen, der offensichtlich erschlagen und ausgeraubt worden war. Man brachte den Leichnam nach Tübingen in den Pfleghof, und es währte nicht lange, bis feststand, daß der Ermordete des Metzger Aiglers Sohn war. Der Bursche hatte lange in der Fremde geweilt und nun in das elterliche Haus zurückkehren wollen.

Die Bürger waren entsetzt über die grausige Tat, und jeder fragte sich, wer den Mord wohl begangen haben könnte. Bald ergab sich eine erste Spur: Ein Wirt aus Pfullingen, der an jenem Tag zufällig in Tübingen weilte, erkannte in dem Toten einen der Gäste, die tags zuvor bei ihm gezecht hatten. Er entsann sich auch, daß der Handwerksgesell nicht allein gekommen war, sondern in Begleitung eines anderen Burschen, und daß beide um die Mittagszeit weiterzogen, Reutlingen zu.

Man schickte einen Boten in die Nachbarschaft, der nachfragen sollte, ob Fremde eingekehrt wären und erfuhr, zu jener Zeit habe nur ein Handwerksbursche das Tor passiert, der junge Laiblin, eines angesehenen Gerbermeisters Sohn, der nach langer Wanderschaft heimgekommen sei. Als man daraufhin im Hause des Gerbers nachforschte, entdeckte man in des Burschen Stube ein fremdes Felleisen. Man öffnete es und fand darin den Gesellenbrief des Ermordeten neben einer größeren Summe Geldes.

Der junge Laiblin kam hinzu und wunderte sich zuerst, daß Fremde im Haus waren. Als der Tübinger Stadtbote berichtete, was seinem Reisegesellen zugestoßen war, erschrak er zutiefst, faßte sich aber bald und beteuerte, von dem Mord nichts zu wissen. Das Felleisen, so versicherte er, habe er nur mitgenommen, weil sein Kamerad zu müde gewesen sei, es selbst zu tragen. Jenen habe er ein Stück des Wegs begleitet, dann aber Abschied genommen, als sie einem Fuhrwerk begegneten, das nach Reutlingen unterwegs war und ihn mitnahm.

Man ließ den von Laiblin genannten Fuhrmann holen, und es zeigte sich, daß der Bursche die Wahrheit gesagt hatte. Auch erschien den Reutlingern unverständlich, daß einer aus solch wohlhabendem Hause eine solch schreckliche Tat begehen könnte, nur um sich Geld zu verschaffen. Die Tübinger indessen waren überzeugt, daß nur Laiblin der Mörder sein konnte und verlangten seine Auslieferung, um ihn vor Gericht zu bringen. Doch die Reichsstädter lehnten solcherlei Ansinnen mit Entschiedenheit ab. Sie waren von der Unschuld des Gerbersohns überzeugt, und Laiblin genoß in Reutlingen einen so guten Ruf, daß er im Jahr darauf sogar die schönste und reichste Jungfer der Stadt zur Frau gewann.

Dies wiederum mißfiel Jakob Frenz, einem Reutlinger Färber, der schon lange um das Mädchen geworben hatte und nun, zutiefst gekränkt, auf Rache sann. Da er wußte, daß die Tübinger beabsichtigten, Laiblin zu entführen, bot er ihnen seine Dienste an.

An einem Markttag brachte der Färber einen Wagen voll Stroh in die Reichsstadt. Er forderte aber für die Ware einen so hohen Preis, daß sich kein Käufer fand. Als es dunkel wurde, ließ er den Wagen in der Gasse vor dem Haus des Gerbers stehen. Unter dem Stroh hatten sich drei Tübinger Stadtknechte verborgen. Um Mitternacht, als alles schlief, krochen sie aus ihrem Versteck, schlichen sich, geführt von Frenz, in die Kammer des jungen Paares, knebelten und banden den Gerber und schleppten ihn unbemerkt aus dem Haus. Sie verbargen ihn unter dem Stroh, und als am Morgen die Stadttore geöffnet wurden, fuhr Frenz den Wagen hinaus und brachte ihn auf Umwegen nach Tübingen.

Dort warf man den Gefangenen in den Haspelturm, ein schreckliches Verlies droben auf der Burg. An einer Haspel wurde Laiblin in das Loch hinabgelassen. Zehn Tage ließ man ihn bei Wasser und Brot in dem kalten und finsteren Keller, und als man ihn endlich wieder heraufzog, war er fast blind von der langen Dunkelheit, stand zitternd und zu Tode erschöpft vor seinen Richtern, beteuerte aber aufs Entschiedenste seine Unschuld. Als man ihn fragte, wie er in den Besitz des Felleisens gekommen sei, berichtete er mit stockender Stimme, er habe Aigler bei Basel getroffen und sie seien dann gemeinsam weitergewandert, der Heimat zu. In Pfullingen hätten sie Abschied voneinander nehmen wollen, aber der sei ihnen so schwergefallen, daß Laiblin den Tübinger noch bis Wankheim begleitet hätte. Weil der Tag heiß gewesen sei, wären sie noch eingekehrt und hätten bis zum Abend gezecht. Als die beiden sich dann trennen wollten, sei sein Geselle doch etwas unsicher auf den Beinen gewesen, zumal jener ein schweres Felleisen schleppen mußte. Aus Mitleid habe er ihm deshalb das Bündel abgenommen und sich selbst aufgeladen, um es später nach Tübingen zu bringen. Ein anderer müsse den Metzgergesellen erschlagen haben.

Die Richter glaubten ihm kein Wort, steckten ihn wieder in den Haspelturm und folterten ihn schließlich so grausam, daß er zuletzt alles gestand, was man von ihm verlangte, um von seinen Qualen erlöst zu werden. Auch als Laiblin gleich danach widerrief, blieben die Richter bei ihrem Urteil: Er sollte enthauptet und sein Leib auf das Rad geflochten werden.

In Reutlingen hatte zunächst niemand etwas von der Entführung bemerkt. Laiblins Frau wunderte sich zwar, als sie an jenem Morgen erwachte und das Bett ihres Mannes leerfand, doch dachte sie, er sei in der Frühe mit den Knechten aufs Feld gegangen. Als er aber am Abend verschwunden blieb, begann sie sich zu ängstigen. Niemand jedoch ahnte, daß Laiblin mit Gewalt aus der Stadt gebracht worden war, denn die Tore waren bewacht und des Nachts verschlossen.

In Tübingen aber kannten nur die Richter und einige Stadtknechte die Herkunft des vermeintlichen Mörders, als das Volk in den Gassen zusammenströmte, um das grausige Schauspiel mitzuerleben. Auf dem Platz vor dem Bebenhäuser Hof hatte man das Blutgerüst aufgeschlagen. Das Malefizglöcklein läutete, und der Verurteilte wurde zum Schafott geführt. Keiner hätte den einst so lebensfrohen und stattlichen Burschen wiedererkannt, so sehr hatten die grausame Haft und die unmenschliche Folter seinen Leib zerstört. Wie ein Greis wankte Laiblin im Armesünderkittel durch das Spalier der Gaffer zum Richtplatz. Zufällig stand ein Reutlinger in der Gasse. Auch er erkannte den Unglücklichen nicht, doch jener sprach ihn im Vorbeigehen an und bat ihn flehentlich, denen daheim zu sagen, daß er gequält und gemartert worden sei und nun unschuldig einen grausamen Tod erleiden müsse. Bald darauf wurde das Urteil vollstreckt.

Bestürzt kehrte der Reutlinger in die Reichsstadt zurück und berichtete, was er gesehen und vernommen. Voller Empörung über das Vorgehen der Tübinger forderten daraufhin die Bürger Aufklärung und Genugtuung. Man übersandte ihnen das Geständnis des Verurteilten, doch gaben sie sich damit nicht zufrieden. Der Streit zwischen den Nachbarstädten zog sich lange Zeit hin.

Eines Nachts drangen einige Reutlinger Burschen unbemerkt in die Stadt Tübingen ein und holten die Gebeine Laiblins vom Rad. Sie steckten die Knochen in einen Sack und machten sich auf den Rückweg. Am Himmel zog ein schlimmes Wetter auf; Blitze zuckten, aber nicht der geringste Donner ließ sich vernehmen. Um jedem Verdacht zuvorzukommen, hatte sich auch der Färber Frenz, der Laiblin an die Tübinger verraten hatte, dem Zug angeschlossen. Den Sack mit den Gebeinen trug man abwechselnd, bald dieser, bald jener. Schließlich kam die Reihe auch an Frenz, gerade als man durch das Tübinger Tor in die Stadt wollte. Auf einmal zuckte ein greller Blitz nieder, ein gewaltiger Donnerschlag folgte, und Frenz stürzte zu Boden.

Man hob den Leblosen auf und brachte ihn in sein Haus. Erst nach Stunden kam er wieder zu Bewußtsein, aber es zeigte sich, daß seine rechte Seite gelähmt war. Auch als er sein Lager wieder verlassen konnte, verhielt er sich merkwürdig, irrte ruhelos durch die Stadt, und wenn er einen Ratsherrn traf, versuchte er, ihn anzusprechen. Seinem Gestammel schenkte man zunächst keine Beachtung. Als Frenz aber immer wieder und mit großer Beharrlichkeit sich Gehör zu verschaffen suchte, brachte man ihn zum Richter, und ihm gestand der Färber den üblen Verrat.

Zu jener Zeit lebte in Sulz am Neckar ein älterer Mann, den befiel plötzlich eine merkwürdige Krankheit. Er erblindete, schwarze Eiterbeulen bedeckten seinen Leib, er konnte nichts mehr zu sich nehmen und litt entsetzliche Schmerzen; aber er starb nicht. Seine Qualen waren so groß, daß er bat, man möge ihn töten, doch niemand wollte Hand an ihn legen. Schließlich kroch der Kranke mit letzter Kraft zum Fenster und stürzte sich in die Gasse hinunter. Er brach sich dabei mehrere Knochen; aber er starb nicht.

Da kam der Gedanke auf, der Unglückliche habe eine schwere Sünde begangen und dies in der Beichte verschwiegen. Als der Pfarrer ihm zuredete und ihn eindringlich bat, zu gestehen, begann jener zu stammeln, und je länger er sprach, desto klarer und verständlicher wurden seine Worte und desto deutlicher erschien das Bild einer furchtbaren Tat.

In der Mordnacht, so erzählte der Kranke, sei er im Wankheimer Wald einem jungen Burschen begegnet und habe gesehen, daß jener einen wohlgefüllten Geldgurt bei sich trug. Weil er selber aber tags zuvor seine ganze Barschaft in einem

Rottenburger Wirtshaus verspielt habe, wäre der Satan in ihn gefahren. Er sei dem Gesellen gefolgt und habe ihn hinterrücks niedergeschlagen. Der Bursche habe sich heftig gewehrt, doch er konnte ihm das Geld entreißen. Als er aber im Davonlaufen sich nochmals umwandte, da habe er gesehen, wie der Niedergeschlagene sich mühsam erhob und ihm nachtaumelte. »Meister Gemring aus Sulz«, rief der Verwunderte, »ich kenne Euch!« Wie vom Blitz getroffen sei er stehengeblieben. Wenn man den Beraubten fände, würde jener ihn anzeigen und an den Galgen bringen! Mit aller Kraft habe er sich nochmals auf den Gesellen geworfen und ihn geschlagen und gewürgt, bis jener sich nicht mehr rührte.

Als der Sulzer schließlich merkte, daß alles Leben aus dem Beraubten gewichen war, ließ er von ihm, irrte die ganze Nacht durch den Wald und kehrte anderntags in Tübingen ein. In der Herberge sprach man voller Empörung und Abscheu von der Mordtat, doch kein Verdacht fiel auf ihn, und er konnte unbehelligt nach Hause ziehen. In jener Stunde aber, als er von der Entführung und dem schrecklichen Ende Laiblins erfuhr, befiel ihn die Krankheit. Sein Weib und seine Kinder starben, er aber blieb allein in all seiner Qual.

Mit großer Bestürzung hatte der Pfarrer die Beichte des Mörders vernommen. Er betete mit ihm, und bald darauf verschied der Kranke. Der Rat der Stadt Sulz ließ das Geständnis niederschreiben und nach Tübingen und Reutlingen senden. Die Tübinger waren zutiefst betroffen, als sie erkannten, daß sie einen Unschuldigen gequält und getötet hatten, und schickten der Nachbarschaft einen »Bittgnadenbrief«. Zum Gedenken an die Tat ließen sie das Bild des aufs Rad geflochtenen Reutlingers in ein rundes Fenster an der Ostseite der Stiftskirche einfügen.

Herzog Ulrich und der Tübinger Weingärtner

Als Herzog Ulrich vor den Häschern des Schwäbischen Städtebundes durch sein verlorenes Land floh, traf er bei Tübingen auf dem Feld einen Weingärtner, der eben dabei war, mit seiner Familie das einfache Mittagsmahl, einen Erbsenbrei, zu verzehren. Der Herzog war andere Kost gewöhnt. Weil ihn aber der Hunger so sehr plagte, trat er bescheiden hinzu und grüßte. »Witt mithalta?« fragte der Alte. Der Herzog bejahte, und der Weingärtner meinte freundlich: »No lang halt zua!« Doch Ulrich schaute sich verlegen um, denn ihm fehlte ein Löffel. Darüber schmunzelte der Alte und sagte: »Guck, i mach dr oin!« Er nahm den Anschnitt vom Brotlaib, höhlte ihn aus und zeigte dem Herzog, wie man damit den Brei löffeln konnte. Der ließ es sich schmecken, und als die Schüssel leer war, aß er auch mit Behagen den Löffel auf, erkundigte sich beiläufig nach Namen und Herkunft des Mannes und nahm dankend Abschied.

Nach vielen Jahren, als der Herzog sein Land zurückgewonnen hatte, geschah es einmal, daß er, als er sich zu Tische setzte, den Löffel vermißte. Da erinnerte sich Ulrich an den Tübinger Weingärtner. Er schickte gleich einen Boten nach ihm mit dem Befehl, jener möge sich auf der Stelle im Stuttgarter Schloß einfinden. Der Alte erschrak und fürchtete das Schlimmste, denn der Landesfürst galt als ein gar strenger Herr.

Alles wunderte sich, als der einfache Bauer in den prächtigen Speisesaal geführt wurde und neben dem Herzog Platz nehmen mußte. Da saß er nun recht verlegen und starrte auf seinen Teller, während die Gesellschaft fröhlich schmauste. »Warum ißt du nicht?« fragte schließlich der Herzog, und der Alte gestand, ihm fehle der Löffel. »Kannst du keinen machen?« herrschte Ulrich ihn daraufhin an, ließ sich vom Brotlaib den Anschnitt geben, höhlte ihn aus und reichte ihn dem Verdutzten. Da erst merkte jener, wen er einst zu Gast gehabt und sagte: »Also Ihr send's domols gwea, Herr Herzig!« Lachend bejahte Ulrich, beschenkte den Weingärtner reichlich und gewährte ihm und seinen Nachkommen Befreiung von Steuern und Lasten.

Der Bauer von Hagelloch

Herzog Ulrich war einst im Schönbuch zwischen Bebenhausen und Hagelloch auf der Jagd. Er hatte den ganzen Tag den Wald durchstreift, ohne auf Wild zu treffen. Als er gegen Abend durch eine abgelegene Waldschlucht ritt, brach plötzlich ein Hirsch aus dem Unterholz. Der Herzog jagte dem flüchtigen Tier nach, geriet dabei aber immer tiefer in das Dickicht des Waldes. Als die Nacht hereinbrach, verlor er die Fährte des Wildes. Schließlich gab Ulrich die Verfolgung auf und schaute sich nach seinem Jagdgefolge um, doch die Hofleute und Gäste waren weit zurückgeblieben und hatten ihn aus den Augen verloren. Als sie auf ihr Rufen und ihre Hornsignale keine Antwort erhielten, glaubten sie, der Herzog sei nach seinem Schloß Bebenhausen geritten und sorgten sich nicht weiter um ihn.

Ulrich irrte indessen stundenlang durch den dichten Tann und wußte in der Finsternis nicht, wo er sich befand. Endlich erblickte er in der Ferne einen schwachen Lichtschein, ritt darauf zu und kam zu einem Bauernhaus, das zu dem Dörflein Hagelloch gehörte. Er klopfte an die Tür. Der Bauer wunderte sich über den späten Gast und fragte nach seinem Begehr. »Ich kenne hier weder Weg noch Steg; geleitet mich nach Bebenhausen. Ich will Euch den Dienst lohnen«, sagte der Herzog, als er erfahren hatte, wo er sich befand. Der Bauer glaubte, einen Reitknecht vor sich zu haben und brummte ärgerlich: »Nur gemach! Ihr Gesellen meint, wenn ihr ruft, müsse unsereins gleich springen. Meine Suppe steht auf dem Tisch. Wenn Ihr warten wollt, bis ich gegessen habe, so will ich Euch den Weg weisen.« Der Herzog meinte, ihm wär's recht so und setzte sich derweil auf die Bank vor dem Haus.

Als der Bauer sein Nachtmahl schließlich beendet hatte, zog er den Kittel an und holte den Marktstecken hinter dem Ofen hervor. Sein Weib leuchtete ihm vor die Tür. Der Bauer musterte den Fremden mißtrauisch und kehrte daraufhin in die Stube zurück, um statt des Steckens seinen Spieß mit auf den Weg zu nehmen. »Euch Gesellen ist nicht immer zu trauen«, sagte er, nahm des Herzogs Pferd am Zügel und führte es auf sicherem Steg durch den finsteren Wald.

Unterwegs fragte Ulrich den Bauern mancherlei, etwa, was man so halte von den Jägern und Amtsleuten des Herzogs, und jener antwortete, wie's ihm ums Herz war, lobte den und schimpfte über jenen.

Im Gespräch kamen die beiden auf eine Höhe, die »Meder« heißt. Von dort aus erblickten sie den Schein vieler Fackeln und Laternen und vernahmen die Rufe des Jagdgefolges, das auf der Waldlichtung sein Lager aufgeschlagen hatte. Der Herzog wußte gleich Bescheid, ließ sich aber vor dem Bauern nichts anmerken und gab sich genau so verwundert wie jener, der meinte, Gespenster oder gar das Muotesheer vor sich zu haben. Der Hagellocher bekam es mit der Angst zu tun und wäre am liebsten davongelaufen, doch der Herzog ermahnte ihn, er solle bleiben, ihm werde kein Leid widerfahren. Als aber die tanzenden Lichter immer näher kamen und der Lärm immer lauter wurde, zitterte und bebte der Bauer an allen Gliedern und wollte Reißaus nehmen, und nur die Drohung des Herzogs, er werde ihm eine Kugel durch den Kopf jagen, wenn er die Zügel seines Pferdes losließe, hielt ihn zurück.

Schließlich griff Ulrich nach seinem Jagdhorn und begann zu blasen, und voller Entsetzen nahm der Bauer wahr, daß dem Ruf von allen Seiten geantwortet wurde. Er meinte nun nichts anderes, als daß der Fremde der Anführer des Geistervolks wäre und glaubte, sein letztes Stündlein habe geschlagen. Inzwischen aber waren die Hofleute herbeigelaufen, umringten den Herzog voller Freude und fragten nach seinem Verbleib. Der Hagellocher traute seinen Ohren nicht, als sie seinen Weggefährten »Gnädiger Herzog« nannten. Ihm wurde angst und bange, denn er dachte daran, wie er den Herrn vor seinem Haus hatte warten lassen, und daß er auf seine Fragen recht deutlich die Wahrheit gesagte hatte. Wieder wollte er sich heimlich in die Büsche schlagen, aber Ulrich redete ihm freundlich zu und verlangte, von ihm wie abgesprochen nach Bebenhausen geführt zu werden.

Dort durfte der Bauer neben dem Herzog an der Tafel sitzen, und Ulrich gebot seinen Edelleuten, ihn zu behandeln wie ihresgleichen. Die Diener bewirteten ihn mit Wildbret und Wein, und als er anderntags wieder heimziehen wollte, schenkte ihm der Herzog einen Beutel voll Dukaten als Botenlohn.

Der Käsperle von Gomaringen

Nahe bei Gomaringen stand einst ein altes Bauernhaus, Aunaut (Unnot) genannt. Darin spukte ein recht boshafter Kobold, der Kaspar oder Käsperle. Er zeigte sich vornehm gekleidet, trug eine weiße Zipfelmütze, weiße Strümpfe und Schnallenschuhe. Auch hatte er meist eine Tabakspfeife im Mund.

Zu Lebzeiten war der Kasper Vogt in Gomaringen gewesen. Weil er aber die Gemeinde um Ländereien betrogen und viel

Böses getan hatte, mußte er nach seinem gewaltsamen Tod als Geist umgehen. Manchmal klopfte und polterte er des Nachts im ganzen Haus herum, so daß keiner schlafen konnte. Schließlich wollte niemand mehr in der Aunaut wohnen, und man überließ die Hütte einem armen Schreiner, der mit seiner Familie sonst keine Bleibe hatte. Als dessen Frau niederkam, zeigte sich der Geist besonders unruhig, nahm der Mutter oft das Kind weg und legte es unters Bett, tat ihm aber nichts zuleide.

Am schlimmsten trieb es der Käsperle in der Weihnachtszeit. Da tobte er im Haus herum, sprang in der Viehkrippe hin und her, daß die Kühe vor Angst brüllten, band das Vieh los und gebärdete sich wie toll, bis der Hausherr rief: »Jetz bisch aber still!« Dann war eine Weile Ruhe; bald aber fuhr der Kobold fort mit seinen Bosheiten. Manchmal streifte er auch auf dem Feld umher, klopfte an einem Markstein herum, den er wahrscheinlich zu Lebzeiten versetzt hatte, und begegnete ihm einer, so hielt er ganz artig seine Schnupftabaksdose hin. Griff jener aber zu, um eine Prise zu nehmen, dann zog er sie schnell zurück und lachte den Betrogenen aus.

Endlich wurde das Spukhaus abgebrochen, um dem Poltergeist seine Heimstatt zu nehmen. Manche Bretter und Balken waren noch recht gut erhalten und konnten als Bauholz verwendet werden. Deshalb brachte man sie auf Wagen zu einem Neubau mitten im Dorf. Alles ging gut, bis man die letzte Fuhre aufgeladen hatte. Da saß auf einmal der Käsperle obendrauf, zog an seiner Pfeife und grinste hämisch auf die Fuhrleute hinunter. Niemand wagte abzuladen, bis endlich der Geist verschwunden war.

Doch wie erschraken die Leute, die das neue Haus bezogen, als sie merkten, daß sich der Käsperle auch dort eingestellt hatte und sein Unwesen trieb! Schließlich öffnete man das Grab des Vogts und fand die blutige Leiche völlig unverwest im Sarge liegen. Man bestattete sie an einem andern Ort, und seitdem läßt der Käsperle die Gomaringer unbehelligt.

Die Gründung der Wurmlinger Kapelle

Vor mehr als tausend Jahren lebte in Calw ein Graf namens Anselm, der reich an Geld und Besitz war. Auf seinen Kriegsfahrten war er bis ins Heilige Land gekommen, doch als er den Tod nahen fühlte, kehrte er in seine Heimat zurück, um dort begraben zu werden. Den Ort seiner ewigen Ruhe sollte aber Gott selbst bestimmen. Deshalb gebot der Graf, seinen Leichnam in einen schwarzen Sarg zu betten und auf einen schwarzen Wagen zu laden, vor den zwei schwarze Ochsen gespannt werden sollten, die zuvor noch nie unter dem Joch gegangen waren. Kein Fuhrmann sollte sie leiten, und man sollte den Tieren freien Lauf lassen. Dort, wo sie anhielten, wolle er begraben sein.

Als Graf Anselm gestorben war, taten seine Diener, wie er sie geheißen, und die beiden Ochsen zogen den Totenwagen durch die Täler und Wälder, über Felder und Berge den weiten Weg bis hinauf zu dem Hügel bei Wurmlingen, von dem aus man hinabblicken kann ins gesegnete Neckartal. Dort blieben die Tiere stehen, und die Knechte, die dem Gefährt gefolgt waren, hoben eine Grube aus und bestatteten ihren Herrn auf dem Gipfel des Bergleins.

Später baute man über dem Grab des Grafen eine Kapelle und weihte sie dem heiligen Remigius. Als das Kirchlein im Dreißigjährigen Krieg von den Schweden niedergebrannt wurde, erstellte man es Jahre danach wieder am gleichen Ort.

Ein alter Brauch soll auch dem Geheiß des Grafen entsprechen: Alljährlich am Stiftungstag des Kirchleins wird in der Kapelle eine heilige Messe gelesen, an der die Geistlichen der Umgebung teilnehmen. Anschließend gibt es einen großen Festschmaus, und auch die Armen und Kranken, die an jenem Tag auf den Berg kommen, dürfen mithalten. Graf Anselm soll angeordnet haben, daß nur der unter seinen Nachkommen diesen Brauch aufheben dürfe, dem es gelänge, auf einem Pferd sitzend einen Kieselstein über die Turmspitze des Kirchleins zu werfen. Der Stiftungstag wird heute noch gefeiert.

Die Schlangenkönigin

In Wurmlingen bei Tübingen stand einst ein Schloß, das dem edlen Herrn von Megenzer gehörte. Zu dem Anwesen zählte auch eine Meierei. Das Schloß wurde später abgebrochen, der Meierhof aber kam an einen Bauern, der Hölle hieß. Dieser besaß auch den großen Keller, der vom Schloß übriggeblieben war. In dem kühlen Raum wurde im Sommer die Milch aufbewahrt.

Nun geschah es, daß ständig der Rahm in den Kannen fehlte, und niemand wußte, wer schuld daran war. Um den Übeltäter zu ermitteln, legte sich eines Nachts eine Magd auf die Lauer. Plötzlich sah sie eine Schlange aus einem Spalt des Gewölbes kriechen und sich über den süßen Rahm hermachen.

Ein altes Kräuterweib riet dem Bauern, das Tier nur ja in Ruhe zu lassen und ihm täglich ein Schüsselchen frischer Milch hinzustellen. Der Meier tat nach seinem Geheiß, und fortan trank die Schlange die Milch aus der Schüssel und ließ den Rahm in den Kannen unberührt.

Eines Tages spielten Kinder auf den Stufen, die vom Hof zur Kellertür hinabführten. Da fanden sie mehrere Topfscherben, und weil diese so schön glänzten, schoben sie einige davon in die Tasche und nahmen sie mit nach Hause. Als aber die Kinder anderntags ihre Kleider wieder anziehen wollten, hörte die Mutter, daß in den Taschen Geld klimperte. Sie griff hinein und zog lauter glänzende Silberstücke hervor, die seltsamerweise nicht rund, sondern drei- oder viereckig waren. Die Mutter fragte, von wem sie das merkwürdige Geld bekommen hätten, und die Kinder erzählten von den Scherben, die vor der Kellertür lagen. Darauf ließ sich die Mutter den Platz zeigen, aber die restlichen Scherben waren verschwunden.

Einige Zeit danach entdeckte man die Schlange wieder im Keller. Diesmal trug sie ein winziges goldenes Krönlein, und als die Leute herzuliefen, um die Erscheinung zu bestaunen, kroch das Tier vom einen zum andern, als ob es jedem die Krone anbieten wolle. Aber keiner traute sich, sie anzurühren. Da zog sich die Schlange in ihr Loch zurück.

Sie zeigte sich später noch öfters, aber ohne Krone, gebärdete sich ganz wild, fuhr wie der Blitz im Keller herum und zischte fürchterlich. Hätten die Kinder alle Scherben aufgelesen und hätte man der Schlange später die Goldkrone abgenommen, so wäre jener Geist erlöst gewesen, meinten danach die Leute.

Das Singental

Eine Talsenke mitten im waldigen Bergland südlich von Rottenburg und Tübingen heißt »Singental«. Die Sage erzählt, wie jene Landschaft zu diesem eigentümlichen Namen kam.

Ein Graf von Hohenberg jagte einst in den Wäldern des Rammert, die zu seinem weitläufigen Besitz gehörten. Wie er nun einem Hirsch nachstellte, vernahm er auf einmal in der Ferne eine Stimme, die klang so schön, daß er ergriffen innehielt, dem Lied zu lauschen. Als der Gesang endete, stieg er vom Pferd und bahnte sich eilends einen Weg durch das

Dickicht, um nach der Sängerin zu suchen. Auf einer Lichtung mitten im dunklen Tann fand er bald ein Bauernmädchen, das Beeren suchte.

Das Kind erschrak, als es den Fremden aus dem Gebüsch treten sah, und wollte davonlaufen. Der Graf aber redete es freundlich an, fragte das Mädchen, ob das Lied von ihm stamme, das er eben gehört, und als es verschämt nickte, bat er die Beerensammlerin, ihrem Gesang weiterhin lauschen zu dürfen. Das Mädchen wunderte sich erst über den Wunsch des Herrn, aber dann verlor es alle Scheu und stimmte ein neues Lied an. Die Weise gefiel dem Grafen so sehr, daß er beschloß, der Sängerin eine besondere Gnade zu erweisen. »Stell dich unter jene Birke und sing dein Lied noch einmal!« sagte er. »So weit deine Stimme reicht, soll alles Land künftig dein eigen sein.«

Das Mädchen erfüllte gern die Bitte des Grafen, und sein Lied schwang sich rein und klar über die Lichtung und die Wipfel der Bäume hinweg, bis es sich in der Ferne verlor. So bekam es das ganze schöne Waldstück zu eigen, und zur Bestätigung der Schenkung reichte der Graf dem Kinde seinen Siegelring als Pfand.

Die Teufelsglocke

Der Bauer Wendlein aus Rottenburg war ein recht frommer Mann. Wenn er seinen Acker pflügte und das Glöcklein der nahen Sülchenkirche zur Messe rief, so ließ er die Arbeit ruhen und begab sich in das Gotteshaus. Kehrte er danach aber wieder auf sein Feld zurück, dann merkte er, daß während seiner Abwesenheit ein anderer für ihn gepflügt hatte, und er glaubte, niemand anderes als ein Engel könnte dies gewesen sein. Aus Dankbarkeit beschloß Wendelin daher, an dem Platz ein Kirchlein zu bauen und es dem heiligen Theoderich zu weihen. Jene Kapelle, die »Todris«, wie sie die Leute nennen, steht heute noch an der Straße von Rottenburg nach Seebronn und Wendelsheim.

Als nun das Kirchlein samt dem Glockenturm fertig war, reichte dem Bauern das Geld nicht mehr für eine Glocke, und er war darüber sehr traurig. Eines Nachts aber erschien der Teufel bei ihm in der Schlafkammer und erbot sich, eine Glocke aus der heiligen Stadt Rom zu beschaffen. Wendelin hatte gleich gemerkt, wer da bei ihm zu Gast war, und fragte nach dem Preis. Da wurde der Teufel verlegen und sagte schließlich, die erste Seele, die aus der neugeweihten Kapelle komme, müsse ihm gehören. Der Bauer besann sich und willigte endlich ein unter der Bedingung, daß der Teufel die Glocke im Turm aufzuhängen habe, ehe die erste heilige Messe in dem Kirchlein zu Ende sei.

Wie der Blitz fuhr daraufhin Satan durch die Lüfte davon, der Heiligen Stadt zu. Wendelin aber ging eilends zum Pfarrer und bat ihn inständig, doch schnell zur »Todris« zu kommen und eine Messe zu lesen. Als Luzifer auf dem Rückweg von Rom über den Bodensee flog, entriß ihm Petrus die geraubte Glocke und warf sie dort in den See, wo er am tiefsten ist. Der Teufel stürzte seiner Beute nach und wühlte dabei das Wasser so heftig auf, daß es ganz trübe wurde. Schließlich erkannte er, daß alles Suchen vergeblich war, flog hinüber zum nahen Ravensburg und stahl dort die Glocke vom Mehlsackturm, um sie eilends nach Rottenburg zu tragen.

Als er aber dort ankam, war die Messe längst zu Ende. Da ärgerte sich der Teufel und schleuderte die Glocke so heftig gegen den Giebel des Kirchleins, daß sie einen Sprung bekam. Lauscht man ihrem Geläut, so kann man es deutlich vernehmen.

Das Muttergottesbild im Weggental

An jenem Ort, wo heute die Wallfahrtskirche im Weggental bei Rottenburg steht, befand sich einst ein Bildstöcklein mit einem Muttergottesbild. Als nun einmal ein Remmingsheimer Bauer auf dem Heimweg vom Rottenburger Markt an dem Platz vorbeikam, fiel ihm ein, daß er vergessen hatte, seinen Kindern ein Spielzeug mitzubringen. Das kleine Bildwerk stach ihm ins Auge, und als er sich vergewissert hatte, daß niemand des Wegs kam, griff er zu und steckte es in seinen Sack. Wie er aber daheim seine »Marktkromet« hervorholen und den Kindern zeigen wollte, da war der Sack leer.

Der Bauer glaubte, er hätte die Figur unterwegs verloren. Als er aber ein paar Tage später wieder nach Rottenburg mußte und an dem Bildstock vorbeikam, da sah er zu seiner Verwunderung das Bildnis am alten Platz stehen. »Sicher hat's einer gefunden und zurückgebracht«, dachte er, nahm das Schnitzwerk von der steinernen Säule und trug es behutsam heim. Als er jedoch anderntags danach schaute, war die Figur abermals verschwunden, und niemand konnte über ihren Verbleib Auskunft geben.

Es ärgerte den Bauern, daß ihm einer einen Streich gespielt hatte, und er gedachte, die Sache, die er sich einmal in den Kopf gesetzt, geschickter anzufangen. Also lud er eine Truhe auf seinen Wagen, fuhr das Weggental hinunter und fand auch wirklich das Bildnis wieder an seinem angestammten Platz. »Wart, ich will dir das Austreiben verleiden! Wir wollen doch sehen, wer von uns beiden der Stärkere ist!« brummte er, legte die Schnitzerei in die Truhe, schloß diese zu und verwahrte den Schlüssel sorgfältig in seiner Tasche.

Anderntags, als er die Truhe öffnete, war sie leer, und als er das Weggental hinablief, um nach dem Bildstock zu schauen, da fand er die Muttergottes abermals auf der steinernen Säule.

Da erst erkannte er seinen Frevel, und voller Reue und Scham machte er sich auf den Heimweg. Erst viel später fand er den Mut, Freunden und Nachbarn zu erzählen, was er erlebt hatte. Jene berichteten es weiter, und bald war die wunderliche Geschichte in der ganzen Gegend bekannt. Viele Leute kamen zu dem Heiligenbild, um es zu betrachten und vor ihm zu beten, und schließlich baute man an jener Stelle im Weggental zu Ehren der Muttergottes eine Wallfahrtskirche.

Der Teufel und die Tänzerin

In Weitingen bei Horb lebte einst ein Bauernmädchen, das war schön, aber bettelarm. Wenn die Töchter der reichen Bauern am Sonntag ins Wirtshaus zum Tanz gingen, blieb es daheim, denn es schämte sich seines armseligen Gewands. Der Verzicht fiel dem Mädchen um so schwerer, weil es den Sohn des Wirts, einen schmucken Burschen, von Herzen liebhatte.

Als die Jungfer eines Nachts wieder einmal in ihrer Kammer lag und den Klängen der Geigen und Schalmeien lauschte, die der Wind vom Wirtshaus herübertrug, und als sie sich ausdachte, wie schön es wäre, im Arme des Liebsten den Reigen zu tanzen, da trat auf einmal der Teufel zu ihr und sprach: »Ich kann dir helfen, deine Wünsche zu erfüllen, wenn du mir deine Seele dafür verschreibst.« Sie erschrak, aber dann dachte sie bei sich: »Wozu sich vor der Hölle fürchten, wenn man den Himmel auf Erden hat?« und willigte ein.

Darauf gebot ihr der Böse, ohne alle Scheu sich ins Wirtshaus zu begeben. Die Jungfer tat, wie ihr geheißen, und als sie zu den anderen Tänzerinnen trat, da übersah jeder, der sie erblickte, ihre ärmliche Kleidung, so voller Liebreiz und Anmut war sie. Alle Burschen wollten mit ihr tanzen. Am eifrigsten aber warb der Sohn des Wirts um ihre Gunst, und als die beiden über die Tanzfläche wirbelten, da glaubte jeder, kein schöneres Paar je gesehen zu haben.

Fortan war der Wirtssohn wie verzaubert. Tag für Tag besuchte er seine Liebste, und übers Jahr feierten die beiden Hochzeit. Nun war aus dem armen Bauernmädchen eine reiche Wirtin geworden. Sie versah ihre Arbeit mit Umsicht und Fleiß, gab sich jedermann freundlich und war ihrem Mann ein treues und liebevolles Eheweib.

Die Jahre gingen hin, und die Wirtin vergaß allmählich die Abmachung, die sie einst mit dem Bösen getroffen hatte. Eines Tages aber hielt ein Wagen vor dem Gasthaus, der von kohlschwarzen Rappen gezogen wurde. Zwei merkwürdig gekleidete Herren stiegen aus, betraten die Gaststube und forderten von der Wirtin zu trinken. Der Frau waren die Fremden unheimlich, aber sie mußte gehorchen und konnte sich auch nicht widersetzen, als jene verlangten, sie solle zwischen ihnen Platz nehmen. Auf einmal aber merkte sie, daß sie nicht mehr loskommen konnte und erkannte voller Entsetzen in dem einen der Gäste den Teufel, dem sie einst ihre Seele versprochen.

Nun glaubte sie, ihr letztes Stündlein habe geschlagen. In ihrer Not rief sie ihren Mann und bat ihn, einen Pater zu holen. Der Wirt ritt eilends nach Hechingen und brachte einen Kapuziner herbei. Der zwang den Teufel, den Vertrag herauszugeben und in die Hölle zu fahren. In seiner Wut nahm Satan mit seinem Gesellen den Weg durchs Fenster und riß dabei eine Hauswand mit sich fort. Lange noch nach dem Verschwinden der beiden höllischen Gäste stank es im ganzen Haus nach Pech und Schwefel.

Die Wirtsleute aber lebten noch viele Jahre glücklich und zufrieden miteinander. Weil ihre Liebe so stark gewesen sei, sagten die Leute, habe Gott ihnen geholfen.

Der Esel auf der Rottweiler Stadtfahne

Als Rottweil noch Freie Reichsstadt war, fanden Bürger einmal auf dem Feld einen großen Kürbis. Sie bestaunten lange das seltsame Ding und meinten schließlich, es könne nur ein Ei sein. Sorgfältig brachten sie es in die Stadt. Wer aber sollte nun das Riesenei ausbrüten? Niemand anders als der Bürgermeister selber, denn die vielen Ratssitzungen hatten ihm das breiteste Hinterteil beschert!

Etwas widerstrebend setzte sich der hohe Herr auf den Kürbis. »Gut Ding will lang Weil!« dachten die Leute, nachdem eine Woche verstrichen war und sich im »Ei« immer noch nichts rührte. Als der Bürgermeister aber einen ganzen Monat lang auf dem Fundstück gehockt war und nichts zuwege gebracht hatte, wurde man mißtrauisch und schaute nach. Da zeigte es sich, daß das »Ei« weich geworden war und zu stinken begann.

Ein faules »Ei« wollten die Rottweiler nicht in ihrer Stadt haben, also warfen sie es kurzerhand über die Stadtmauer. Wie nun der Kürbis in den Stadtgraben fiel und zerplatzte, da sprang ein Hase, der dort geschlafen hatte, erschrocken auf und hoppelte eilends davon. Die Rottweiler glaubten, das Tierlein sei aus dem »Ei« geschlüpft und riefen: »Da schaut, einen kleinen Esel hat der Bürgermeister ausgebrütet!«

Seitdem tragen die Rottweiler den Spottnamen »Esel«. Als ein Maler einst den Auftrag erhielt, die Stadtfahne mit der »Flucht nach Ägypten« zu bemalen, tat er dies mit aller Sorgfalt und Geschicklichkeit, und die Rottweiler waren's zufrieden. Weil der Mann aber ein Spaßvogel war, hatte er den heiligen Josef, die Gottesmutter und das Kind mit auswaschbaren Wasserfarben gemalt und nur das Grautier mit Ölfarben. Als dann bei einer Prozession ein heftiger Platzregen das Fahnentuch durchnäßte, blieb von dem Bild zum Ärger der Rottweiler nichts übrig als der Esel.

Donautal und Oberschwaben
SCIVI
J. BURZIK · 87

Die vergessene Rose

Einst wollte ein armer Student der Welt für immer entsagen und Franziskanermönch werden. Da er aber nicht einmal die fünfzig Gulden aufbringen konnte, welche eine Kutte kostete, nahm man ihn im Kloster nicht auf. In seiner Not wandte er sich an ein wundertätiges Muttergottesbild und bat um Trost und Hilfe.

In der Nacht erschien dem Burschen die heilige Jungfrau im Traum und riet ihm, hinauszugehen ins Donaumoos bei Lauingen. Dort träfe er einen Hirtenjungen mit einer Rose in der Hand. Mit dieser Blume könne er eine Erdhöhle finden und aufschließen. Tue er dann das Rechte, so werde das Glück mit ihm sein. Nur dürfe er nichts mit Gewalt erreichen wollen, sondern solle in allem ein Geschenk Gottes erkennen.

Anderntags tat der Student, wie ihm geheißen. Er traf den Knaben mit der Blume. Doch so sehr er auch bat und flehte, der Junge weigerte sich, die Rose herauszugeben. Schon wollte er sie dem Schäfer entreißen, da kam ihm die Mahnung der Gottesmutter in den Sinn. Und als er innehielt und voller Staunen bemerkte, wie schön die Blume war, da lag sie plötzlich in seinen Händen.

Alsbald entdeckte er auch eine verborgene Höhle, die mit einer schweren Eisentür verschlossen war. Dreimal berührte er mit der Rose das Schloß, wie die Gottesmutter ihn geheißen, da sprang es auf und gab ihm den Weg frei in einen langen finsteren Gang. Auf einmal fing die Blüte an zu strahlen, und in ihrem Licht konnte er sich vorwärtstasten.

Bald stand er in einem Saal, an dessen Wänden Waffen und Rüstungen hingen, blitzende Schwerter, eherne Schilde, Helme und Panzer. Er nahm ein Schwert, prüfte es und erwog, ob er sich mit seiner Hilfe irdische Reichtümer erkämpfen könnte, da glaubte er eine Stimme zu vernehmen, die sprach: »Vergiß das Beste nicht!« Nun erst bemerkte er, daß er die

Rose beiseite gelegt hatte. Er nahm sie wieder auf und ließ sich von ihrem Schein in einen zweiten Saal führen, in dem Truhen voll Silber und Gold standen. Rasch griff er hinein und füllte seine Taschen mit Dukaten. Als er sich zum Gehen wandte, hörte er abermals die mahnende Stimme.

»Was kann es Besseres geben als Gold?« dachte er, doch er leerte die Taschen wieder und fand einen dritten Saal, dessen Wände waren voller Edelsteine. Smaragde und Rubine, Opale und Aquamarine strahlten und leuchteten im Licht der Rosenblüte. Unermeßliche Reichtümer boten sich ihm, und wie von Sinnen griff er zu und stopfte in die Taschen, was sie zu fassen vermochten.

Wie er aber dem Ausgang zustrebte, hörte er wieder die seltsame Mahnung: »Vergiß das Beste nicht!« – »Was kann es Wertvolleres geben als Edelsteine?« rief er und stürzte ins Freie. Erst als die Eisentür krachend hinter ihm zuschlug, vermißte er die Rose. Er wollte umkehren und sie holen, aber die Tür war verschlossen, und so sehr er auch rüttelte und dagegenhämmerte, sie tat sich nicht mehr auf.

»Auf die Rose kann ich verzichten bei all dem Reichtum, den ich nun besitze«, tröstete er sich und begab sich zum nächsten Goldschmied, um einen der Edelsteine zu verkaufen. Doch sogleich wurde er festgenommen und in den Turm geworfen. Da half alles Beteuern nichts; jedermann glaubte, er habe den Schatz geraubt, den man bei ihm fand, und das Gericht verurteilte ihn zum Tode.

In der Nacht vor der Hinrichtung erschien ihm im Traum wiederum die Gottesmutter, das Haupt mit einem schwarzen Schleier verhüllt, und sagte traurig: »Du hattest die Rose in Händen, die dich zu Schönerem und Wertvollerem als zu irdischem Reichtum hätte leiten können. Weil du sie vergessen und verloren hast, bist du schuldig geworden und mußt mit dem Tode büßen.« Als der Henker kam, den Studenten zum Richtplatz zu holen, folgte jener ohne Widerstand und schwieg auch stille, als das Schwert herniedersauste.

Der Schuster von Lauingen

Als einstens die Ungarn in unser Land einfielen, sammelte Kaiser Konrad ein Heer und zog den räuberischen Horden entgegen. Bei Lauingen in den Donauniederungen kam es zur Schlacht. Doch die Nacht brach ein, und der Kampf war noch nicht entschieden. Um weiteres Blutvergießen zu vermeiden, kam man überein, am anderen Morgen durch einen Zweikampf den Sieger zu ermitteln. Die beiden besten Kämpfer sollten gegeneinander antreten.

Der Kaiser wählte den Herrn von Calatin, einen tapferen und erfahrenen Streiter. Die ganze Nacht bereitete sich der Ritter auf den Zweikampf vor, denn an ihm lag es nun, das Vaterland von den Eindringlingen zu befreien. Er flehte zu Gott um Hilfe und Beistand. Während er betete, wurde ihm gemeldet, ein Fremder wolle ihn sprechen, und als der Ritter den Unbekannten nach seinem Begehr fragte, sagte jener: »Es ist Gottes Wille, daß nicht du morgen kämpfst, sondern der Schuhmacher von Lauingen die Sache des Kaisers vertritt.«

Darüber wunderte sich Calatin und glaubte zuerst, der Bote wäre ein Abgesandter der Ungarn. »In Schimpf und Schande würde ich kommen«, sprach er, »wenn ich meinem Kaiser diesen Dienst verweigerte und ihm riete, einen Schuster zu schicken, der keine Übung im Waffenhandwerk hat.« Schon wollte er die Wache rufen, da sagte der Fremde: »Ich bin Georg, der Kämpfer Christi, von Gott gesandt, dein Vaterland von den Ungläubigen zu befreien. Zum Zeichen, daß ich die Wahrheit spreche, nimm hier meinen Daumen!« Und der Unbekannte löste den Finger von der Hand, wie wenn man einen Handschuh auszieht, und reichte ihn dem Ritter.

Der eilte sogleich zum Kaiser und berichtete, was sich zugetragen. Man schickte nach Lauingen und holte den Schuhmacher herbei. Als der Morgen graute, stellten sich die beiden

Krieger zum Kampf. Der Ungar, geschmeidig wie eine Katze, griff an und suchte mit seinem Säbel das ungeschützte Haupt des Schusters zu treffen. Aber es schien, als ob eine unsichtbare Hand die wohlgezielten Hiebe abwehrte. Da packte der Ungar seinen Dolch und stürzte sich auf den Gegner. Doch der wich geschickt zur Seite aus, bekam den Angreifer an der Gurgel zu fassen und erwürgte ihn mit bloßen Händen.

Als die Ungarn ihren besten Streiter fallen sahen, wandten sich sich, von Entsetzen gepackt, zur Flucht. Der Kaiser aber schenkte dem Schuhmacher eine goldene Kette mit dem Bild einer Mohrin und stellte ihm frei, drei Wünsche zu äußern. Wenn es in seiner Macht stünde, werde er sie gerne erfüllen. Jedermann erwartete nun, daß der wackere Schuster Reichtum und Besitz begehre. Doch er bat, seine Heimatgemeinde möge eine Wiese nahe der Stadt als Viehweide erhalten und des weiteren künftig das Recht haben, mit rotem Wachs siegeln zu dürfen. Als dritte Bitte brachte er vor, daß der Ritter Calatin fortan den Mohrenkopf im Wappen führen könne zur Erinnerung an die seltsame Begebenheit.

Diesen Wünschen wurde gerne entsprochen. Den Daumen des heiligen Georg aber ließ der Kaiser in Gold fassen und als kostbare Reliquie an einem geweihten Ort aufbewahren.

Der Ulmer Spatz

Einst hatten die Ulmer einen langen Balken in ihre Stadt zu schaffen. Sie luden ihn der Breite nach auf einen Karren. Als sie aber an das Stadttor gelangten, kamen sie nicht hindurch. Da standen sie nun und beratschlagten, was zu tun sei, doch keiner fand einen vernünftigen Vorschlag. Die einen sagten, man müsse den Balken eben absägen, damit er durch das Tor passe, die andern meinten, der Torturm solle abgebrochen werden, damit man einen breiteren Durchlaß habe.

Während sie so miteinander redeten und stritten, kam ein Spatz dahergeflogen, der einen Strohhalm zu seinem Nestlein trug, das in einer Mauerspalte oberhalb des Tores seinen Platz hatte. Weil aber die Öffnung so schmal war, zog er den sperrigen Halm der Länge nach in das Loch hinein.

Ein Ulmer, der eben den schönen Turm betrachtete und mit Wehmut bedachte, daß er abgebrochen werden sollte nur wegen des Balkens, bemerkte das Vöglein. »Halt, ihr Leute!« rief er plötzlich, »was der Spatz kann, können wir auch!« Eilends luden die Ulmer den Balken der Länge nach auf den Wagen und brachten ihn im Triumph in die Stadt.

Seitdem tragen die Ulmer den Spottnamen »die Spatzen«. Auf ihr Münsterdach aber setzten sie zur Erinnerung an die Begebenheit einen großen vergoldeten Spatzenvogel, der ein Hälmlein im Schnabel trägt.

Der Student von Ulm

In jener Zeit, als der stolze und herrische Bürgermeister Ullmann die Geschicke Ulms leitete, kam einmal ein armer Student in die Reichsstadt. Es war ein gar hübscher und gescheiter Bursche, der in Paris, Pavia und Prag studiert hatte und nun in die Welt hinauszog, sein Glück zu machen. Als man nach seiner Herkunft fragte, zeigte sich, daß er ohne Eltern aufgewachsen war. Er wußte nur, daß seine Mutter vor langer Zeit schon in einem Kloster im fernen Frankenland gestorben war, wo sie einst mit ihrem Kind Zuflucht gefunden hatte. Von den frommen Schwestern war er daraufhin erzogen und unterrichtet worden.

Der Bürgermeister hörte von dem jungen Mann, und weil er gerade einen Lehrer für seine Kinder brauchte, nahm er den Studenten in sein Haus. Jener versah mit Eifer den Dienst und war in der Familie wohlgelitten. Vor allem die achtzehnjährige Tochter Ullmanns, eine anmutige Jungfer, fand Gefallen an dem Burschen. Als sie einem reichen Junker angetraut werden sollte, widersetzte sie sich dem Willen ihres Vaters und gestand, sie liebe den Studenten. Der Bürgermeister empörte sich darüber so sehr, daß er das Mädchen aufs härteste bestrafte, den Burschen aber einen Verführer und ehrlosen Schuft nannte. Der Student ließ sich solche Verleumdungen nicht gefallen, ein Wort gab das andere, und schließlich warf er Ullmann vor, was ganz Ulm wußte und wovon man immer noch sprach, auch wenn das Geschehen lange Jahre zurücklag.

Einst hatte Ullmann einer angesehenen Bürgertochter die Ehe versprochen, sie jedoch in Schande gebracht und betrogen, als er eine Reichere heiraten und mit deren Geld Amt und Ansehen erkaufen konnte. Die verlassene Braut aber, so ging das Gerücht, habe in der Verzweiflung mit ihrem Kinde den Tod in der Donau gesucht.

»Wer ein armes Mädchen ins Elend treibt um eigenen Vorteils willen, der ist ehrlos, nicht ich!« rief der Bursche aufgebracht. Und noch am selben Tag verließ er die Stadt, denn er fürchtete des Bürgermeisters Zorn.

Schon hatte er die Mauern und Tore hinter sich und ging, das Felleisen auf dem Rücken und den Knotensack in der Hand, seines Wegs dahin, da hörte er hinter sich Pferdegetrappel, und als er sich umwandte, sah er einen Trupp Ulmer Stadtreiter dahersprengen. Jene nahmen den Überraschten in ihre Mitte, fesselten ihn und führten ihn in die Stadt zurück, und so sehr er sich auch wehrte und eine Erklärung forderte, niemand sagte ihm, wessen er beschuldigt wurde. Erst im Kerker erfuhr er zu seinem Erstaunen, daß er im Verdacht stehe, im Haus des Bürgermeisters einen wertvollen goldenen

Becher gestohlen zu haben. Der Student bestritt entrüstet die Tat, doch da brachte man sein Felleisen herbei, und als er es aufschnürte, kam zu seinem Entsetzen der vermißte Becher zutage! Vor Gericht beteuerte der Bursche trotzdem weiterhin seine Unschuld, und auch die härteste Folter brachte ihn zu keinem Geständnis. Trotzdem sprach man ihn schuldig und verurteilte ihn zum Tode.

Ganz Ulm war auf den Beinen, als die Stadtknechte den Unglücklichen zum Richtplatz schleppten. Man bedauerte den armen Sünder, die meisten aber meinten, ihm geschehe recht, denn es sei ja erwiesen, welch schlimmes Verbrechen er begangen. Als der Student den Kopf auf den Richtblock legen sollte, gewahrte er im Kreise Gewappneter den Bürgermeister. Er stieß die Knechte beiseite, trat auf ihn zu und schrie ihm ins Gesicht: »Fluch dir, Ullmann, und deinem ganzen Geschlecht! Mit Wahnsinn sollt ihr geschlagen werden und nie mehr...«. Seine Stimme verstummte, denn die Schergen hatten ihn gepackt und weggezerrt, das Schwert des Henkers sauste nieder, und das Haupt des Burschen rollte in den Sand.

Totenstill war es plötzlich auf dem Platz, und alle Augen richteten sich auf den Bürgermeister, der, wie vom Blitz getroffen, dem Fluch des Studenten gelauscht hatte, dann rasch sein Pferd wendete und zur Stadt zurückjagte. Auf der Treppe seines Hauses stürzte ihm seine Frau entgegen und klagte verzweifelt, die Tochter gebärde sich wie wahnsinnig. Als Ullmann in die Kammer des Mädchens trat, wich jenes bei seinem Anblick entsetzt zurück und schrie immer wieder: »Fort, du Mörder, ich sehe Blut an deinen Händen!«

Ullmann schloß sich in sein Zimmer ein und öffnete erst, als ihm ein Bote im Auftrag des Gerichts ein goldenes Medaillon überbrachte, das der Student bei sich getragen hatte und das nach seinem Wunsch Ullmanns Tochter als Andenken übergeben werden sollte. Der Bürgermeister glaubte das Schmuckstück zu kennen, und als er mit zitternder Hand den

Deckel öffnete, erblickte er voller Entsetzen das Bildnis jenes Mädchens, das er einst verstoßen hatte. Der Getötete war also niemand anderes als sein eigener Sohn! Und er selbst hatte den Tod des Hingerichteten verschuldet, als er, von Zorn und Rache getrieben, den Becher heimlich in das Felleisen des Studenten stecken ließ!

Von Stund an war der Geist Ullmanns verwirrt. Er redete irr und lachte nur still vor sich hin wie ein kleines Kind, als man ihm meldete, seine Tochter habe sich das Leben genommen. Der Fluch des Getöteten erfüllte sich auf grausame Weise: Immer wieder verfielen Nachkommen der Familie dem Wahnsinn.

Der Teufel in der Kanne

Das Gasthaus »Zum Schwarzen Rößle« in Biberach gehörte einst einem Wirt, der ein gar grober und übler Geselle war. Er hatte seinen Spaß daran, andere zu verspotten und zu beschimpfen. Auch geriet er schnell in Zorn, fluchte dann schlimmer als ein Reitknecht und beleidigte jeden, der ihm in die Quere kam. Wen wundert's, daß die braven Bürger seine Wirtschaft mieden und nur noch liederliche Gesellen und Saufkumpane bei ihm einkehrten.

Als einmal ein Fremder im »Schwarzen Rößle« zu Gast war und den Wirt fluchen hörte, mahnte er jenen, an sein Seelenheil zu denken und sich nicht zu versündigen. »Ach was«, brummte der Wirt, »laß die frommen Sprüche! Ich kann fluchen und schwören, wie ich will und solang mir's gefällt. Soll mich doch der Teufel holen auf der Stell', wenn's überhaupt einen gibt!«

Kaum hatte er geendet, da sprang die Tür auf, und ein Mann

kam in die Schankstube, der sah aus wie ein Jäger. Mit flakkerndem Blick musterte er den Wirt, der erschrocken zurückwich, trat dann auf ihn zu, packte ihn beim Schopf und wollte ihn mitnehmen, doch jener wehrte sich aus Leibeskräften, zeterte und schrie erbärmlich um Hilfe. Aber keiner seiner Gesellen wagte eine Hand zu rühren.

Die Magd indessen hatte den Jäger die Treppe hinaufgehen sehen und dabei seine Bocksfüße bemerkt. Da wußte sie, wer der seltsame Gast war und rannte mit fliegenden Röcken zu den Kapuzinern, um Hilfe zu holfen, denn sie kannte dort einen Mönch, der Teufel austreiben und Geister bannen konnte.

Der »Malefizpater« kam gerade noch zur rechten Zeit und verstellte dem Bösen den Weg, indem er einen kräftigen Segen sprach und das Kreuz schlug. Nun konnte der Teufel nicht mehr entkommen. Aber er ließ sein Opfer nicht fahren und zog es so heftig an den Haaren, daß ihm die Augäpfel schier aus dem Kopf quollen. Erst als man den Wirt in einen Kessel voll Weihwasser setzte, mußte der Teufel loslassen. Inzwischen beschwor der Malefizpater den Bösen und trieb ihn so in die Enge, daß er schließlich in des Wirts zinnerne Maßkanne schlüpfte. Schnell klappte der Pater den Deckel zu und verschloß ihn mit einem Kreuzzeichen.

Noch viele Jahre lang soll die Kanne mit dem gebannten Teufel im Stubeneck der Wirtschaft »Zum Schwarzen Rößle« gestanden haben. Der Wirt aber, so erzählt man, sei fortan ein braver und frommer Mann gewesen.

Das Ende des Schwarzen Veri

Zu Anfang des 19. Jahrhunderts trieb in Oberschwaben die Räuberbande des Schwarzen Veri ihr Unwesen. Die üblen Gesellen durchstreiften das Land zwischen Donau und Bodensee, und niemand war vor ihren Anschlägen und Überfällen sicher. Gab man ihnen, was sie forderten, so fügten sie einem weiter kein Leid zu; wehrte man sich aber, dann kannten sie keine Gnade, quälten ihre Opfer auf das grausamste und setzten ihnen den roten Hahn aufs Dach, ehe sie weiterzogen.

Hauptmann der Räuber war der Schwarze Veri, ein listiger und tollkühner Bursche mit rabenschwarzem Haar. Er führte die Bande so geschickt, daß die Häscher den Gaunern lange Zeit vergeblich nachstellten. Endlich aber gelang es dem mutigen Waldschütz von Königseggwald, den Schwarzen Veri in einen Hinterhalt zu locken und gefangen zu nehmen. Auch die übrigen Strauchdiebe wurden bald danach aufgegriffen und nach Biberach gebracht. Den Räuberhauptmann steckte man in den Ehinger Torturm und fesselte ihn mit einer schweren Kette an die Mauer. Nur ein kleines vergittertes Fenster besaß seine Zelle, aber ein Stockwerk höher hatte man die »schöne Ursel« aus Veris Bande eingelocht, und trotz der Wachtposten konnte sich der Hauptmann mit dem Weibsbild unterhalten.

Einige Tage nach der Gefangennahme zog über Biberach ein schweres Gewitter auf. Der Himmel verfinsterte sich. Als Veri das Wettergrollen vernahm, rief er zur Ursel hinauf: »Wenn nur der Blitz in dieses verfluchte Loch schlüge!« Plötzlich zuckte ein greller Blitz hernieder, und ein gewaltiger Donnerschlag erschütterte den Turm bis in die Grundmauern. Einen Augenblick danach war es totenstill, dann aber hörte man auf der Gasse die Hilferufe der Gefangenen, und Feuerschein brach aus einem der Kerkerfenster. Der Strahl hatte gezündet! Eilends öffnete man die Gefängnisse. In Veris Kerker aber blieb es still, und als man aufschloß, fand man den Räuber in versengten Kleidern auf seinem brennenden Strohsack. Der Blitz hatte ihn erschlagen. »Gott selber hat Gericht über den Bösewicht gehalten«, sagten darauf die Biberacher.

s'Herrgöttle von Biberach

Im Burrenwald, einem ausgedehnten Gehölz vor den Toren Biberachs, soll einst ein Kobold gehaust haben, den die Leute das »Burrenmännle« hießen. Wenn man ein gutes Gewissen hatte, brauchte man sich vor dem kleinen Wicht nicht zu fürchten. Wessen Herz aber böse war, der mußte damit rechnen, daß ihm, wenn sein Weg durch jenen Wald oder durch das nahe Ried am Moosweiher führte, das Burrenmännle einen Streich spielte. Das Geistlein erschreckte die Holzfäller und Beerensammlerinnen oder leitete nachts Wanderer in die Irre. Da tauchte dann plötzlich ein kleines flackerndes Licht auf und tanzte vor ihnen her, und wenn sie ihm nachgingen in der Meinung, ein anderer sei auch noch unterwegs, verliefen sie sich im Wald oder Ried. Stunden konnte es dauern, bis sie den rechten Weg wieder fanden.

Gut meinte es das Burrenmännle mit den Liebesleuten, vor allem mit jenen, die sich heimlich treffen mußten, weil man ihnen ihr Glück nicht gönnte. Es tröstete sie, sprach ihnen Mut zu und half, wo es konnte. Einmal kamen ein Bursche und ein Mädchen in den Wald, die hatten sich von Herzen lieb; weil sie aber armer Leute Kinder waren und sich selber kaum fortbringen konnten, durften sie nicht heiraten. Auf einmal stand das Burrenmännle vor den beiden und sprach: »Ich kenne eure Not. Doch seid unbesorgt, ich werde euch zu Glück und Reichtum verhelfen. Wenn ihr aber besitzt, was ihr euch heute wünscht, so vergeßt mich nicht!« Das gelobten die zwei und versprachen, in der Nähe jenes Ortes eine Kapelle mit dem Bild des Gekreuzigten zu bauen, sobald sie die Kosten dafür aufbringen könnten.

Und wie durch ein Wunder geriet fortan alles zum Besten, was sie begannen. Sie kamen unverhofft zu Geld, konnten heiraten und einen Hausstand gründen, und durch Glück und Fleiß gelangten sie im Lauf der Jahre sogar zu einem bescheidenen Wohlstand. Da gedachten sie des Versprechens, das sie einst dem Geistlein gegeben hatten, und stifteten ein kleines Kirchlein mit einem Kruzifix.

Weil die Kunde von den Wohltaten des Burrenmännleins und dem Glück der beiden Liebenden überall bekannt wurde, kamen bald viele Wallfahrer zu der Kapelle, um dem Gekreuzigten ihre Anliegen vorzutragen. Einmal pilgerte auch ein armer Schneider aus der Bodenseegegend zum »Herrgöttle von Biberach«. Die Sorgen plagten ihn gewaltig, und als er voller

Inbrunst vor dem Bild seine Gebete verrichtet hatte, küßte er die Füße des Heilands. Da spürte er verwundert, wie kühl der Stein war, und rief: »O du liabs Herrgöttle von Biberach, hoscht du kalte Füaß!«

Andere hatten die Worte des Schneiderleins gehört und erzählten sie weiter. Und heute noch sagt man im Oberland, wenn man überrascht oder verwundert ist: »O du liabs Herrgöttle von Biberach!«

Die heilige Hildegard auf dem Bussen

In der Burg, die einst den Bussen krönte, lebte vor mehr als tausend Jahren Gerold, der Herzog von Schwaben. Eine Zeitlang weilte Hildegard, seine Schwester, dort zu Gast. Sie war vermählt mit Kaiser Karl. Als der Kaiser, begleitet von seinem Schwager, mit einem Heer gegen die Feinde des Reiches ziehen mußte, bat er seinen Stiefbruder, den Kammerherrn Taland, während seiner Abwesenheit Hildegard beizustehen und sie zu schützen vor aller Unbill, die seiner Gemahlin widerfahren könnte. Taland aber mißbrauchte das Vertrauen Karls auf üble Weise. Kaum war er mit Hildegard allein, so suchte er sie zu verführen und zum Ehebruch zu bewegen. Die Kaiserin indes wies ihn ab und zeigte sich empört über das sündhafte Verlangen des Kammerherrn.

Als Taland erkennen mußte, daß sein Begehren unerfüllt blieb, sann er auf Rache. Er schickte einen Boten zum Kaiser und tat jenem kund, Hildegard habe ihren Gemahl betrogen. Karl glaubte den Verleumdungen und befahl, die Treulose mit dem Tode zu bestrafen.

Noch in der selben Nacht, als des Kaisers Gebot überbracht wurde, schickte Taland einige seiner Knechte in die Schlafkammer Hildegards. Sie rissen die Unglückliche aus dem Bett, banden sie und schleppten sie den Berg hinab und hinüber zur Donau. Dort wo der Fluß am tiefsten ist, stießen sie die wehrlose Frau hinunter in die dunkle Flut. Sie sahen das Wasser aufspritzen und den Körper in der Finsternis versinken und ritten eilends heim, um dem Kammerherrn den Tod der Kaiserin zu melden und die versprochene Belohnung entgegenzunehmen.

Hildegard indes gelang es, sich nach dem Sturz von ihren Fesseln zu befreien, und da sie von Jugend auf eine geübte Schwimmerin war, konnte sie sich ans Ufer retten. Mit durchnäßten Kleidern irrte sie lange umher, bis sie vor der Pforte des Klosters Buchau stand und bei den frommen Frauen liebevolle Aufnahme fand. Die Nonnen erkannten an der Kleidung der Hilfesuchenden, daß sie vornehmer Herkunft war, doch verschwieg jene ihr bitteres Geschick, und niemand wußte, welch hohen Gast das Kloster beherbergte.

Viele Jahre lebte die Kaiserin unerkannt bei den Buchauer Klosterfrauen und machte sich nützlich, wo sie nur konnte. Es zeigte sich, daß die Fremde in der Heilkunde erfahren war und mancherlei Tränklein und Salben zu bereiten wußte, um damit Kranken zu helfen. Und weil sie voller Liebe und Hingabe alles tat, um Schmerzen zu lindern und Gebrechen zu heilen, galt sie im Volk bald als Heilige. Ihr Ruf verbreitete sich im ganzen Land.

So kam es, daß auch Taland von den Wundertaten der frommen Klosterfrau erfuhr. Ihn reute seine böse Tat, und als er kurz danach von einer schrecklichen Krankheit, dem unheilbaren Aussatz, befallen wurde, glaubte er, dies sei Gottes Strafe. Auch er suchte Hilfe bei der Heiligen. Als sich Hildegard über den Kranken neigte und in dem vom Aussatz verwüsteten Antlitz das des Kammerherrn erkannte, wich sie erschrocken zurück und weigerte sich, ihm zu helfen. Doch Taland bat und flehte so inständig, daß sie ihn zu heilen versprach, wenn er gelobe, alles zu beichten, was er Böses getan.

Der Kammerherr hatte die Kaiserin in ihrer Klostertracht nicht erkannt. Willig fügte er sich ihrem Verlangen, und dankbar nahm er die Salbe entgegen, die nur sie zu bereiten verstand. Bald war er von seinem Aussatz genesen.

Nachdem Kaiser Karl von der wundersamen Heilung seines Stiefbruders erfahren hatte, stattete er dem Kloster einen Besuch ab, um der Wohltäterin zu danken. Hildegard erschien tief verschleiert vor dem Herrscher, der wünschte jedoch ihr Angesicht zu sehen. Daraufhin nahm sie den Schleier ab, und Karl erkannte seine totgeglaubte Gemahlin. Als er von ihrem Geschick erfahren hatte, schämte er sich seiner Leichtgläubigkeit, warf sich ihr zu Füßen und bat um Verzeihung. Taland, so schwor er, sollte seine Missetat mit dem Tod büßen. Doch Hildegard gelang es, des Kaisers Zorn zu dämpfen. Der Kammerherr wurde auf eine Insel im fernen Wendenmeer verbannt. Karl aber erlebte noch viele glückliche Jahre an der Seite seiner wiedergefundenen Gemahlin.

Der Graf von Stadion und das Nebelmännlein

Der Graf von Stadion zog einst, von zwei Knechten begleitet, ins Heilige Land, um die Stadt Jerusalem zu sehen und an den verehrungswürdigen Stätten der Christenheit zu beten. Dort aber kam ihm der Gedanke, das irdische Paradies zu suchen, und die Abenteuerlust trieb ihn sieben Jahre lang durch aller Herren Länder und ließ ihn Mühen und Plagen der weiten Reise geduldig ertragen.

Eines Tages gelangte er mit seinen beiden Gefährten vor einen großen Wald, der undurchdringlich schien. Trotzdem bahnten sich die drei einen Weg durch das wildwuchernde

Gestrüpp und stießen endlich auf eine mächtige, hohe Mauer. Da kein Durchlaß zu finden war, befahl der Graf einem der Knechte, auf die Schultern des andern zu steigen und so die Brüstung zu erklimmen. Jener kam auch glücklich hinauf, aber als er einen Blick über die Mauer tat und der Graf ihn frage, was er sehe, da lächelte der Knecht nur zu seinem Herrn hinunter, sprach kein Wort und verschwand auf der anderen Seite. Darauf beschwor der Graf den anderen Diener, doch ja bei allen Heiligen ihm Kunde darüber zu geben, was hinter der Mauer sei, und lud ihn auf seine Schultern. Kaum aber hatte dieser die Mauerkrone erreicht, schwang auch er sich wortlos darüber.

Da wußte der Graf, daß er vor der Mauer des lange gesuchten Paradieses stand, und versuchte, die steile Wand zu ersteigen. Aber so sehr er sich auch mühte, Hände und Füße fanden keinen rechten Halt mehr, wenn er sich über die letzten mächtigen Steine hinaufziehen wollte. Als schließlich die Dämmerung hereinbrach und seine geschundenen Glieder ihn schmerzten, kauerte er sich neben der Mauer nieder und überlegte, auf welch anderem Weg er ins Paradies gelangen könnte. Da erblickte er einen Lichtschein im Dunkel des Waldes. Schnell schwang er sich auf sein Pferd und ritt darauf zu. Bald sah er, daß das Licht aus einer Hütte kam, und als er klopfte und eintrat, fand er ein altes Waldweiblein, das am Spinnrad saß und ihm freundlich entgegenblickte. Doch als der Graf um ein Nachtlager bat, erschrak die Alte und sprach: »Lieber Herr, hier könnt Ihr nicht bleiben, denn mein Mann, das Nebelmännlein, ist ein Menschenfresser, und wenn er Euch begegnet, so wird's Euch das Leben kosten.«

Weil der Graf aber so müde war, bestand er darauf, bleiben zu dürfen. Schließlich gab das Weiblein nach und wies ihn an, hinter das Hennengatter bei der Ofenbank zu kriechen, aber keinen Muckser zu tun. Der Graf versprach's und wollte es sich eben bequem machen, da sprang die Tür auf, und das Nebelmännlein kam herein. Es schnupperte und rief: »Weib, ich rieche Menschenfleisch!« »Ach was«, beschwichtigte ihn die Alte, »du riechst wohl die Hennen.« Doch das Nebelmännlein gab nicht nach, schnüffelte überall in der Stube herum und kam zuletzt auch zum Hennengatter beim Ofen, wo es den armen Grafen alsbald entdeckte und an den Beinen aus seinem Versteck zog. »Da schau an«, rief es triumphierend, »Ihr seid bei mir zu Gast, der Graf von Stadion, Herr zu Warthausen und am Federsee!« Und es betrachtete kopfschüttelnd das Menschlein, das da vor ihm stand, blaß wie der Herrgott am Kreuz.

»Woher kennt Ihr meinen Namen und meine Herkunft?« fragte der Graf schließlich verwundert. »Ich weiß noch mehr«, antwortete das Nebelmännlein mitleidig, »und ich will es Euch nicht verschweigen: Morgen wird bei Euch daheim ein großes Hochzeitsfest sein. Nachdem Ihr Eure Gemahlin sieben Jahre ohne Nachricht gelassen habt, hält Euch jedermann für tot. Euer Statthalter, der Ritter von Neuffen, warb schon lange um die schöne Frau, doch sie wies ihn immer ab und wartete treulich auf Eure Rückkehr. Nun aber gab sie seinem Drängen nach und wird ihm morgen die Hand zum Ehebund reichen.«

Der Graf stand wie vom Blitz getroffen und fand keinen Ausweg. Da lächelte das Nebelmännlein listig und meinte: »Ich könnte Euch helfen, wenn Ihr mir versprecht, das verfluchte Nebelglöcklein von Seekirch, mit dem sie dort gegen den Nebel läuten, in den Federsee zu versenken. Denn jedesmal schlägt mir bei dem Gebimmel der vermaledeite Klöppel gegen den Kopf. Hab ich Euer Wort, so will ich Euch alsbald auf einer Nebelwolke nach Hause tragen. Andernfalls wird dieses Messer gewetzt, und das übrige könnt Ihr Euch denken.«

Der Graf zauderte nicht lange und kam gerade noch rechtzeitig zur Burgkapelle, als das Brautpaar bereits vor dem Priester kniete und jener die Gemeinde fragte, ob niemand ein Ehehindernis wüßte. Da schritt ein bärtiger Mann in zerschlissenem Gewand durch den Mittelgang der Kirche und warf seinen Hut auf den Altar zum Zeichen, daß er Einspruch erhebe. Und als sich alles verwundert nach ihm umblickte, trat er auf die Braut zu und zeigte ihr jenes goldene Ringlein, das sie ihm einst beim Abschied als Zeichen ihrer Treue geschenkt hatte.

Da erkannte sie ihren Gemahl und stürzte in seine Arme. Der von Neuffen merkte alsbald, daß er wohl fehl am Platze war und wollte gehen. Aber der Graf von Stadion hielt ihn fest, führte ihn zu seiner Tochter und sprach: »Mein Lieber, das Fest ist gerüstet, nun soll es auch gehalten werden. Nimm du die Jung', behalt' ich die Alt', daß uns der liebe Gott erhalt!«

So geschah es, und Hochzeit und Wiederkehr wurden mit großem Glanz gefeiert. Aber auch dem Nebelmännlein hielt der Graf sein Wort und ließ die »verfluchte« Glocke von Seekirch mitten im Federsee versenken, dort, wo vor langer Zeit die Stadt Altbuchau in den Wassern verschwunden war. Bei gutem Wetter soll man zuweilen das Nebelglöckle in der Tiefe läuten hören.

Adelinde

Südlich von Buchau am Federsee steht nahe dem Mühlbach eine Kapelle. An der Außenwand des Kirchleins findet man ein großes Bild, das an eine Begebenheit erinnert, die sich vor mehr als tausend Jahren hier zugetragen haben soll.

Damals zogen die wilden Horden der Ungarn plündernd und mordend durch unser Land. Der Kaiser sammelte ein Heer, und alle wehrhaften Männer, vor allem aber die adeligen Herrn, hatten seinem Ruf zu folgen. Auch Graf Hatto und seine Söhne mußten ihre Burg bei Buchau verlassen. Der Abschied fiel ihnen schwer, doch Hatto tröstete seine Gemahlin und versprach, bald wiederzukehren.

Die Zeit verging, und als die Kunde kam, in einer blutigen Schlacht wären die Feinde besiegt und vertrieben worden, wanderte Adelinde Tag für Tag hinaus auf das Blachfeld hinter Kappel und hielt Ausschau nach ihrem Gemahl und den Söhnen. Und dem Wind, der durch das Tal strich, rief sie zu:

»Windle, Windle, weh',
daß mein' Gemahl ich wieder seh'!«

Auf einmal sprengten vier Reiter heran. »Mein Mann, meine Söhne!« rief Adelinde voller Freude und lief dem Trupp entgegen. Plötzlich aber stutzte sie. An den Rüstungen und den Rössern erkannte sie die so lange Vermißten, aber alle waren ohne Kopf! Der grausige Anblick erschreckte sie so sehr, daß sie rief:

»Windle, Windle, weh',
daß mein' Gemahl ich nimmer seh'!«

Da war es, als ob der Wind sich drehe, und alsbald wendeten die gespenstischen Reiter ihre Pferde und jagten davon.

Die Wunderorgel zu Weingarten

Im prächtigen Münster zu Weingarten kann man dem Spiel einer Orgel lauschen, die zu den schönsten der Welt zählt. Siebenundsiebzig klingende Register und vier Manuale besitzt das Werk, und der berühmte Orgelbauer Josef Gabler erschuf es einst in vielen Jahren harter Arbeit. Er fertigte Pfeifen, deren Klang dem Rauschen des Stromes und dem Brausen des Wassers gleicht. Andere können jubilieren wie die Vögel, schmettern wie Trompeten, schluchzen wie Geigen.

Schließlich wollte der Meister Orgelpfeifen bauen, die singen sollten wie eine menschliche Stimme, voller Liebreiz und lebendiger Wärme. Gabler versuchte es zuerst mit mancherlei Holzarten; dann mischte er im Schmelztiegel allerhand seltene Metalle. Aber jedesmal, wenn er die fertige Pfeife anblies, mußte er enttäuscht feststellen, daß es ihm wieder nicht gelungen war, die »Vox humana« zu schaffen.

Als der Orgelbauer eines Abends allein in seiner Werkstatt saß und verzweifelt darüber nachsann, wie er endlich das große Werk vollenden könne, glaubte er eine Stimme zu hören, die ihm zuflüsterte, ihm könne geholfen werden, er möge sich nur um Mitternacht beim Laurastein einfinden.

Die Nacht war stürmisch und finster, doch der Meister fand den Weg zu dem verrufenen Ort, und als die Hosiannaglocke auf dem Münsterturm zwölf schlug, trat eine dunkle Gestalt aus dem Wald, in ein grünes Gewand gekleidet wie ein Jäger. In den Händen trug der Fremde ein Stück Metall, von dem ein seltsamer Glanz ausging. »In dieses Zinn«, so begann er zu sprechen, »ist eines Menschen Herz eingeschmolzen, und die Pfeifen, die du daraus gießt, werden frohlocken und weinen können wie eines Menschen Stimme. Wenn du mir deine Seele verschreibst, so soll es dein eigen sein.« Da wußte Gabler, daß niemand anders als der Böse ihm einen solchen Handel anbot. Weil jedoch der Klang seiner Orgel ihm mehr bedeutete als sein eigenes Seelenheil, unterschrieb er den teuflischen Pakt.

In seiner Werkstatt schürte der Meister sogleich das Feuer des Schmelzofens und goß aus dem funkelnden Stück Metall eine Reihe von Pfeifen, und als er sie anblies, da sangen sie wirklich wie menschliche Stimmen. Nun endlich konnte er die Orgel vollenden. Als sie jedoch zum ersten Mal zu Gottes Lob und Ehre gespielt werden sollte, da erklangen keine frommen und gottgefälligen Melodien, sondern lustige und ausgelassene Weisen, daß alsbald die Gläubigen aus ihren Bänken drängten und zu tanzen begannen. Der Abt winkte dem Pater auf dem Orgelbock zornig, das Spiel zu unterbrechen. Dann ließ er den Meister kommen und forderte eine Erklärung. Gabler gestand, daß der Teufel ihm geholfen habe, die Vox humana zu erschaffen.

So schwer es dem Abt fiel, er mußte den Meister zum Feuertod verurteilen. Andertags sollte Gabler im Klosterhof verbrannt werden. Gefaßt nahm er den Urteilsspruch an. »Ich habe gefrevelt um irdischen Ruhmes willen«, sprach er, »und will dafür büßen.« Dann verlangte er nach dem Empfang der heiligen Sakramente und bat, vor seinem Tode noch einmal auf seiner geliebten Orgel spielen zu dürfen.

Wieder brauste das gewaltige Werk unter den Händen des Meisters auf. Diesmal aber erhob sich die Vox humana über die dunklen Bässe und sang eine solch fromme Weise, daß alle Herzen davon berührt wurden und dem Abt die Tränen in die Augen stiegen. Er erkannte das Spiel als ein Zeichen Gottes und begnadigte den Orgelbauer. Die Vox humana aber erklingt noch heute zu Gottes Lob im Münster zu Weingarten.

Der Ursprung der Welfen

Auf einem Hügel nahe der Stadt Weingarten, die damals Altdorf hieß, stand einst eine Burg. Dort lebte und herrschte zur Zeit Karls des Großen Graf Isenbard, einer der tapfersten und mächtigsten Fürsten des Reiches. Das Volk schätzte und ehrte seinen Herr, denn er war streng, aber gerecht gegen jedermann. Seine Gemahlin Irmintrud jedoch galt als stolz und herrisch.

Einmal begegnete der Edelfrau ein armes Bettelweib mit einem Häuflein hungriger Kinder. Es bat die Gräfin um ein Almosen. Jene aber wies die Bettlerin mit harten Worten ab und rief: »Warum hast du dir so viele Kinder an den Rockzipfel gehängt, wenn du sie nicht versorgen kannst!« Da blickte das Weib verzweifelt und traurig zu der Edelfrau auf und sprach: »Ich wünsche Euch, daß Ihr zwölf Kinder auf einmal gebären sollt!«

Einige Zeit später geschah, was die Bettlerin beschworen hatte: Die stolze Gräfin gebar zwölf Knaben! Weil dies zu jener Zeit als böses Zeichen galt, erschrak die Mutter zutiefst darüber und gebot den Dienerinnen, niemandem davon zu erzählen. Auch ihrem Gemahl, dem Grafen, der während der Geburt auf der Jagd war, wollte sie das Ereignis verschweigen, und sie faßte deshalb den teuflischen Plan, elf Kinder töten zu lassen. Ihre Magd mußte die Neugeborenen in einen Korb packen und hinuntertragen zur nahen Scherzach, um sie im Bach zu ertränken. Den zwölften Knaben aber bettete sie in die Wiege, um ihn als Erstgeborenen ihrem Gemahl zu zeigen.

Die Dienerin eilte zum Bach, da stand plötzlich der Graf vor ihr. Rasch wollte sie sich im Gebüsch verbergen, doch jener hatte sie bereits erblickt und fragte beim Näherkommen, was sie denn in ihrem Korb habe. In ihrer Not stammelte sie: »Elf junge Welpen, die ich in der Scherzach ertränken soll, weil die Herrin durch das laute Gebell gestört wird.« – »Laß sehen!« befahl der Graf. Das Mädchen öffnete zitternd den Korb. Da erblickte der Herr elf kleine Kinder, und als er nach ihrer Herkunft fragte, warf sich die Magd ihm zu Füßen und gestand alles.

Der Graf blieb lange stumm. Als er endlich Herr seines Zornes geworden war, befahl er der Dienerin, die hilflosen Kinder zur nahen Grieslemühle zu bringen und die Müllersleute in seinem Namen zu bitten, sie aufzuziehen, niemandem aber ein Wort über ihre Herkunft zu sagen, er wolle es ihnen lohnen. Der Herrin aber möge die Magd berichten, sie habe den Auftrag gehorsam ausgeführt.

Die Zeit verging, und als die Knaben sieben Jahre alt wurden, lud der Graf viele Gäste zu einem großen Fest auf die Burg. Während man fröhlich zechte, erzählte Isenbard mancherlei Geschichten. Er berichtete auch von einer Mutter, die so hartherzig gewesen sei, ihre eigenen hilflosen Kinder wie junge Welpen ertränken zu lassen. Alles schwieg betroffen über solche Grausamkeit, und als sich der Graf an seine Gemahlin wandte mit der Frage, welche Strafe ein solches Weib wohl verdiene, antwortete jene voller Empörung, man solle die Mörderin bei lebendigem Leib in siedendes Öl tauchen.

Der Graf schaute sie traurig an und sprach dann: »Jetzt hast du dir selber das Urteil gesprochen.« Plötzlich erkannte Irmintrud, daß ihr Gemahl wußte, was sie Böses getan, und sie fiel auf die Knie, ihn um Gnade zu bitten. Der Graf schwieg lange. Dann winkte er den Dienern, die Türen des Saals öffneten sich, und die elf Knaben wurden von den Müllersleuten hereingeführt. Isenbard erzählte den staunenden Gästen, was vor sieben Jahren geschehen war. Nun erst erfuhren die Kinder ihre wirkliche Herkunft. Sie baten ihren Vater so lange und herzlich, der Mutter zu verzeihen, bis der Graf die reumütig vor ihm Kniende aufhob.

Jenem Knaben aber, den die Edelfrau damals behalten und aufgezogen hatte, gab man fortan den Namen Welf, und nach ihm hieß später das so mächtige Adelsgeschlecht.

Die schöne Laura

Über dem tief eingeschnittenen Scherzachtal bei Weingarten erhob sich in früherer Zeit die Haslachburg. Dort lebte einst ein Ritter, dessen Frau bald nach der Geburt eines Töchterleins starb. Das Kind aber wuchs zu einer Jungfrau heran, deren Schönheit überall gerühmt wurde. Viele Bewerber stellten

sich auf der Burg ein, doch Laura gab sich scheu und wies alle Anträge ab, denn schon lange hatte sie sich einem Junker versprochen, der recht arm war, den sie aber von Herzen liebte. Die Jungfer wußte, daß der gestrenge Vater einen wohlhabenden Schwiegersohn wünschte und ihre Wahl niemals billigen würde. Doch sie blieb ihrem Liebsten treu und schlich oft im Schutze der Dunkelheit hinunter zum Steg über die Scherzach, wo sich die beiden heimlich trafen. Sie mögen dem wilden Wasser zugeschaut haben, das brausend zu ihren Füßen durch die enge Schlucht schoß. Und als das Mädchen spürte, daß unter seinem Herzen ein Kindlein wuchs, da mögen mancherlei Sorgen die beiden Liebenden bewegt haben.

Übers Jahr brachte Laura das Kind zu Welt. Auch dies geschah heimlich, und nur eine vertraute Magd wußte davon. Doch es wurde immer schwieriger, das Kleine vor ihrem Vater und dem Hausgesinde zu verbergen. Als Laura einmal mit dem Ritter eine Reise antreten sollte, fürchtete sie, das Kind werde entdeckt und ließ den Junker durch ein verabredetes Zeichen wissen, er möge es holen.

In der Nacht wartete sie am Burgtor, immer in Sorge, das Kind könnte sich mit seinem Geschrei verraten. Endlich erschien der Ritter, hob das Kleine auf sein Pferd, hüllte es in seinen Mantel und sprengte davon, um es zu einem sicheren Versteck zu bringen. Kaum aber waren die Hufschläge seines Rosses verhallt, da hörte Laura das Splittern und Bersten von Holz und dazwischen verzweifelte Hilferufe, als ob jemand in Todesnot sei. Erschrocken lief sie ins Tal hinab und sah mit Entsetzen, daß der morsche Steg unter der Last des Reiters zusammengebrochen und in die Tiefe gestürzt war, das Tier und die Menschen mit sich reißend. Laura kletterte wie von Sinnen über die schlüpfrigen Felsen hinab in die Schlucht. Sie erkannte, daß jede Hilfe zu spät kam, doch suchte sie weiter, glitt aus, stürzte und versank wie die anderen im aufschäumenden Wasser.

Wenn in den Herbstnächten Nebelschwaden über dem Scherzachtal hingen, glaubten manche, die schöne Laura ginge um. Ein weiter, weißer Schleier umhüllte ihre schlanke Gestalt. Doch niemand sah je ihr Gesicht. Bleich wie Wachs schimmerte es durch das Tuch. Oft trug sie eine Schale, schöpfte Wasser aus einem Brünnlein über der Schlucht und trank. Auch soll sie schon bei der Grieslemühle gesehen worden sein, einen bauchigen Krug in der Hand. Als sie dort einmal Wasser schöpfte, sprach sie: »Eine Linde will ich damit tränken, bis der Baum so stark und mächtig geworden ist, daß man ihn fällen kann. Fertigt man aus den Brettern seines Stammholzes eine Wiege und legt ein Knäblein hinein, so wird jenes, ist es zum Manne herangewachsen, die Kraft haben, mich zu erlösen. Gott geb' ihm die Gnad' dazu!«

Eines Tages verirrte sich ein Kind im Scherzachtal. Plötzlich kam es mitten im Wald an eine Stelle, da wuchsen wunderschöne Blumen, und überall fand es die köstlichsten Erdbeeren. Das Kind pflückte und pflückte, so viel es nur konnte.

Auf einmal spürte es einen warmen Lufthauch, und als es aufschaute, sah es die schöne Laura durch den Wald gehen, der Haslachburg zu. Das Fräulein nickte ihm freundlich zu und winkte, bis es zwischen dem Gemäuer verschwunden war. Bald darauf fand das Kind den richtigen Weg. Als es daheim von der seltsamen Begegnung erzählte, glaubte ihm keiner; alle aber wunderten sich über die prachtvollen Beeren, die es in seinem Körblein hatte.

Das Sühnebild am Schloßtor zu Sigmaringen

Über dem Portal der alten Sigmarsburg in Sigmaringen findet man ein Bild aus Stein gehauen. Es zeigt die Gottesmutter, den Leichnam ihres Sohnes im Schoß. Daneben kniet ein Ritter mit entblößtem Haupt und zum Gebet gefalteten Händen. Dies soll der Sage nach ein Sühnebild sein für eine Bluttat, die vor langer Zeit in jener Gegend begangen worden war.

Die Sigmarsburg gehörte damals dem Grafen von Werdenberg. Zwischen ihm und seinem Nachbarn, dem Grafen von Sonnenberg, der auf seiner donauabwärts gelegenen Burg Scheer wohnte, kam es immer wieder um geringer Ursache willen zu Zwist und Händeln. Als die beiden Grafen zur Hochzeit Herzog Ulrichs mit Sabina, der Tochter des Bayernherzogs, nach Stuttgart geladen wurden, trafen sie beim Festschmaus wieder zusammen. Die Streithähne konnten es nicht lassen, zu sticheln und zu höhnen.

Nach dem Gelage sollte dem Willen des Herzogs folgend der Werdenberger den Tanz mit der Braut eröffnen. Weil diese besondere Gunst nicht ihm, sondern seinem Feind gewährt wurde, geriet der Sonnenberger so sehr in Wut, daß er jenen im Vorübergehen laut verspottete. »Hopp, Männdle, streck dich!« rief er, und die Gäste konnten das Lachen kaum verbeißen, denn es war wirklich ein recht seltsames Paar, das da zur Tanzfläche schritt: der Werdenberger klein und schmächtig von Gestalt, die Braut dagegen ein stattliches Weibsbild, das seinen Partner um Haupteslänge überragte.

Nach dem Tanz stellte der Graf von Werdenberg den Spötter zornig zur Rede. »Was willst du mir wohl anhaben?« rief jener lachend, »leg ich dir die Finger zwischen die Zähne, du traust dich nicht einmal zuzubeißen!« Der bittere Hohn verletzte den kleinen Mann zutiefst, doch schwieg er und verließ das Fest.

Der Werdenberger gab vor, seinen Besitz im Rheinland aufzusuchen. In Wirklichkeit aber ritt er zu seinem Schwager auf die Burg Wildenstein. Dort sammelte er einen Haufen bewaffneter Knechte um sich und zog donauabwärts. Er wußte, daß sein Feind auf dem Heimweg hier vorüberkommen mußte. In einem Schlupfwinkel an der Straße legte er sich auf die Lauer.

Der Sonnenberger schöpfte keinen Verdacht, und als er auf der Höhe von Hundersingen war, schickte er sogar seine Knechte voraus nach Scheer, damit sie seine Ankunft melden und den Empfang vorbereiten sollten. Nur der Kaplan begleitete ihn, als plötzlich ein Dutzend bewaffneter Reiter aus dem Dickicht brach. Die Visiere geschlossen, damit niemand sie erkennen konnte, sprengten sie heran. Der Sonnenberger rief noch, sie sollten sich zeigen, wie's ritterliche Art sei, aber da waren sie schon über ihm und schlugen und stachen auf ihn ein. Der Graf stürzte aus dem Sattel und blieb reglos liegen. Voller Entsetzen beugte sich der Kaplan über seinen Herrn und beschwor die Reisigen, einzuhalten mit ihrem üblen Tun, damit er dem Sterbenden noch die Beichte abnehmen könne. Doch sie gaben nichts darauf und kamen erst wieder zur Besinnung, als alles Leben aus dem Wehrlosen gewichen war.

Auf solch schändliche Weise rächte sich der Werdenberger

für den Schimpf, den man ihm angetan. Zwar begnügte sich der Kaiser mit einem Bußgeld als Strafe für die Bluttat, denn er schätzte den Grafen, doch fand jener keine Bleibe mehr. Mit einem feigen Mörder wollte niemand zu tun haben. Und als man ihn eines Morgens tot auffand, an seinem eigenen Blut erstickt, glaubten viele an ein Strafgericht Gottes.

Weil Graf von Werdenberg ohne Beichte und Absolution gestorben war, errichtete man ihm jenes Sühnebild über dem Tor des Sigmaringer Schlosses.

Die Rache des Knappen

Einst hauste auf Burg Wildenstein, jener stolzen Feste über dem Donautal, der Ritter Heinrich, den das Volk seiner Unbeherrschtheit wegen den Wilden nannte. In seinem Dienst stand ein Knappe, Wolf mit Namen, ein böser und heimtückischer Gesell. Eines Tage kam es zwischen den beiden zu heftigem Streit. Der Ritter geriet dabei so sehr in Wut, daß er seinen Jagdspeer nach dem Knappen schleuderte und ihn schwer verwundete. Wolf litt große Schmerzen, aber noch heftiger plagte ihn der Zorn über die Mißhandlung. Er ließ sich nichts anmerken, sann aber Tag und Nacht auf Rache.

Als einmal nahe der Burg ein großes Jagen abgehalten wurde, zog alles mit. Nur der Knappe blieb wegen seiner Verwundung zurück. Da entdeckte er draußen auf der Zugbrücke, die über den tiefen Abgrund führte, die beiden Söhne des Ritters. Neugierig schauten sie hinab ins Donautal und freuten sich, wenn sie da und dort das Jagdgefolge auftauchen und wieder verschwinden sahen. Dies war für Wolf der Augenblick, sich auf grausame Weise zu rächen. Mit aller Kraft zog er die Brücke hoch und ließ sie niedersausen. In Todesangst hatten sich die Kinder zu ihm geflüchtet. Der Knappe aber packte einen der Knaben und schleuderte ihn in den Abgrund.

Im Tal unten hatte die Jagdgesellschaft das Krachen der niederstürzenden Brücke und das Geschrei der Kinder vernommen. Voller Verzweiflung mußte der Ritter mitansehen, wie der Knappe auch seinen zweiten Sohn griff, durch die Luft wirbelte und in weitem Bogen in die Tiefe warf. »Das ist meine Rache!« rief Wolf, und sein teuflisches Lachen klang schauerlich zwischen den Felswänden. Im selben Augenblick aber zuckte ein Blitzstrahl nieder und fuhr in den Torturm. Donnernd stürzte das Gemäuer zusammen und begrub den Übeltäter.

Kurz darauf fand man die beiden Kinder am Fuß der Burg im Gebüsch liegen. Wie durch ein Wunder hatten sie den Sturz unversehrt überstanden. Der Geist des bösen Knappen aber soll heute noch auf der Burg umgehen. Gegen Mitternacht hört man zuweilen ein schauerliches Geheul, als ob jemand ins Tal hinunterrufe, und gleich darauf läßt ein Donnerschlag den Burgfelsen erbeben, als ob noch einmal der Blitz niedergefahren wäre, um den Bösewicht zu richten.

Der Pfullendorfer Brotlaib

Auf die Stadt Pfullendorf plante einmal die schwäbische Ritterschaft einen Anschlag. Weil der Ort gut befestigt war, wollte man die Bürger durch eine List überrumpeln. Im Schutz der Nacht sollten drei Heerhaufen sich heranschleichen und nahe der Stadt verstecken. Wenn dann am Morgen die Tore geöffnet würden und die Hirten das Vieh zur Weide trieben, sollte ein kleiner Haufen die Herden überfallen und wegtreiben. Dies ließen sich die Bürger sicher nicht gefallen. Um ihr Vieh zu retten, würden sie Pfullendorf verlassen und den Räubern nachjagen. Und dann könnten die anderen Haufen aus ihren Schlupfwinkeln hervorbrechen und das schutzlose Städtlein ohne Mühe einnehmen und plündern.

Der hinterlistige Anschlag wurde auch dem ehrenwerten Freiherrn Werner von Zimmern bekannt, und weil er die Pfullendorfer als Nachbarn schätzte und die vielen Dienste, die sie ihm schon erwiesen, nicht mit Undank lohnen wollte, erwog er, die Bürger vor dem drohenden Angriff zu warnen. Damit aber würde er seine Standesgenossen verraten. Die Sorge, was zu tun sei, machte ihn still und verschlossen, und nicht einmal sein Eheweib, Frau Brigitta von Gundelfingen, konnte ihm das Geheimnis entlocken.

Einmal aber, als der Freiherr sich allein glaubte, schritt er im Zimmer auf und nieder, laut vor sich hinmurmelnd, wie es seine Gewohnheit war, und bei diesem Selbstgespräch nannte er auch Tag und Ort, an dem der Überfall ausgeführt werden sollte. Frau Brigitta aber hatte gelauscht und schrieb eilends dem Pfullendorfer Bürgermeister einen Brief, in dem sie ihm das Vorhaben der Ritterschaft schilderte. Das Schriftstück backte sie in ein Weißbrot und übergab den noch ofenwarmen Laib einem Boten, damit er ihn unverzüglich nach Pfullendorf bringe, mit der Empfehlung, der Bürgermeister möge sich das Brot sogleich schmecken lassen.

Jener wunderte sich über das unverhoffte Geschenk. Als er aber den Laib anschnitt und den Brief fand, erschrak er nicht wenig. Doch ließ er kein Sterbenswörtlein von dem geplanten Überfall verlauten, sondern traf insgeheim Vorkehrungen, die Mauern und Türme der Stadt zu befestigen.

Als nun der Tag kam, an dem der Anschlag stattfinden sollte, trieben die Pfullendorfer Hirten ihr Vieh wie gewohnt vor die Stadt. Da brachen die Räuber hervor und fielen über sie her. Das Geschrei und der Waffenlärm hatten die Bürger aufgeschreckt, und da man erkannte, daß es nur wenige Angreifer waren, rotteten sie sich zusammen, bewaffneten sich mit Spießen und Äxten und wollten die Feinde verfolgen, um ihnen den Raub wieder zu entreißen. Doch der Bürgermeister ließ keinen zur Stadt hinaus und eröffnete ihnen, welche Gefahr Pfullendorf drohe. Daraufhin schlossen die Bürger eilends die Tore, zogen die Brücken hoch und besetzten die Mauern. Und als kurz danach die Ritter mit ihren Reisigen heransprengten in der Meinung, die Stadt sei leer und wehrlos, da fanden sie alles wohl gerüstet und mußten erkennen, daß ihr Anschlag verraten worden war. Mit langen Gesichtern zogen sie ab.

Die Pfullendorfer aber feierten lange Zeit, wenn jener denkwürdige Tag sich jährte, ein Dankfest mit Hochamt, Waffenspielen und allerlei Vergnügungen. Dazu luden sie als Ehrengäste die von Zimmern ein und legten jedesmal auf ihren Platz das schönste Laiblein Weißbrot.

Allgäu, Bodensee und Hegau
F. BURZIK '84
St. Konrad

Das Strafgericht auf dem Blutsberg

Auf dem Blutsberg, einem Höhenrücken zwischen Aichstetten und Altmannshofen, stand einst die stattliche Burg eines mächtigen Adelsgeschlechts. Ihre Herren hatten einen guten Ruf im Land, denn sie waren gerecht gegen jedermann und halfen allen gern, die in Not gekommen.

Eines Tages vermählte sich einer der Ritter mit einer zwar schönen, aber recht stolzen und herrschsüchtigen Frau. Fortan wehte ein anderer Geist auf dem Blutsberg. Bald bestimmte die Herrin allein, was auf der Burg zu geschehen hatte, und sie brachte es fertig, daß ihr Mann nach kurzer Zeit ebenso habgierig und grausam war wie sie.

Wenn nun Arme ans Burgtor pochten und um Almosen baten, wurden sie mit barschen Worten davongejagt, und flohen sie nicht schnell genug, so hetzte die Herrin die Hunde hinter ihnen her. Auch sandte der Ritter seine Knechte ins Land hinaus, und jeden, der ihnen geeignet schien, brachten sie auf die Burg, wo er fortan zu Frondiensten gezwungen wurde. Wehrten sich die Betroffenen, so schlug man sie oder warf sie gar in eines der tiefen Verliese, wo sie elendig verschmachteten.

Die droben in der Burg aber lebten in Saus und Braus. Auch wenn in den Dörfern ringsum nach einer Mißernte bittere Hungersnot einkehrte, Keller und Küche auf dem Blutsberg lieferten der Herrschaft die köstlichsten Speisen im Überfluß, und was nicht verzehrt wurde, gab man den Schweinen. Knechte und Mägde taten es den Rittersleuten bald gleich, und bei der Verschwendung verdarben oft Brot und Wein und andere kostbare Gottesgaben. Nur ein junges Küchenmädchen sträubte sich gegen solchen Frevel. Man hätte es längst fortgejagt, wenn man es hätte entbehren können. Aber die Magd war in der Kochkunst erfahren wie keine andere, und nur von ihr wollte die Herrin sich die Speisen zubereiten lassen.

Eines Tage sollte das Mädchen die Kinder der Herrschaft in Milch baden und mit frischen Schmalzküchle abreiben. Es weigerte sich zunächst und bat eine andere Magd, die Arbeit zu übernehmen, versprach ihr auch eine seidene Schürze und einen Teil seines Lohns, aber die anderen lachten es aus und zwangen das Mädchen, zu tun, wie ihm geheißen.

Kaum war es fertig, da pocht ein Bettler an das Burgtor. Man wunderte sich, daß er den Mut hatte, auf den Blutsberg zu kommen, denn alle Leute im weiten Umkreis wußten, wie die Burgherrin mit den Armen umging. Doch ließ man ihn ein, und als er um Speise und Trank bat, schoben ihm die verderbten Dienstboten hin, was an Milch und Schmalzküchle vom Bad der Kinder übriggeblieben war.

Das Küchenmädchen aber wollte verhindern, daß der Alte zum Gespött des Gesindes wurde, nahm ihn beiseite und steckte ihm etwas Geld zu; er solle sich im nächsten Dorf zu essen kaufen. Jener Bettler jedoch war ein Heiliger, den Gott gesandt hatte, um die Burgleute zu bestrafen. Inmitten aller Verderbtheit fand er in der Magd einen Menschen voller Herzensgüte und Gottesfurcht. Und das Mädchen sah plötzlich, wie vom Gesicht des Alten ein seltsames Leuchten ausging. Es kniete vor ihm nieder und küßte ihm ehrfurchtsvoll die Hände. Der Bettler hob es auf und führte es durch das Burgtor hinaus ins Freie. Als sie einen Steinwurf weit gegangen waren, wandte er sich um, nahm seinen Wanderstab und brach ihn mitten entzwei, so wie ein Richter, der einem Verbrecher das Leben abspricht. Die beiden Stücke aber schleuderte er gegen das Schloß.

Im selben Augenblick ertönte ein Donnerschlag, der Berg tat sich auf, und die Burg versank vor ihren Augen im Schoß der Erde. Das Mädchen erschrak zutiefst. Mit fliegenden Rökken rannte es ins nächste Dorf, um Hilfe zu holen. Dort hatte man den Lärm auch vernommen, und einige beherzte Männer folgten der Magd den Berg hinauf. Als sie aber an den Ort kamen, wo die Burg gestanden hatte, fanden sie zu ihrem Entsetzen nur einen großen, öden Platz, auf dem kein Grashalm mehr wuchs. Auch der Bettler war verschwunden.

Ein paar mutige Burschen aus Altmannshofen und Eschau baten später die Küchenmagd, sie möge ihnen zeigen, wo sich die Schatzkammer der Burg befunden habe. Jene aber meinte, der Schatz im Blutsberg wäre auf ewige Zeit verflucht und man versündige sich, wenn man Gottes Strafgericht mißachte. Als die Burschen sie trotzdem immer wieder drängten, ihnen den Weg zum Gold zu weisen, zog die Magd fort, niemand weiß, wohin.

Unter all den Menschen, die damals mit dem Schloß in der Tiefe versanken, war auch ein kleines Mädchen, ein Kind, das den Frevel der Erwachsenen noch nicht erkennen konnte und unschuldig zu Tode kam. Auch die Tiere der Burg, die Pferde und Hunde, Kühe und Katzen, Hühner und Tauben hatte der Fluch getroffen. Wenn man an Feiertagen des Nachts am Blutsberg vorbeikommt, kann man einer seltsamen, buntgemischten Herde begegnen, die von einem weißgekleideten Mädchen gehütet wird. Die Jungfer winkt einem und bittet, man möge mitkommen, sie werde einem die Schatzkammer zeigen mit den Truhen voller Geld und kostbarem Schmuck. »Gib dann alles den Armen«, sagt sie flehentlich, »damit endlich der Frevel gesühnt ist und wir erlöst sind!« Aber bis heute hat sich noch keiner getraut, den Schatz zu heben.

Einem Eschauer soll einmal am Heiligen Abend das Fräulein begegnet sein. Er hörte sich die Bitte des Mädchens an. Als aber plötzlich die Tiere zu sprechen begannen, bekam er einen solchen Schreck, daß er davonrannte und sich nicht umdrehte, bis er ins nächste Dorf gelangte. Die ganze Nacht hindurch und während der Rauhnächte bis zum Dreikönigstag habe man daraufhin die Tiere der Blutsbergherde jämmerlich schreien hören.

Ein Bursche aus Aichstetten zeigte mehr Tapferkeit. Er folgte dem Fräulein in die Schatzkammer, ein finsteres Gewölbe tief im Berg. Als er aber eine der Truhen öffnete, sah er im trüben Licht seiner Laterne Schlangen, Molche und Kröten zwischen allerlei Totengebein auf dem Golde hocken. Da schlug er, von Entsetzen gepackt, den Deckel der Kiste zu und stolperte ins Freie. Dort verharrte er einen Augenblick. Ihm war, als höre er in der Tiefe des Berges die Stimme der Jungfer klagend rufen: »Weh uns! Noch hundert Jahr! Noch hundert Jahr!« Aber er brachte den Mut nicht auf, in den Blutsberg zurückzugehen.

Wangen und die Ritter von Prasberg

Die Ritter von Prasberg hatten einst in der Umgebung von Wangen viele Besitzungen, und auch in der Stadt selber gehörte ihnen ein großes schönes Haus am Marktplatz. Zudem besaßen sie von alters her das Recht, jedes Wangener Mädchen nach seiner Hochzeit in ihr Haus oder auf ihr Schloß zu nehmen. Dann erst wurde es dem Bräutigam zurückgegeben. Das ärgerte die Bürger, und sie suchten die Ritter zu bewegen, von dem Brauch zu lassen. Doch jene spotteten nur über die Bitte der Wangener und pochten auf ihr Recht. Da die Ritter auch sonst ihre Untertanen auf schmerzliche Weise spüren ließen, daß sie die Herren waren, wuchs unter dem Volk die Erbitterung gegen die Prasberger mehr und mehr.

Eines Tages feierten die Wangener ein großes Fest. Das schönste Mädchen der Stadt hielt Hochzeit mit einem angesehenen Bürgersohn. Als nun das Paar nach der Trauung aus der Kirche trat, fuhr ein Wagen vor, und Bedienstete der Prasberger forderten die Braut auf, einzusteigen und zum Schloß zu kommen. Sie weigerte sich jedoch und klammerte sich weinend an ihren Bräutigam. Empörte Rufe wurden laut, und die Menge griff nach den Dienstleuten der Ritter, die daraufhin schleunigst Reißaus nahmen. Nun drängte alles zum

Marktplatz, zum Haus der Prasberger. In ihrer Wut schlugen die Bürger dort kurz und klein, was sie fanden, und machten schließlich das ganze stattliche Anwesen dem Erdboden gleich.

Als die Ritter davon Kunde erhielten, schworen sie blutige Rache. Da ihnen aber die Stadt mit ihren Mauern und Gräben für einen offenen Angriff zu stark war, beschlossen sie einen heimlichen Überfall. Um alles zu verabreden, schickten sie Boten zu befreundeten Rittern und baten jene, sich an einem Sonntag in der Kapelle zu Herfatz einzufinden. Dort beratschlagten sie, wie man die aufsässigen Bürger am besten züchtigen könne und kamen überein, am Neujahrstag zu jener Zeit, wenn alles Volk in der Kirche weile, in die Stadt einzudringen und die Wangener das Fürchten zu lehren.

Die Ritter hatten indes nicht bemerkt, daß außer ihnen ein altes Weiblein in der Kapelle weilte, das, hinter einer Säule verborgen, sein Gebet verrichtete. Mit Bestürzung hatte die Frau den teuflischen Plan der Adeligen vernommen, und als jene auseinandergegangen waren, machte sie sich eilends auf, den Wangenern zu melden, was ihnen drohte.

Als nun am Neujahrstag die Prasberger mit ihren Verbündeten zur Stadt kamen, fanden sie die Tore verschlossen, und während sie ratschlagten, was zu tun sei, brachen die Bürger aus ihren Verstecken hervor und stürzten sich wütend auf die Feinde. Vor allem die Schmiede setzten den Rittern arg zu und hausten greulich unter ihnen, daß die Funken aus den Harnischen stoben. Jene hatten mit einem solch rauhen Empfang nicht gerechnet und suchten ihr Heil in der Flucht, soweit die Bürger sie nicht schon von den Rössern gestoßen hatten.

Fortan blieb die Stadt von den Prasbergern unbehelligt. Zur Erinnerung an jene siegreiche Schlacht aber zeigte sich noch bis zu Beginn des 19. Jahrhunderts an jedem Neujahrstag während des Gottesdienstes ein Reiter am Stadtwall »auf der Buch« und schwenkte ein Fähnlein.

Der Doktor und der Teufel

Im Allgäu lebte einst ein Doktor, der wanderte oft im Gebirge umher auf der Suche nach Heilkräutern für seine Kranken. Einmal kam er an einer riesigen Tanne vorbei, deren Wurzelgeflecht den Weg überzog. Ihm fiel auf, daß in einer der Wurzeln ein Zäpflein steckte. Wie er das kleine Ding so betrachtete, war ihm, als ob aus der Wurzel eine dumpfe Stimme käme. Er bückte sich und packte das Zäpfchen, und als er es mit großer Mühe herausgezogen hatte, da sprach die Stimme aus dem Löchlein: »Ich bin hier eingesperrt und kann nur heraus, wenn du mich rufst. Willst du das für mich tun, so werde ich dir alle Heilkräuter zeigen, die es im Gebirge gibt.«

»Wie vielen meiner Kranken kann ich damit Genesung verschaffen!« dachte der Doktor voller Freude, besann sich nicht lange und rief: »So komm heraus!« Da sah er etwas aus dem Loch kriechen, größer und größer werden, und plötzlich stand ein Teufel vor ihm! »Komm mit!« sprach der und führte den Doktor weit umher im Gebirge, zeigte ihm da ein Kräutlein, dort eine Wurzel und lehrte ihn, gegen welche Krankheiten und Gebrechen die Pflänzlein helfen könnten. Das war dem Doktor schon recht, aber ihn wurmte, daß er den Teufel freigelassen hatte, und er sann auf ein Mittel, ihn wieder unschädlich zu machen.

Als er einmal an jener Tanne vorbeikam, unter welcher er den Teufel gefunden hatte, betrachtete er das Löchlein und sagte kopfschüttelnd: »Das muß ein gar mächtiger Mann gewesen sein, der Euch in dieses kleine Loch zwängen konnte! Aus eigener Kraft könnt Ihr Euch schwerlich so klein machen.« Da lächelte der Teufel und sprach: »Warum denn nicht? Das ist für mich eine Kleinigkeit.« – »Verzeiht«, erwiderte darauf der Doktor, »ich halte zwar viel von Eurer Macht und Kunst, kann mir aber trotzdem nicht denken, wie Ihr das so mir nichts dir nichts fertigbringen solltet.« Der Teufel meinte: »Was gilt's? Ich kann's!« – »Vielleicht; aber ich möchte es doch lieber sehen.« Da rief der Teufel: »Gib acht, wie leicht das geht!« Alsbald schrumpfte er zusammen, bis er so klein war, daß er in den Wurzelspalt schlüpfen konnte. Kaum war er verschwunden, da steckte der Doktor den Zapfen in das Loch und schlug ihn fest hinein.

So war der Teufel wieder eingesperrt wie vorher, indes der Doktor sich der Kräuter erfreute, mit denen er seinen Kranken helfen konnte.

Der Ritt auf dem Hexenbesen

Auf einem kleinen Hof nahe bei Leutkirch lebten vor etlichen Jahren ein Bauer und sein Weib. Als der Mann einmal gegen Mitternacht aus wirren Träumen aufschrak und nach seiner Frau tastete, fand er ihr Bett leer. Er dachte nicht weiter darüber nach und war bald wieder eingeschlafen. Doch in der nächsten und übernächsten Nacht erging es ihm ebenso, und nun wurde er neugierig und wollte wissen, was sein Eheweib zu solch ungewöhnlicher Stunde außerhalb der Schlafkammer zu schaffen hatte.

Am folgenden Abend legten sich die beiden zur gewohnten Zeit nieder. Der Mann tat, als ob er schliefe. Als es gegen Mitternacht ging, hörte er, wie seine Frau leise aus dem Bett schlüpfte und in die Küche hinunterging. Gleich schlich er ihr nach, und durch den Türspalt konnte er sehen, was sie trieb. Die Bäuerin holte ein Salbenhäfele vom Kaminsims, langte nach dem Besen und schmierte den Stiel rundum ein. Dann stellte sie sich unter den Rauchfang und murmelte: »Oba 'naus ond neanads 'na!« Und kaum hatte sie sich auf den Besenstiel gesetzt, so schoß sie durch den Schornstein davon.

Der Bauer erschrak nicht wenig, als er merkte, daß seine Frau hexen konnte. Da er aber ein wackerer Kerl war und die Neugier ihn packte, fackelte er nicht lang, griff nach einem anderen Besen und tat alles gerade so, wie er es bei seinem Weib gesehen hatte. Weil er aber überall hinreiten wollte, änderte er das Sprüchlein und sagte: »Oba 'naus ond überall 'na!" Sogleich trug ihn der Besen davon; aber schon im Schornstein wurde er so jämmerlich gegen die Wände und Ecken geworfen, daß ihm bald Hören und Sehen verging. Und als er gar über die Dächer, Wiesen und Wälder dahin flog, stieß er überall gegen Giebel, Zäune und Äste, bis er schließlich ganz zerschunden von seinem ungebärdigen Reittier am Rande einer weitläufigen Waldlichtung abgesetzt wurde.

Da herrschte im Schein eines lodernden Holzstoßes ein tolles Treiben. Viele Hexen tanzten einen wilden Reigen zu den Klängen einer teuflischen Musik, die oft vom Geschrei und Gekreisch der Satansweiber übertönt wurde.

Ganz verloren stand unser Bäuerlein dabei, blickte sich die Augen schier aus nach seinem abgängigen Weib und wäre gern wieder daheim gewesen im vertrauten Bett. Plötzlich aber bemerkte er, wie ein Raunen und Murmeln durch die Reihen ging. Der Tanz stockte, und auf einmal schrie eine schrille Stimme: »Jetz läutet mr glei zom Beata!« Kaum waren die Worte verklungen, da erlosch das Feuer, und die Hexengesellschaft stob auseinander. Bald darauf vernahm man in der Ferne den Klang der Morgenglocke.

Nun wäre es auch für den Bauern Zeit gewesen zum Heimritt. Aber so sehr er seinem Besen zusprach – der wollte ihm nicht mehr gehorchen. Als die Morgendämmerung endlich über dem Wald heraufkroch, schaute er sich um. Da bemerkte er mit Entsetzen, daß er mutterseelenallein auf einem öden Feld stand, umgeben von Reihen offener Gräber voller Totenschädel und Knochengerippe. Lange irrte er umher, bis er endlich einen Weg aus der Einöde fand und auf Menschen traf. Und ganze zwei Jahre soll der Bauer gebraucht haben, um auf seinen Hof zurückzukehren.

Der Lindauer Seewein

Als Sankt Petrus einst auf Erden wandelte, kam er auch in die schöne Gegend um Lindau, und weil er vom vielen Predigen müde war, ließ er sich von seinen Begleitern hinüberrudern auf die liebliche Insel, um dort auszuruhn. Doch wo er auch anklopfte und in Gottes Namen um eine Herberge bat, überall wiesen ihn die Leute schroff ab und sagten, sie hätten für sich selber kaum Platz genug. Erst als die Nacht hereinbrach, fanden die müden Wanderer abseits der Stadt eine kleine Hütte, in der ein Taglöhner mit seinem Weib hauste. Die beiden nahmen die Fremden herzlich auf, und obwohl sie selbst kaum etwas zu beißen hatten, bewirteten sie die Gäste nach bestem Vermögen.

Als nun anderntags die Prediger Abschied nahmen, um sich an ihr Tagwerk zu machen, sprach Petrus zu den Armen: »Habt ihr einen Wunsch, so will ich ihn gerne erfüllen.« Die beiden besannen sich nicht lange und baten bescheiden um ein eigenes kleines Obstgärtlein. Sankt Petrus blickte sie freundlich an – und da standen sie auch schon im schönsten Garten voll von rotbackigen Äpfeln und goldenen Birnen, von Pflaumen und Kirschen und köstlichen Pfirsichen. Inmitten der Anlage plätscherte neben einer schattigen Laube ein klares Brünnlein, und den Rand säumte eine Hecke aus Johannisbeer-, Stachelbeer- und Himbeersträuchern, behangen mit vielen reifen Früchten. Alles war so prächtig angelegt, daß die Taglöhnersleute kaum Worte fanden, den mildtätigen Fremden zu danken.

Bald hatte sich im Städtlein herumgesprochen, welch ein

Wunder geschehen war, und die Lindauer ärgerten sich, daß sie den hohen Gast so schnöde abgewiesen. Sie eilten den frommen Männern nach, holten sie am Hoyerberg ein und luden sie zu Gast in ihre Stadt. Doch Petrus lehnte ab und sagte, sie hätten genug gerastet. »Guter Herr, ist uns nicht auch ein bescheidener Wunsch erlaubt?« fragen daraufhin die Lindauer. »Warum nicht?« meinte der Gottesmann. »Was begehrt ihr?« Da riefen die Stadtleute wie aus einem Mund: »Herr, gib uns Weingärten!« Petrus nickte freundlich, und siehe, da standen auf dem ganzen Hoyerberg, wo sonst nur Gras wuchs, die schönsten Rebstöcke voll von blauen und goldenen Trauben!

Kaum hatten die Lindauer das Wunder gewahrt, da liefen sie voller Freude hinunter in die Stadt, um Butten und Fässer für die Lese zu holen. Die Begleiter des heiligen Petrus aber murrten und sprachen: »Herr, es ist nicht recht, daß diese Hartherzigen reicher belohnt werden als die beiden barmherzigen Armen!« Petrus aber lächelte und sagte: »Lasset ihnen diesen Wein ohne Neid; sie werden ob seiner Güte noch lange an uns denken.«

Seit jener Zeit soll der Rebensaft, der auf dem Hoyerberg wächst, den Namen »Tränen Petri« führen. Er sei so sauer und heimtückisch, sagt man, daß selbst die Schweden Reißaus nahmen, als sie im großen Krieg an den Ufern des Bodensees brandschatzten und davon kosteten. Und zur Zeit der Inquisition habe man die verstocktesten Ketzer zum Widerruf gebracht, wenn man den Gutedel vom Hoyerberg statt der üblichen Folter anwendete. Weil aber die Lindauer selbst seine Hinterhältigkeit zur Genüge kannten, habe der wohlweise Rat damals angeordnet, daß der Nachtwächter jede Nachtstunde laut und vernehmlich ausrufe, damit alle Bürger, die vor dem Zubettgehen etwa einen Schoppen von den »Tränen Petri« genossen, aufwachten und rechtzeitig gemahnt würden, sich auf die andere Seite zu drehen, auf daß ihnen der böse Wein kein Loch in die Magenwand brenne.

Der Ritt über den Bodensee

Ein frostiger, klarer Wintertag war es. Durch die verschneiten Täler Oberschwabens jagte ein Reiter auf schweißnassem Roß. Zum Bodensee ging der wilde Ritt; am Abend wollte er das Ufer erreichen, um sich vor Einbruch der Nacht mit dem Kahn übersetzen zu lassen. Querfeldein führte sein Weg. Schon lange hatte er die letzte Siedlung hinter sich gelassen. Nun weitete sich das Tal; die Berge blieben zurück, und vor ihm dehnte sich eine weite, weiße Fläche. Kein Baum war zu sehen, kein Haus, kein Mensch. Nur ein Wasserhuhn flatterte einmal auf, und hoch in den Lüften erklang der Ruf einer Schneegans. Fort ging es wie auf Samt durch den weichen Schnee, weiter und weiter, aber noch immer blickte der Reiter vergeblich aus nach dem Spiegel des Sees. Schon brach die Dunkelheit herein, da blinkten in der Ferne Lichter, und Bäume wuchsen aus dem Nebel.

»Endlich am Ziel!« dachte der Reiter und spornte sein Pferd an, das jetzt weiter ausgriff, da es steinigen Boden spürte unter den Hufen. Hunde kamen entgegen mit wütendem Gebell, ein Fenster öffnete sich, und neugierig musterte ein Mädchen den späten Fremden. Der zügelte das dampfende Roß und fragte nach dem See, dem Kahn.

»Aber Ihr kommt doch vom See!« wunderte sich das Mädchen. Ein kalter Schauder faßte den Reiter. »Dort über die Ebene ritt ich«, sagte er schwer atmend. »Um Gottes Willen! So seid Ihr über das Eis geritten, über die bodenlose Tiefe! Und es hat Euch getragen und ist nicht zersplittert und geborsten!«

Die Jungfer rief das ganze Dorf zusammen, das Wunder zu verkünden. Dem Reiter aber, kaum hatte er vernommen, was geschehen war und welch furchtbare Gefahr ihn bedroht hatte, stockte das Herz vor Schreck. Er sank vom Pferd, und als man bestürzt herbeilief, ihm zu helfen, da wurde man gewahr, daß ihn nun doch geholt, der ihn zuvor so gnädig verschont – der Tod.

Die Hochzeit in der Höhle

In Schiggendorf bei Meersburg stand vorzeiten eine Burg, darin hauste der Raubritter Riuhle, ein wüster und verwegener Gesell. Die Frau war ihm gestorben, und er gedachte sich wieder zu vermählen. Aber keine der adeligen Töchter in der Nachbarschaft wollte ihn zum Manne haben. Auf Burg Ittendorf lebte damals eine Jungfer, deren Schönheit und Anmut überall gerühmt wurden. Auch sie hatte den ungehobelten Freier abgewiesen, doch der Raubritter wollte das Mädchen mit Gewalt auf seine Burg holen. Er selbst konnte sich auf Ittendorf nicht mehr blicken lassen; deshalb beratschlagte er mit seinem Freund, dem listigen Ritter von Baitenhausen, wie er sich der Jungfer bemächtigen könnte.

Es ergab sich, daß der Baitenhauser wieder einmal beim Schenken von Ittendorf und seiner schönen Tochter zu Gast war. Als man den Hausherrn zu einem kranken Knecht rief, nutzte der Baitenhauser die Gelegenheit und rühmte mit wohlklingenden Worten die Blumenpracht des Burggärtleins der Gastgeberin. »Gar zu gern«, sprach er, »hätte ich mit eigenen Augen gesehen, wovon alle Welt erzählt«. Das Mädchen, hocherfreut über das Lob des Gastes, erklärte sich gerne bereit, dem Ritter ihr Gärtlein zu zeigen und führte ihn in jenen entlegenen Winkel der Burg. Kaum aber waren die beiden dort angelangt, da sprangen plötzlich vermummte Männer aus dem Gebüsch, banden und knebelten das Mädchen und schafften es auf Leitern über die Mauer. Dort setzten sie es auf ein wartendes Roß und sprengten mit ihm davon.

Währenddessen zog über dem See ein heftiges Gewitter herauf. Ein gewaltiger Sturm erhob sich, doch die Reiter hielten nicht inne, bis sie zur Bermatinger Höhle kamen, einem finsteren, unwirtlichen Loch. Heute jedoch erstrahlte das Innere der Höhle im Lichterglanz unzähliger Kerzen. Man hatte die Halle geschmückt wie eine Kirche, und ein Mönch führte die Gefangene, der man die Fesseln abgenommen hatte, zum Altar, wo Riuhle sie erwartete.

Nun erst merkte die Jungfer, was ihr drohte, und bat weinend, man möge barmherzig sein und sie gehen lassen. Doch den Räuber kümmerte dies wenig, und sie mußte es trotz allen Sträubens geschehen lassen, daß sie mit dem Ritter von Schiggendorf getraut wurde. Nach dem Hochzeitsmahl geleitete man das Paar ins Freie, der Lichterglanz in der Höhle erlosch, und alles war so öde wie zuvor. Der Ritter hob die weinende Braut in den Sattel und ritt mit ihr davon – niemand weiß, wohin.

Die beiden blieben für immer verschollen. Das Raubritterschloß in Schiggendorf stand lange leer und zerfiel allmählich, und heute kennt kaum mehr jemand den Ort, wo es einst gestanden hat.

Die beiden Liebenden

Auf der Burg Kargegg über dem steilen Ufer des Überlinger Sees lebte vor vielen Jahren Fortunata, die wunderschöne Tochter eines Edelmanns. Viele Freier warben um die Gunst der Jungfer, doch sie wies alle ab, denn von Kindheit an war sie dem Junker von Hohenfels zugetan, dessen Burg auf der anderen Seite des Sees nahe am Ufer stand.

Seit langer Zeit herrschte erbitterte Fehde zwischen den

beiden Familien. Nie hätte der Kargegger eingewilligt, daß seine Tochter einen Hohenfelser ehelicht, und mit allen Mitteln suchte er die beiden jungen Menschen voneinander fernzuhalten. Doch Liebe macht erfinderisch. War Fortunata allein, so stieg sie auf den Söller der Burg, um hinüberzuwinken über den See und den Freund zu grüßen. Und in finsterer Nacht, wenn weder Sterne noch Mond am Himmel standen, stellte sie eine brennende Kerze in ihr Fenster, um dem Geliebten den Weg zu weisen über das Wasser. Wenn der Hohenfelser das Lichtlein am andern Ufer schimmern sah, schwamm er hinüber zu der Liebsten und kehrte erst im Morgengrauen auf seine Burg zurück.

Lange Zeit ging alles gut. Eines Nachts aber, als der kühne Junker wieder einmal den See durchschwimmen wollte, um Fortunata zu besuchen, kam überraschend ein Unwetter auf. Der Wind löschte die Kerzenflamme. Vergeblich hielt der Schwimmer Ausschau nach dem Zeichen. Er wußte nicht mehr, wohin er sich in der Finsternis wenden sollte. Immer höher peitschte der wilde Sturm die Wellen. Sie stürzten über dem Junker zusammen und begruben ihn unter sich. Keuchend holte er immer wieder Luft und wehrte sich gegen die tobenden Fluten, aber allmählich verließ ihn die Kraft, und nach langem, verzweifeltem Kampf versank er im See.

Die ganze Nacht lang hatte das Edelfräulein auf den Liebsten gewartet. Als der Morgen graute, legte sich der Sturm. Träge spülten nun die Wellen gegen das Ufer unterhalb der Burg, warfen Zweige und Unrat an Land. Angsterfüllt schweifte der Blick des Mädchens über das Wasser, den Freund suchend. Endlich fand sie ihn unter den Wurzeln einer alten Weide – tot.

Die einen sagen, Fortunata habe nach dem Verlust des Liebsten der Welt entsagt und den Schleier genommen, um hinter Klostermauern ihr Leben zu beschließen. Andere behaupten, der Anblick des Leichnams habe sie getötet, und die beiden Liebenden seien, nachdem ihnen das gemeinsame Leben verwehrt worden war, gemeinsam in die Erde gebettet worden. Der Geist des Mädchens aber wandle noch immer in den Ruinen der Burg. Wer ihn erlöse, erlange jene kostbaren Schätze, die in den verschütteten Gewölben von Kargegg verborgen liegen, darunter ein Kegelspiel aus lauterem Gold.

Maria in Tränen

Als im Jahre 1634 die Schweden plündernd und brandschatzend die Gestade des Bodensees heimsuchten, kamen sie auch in die Gegend von Salem. Auf der Suche nach Kostbarkeiten drangen Soldaten in das Kloster ein. In der Kirche fanden sie ein Muttergottesbild, und als sie es näher betrachteten, da war ihnen, als ob aus den Augen der Madonna Tränen flössen. Sie wunderten sich über die Kunst des Malers, und einer von ihnen, der sich vergewissern wollte, daß die Tränen im Antlitz Mariens mit Farbe aufgetragen waren, holte eine Leiter und stieg hinauf. Doch wie erschrak er, als er die Tropfen mit einem Tuch abwischen konnte und, so sehr er auch putzte und rieb, immer neue aus den Augen der Muttergottes quollen! Er zeigte den anderen das Wunder, und alsbald hörten sie auf zu plündern, verließen die Kirche und zogen weiter.

Einige Zeit danach kam ein anderer schwedischer Haufen nach Salem, und die Soldaten suchten abermals das Kloster heim. Einer von ihnen stieg im Übermut zum Bilde der Muttergottes hinauf, zog seinen Degen und forderte die Madonna auf, das Schwert, das in ihrem Herzen steckte, zu ziehen und mit ihm zu kämpfen. Kaum aber waren seine Lästerworte verklungen, da stürzte er wie von einem Hieb getroffen zu Boden und blieb leblos liegen. Erst nach langer Zeit erwachte er aus seiner Bewußtlosigkeit, und als man ihn fragte, was denn geschehen, stöhnte er, das Salemer Weib habe ihm einen schrecklichen Stoß versetzt. Man brachte den Verletzten nach Pfullendorf ins Lager. Auf dem Weg wimmerte er und schrie, das Weib plage ihn mit glühenden Eisen. Niemand konnte dem Frevler helfen, der bald darauf unter entsetzlichen Qualen starb.

Seitdem erzählt man, das Antlitz der Muttergottes zu Salem offenbare künftiges Geschick. Sei es freundlich und heiter, so bringe die Zukunft glückliche Tage, scheine es aber schmerzhaft und betrübt, müsse man Unheil erwarten. Im Jahre 1697 sei ihre Miene voller Trauer gewesen. Bald darauf brach ein furchtbarer Brand aus, der den größten Teil des Klosters zerstörte.

Der Bodmaner Kupferkessel

An einem Spätsommertag im Jahre 1307 wurde auf Schloß Bodman ein glanzvolles Fest gefeiert. Viele Ritter und Edelleute hatten sich eingefunden in der alten Burg. Man saß lange beim Gastmahl. Als dann der Abend hereinbrach, klang Musik auf und lud zum Tanz. Ein fröhliches Treiben hob an.

Der Tag war schwül gewesen, und nun zog über dem See ein Wetter herauf. Blitze zuckten, der Donner grollte, und schwarzes Gewölk trieb über den Bodanrück. Plötzlich sah der Turmwächter große feurige Kugeln durch die Luft fahren. Zu Tode erschrocken meldete er die seltsame Erscheinung seiner Herrschaft. Doch die Edelleute lachten nur über die Furcht des Knechtes und gebärdeten sich ausgelassener als zuvor.

Auf einmal aber durchschlug ein Blitzstrahl die Decke des

Saals, und ein furchtbarer Donner erschütterte die ganze Burg. Sogleich stand der obere Teil des Schlosses in Flammen. Durch Rauch und Feuer drängten die Gäste zum Ausgang. Aber das Treppenhaus brannte schon lichterloh. In wilder Angst wandten sie sich zu den Fenstern. Doch keiner wagte den Sprung in die gähnende Tiefe. Das Schloß war zu einem furchtbaren Feuerofen geworden. Es gab kein Entrinnen mehr. Die Decke des Saales barst, und glühende Balken stürzten auf die Hilflosen nieder, deren Angstgeschrei und Gebete bald verstummten.

In aller Verwirrung war die Amme des jüngsten Grafenkindes nicht von der Wiege des Kleinen gewichen. Als die Flammen auch in ihre Kammer schlugen, wickelte sie das schreiende Knäblein in Tücher und legte es in einen großen kupfernen Kessel, den sie sorgfältig verschloß. Dann kämpfte sie sich den Weg frei zum Fenster und rief, sie befehle das unschuldige Kind dem Schutze Gottes an und des heiligen Johannes, dessen Namen es führte. Und mit aller Kraft schleuderte sie daraufhin den Kessel in die Tiefe.

Voller Entsetzen sahen die Untenstehenden das Gefäß herabstürzen. Es prallte gegen eine Wurzel, rollte den steilen Hang hinunter und blieb schließlich im dichten Gestrüpp unterhalb der Burg hängen. Man eilte hinzu, öffnete den Kessel und fand das Knäblein unversehrt. Wie durch ein Wunder hatte der Grafensohn als einziger der Burgleute den furchtbaren Brand überlebt. Er kam später zu hohem Ansehen und baute oberhalb der Ruine ein neues Schloß. Weil der heilige Johannes ihm geholfen hatte, gab man fortan jedem ersten Sohn des Geschlechts seinen Namen. Der Kupferkessel aber wird noch heute als kostbares Kleinod im Bodmanschen Schlosse aufbewahrt.

Das Schwedenkreuz beim Mainausteg

Neben dem Steg, der zur Mainau hinüberführt, stehen drei Kreuze aus Erz, die einst der Komtur Werner Schenk von Stauffenberg stiftete, als er nach einer gefahrvollen Fahrt über das Meer wohlbehalten in die Heimat zurückkehrte.

Als später die Schweden die Insel verließen, die sie während des Dreißigjährigen Kriegs eine Zeitlang besetzt hatten, rissen sie die Kreuzigungsgruppe aus ihrer Verankerung und luden sie auf einen Karren, um sie wegzubringen. Sie spannten zwei Rösser vor den Wagen und fuhren davon, Stockach zu. Wie es aber hinter Litzelstetten den Berg hinaufging, hielten die Tiere an und bewegten sich nicht mehr von der Stelle, so sehr die Soldaten auch fluchten und auf sie einhieben. Da spannten die Schweden zehn weitere Pferde vor. Aber als auch dies nichts nützte, ließen sie den Karren samt seiner Ladung stehen und zogen weiter.

Tags darauf fanden Litzelstetter Bauern das Gefährt. Sie

spannten zwei Ackergäule vor und brachten es mühelos zum Steg zurück. Dort stellten sie das Kruzifix und die beiden Kreuze mit den Schächern an ihren alten Platz. Seither nennt man die Kreuzigungsgruppe im Volk das »Schwedenkreuz«.

Die Rache der Fische

An einem Wintertag vor mehr als dreihundert Jahren versanken in Gottlieben, einem Fischerdorf am Ausfluß des Rheins in den Untersee, drei Häuser im Wasser. In einer der Hütten hatte ein Fischer gewohnt, der tagaus, tagein auf den See hinausfuhr und immer reiche Beute heimbrachte. Zu Hause erwartete ihn seine Tochter, die er wegen ihrer ungewöhnlichen Schönheit hütete wie einen kostbaren Edelstein.

Das Mädchen hatte keinerlei Ähnlichkeit mit dem grobschlächtigen Alten. Es war zart und voller Anmut und paßte gar nicht recht in die armselige Fischerhütte. Auch verabscheute es die Rohheit des Vaters, der alles, was sich in seinen Netzen verfing, an Land zog, Felchen und Forellen, Hechte und Karpfen, Barsche und Aale, aber auch die Fischbrut. Mitleidlos konnte er zuschauen, wie sich die Tiere im Todeskampf wanden und qualvoll verendeten. Sie waren doch auch Geschöpfe Gottes!

Als die Jungfer eines Tages vor der Hütte stand, um die groben Netze zu flicken, wie der Vater sie geheißen, kam der Junker von Salenstein des Wegs. Er schaute ihr eine Weile zu, sah, wie ihre feinen Hände bluteten, weil sie so schwere Arbeit verrichten mußten, und sprach sie freundlich an. Bald faßte die Fischerstochter Vertrauen zu dem Edelmann und klagte ihm ihren Kummer. Und der Junker erzählte ihr, was ihn bedrückte: Sein Vater, der Vogt von Salenstein, hatte ihn schon seit langem für das Klosterleben bestimmt. Bald sollte er die Mönchskutte tragen und allem entsagen, was ihn erfreute, der Jagd, dem ungebundenen Leben und auch der Gesellschaft des Mädchens, das er immer stärker in sein Herz schloß, je länger er bei ihm weilte.

Die beiden trafen sich fortan oft, aber in aller Heimlichkeit, und der Junker fühlte mehr und mehr, daß er nicht zum Mönch taugte. Eines Abends faßte er sich deshalb ein Herz, trat vor seinen Vater und gestand alles. Jener gab sich zuerst zornig, bat und drohte. Als er aber erkannte, daß er seinen Sohn nicht umzustimmen vermochte, wurde er traurig und sprach: »Nun muß ich dir sagen, was bisher niemand weiß außer mir. In meiner Jugend liebte ich das schöne Freifräulein von Wolfsberg. Mein Vater verbot mir, es zu ehelichen, doch wir konnten nicht voneinander lassen. Als uns schließlich ein Kind geboren wurde, gab ich es jenem Fischer in Pflege und belohnte ihn reichlich für seinen Dienst. Die du liebst, ist deine leibliche Schwester!«

Da nun der Junker seiner Verlobten anvertrauen mußte, was er von seinem Vater erfahren, brach dem Mädchen schier das Herz. Es barg schluchzend den Kopf an der Brust des Bruders und sagte: »Wenn uns verwehrt ist, zusammen glücklich zu sein, so möge doch Gott Erbarmen haben und uns zusammen sterben lassen!«

Eben brachte der Fischer einen neuen Fang an Land, da bemerkte er mit Verwunderung, daß das Wasser um seine Hütte dunkel aufschäumte von vielen glänzenden Fischleibern, die mit ihren Flossen den Ufersand forttrugen und mit ihren Zähnen an den Fundamenten des Hauses nagten. Neugierig trat er näher. Ein unheimliches Bild bot sich ihm: Von allen Seiten glitten Fische heran, große und kleine, und drängten gegen die Hütte. Drohend hoben sich unzählige Fischmäuler aus dem brodelnden Wasser, starrten ihn glotzende Fischaugen an. Und plötzlich gab der Boden unter seinen Füßen nach. Zu Tode erschrocken wollte er in der Hütte Schutz suchen, da brach das Gemäuer zusammen und versank mit ihm in der Flut.

Die Liebenden hatten nicht bemerkt, was geschehen war. Eng aneinandergeschmiegt erlebten sie wie im Traum, daß das hereinbrechende Wasser sie aufnahm und forttrug in die Tiefe und daß Gott ihre Bitte auf seltsame Weise erhörte.

Sankt Pirmin und die Reichenau

Von dem frommen alemannischen Edelmann Sintlaz, der auf Burg Sandegg lebte und am Untersee viele Güter besaß, wurde einst der irische Glaubensbote Pirmin ins Land gerufen, um Gottes Wort zu verkünden. Auf seinen Wanderungen sah der Heilige mitten im See eine stille Insel liegen. Man sagte ihm, dies sei ein verrufenes Eiland, das noch keines Menschen Fuß betreten habe. Doch Pirmin schreckte vor keiner Gefahr zurück und ließ sich übersetzen.

Als sich der Kahn dem Ufer näherte, bemerkte der Gottesmann mit Verwunderung, daß die Insel von finsterem Urwald bedeckt war, in dem allerlei greuliches Getier hauste, Schlangen, Kröten und giftige Insekten. Doch kaum betrat Pirmin das Land, da stob das teuflische Gewürm auseinander. Mit dem Rufe: »Hier will ich das Kreuz Christi aufrichten, und von hier aus soll sein Licht ganz Alemannien erleuchten!« stieß er seinen Bischofsstab in die Erde. Alsbald sprang an jener Stelle ein heilkräftiger Quell aus dem Boden. Das scheußliche Getier aber drängte aus dem Sumpf und Gestrüpp zum Ufer und floh über den See. Drei Tage lang, so wird erzählt, hätten die Leiber der Untiere das Wasser bedeckt, dann wären sie für alle Zeiten verschwunden geblieben.

Nachdem die Insel von den giftigen Tieren befreit war, machte sich der Heilige mit vierzig Glaubensbrüdern ans Werk, den Wald zu roden und das Land von dem wildwuchernden Gestrüpp zu befreien. Dann ließ er Gärten anlegen und Hütten bauen. Und in der Mitte der Insel errichtete er zur Ehre Gottes ein Kloster. Fortan nannte man dies gesegnete Stück Erde die Reichenau.

Der Bischof von Konstanz und die Spinne

Als einstens an einem Osterfest Bischof Konrad im Dom zu Konstanz mit der Gemeinde die Messe feierte und den Kelch zum Munde führte, um das Blut des Erlösers zu trinken, da gewahrte er, wie sich eine giftige Spinne an dünnem Faden von der Decke herabließ und in das Gefäß tauchte. Sollte er nun das Heilige Blut samt dem Tier trinken und so den sicheren Tod wählen oder die Spinne mit seinen Händen aus dem Kelch entfernen und damit einen Frevel begehen? Ohne zu zögern, leerte der Bischof den Kelch und verschluckte die Spinne. Darauf las er die Messe zu Ende, als ob nichts vorgefallen wäre, und begab sich zum Mittagsmahl in die bischöfliche Pfalz.

Schweigend und in Gedanken versunken saß er bei Tisch, und die Diener wunderten sich, daß der Gottesmann die köstlichen Speisen beiseiteschob, die sie auftrugen. Als man ihn fragte, ob er krank sei oder ob ihm etwas zugestoßen, wehrte er ab und sagte, er warte auf einen Gast. Plötzlich aber sah man, wie eine Spinne aus seinem Mund krabbelte. Da erst erzählte er, was ihm zugestoßen und daß er niemand anderes als den Tod erwartet habe, vor dem ihn Gott in seiner Güte nun bewahrt.

Zur Erinnerung an dies Wunder wurde das Bild der Spinne in die Konstanzer Bischofsmünzen geprägt, und man sagt, seither trügen die Nachkommen jener Spinne das Kreuzeszeichen auf ihrem Rücken.

In Konstanz ist gut stehlen

An einem Markttag im Winter des Jahres 1450 bot ein Krämer aus dem Welschland in Konstanz seine Waren feil. Er machte ein gutes Geschäft, und als der Abend hereinbrach, packte er seine Habe zusammen, um weiterzuziehen, Meersburg zu. Wie der Händler nun zu dem Brücklein kam auf dem Weg nach Staad, sprang plötzlich aus dem Dunkel ein Landstreicher auf ihn zu und entriß ihm die Geldtasche, und als der Händler sich wehrte und um Hilfe schrie, schlug er ihn nieder und würgte ihn, bis alles Leben aus ihm gewichen war. Eilends versteckte er dann den Leichnam unter der Brücke. Um den Verdacht auf andere zu lenken, zog er daraufhin seine Schuhe verkehrt an und ging durch den frisch gefallenen Schnee zu einem Haus in der Nähe. Dort steckte er seine Füße wieder richtig in die Schuhe und stapfte zum Tatort zurück.

Als man anderntags in aller Frühe den Toten fand, entdeckte man auch die beiden Spuren, die zu jenem Haus führten. Die Stadtknechte pochten an die Tür, und als geöffnet wurde, drangen sie ein, um nach den Habseligkeiten zu suchen, die dem Krämer geraubt worden waren. Auch wenn nichts gefunden wurde, zweifelte niemand daran, daß die Bewohner jener Hütte, ein Witwer und seine zwei Söhne, den Mord begangen hatten. Man brachte sie nach Konstanz und warf sie in den Turm.

Die Beschuldigten leugneten die Tat, doch glaubte ihnen niemand, und der Rat befahl, sie zu foltern. Lange Zeit blieben sie standhaft, aber als die Marter immer grausamer wurde, gestanden die beiden Söhne das Verbrechen und bezichtigten sogar ihren Vater der Beihilfe, damit ihre Qual ein Ende habe. Der Alte aber beharrte auf seiner Unschuld und beteuerte, daß auch seine Söhne, die er fromm und gottesfürchtig erzogen habe, eine solche Tat nicht begangen haben könnten. Man zog ihm die Daumenschrauben fester an und renkte ihm die Glieder aus den Gelenken, doch er blieb dabei, unschuldig zu sein. Als sogar die Folterknechte ermüdeten, gab der Richter auf und ließ den Geschundenen ins Gefängnis zurückbringen. Die beiden Söhne aber wurden zu Tode gerädert.

Lange Zeit blieb der Alte im Kerker, ein Krüppel nun, zerschunden und hilflos. Da geschah es, daß eines Tages ein Bote aus Verona die Nachricht brachte, ein Mörder habe vor seiner Hinrichtung gestanden, einst bei Konstanz einen Krämer überfallen und erwürgt zu haben. Damit kein Verdacht auf ihn fiele, habe er den Toten versteckt und eine falsche Spur gelegt.

Die Konstanzer erschraken zutiefst, als sie erkannten, daß sie Unschuldige gerichtet hatten. Das an den Söhnen geschehene Unrecht konnten sie nicht wieder gutmachen, doch gedachten sie, wenigstens dem Vater Gerechtigkeit widerfahren zu lassen. Sie holten ihn aus dem Gefängnis und boten ihm die fetteste Herrenpfründe, damit er sorglos leben könnte bis an sein Ende. Aber der Alte lehnte ab und sagte voll Bitterkeit, auch wenn man ihm die ganze Stadt schenkte, seine Söhne und seine Gesundheit könne ihm niemand wiedergeben. Da boten ihm die Stadtväter zehntausend Gulden, wenn er nur Konstanz verließe, damit ihnen nicht immerfort ihr Fehlurteil vor Augen sei. Doch auch dies Angebot wies der Krüppel hartnäckig zurück. Er ließ sich einen kleinen Karren bauen, weil er nicht mehr gehen konnte, und fuhr damit bis an sein Lebensende durch die Gassen der Stadt, um sich zusammenzubetteln, was er brauchte.

Man sagt, die Konstanzer hätten daraufhin an ihrem Rathaus papierene Fenster anbringen lassen, damit jeder erkenne, wie blind der Rat damals an dem Witwer und seinen beiden Söhnen gehandelt hatte. Und wenn es darum ging, Strafen zu verhängen, so kamen in Konstanz die Übeltäter fortan milder davon als anderswo: Wer den Tod durch das Rad verdient hatte, wurde aufgehängt, den zum Strang Verurteilten richtete man mit dem Schwert, und wer geköpft werden sollte, den stellte man an den Pranger. Unter den Spitzbuben ging deshalb lange Zeit das Wort um: »In Konstanz ist gut stehlen, denn der Rat darf den Schelm nit hängen.«

Der Poppele vom Hohenkrähen

Wer im Hegau unterwegs ist, der hüte sich vor den Streichen des Poppele vom Hohenkrähen, jenes schelmischen Geistes, der manchen schon mit seinen derben Späßen ärgerte! Burgvogt auf der Feste Hohenkrähen soll er zu Lebzeiten gewesen sein, der Johann Christoph Poppelius Mayer, wohl klein und schmächtig von Gestalt, aber ein tollkühner Haudegen und ein gewaltiger Zecher. Mit List und Tücke warf er bei den Ritterspielen manchen aus dem Sattel, der viel größer und stärker war, und wenn beim Gelage die Humpen kreisten, sprach er dem edlen Rebensaft noch lange wacker zu, wenn die andern schon stockbesoffen unter dem Tisch lagen.

Einmal weilte ein wohlbeleibter Abt aus Schwaben auf Hohenkrähen, ein Kerl wie ein Faß, neben dem sich der Vogt recht schmächtig ausnahm. Als man des Abends bei Tische saß und der Wein die Zungen löste, brüstete sich Poppele seiner gewaltigen Kraft. Da lächelte der Abt geringschätzig und meinte, er solle nur nicht so große Sprüche machen, denn schließlich gleiche er eher einem dürren Knochenkerl, den man durch ein Nadelöhr ziehen könne, als einem Hünen. Das traf den kleinen Mann ins Herz, und voller Zorn ließ Poppelius den vorlauten Mönch von seinen Knechten in den tiefsten Kerker der Burg werfen. Dort hielt er ihn so lange bei

Wasser und Brot gefangen, bis jener zu einer jämmerlichen Gestalt aus Haut und Knochen geschrumpft war und kaum mehr die Kraft hatte für die Heimreise in sein Kloster.

Voller Zorn über die ungastliche Behandlung sann der geistliche Herr auf Rache. In der Bibliothek der Abtei fand er schließlich ein uraltes Zauberbuch, mit dessen Hilfe es ihm gelang, den Burgvogt zu verfluchen. Bald darauf brach sich Poppelius bei einem seiner vorwitzigen Streiche das Genick. In der nahen Mühlhäuser Kirche wurde sein Leichnam beigesetzt. Sein Geist aber blieb höchst lebendig und treibt seither in der Gegend um den Hohenkrähen sein Unwesen, zur Erheiterung und Freude der einen, zum Ärgernis und Schrecken der andern.

Im Bruderhof war Poppele schon oft zu Gast und machte sich gerne nützlich, brachte Wasser und Holz in die Küche, warf Heu und Stroh vom Boden herab, fütterte das Vieh, striegelte die Pferde und wendete den Dreschern die Garben. Er führte dabei alles getreulich aus, was man ihm auftrug. Aber bei jedem Geschäft mußte man sagen: »It z'lützel und it z'vil!« (nicht zu wenig und nicht zu viel), sonst konnte es sein, daß er aus Unverstand oder Bosheit etwa alles Heu vom Boden warf oder alles Holz auf einmal in die Küche brachte.

Recht ungebärdig benahm sich der Geist aber auch, wenn man vergaß, ihn zum Lohn für seine Dienste zum Essen zu laden. Dann warf er die Teller vom Tisch, band das Vieh los und trieb anderen Unfug. Ebenso durfte man vor einer Ausfahrt nicht versäumen, zu sagen: »Komm, Poppele, fahr au mit!« Dann schwang er sich behende auf das Brett am Ende des Wagens, die »Schnätter«, und begleitete einen. Andernfalls aber geschah dem Fuhrwerk bestimmt ein Unglück. Ebenso verlangte der Geist, daß man nach dem Backen dem ersten Bettler, der an die Tür klopfe, einen Brotlaib schenken solle, sonst sei in Küche und Keller eine Zeitlang der Teufel los.

Als eine Frau aus Schlatt, die schwanger war, einmal beim Grasholen auf dem Feld voller Sorge an die trübe Zukunft dachte, denn sie war gar arm, und ihr Mann vertrank das Wenige, das sie besaßen, da stand plötzlich der Poppele vor ihr in Gestalt eines Jägers und erbot sich, ihr zu helfen. Ein leeres Fäßchen solle sie herbeischaffen, er wolle es mit gutem Wein füllen. Sie möge sich den Trank wohl schmecken lassen, sagte er dann, als sie getan hatte, was er ihr geheißen, doch ihrem Mann keinen Tropfen davon geben, so sehr er auch danach verlange.

So oft die Frau ihr Krüglein füllte – das Faß wurde nicht leer. Sie schenkte auch den anderen Armen von dem köstlichen Rebensaft. Ihr Mann hatte indes gemerkt, welch teure Gabe seine Frau in der Küche versteckt hielt und verlangte immer heftiger, ihn auch davon kosten zu lassen. Schließlich erlaubte sie ihm, sich einen Schluck zu holen. Doch als er den Hahn aufdrehen wollte, stand auf einmal der Poppele vor ihm und gab ihm eine schallende Ohrfeige. »Nicht für dich ist der Wein, du Verschwender«, rief der Geist, »sondern für deine Frau! Nun aber hat sie meine Gunst verscherzt.« Und fortan kam kein Tropfen mehr aus dem Faß.

Eines Nachts begegnete einem Müller aus Radolfzell, der auf dem Heimweg vom Möhringer Fruchtmarkt war, ein einsamer Wanderer. Jener bat ihn in aller Bescheidenheit, bis Singen mitfahren zu dürfen. Der Müller, guter Laune wegen des vorteilhaften Handels, den er getätigt, hielt an und ließ ihn aufsitzen. Als sie kurz vor Singen waren und der Fremde absteigen wollte, griff der Müller zufällig nach seiner Geldkatze, die er sich um den Leib gebunden hatte, und merkte voller Schreck, daß sie leer war. Schon wollte er den Fahrgast zur Rede stellen, da sprang jener lachend vom Wagen, und mit den Worten: »Geht halt den Weg zurück, vielleicht findet Ihr dann Euer Geld wieder!« verschwand er in der Dunkelheit. Der Müller blickte sich um und sah auf der Straße gleich hinter dem Wagen etwas im Mondlicht blinken. Fluchend stieg er ab und hob es auf. Tatsächlich, es war einer der vermißten Taler! Was blieb ihm anderes übrig, als sein Fuhrwerk in der

»Krone« zu Singen einzustellen und eilends die halbe Nacht lang sein Geld zu suchen! Den letzten Taler fand er just an der Stelle, wo er den Fremden hatte aufsitzen lassen, unterhalb des Hohenkrähen. »Niemand anders als der Poppele hat mir den üblen Streich gespielt!« dachte er voller Zorn und wanderte müde nach Singen zurück.

Ähnlich erging es einem Glaser, dessen Weg am Hohenkrähen vorbeiführte. Die Last der Waren auf seinem Rücken drückte ihn sehr. Deshalb schaute er sich nach einem Plätzchen um, damit er sich setzen und eine Weile verschnaufen könnte. Am Straßenrand entdeckte er einen Baumstumpf. Kaum aber wollte er sich darauf niederlassen, da rollte jener zur Seite, und der Glaser plumpste mit seiner Trage so heftig zu Boden, daß seine zerbrechliche Ware in tausend Stücke zersprang. Als er sich mühselig aufrappelte und bekümmert den Schaden besah, hörte er im nahen Wald jemand hämisch lachen. Da wußte er, daß es Poppele war, der mit ihm sein schlimmes Spiel getrieben hatte.

Auch die Äbtissin Mechthild von Amtenhausen sollte die Bosheit des Geistes zu spüren bekommen. Als sie auf der Reise zum Weinberg ihres Klosters bei Öhningen am Krähenberg vorbeikam, blieb ihre Kutsche plötzlich stehen und war nicht mehr von der Stelle zu bringen, so sehr die Pferde auch an den Strängen zerrten. Nachdem der Fuhrknecht eine Zeitlang vergeblich auf die Pferde eingehauen hatte, bat er die fromme Frau um die Erlaubnis, mit einem kräftigen Fluch den Poppele, der sicher der Übeltäter sei, zu vertreiben. Die Äbtissin verbot ihm dies jedoch mit allem Nachdruck. Erst als der Wagen stundenlang wie angewurzelt stehengeblieben war, rief sie: »So fluch' Er halt in Gottes Namen!« Und siehe da! Kaum hatte der Knecht Himmel und Hölle beschworen, fuhr die Kutsche dahin, als treibe der Geist selber die Rösser an!

An jedem Sonntag um Mitternacht, so wird erzählt, kegelt Poppele in Gesellschaft vieler Ritter in einem der Gewölbe der alten Ruine. Ganz schauerlich klingt dann das Rollen der Kegel aus der Tiefe des Berges. Auch sonntags morgens während des Gottesdienstes wurde das Geräusch schon vernommen. Einmal kamen um diese Zeit zwei Handwerksburschen durch den Krähenwald. Da sahen sie den Poppele im Burggraben kegeln. Er traf aber nichts. Als er die beiden Burschen zu einem Spiel lud, faßten sie sich ein Herz und taten mit. Anfangs gewannen sie auch einige Gulden, aber dann verspielten sie alles wieder und mußten sogar ihr Reisegeld drangeben, so daß sie bettelarm weiterzogen. Unterwegs bemerkte der eine, daß in seinem Ränzlein eine Kegelkugel lag. Ärgerlich darüber, daß er sie so weit geschleppt hatte, warf er sie fort. Des Abends in der Herberge zu Mühlhausen entdeckte der andere in seinem Felleisen einen Kegel, der war aus reinem Golde. Er wollte ihn verkaufen, doch fand sich niemand, der ihn hätte bezahlen können. Da sägte der Handwerksbursche ein Stück davon ab und erhielt zweitausend Gulden dafür. In Schaffhausen zahlte man ihm für den Rest viele tausend blanke Taler. Der andere Bursche suchte lange Zeit nach der verschmähten Kugel, fand sie aber nicht wieder. Unser Poppele jedoch muß für seine Freigebigkeit büßen: Seitdem sieht man ihn nur mit acht Kegeln und einer Kugel spielen.

Der verwundete Christus von Geisingen

Mitten im Dreißigjährigen Krieg zog einmal ein Trupp schwedischer Reiter durch das Städtlein Geisingen und weiter auf der Landstraße Baldingen zu. Unterhalb des Wartenbergs kamen die Soldaten an einer offenen Kapelle vorbei, und als sie neugierig hineinschauten, erblickten sie das Bildnis des Ge-

kreuzigten zwischen den beiden Schächern. Gleichmütig ritten sie weiter. Einer blieb zurück und fing an, den Heiland zu verspotten und zu verhöhnen. Als jener sich nicht rührte und immer nur traurig und mitleidvoll auf den Schreihals niederschaute, packte den Schweden der Zorn. Er zog die Pistole, legte an und drückte ab.

Nachdem sich der Pulverdampf verzogen hatte, sah der Soldat mit Befriedigung, daß seine Kugel ihr Ziel nicht verfehlt hatte; über dem linken Auge des Schmerzensmannes klaffte ein schwarzes Loch. Auf einmal aber bemerkte er, daß aus der dunklen Wunde rotes Blut sickerte und in dünnen Rinnsalen über das bleiche Antlitz des Gekreuzigten floß. Erschrocken gab der Frevler seinem Pferd die Sporen und sprengte in wilder Hast den andern nach. Doch weit kam er nicht. Als er über die Brachwiesen am Baldinger Weg ritt, wurde ihm plötzlich schwarz vor den Augen; er stürzte vom Pferd und starb bald darauf.

Ein alter Stein soll heute noch jenen Ort kennzeichnen. Das geschändete Bild aber holten die Geisinger in ihre Stadt und erbauten darüber ein Kirchlein, die »Heiligkreuzkapelle«.

Der Lunzistein

Mitten in der Wutachschlucht nahe der Ruine Blumegg findet man einen hohen, steil aus dem Tal aufsteigenden Felsenturm, den Lunzistein. Seinen Namen verdankt er dem Lunzi, einem Freibauern, dem einstigen Besitzer des nahegelegenen Thalerhofs.

Lunzi war einer der wenigen Bauern, die als freie Herren ihr Land bestellten, dazuhin ein stolzer und tapferer Bursche und ein geschickter Jäger. Manches Mädchen wäre gern Bäuerin auf dem Thalerhof geworden, doch Lunzi hatte nur Augen für die schöne Mechthild von Blumberg, und auch das Edelfräulein fand Gefallen an dem Freibauern.

Als der Burgvogt von Blumberg um die Jungfer warb, wies sie ihn ab. Darüber erzürnt, folgte er ihr heimlich, als sie eines Abends ihrem Liebsten entgegenging, und fiel über sie her. Das Mädchen wehrte sich und schrie verzweifelt um Hilfe. Lunzi vernahm sein Rufen, lief herbei, und voller Zorn schlug er den Nebenbuhler nieder. Dann floh er mit seiner Braut zum Thalerhof, um sich dort mit Speise und Trank zu versehen. In aller Eile wandten sich die Liebenden hinüber zu jenem Felsenturm an der Wutach. Über eine umgestürzte Tanne gelangten sie vom Rande der Schlucht zu der Felsplatte, die den Stein krönte. Hier fanden sie zunächst Zuflucht vor den Nachstellungen des Vogts.

Kaum war jener aus seiner Ohnmacht erwacht, schickte er seine Knechte zum Thalerhof, den frechen Bauern zu fangen. Doch fand sich keine Spur. Man umstellte Tag und Nacht das Gehöft, und als Lunzi einmal in sein Haus zurückschlich, um sich mit Nahrung zu versehen, wäre er beinahe einem der Wächter in den Spieß gelaufen. Kaltblütig schoß er ihn mit seiner Armbrust nieder und floh.

Endlich entdeckte man das Versteck der beiden, doch wagte keiner den Felsen zu erklettern, und wer über die schwankende Brücke hinüberzugelangen versuchte, wurde von Lunzis Armbrust niedergestreckt. Auch als der letzte Bolzen verschossen war, gab der Bauer nicht auf. Mit wütenden Axthieben verteidigte er seine Zufluchtsstätte, und erst nachdem er, von einem Spieß getroffen, blutüberstömt niedersank, gelangte der Vogt über den Steg in die Felsenburg. Als er aber Mechthild an sich reißen wollte, entwand sich die Jungfer seinen Armen und stürzte sich in den gähnenden Abgrund. Entsetzt starrte der Vogt ihr nach. Der verwundete Lunzi aber raffte sich noch einmal auf, griff nach seiner Axt und spaltete dem verhaßten Feind den Schädel. Dann floh er in die Wälder und blieb für immer verschollen.

Mit Schaudern gedenkt man heute noch jener grausigen Ereignisse und meidet den Fels, dem die Leute den Namen »Lunzistein« gaben.

Der Unkenbrenner

Zu jener Zeit, als auf Burg Randegg Ritter Heinrich hauste, kam ein welscher Gelehrter ins Land, der sich rühmte, aus Blei reinstes Silber und Gold gewinnen zu können. Weil er zu seinem Werk allerlei seltsames Kraut und Getier brauchte, vor allem Feuerkröten, hieß man ihn den »Unkenbrenner«. Er verstand es so geschickt, das Vertrauen der Leute zu gewinnen und sie von seiner Kunst zu überzeugen, daß er überall geachtet und bewundert wurde. Arm und reich warben um seine Gunst, die einen, weil sie auf ein wenig Glück hofften, die andern, weil sie nicht genug kriegen konnten vom gleißenden Golde. Vor allem im nahen Schaffhausen hatte der Unkenbrenner viele Freunde und Anhänger, die seine Kunst priesen und die Lauterkeit des von ihm geschaffenen Metalls rühmten.

Nur die Konstanzer Bürger trauten der Sache nicht und hielten alles für ein Gaukelspiel. Da zog der Unkenbrenner hoch zu Roß und von Rittern und Knechten wie ein Fürst begleitet nach Konstanz. Als er auch dort seine Kunst gezeigt hatte, wuchs sein Ruf so gewaltig, daß ihm von allen Seiten Geld geboten wurde, damit er ohne Sorgen seiner Arbeit nachgehen könne. Gnädig nahm er entgegen, was man ihm brachte, und versprach jedem Geber einen Haufen Gold. Und als der Unkenbrenner auf seiner Reise durch den Hegau zu Gast auf Randegg war und um das schöne Edelfräulein warb, zögerte Ritter Heinrich keinen Augenblick, dem reichen und berühmten Goldmacher seine Tochter zur Frau zu geben.

Doch dann hörte man lange Zeit nichts mehr vom Unkenbrenner. Die ihm Geld gegeben hatten, warteten mit wachsender Ungeduld, es endlich doppelt und dreifach zurückzugewinnen. Zweifel wurden laut an der Goldmacherkunst des Welschen, und als es eines Tages hieß, der Unkenbrenner sei verschwunden, niemand wisse, wohin, war offenbar, daß man einem Betrüger auf den Leim gegangen. Da half alles Zetergeschrei nichts, doch kam wieder Hoffnung auf, als man hörte, der Ritter Konrad von Friedingen habe den Flüchtigen erwischt und auf der Burg Hohenkrähen gefangengesetzt. Dort sollte er nun unter strengster Bewachung zeigen, ob seine Kunst echt oder übler Betrug sei.

Die Schaffhauser indes glaubten immer noch an den Goldmacher und zürnten dem Ritter, weil sie meinten, jener wolle, daß der Unkenbrenner nur ihm und niemandem sonst zu Diensten sei. Deshalb verhalfen sie dem Gefangenen zur Flucht.

Ritter Heinrich von Randegg war in seinem Stolz tief verletzt, als er erkennen mußte, daß man ihn schändlich betrogen hatte. Voller Zorn verfolgte er den Unkenbrenner. Vor dem Schaffhauser Schwabentor stellte er den Schwiegersohn und erschlug ihn ohne Erbarmen. Seine Tochter, die das Volk spöttisch »die Unkenbrennerin« nannte, litt so sehr unter der Schande, die ihr widerfahren, daß sie der Welt entsagte und ins Kloster ging.

Hochrhein und
Südschwarzwald
Joachim Bierzik, Pfarrer. 1987

Der Hölzlekönig

Vor etlichen hundert Jahren zog einmal eine Zigeunerbande durch die Baar. Da geschah es, daß der Anführer der Sippe erkrankte und starb, und bald darauf verschied auch sein Eheweib. Zurück blieb das Söhnlein der beiden. Es wurde dem Bruder des Verstorbenen in Obhut gegeben und sollte später einmal Häuptling des Stammes werden. Jener Zigeuner jedoch, der Oheim des Knaben, wollte selbst Oberhaupt der Bande sein. Deshalb trug er eines Nachts das Knäblein heimlich in den Wald und versteckte es im Gebüsch. Seinen Leuten aber erzählte er, ein wildes Tier habe das Kind geraubt. Man glaubte ihm und zog weiter.

Tage später vernahm eine Frau aus Schwenningen, die in jenem Waldstück Beeren suchte, ein klägliches Wimmern. Sie ging den Lauten nach, fand das hilflose Kind und nahm es mit heim. Da sie selbst kinderlos war, beschloß sie, das Knäblein zu behalten, ließ es auf den Namen Michel taufen und erzog es im christlichen Glauben.

Nach Jahren kamen die Zigeuner wieder in jene Gegend. Im Hölzle, einem Wäldchen nahe bei Schwenningen, schlugen sie ihr Lager auf. Am Abend lockte ihr Geigenspiel die Jugend zum Tanz. Unter den Burschen, die sich am Lagerfeuer der Zigeuner einfanden, war auch Michel. Kaum aber hatte die Stammesmutter ihn erblickt, da erkannte sie in dem schwarzlockigen Jungen ihr verschollenes Enkelkind, nahm ihn zu sich und erklärte ihn zum rechtmäßigen Oberhaupt der Sippe.

Der Oheim, dessen Freveltat nun jedermann offenbar war, wurde in Schimpf und Schande aus der Sippe verstoßen. Voller Zorn gedachte er sich an den Schwenningern zu rächen, die seine Pläne durchkreuzt hatten. In derselben Nacht noch schlich er in den Ort und legte an mehreren Stellen Feuer. Bald stand der rote Hahn über den Schindeldächern, und nur mit Mühe konnten die Schwenninger verhindern, daß das Feuer die ganze Stadt erfaßte. »Das haben die Zigeuner getan«, hieß es gleich, und als am Morgen der Michel in den Ort kam, um sich von seiner Pflegemutter zu verabschieden, da fielen sie in blindem Zorn über ihn her und schlugen und traten den Burschen so lange, bis alles Leben aus ihm gewichen war.

Auch wenn die Bürger bald darauf erfuhren, daß sie einen Unschuldigen getötet hatten, ihre Reue machte den Michel nicht wieder lebendig. Sie hoben die Leiche auf und brachten sie zum Hölzle, dem Lagerplatz der Zigeuner. Die Stammesmutter ließ ihren Enkel in jenem Waldstück bestatten und pflanzte auf dem Grabhügel ein junges Tännlein.

Bald erinnerte man sich kaum mehr der grausigen Geschichte. Die Tanne aber wuchs und wuchs und überragte alle ihre Nachbarn. Hölzlekönig nannten sie darum die Leute, und lange Zeit soll sie der größte und schönste Baum im ganzen Schwabenland gewesen sein.

Der Riese Romeias

Fast fünfhundert Jahre ist es her, da wurde in Villingen ein Kind geboren, das viel größer als alle anderen war, obwohl seine Eltern eher von kleiner Statur waren. Und es wuchs und wurde zu einem Riesenkerl, dem man den Namen Romeias gab.

Wenn Romeias durch die Gassen ging, konnte er den Leuten im zweiten Stock in die Fenster schauen oder seinen Durst mit dem Regenwasser aus der Dachtraufe stillen. Und immerfort hatte er unbändigen Hunger. Als er einmal in ein Haus kam und dort die Tafel für zehn Personen gedeckt sah, setzte er sich ungebeten zu Tisch und aß alles auf. Trotzdem war er noch nicht satt und ging schimpfend fort, als die Leute kamen und merkten, was er angerichtet hatte. Der gewaltige Esser verfügte auch über Riesenkräfte. Eines Tages belud er einen Wagen mit Baumstämmen, und weil die Last zu schwer war, brachten ihn die Ochsen nicht von der Stelle. Da spannte er die beiden Tiere aus, legte sie auch noch auf den Wagen und zog ihn mühelos nach Hause.

Die Villinger hatten Respekt vor einem solchen Kerl und ernannten ihn zum Anführer ihrer Bürgerwehr. Bei den vielen Händeln, die sie mit den Rottweilern und Hornbergern auszufechten hatten, machte er sich recht nützlich. Man brauchte ihn nur gut zu füttern, dann schlug er jeden Feind in die Flucht.

Als die Villinger wieder einmal mit den Rottweilern im Streit lagen, erschien Romeias eines Nachts vor der Reichsstadt, watete durch den tiefen Wassergraben, als ob es eine Pfütze wäre, und forderte gebieterisch Einlaß am Tor. Nachdem man ihm nicht öffnete, drückte er es ein, hob die beiden Flügel aus den Angeln und trug sie nach Villingen, den einen auf der Schulter, den andern am kleinen Finger. Auf einer Anhöhe dreiviertel Stunden vor Rottweil soll der Riese Rast gemacht und sich nach Verfolgern umgeschaut haben. Es ließ sich aber keiner blicken. Seitdem heißt der Hügel Guckenbühl. Die Rottweiler Torflügel wurden später am neuerbauten Oberen Tor in Villingen eingesetzt.

Seine vielbewunderten Heldentaten machten den Riesen übermütig. Er fing an, über den Schultheißen und den hohen Rat der Stadt zu spotten und zu höhnen. Das konnte nicht geduldet werden, doch fand sich niemand, der den Mut aufbrachte, Romeias zu bestrafen. Schließlich ersann man eine List, den unbequemen Kerl gefangenzusetzen. Auf dem Grunde des Diebsturms stehe eine Schatztruhe, die sei so schwer, daß sie keiner heraufbringen könne, sagte man, und Romeias in seiner Einfalt erklärte sich gleich bereit, die Arbeit auszuführen. Kaum aber war er in das Verlies hinabgestiegen, zogen die Stadtknechte die Leiter hoch. Da merkte der Riese, daß er betrogen worden war, und außer sich vor Wut begann er zu toben und gegen die Wände seines Gefängnisses zu hämmern. Der ganze Turm bebte, doch die Mauern hielten stand.

Jeden Tag brachte man dem Gefangenen ein Kalb, ein Schwein oder ein Schaf, und alles verzehrte er mit Haut und Haaren. Nur die Knochen tat er beiseite. Als er genug davon gesammelt hatte, steckte er sie eines Nachts in die Ritzen der Mauern und baute sich so eine Treppe, über die er bis zur Decke unter dem Turmdach gelangte. Dort stemmte er die Balken hoch und kletterte auf den Dachboden. An jenem Ort hatten die Bürger eine Menge Stroh gelagert. Aus dem flocht er sich ein starkes Seil, ließ sich im Schutze der Dunkelheit auf die Ringmauer hinab und floh aus der Stadt.

Zu jener Zeit hatten die Villinger Streit mit den Herren von Kusenberg. Romeias zog ganz allein vor das feste Schloß und zwang die Burgleute, sich zu ergeben. Mit dieser Heldentat stimmte er die Stadtväter wieder gnädig. Im Triumpf holten sie ihn heim und schenkten ihm eine reiche Pfründe im Heiliggeistspital, wo er dann bis zu seinem Ende lebte.

Wie die Waldshuter zu ihrem Namen kamen

Als das heutige Waldshut erbaut worden war, eine stolze Stadt, von Mauern und Gräben umgeben, wußten die Bürger nicht, wie sie den Ort benennen sollten. Der hohe Rat versprach sogar, denjenigen reichlich zu belohnen, der einen passenden Namen fände. Das Geld lockte viele, doch kam keinem der rechte Einfall.

Eines Tages erschien ein seltsames Männlein auf dem Rathaus. Es trug einen Knotenstock in der Hand, der den Zwerg um Haupteslänge überragte. Ein buschiger Bart bedeckte Brust und Leib. Als der wunderliche Besucher die vielen Silbertaler auf dem Ratstisch liegen sah und erfahren hatte, wofür sie ausgesetzt waren, nahm er seinen Hut ab, füllte die Höhlung mit dem Geld und sprach dabei: »Ich streich' das Geld in meinen Hut, die Stadt soll heißen Waldeshut!« Er wartete gar nicht erst ab, ob die Ratsherren mit seinem Vorschlag einverstanden wären, sondern eilte spornstreichs aus dem Saal und war im Nu auch aus der Stadt verschwunden.

Die Herren aber schauten sich nachdenklich an; die Stadt als Hüterin des Waldes – der Wald als Hut und Schutz der Stadt – der doppelsinnige Name gefiel ihnen. Fortan nannten sie ihre Stadt Waldshut, und zum Dank nahmen sie das Männlein, jenen seltsamen Namengeber, in ihr Wappen auf.

Die drei Schwestern

Auf Burg Mönchenstein hauste einst ein Raubritter, der hatte drei schöne Töchter. Sie hießen Chrischona, Ottilia und Margareta. Der Vater hielt die Mädchen streng, und lange blieb ihm verborgen, daß sie eine heimliche Liebschaft hatten mit den drei Junkern von Reichenstein. Schon seit vielen Jahren herrschte erbitterte Fehde zwischen den beiden Geschlechtern. Als nun die Junker trotzdem um die Edelfräulein warben, wies der Mönchensteiner die Freier schroff ab und verbot seinen Töchtern, sich künftig mit ihnen zu treffen. Um der Jungfern sicher zu sein, sperrte er sie sogar in den Kerker und legte sie in Ketten.

In der Hoffnung, ihre Liebsten zu sehen, ritten die Junker

eines Tages unter dem Mönchenstein vorbei. Der Ritter, voll Zorn über so viel Frechheit, überfiel sie mit seinen Reisigen und nahm sie gefangen. Als die Junker in den Burghof geführt wurden, hörte man aus der Tiefe des Kerkers die Stimmen der Edelfräulein. Sie sangen, um sich in ihrer Einsamkeit zu trösten. Voll Entzücken lauschten die Gefangenen. Da ergrimmte der Ritter noch mehr, und rasend vor Wut befahl er, die Reichensteiner auf der Stelle vor den Augen seiner Töchter zu enthaupten.

Kaum war diese Schandtat ruchbar geworden, da zogen die Freunde der Ermordeten vor das Raubritternest, erstürmten es und töteten den Mönchensteiner. Den Edelfräulein aber geschah kein Leid. Man ließ ihnen sogar den Besitz und bot ihnen ein sorgenfreies Leben. Doch die Jungfern wollten der Welt entsagen und allem irdischen Glück. Am Ausgang des Wiesentales nahe bei Weil am Rhein erbauten sie sich auf drei bisher unbewohnten Berggipfeln drei Kirchlein mit Klausen, von denen jedes eine Stunde Wegs entfernt war. Dort lebten sie fromm und gottgefällig. Mit ihren Glöcklein riefen sie einander zum Gebet, winkten sich zu mit großen weißen Tüchern und gaben sich auch des Nachts mancherlei Zeichen, indem sie Lichter in die Fenster stellten.

Eine nach der andern starb hochbetagt im Frieden Gottes und wurde in ihrem Kirchlein begraben, von denen das eine Sankt Chrischona, das zweite Sankt Margareta und das dritte nebst dem dazugehörigen Dorf nach Ottiliens Namen Tüllingen heißt.

Der Heidenanger bei Zell im Wiesental

Zweihundert Jahre mag es her sein, daß im oberen Wiesental eine Bande von fünf Zigeunern ihr Unwesen trieb. Mit Wahrsagen und allerlei Kunststücken lockten einige von ihnen die Leute auf die Gasse, während die andern in die unbewachten Häuser schlichen und stahlen, was ihnen in die Hände fiel. Oft suchten sie auch einsame Höfe auf, um zu betteln und wurden sie abgewiesen, so mußten die Bauersleute fürchten, daß ihnen später ein paar Hühner und Schafe fehlten oder gar der rote Hahn aufs Dach flog. Eine alte Zigeunerin verstand sich sogar auf Zauberei, und als ihr einmal von einer Bäuerin ein Almosen verweigert wurde, verhexte sie deren Kühe, daß sie fortan keinen Tropfen Milch mehr gaben.

Schließlich wollten sich die Leute die Gaunereien der Zigeuner nicht länger gefallen lassen. Man nahm die Bande gefangen und brachte sie vor Gericht nach Zell. Die Strafen waren hart zu jener Zeit. Tod durch das Schwert! lautete der Urteilsspruch. Unter starker Bewachung fuhr man die Übeltäter zum Richtplatz. Doch kaum waren sie vom Karren gestiegen und hatten mit bloßen Füßen die Erde berührt, da verschwanden sie vor aller Leute Augen! Als man die Zigeuner einige Zeit später wieder eingefangen hatte, führte man sie über eine Brücke zum Armesünderkarren und von diesem auf das Blutgerüst, damit der Zauber wirkungslos blieb.

Zu den Verurteilten gehörte ein überaus schönes Mädchen. Bleich und zitternd sah es die andern sterben, und als man es zum Richtblock führte, hatte selbst der Henker Mitleid und zögerte, das Schwert zu heben. Da gebot der Richter Einhalt und ließ verkünden, daß der Zigeunerin Leben und Freiheit geschenkt würde, falls einer willens sei, sie zur Frau zu nehmen. Wohl gefiel manchem der Burschen die seltsame Schönheit des Mädchens, aber keiner wagte es, vorzutreten, denn zu

groß war die Furcht vor dem Gespött der Leute. Auch glaubten viele, die Zigeunerin sei mit dem Teufel im Bund und eine Hexe.

Ein zweites und drittes Mal noch wiederholte der Büttel die Aufforderung, und hilfesuchend schaute das Mädchen in die gaffende Menge, ob nicht ein Retter hervortrete, doch alles blieb still. Da winkte der Richter dem Henker, das Schwert zuckte nieder, und das Haupt der schönen Zigeunerin rollte in den Sand.

Die Wiese, auf der einst das Hochgericht stand, heißt heute noch Heidenanger, und man sagt, die roten Blumen, die in jedem Frühjahr dort aufblühen, erinnerten an das Blut, das einst an jenem Platz vergossen wurde.

Die Ahornhäuser

Zwischen Schwärzenbach und Eisenbach liegen einige Gehöfte, die den seltsamen Namen »Die Ahornhäuser« tragen. Sicher stammt er von jenem mächtigen Ahornbaum, der seine Krone über einen der alten Bauernhöfe breitet. In diesem Hof wohnte einst der Kreuzbauer, ein rechtschaffener und knitzer Schwarzwälder. Der ging einmal ins Nachbardorf, um Geschäfte zu machen und Einkäufe zu besorgen. Als er alles zu seiner Zufriedenheit erledigt hatte, kehrte er im Wirtshaus ein. Dort traf er Freunde, und bald zechte man in froher Runde beim Kartenspiel.

Der Bauer hatte bei Tageslicht daheim sein wollen, doch das Spiel fesselte ihn so sehr, daß er darüber die Zeit vergaß. Erst als die große Uhr in der Wirtsstube die zwölfte Stunde schlug, merkte er mit Schrecken, wie spät es war, zahlte seine Zeche und machte sich eilends auf den Heimweg. Der führte ihn durch den finsteren Tann. Kein Stern war am Himmel, der voller Gewitterwolken hing. Auch spürte der Bauer nun den Wein im Kopf und tat sich schwer, nicht von der Straße abzukommen. Mit Erleichterung erblickte er endlich in der Ferne einige Lichter, und als er näherkam, vernahm er Musik und den Lärm vieler Menschen. Ihn wunderte nicht wenig, daß mitten in der Nacht an diesem Ort ein Fest gefeiert wurde. Eine ausgelassene Gesellschaft hatte sich eingefunden, viele Burschen, die ihre hübsch geputzten Mädchen im Tanze schwangen, daß die Röcke wirbelten. Das gefiel dem Bauern, und als er eine Weile dagestanden und zugeschaut hatte, die Zeit wieder vergessend, trat ein älterer, vornehm gekleideter Herr zu ihm und sprach ihn an.

»Nun, wie gefällt es Euch hier?« fragte er lächelnd. »Wollt Ihr nicht auch in unseren Kreis treten und das Tanzbein schwingen? Es soll Euch keinen Kreuzer kosten. Ihr bekommt sogar noch Geld heraus, wenn Ihr mitmacht.« Und als der

Bauer ihn ungläubig anstarrte, fügte er hinzu: »Ihr müßt nur Euren Namen in dieses Buch schreiben. Schaut her, wie viele schon drinstehen! Und lauter bessere Leut'!«

Der Bauer zögerte nicht länger, griff nach der Feder und wollte sich auch eintragen. Aber der Wein hatte seine Sinne verwirrt, und statt mit seinem Namen gedachte er mit drei Kreuzen zu unterschreiben. Kaum aber hatte er das erste Kreuz hingekritzelt, da sprang der Alte erschrocken herzu und wollte ihm das Buch entreißen. Doch schon standen die anderen beiden Kreuze auch auf dem Papier. Plötzlich tat es einen furchtbaren Schlag; die Lichter erloschen, und kreischend stob die ganze Gesellschaft auseinander, den verdutzten Bauern allein zurücklassend. Das Gewitter brach los, der Regen prasselte auf ihn hernieder, und halbtot vor Angst und Schreck gelangte er endlich auf seinen Hof. Wenn er nicht das Buch immer noch bei sich getragen hätte, wäre ihm alles wie ein böser Traum erschienen.

Er zeigte es niemandem, doch blätterte er hin und wieder heimlich darin, las einen Spruch, einen Vers, und merkte, daß es ein Zauberbuch war, das ihm da in die Hände gefallen. Einige Zeit später war Kindstaufe auf dem Kreuzbauernhof. Viele Gäste hatten sich eingefunden, und es wurde fröhlich gezecht und geschmaust, denn der Bauer war nicht knausrig und ließ auftragen, was das Herz begehrte. Als nun alle satt und zufrieden um den Tisch saßen, fragte der Hausherr: »Hat jemand noch einen Wunsch?« Da meinte einer: »Wünsche hätt' ich schon, bloß – Ihr könnt sie nicht erfüllen.« Darauf der Bauer: »Alles, was Ihr wollt, sollt Ihr haben.« – »Nun, so wünsche ich mir einen Korb voll frischer Kirschen!« rief eine Bauerndirn, und die andern stimmten unter großem Gelächter zu, denn es war Winter, und draußen lag tiefer Schnee.

Aber der Kreuzbauer war nicht verlegen. »Eure Kirschen sollt Ihr haben!« versprach er, ging in seine Kammer, holte das Zauberbuch hervor und las einen Spruch. Gleich erschien ein Geist und fragte nach seinem Begehr. »Wie schnell bist du?« wollte der Bauer wissen. »Wie die Kugel aus dem Rohr!« erwiderte der Geist. »Dann kann ich dich nicht gebrauchen«, sagte der Bauer und las weiter. Da erschien ein anderer Geist. Wieder fragte der Bauer, und jener antwortete: »Wie der Wind!« – »Zu langsam«, entschied der Bauer. Der dritte Geist aber sprach: »Ich bin so schnell wie der Gedanke des Menschen.« – »Du bist der rechte«, meinte der Bauer. »Besorg mir auf der Stelle frische Kirschen!« Und kaum hatte er den Befehl erteilt, da stand auch schon ein Korb voll köstlicher Früchte vor ihm. Die Gäste wunderten sich nicht wenig, als der Bauer ihnen die Kirschen vorsetzte, doch schmeckten sie so herrlich, daß alle schnell verzehrt waren.

Fortan aber galt der Kreuzbauer als Zauberer und Hexenmeister, und das wurde ihm zum Verhängnis. Eines Tages bat ihn einer seiner Knechte um Urlaub, damit er nach Neustadt auf den Markt gehen könne. Der Bauer antwortete: »Erst wenn du die große Wiese gemäht hast.« Da meinte der Knecht murrend, wie er es wohl schaffen könnte, an einem halben Tag so viel zu mähen wie vier Leute an zwei Tagen. Als er an die Arbeit gehen wollte, rief ihn der Bauer zurück und sprach: »Fang nur an! Schau aber bei der Arbeit nicht nach hinten und schärfe deine Sense nicht, bis du am Weg unten bist! Wenn du dies nicht befolgst, bist du verloren.« Der Knecht ging hin und mähte, wie ihn der Bauer geheißen, und als er unten ankam und sich umwandte, da sah er, daß die ganze Wiese gemäht war.

Jene Geschichte kam auch der Obrigkeit zu Ohren, und bald darauf wurde der Kreuzbauer der Hexerei bezichtigt, eingesperrt und verbrannt. Vor der Hinrichtung beteuerte er seine Unschuld und sprach: »Der Himmel möge sich zu mir bekennen und einen Ahornbaum neben meinem Haus wachsen lassen!« Als die Leute heimkehrten von dem grausigen Schauspiel, da sahen sie neben dem Hof des Kreuzbauern jenen Ahornbaum sein schattiges Laub über das Dach des Hauses breiten.

Die versunkene Stadt

Zwischen dunklen Tannenwäldern unterhalb des Feldbergs liegt der Titisee. Wenn man an windstillen Tagen hinabschaut in die geheimnisvolle Tiefe des Wassers, soll man zuweilen eine Stadt wahrnehmen können mit Kirche und Kloster, Mauern und Türmen, Gassen und Gärten und vielen stattlichen Bauernhäusern. Auch höre man an manchen Sonntagen das Geläut von Glocken heraufdringen.

Unterhalb der Seesteige stand einst eine reiche Stadt. Das Vieh gedieh dort prächtig, und das Korn wuchs so üppig, daß die Bauern oft nicht wußten, wohin mit dem Überfluß. Als ihr Wohlstand immer größer wurde, scheuten sie sich nicht, die Gaben Gottes zu verschwenden, höhlten die Brotlaibe aus, um in der Kruste wie in Schuhen umherzugehen, und warfen die Brosamen dem Vieh vor. Eines Tages aber stürzten Wasserbäche von allen Seiten in die Talmulde und ertränkten die Frevler.

Vor vielen Jahren drohte der See an der Schanze auf der Höllensteige auszubrechen und mit seinen Fluten das Land zu überschwemmen. Da erschien eines Nachts eine alte Frau, beschwor die Wassergeister und verstopfte die Öffnung mit ihrer weißen Haube. Jedes Jahr aber, so sagt man, verfaule ein Faden der Haube, und wenn der letzte verschwunden sei, breche der See aus und überflute das ganze Dreisamtal.

Schon manche versuchten, die Tiefe des Titisees zu ergründen. Einmal fuhr ein Mann mit einem Kahn hinaus zur Seemitte und warf an einer langen Schnur ein Senkblei aus. Schon waren achtzig Spulen Faden im Wasser, aber noch genug zum Abwickeln bereit, da drang aus der Tiefe eine fürchterliche Stimme: »Missest du mich, so fresse ich dich!« Erschrocken ließ der Mann von seinem Unternehmen ab, und seither wagte niemand mehr die Tiefe des Sees zu erforschen.

Der Ritter von Falkenstein

Im Höllental unterhalb des Hirschsprungs findet man auf steilem Felsen die Ruine der Burg Falkenstein. Ritter Kuno von Stein ließ sie einst erbauen und wohnte dort mit seiner Gemahlin und dem Gesinde. Die Ehe blieb lange Zeit kinderlos, und der Ritter grämte sich darüber so sehr, daß er gelobte, ins Heilige Land zu ziehen in der Hoffnung, ihm werde der Himmel einen Erben dafür schenken.

Der heilige Bernhard von Clairvaux predigte damals in Freiburg und rief zum Kreuzzug auf. Ihm wollte sich der Ritter anschließen. Der Abschied von seinem Weib fiel ihm allerdings schwer, denn er liebte es über alles. Als nun die Stunde der Trennung gekommen war und die Rösser gesattelt und gerüstet für den langen Ritt im Burghof warteten, streifte er den Ehering vom Finger, brach ihn entzwei, gab seiner Gattin die eine Hälfte und sagte, sie sollte sich seiner Treue immer sicher sein. Wenn er aber nach sieben Jahren nicht wiedergekehrt sei, so möge sie ihn für tot und die Ehe als aufgelöst erklären. Unter Tränen versicherte sie, nie werde sie aufhören, ihn zu lieben und ihm treu zu sein. Schweren Herzens riß sich der Ritter von ihr los, stieg in den Sattel und sprengte davon.

In vielen Kämpfen und Schlachten zeichnete sich Ritter Kuno durch Mut und Tapferkeit aus. Doch vor Jerusalem geriet er in die Gefangenschaft der Sarazenen. Der Sultan fand Gefallen an dem tapferen Ritter und hätte ihn gern in seinem Gefolge gesehen. Er bot ihm sogar die Hand seiner Tochter an. Aber Ritter Kuno lehnte ab. Verärgert über den Stolz des Ungläubigen, ließ ihn der Sultan daraufhin jahrelang im Kerker schmachten und zwang ihn zu den niedrigsten Arbeiten. Wie ein Zugtier wurde er vor den Pflug gespannt, getrieben von der Peitsche des Aufsehers. In solchem Elend vergingen sieben Jahre.

Eines Nachts, als der Ritter in seinem Verlies sich nach der Heimat und seinem Weib sehnte und auf den erlösenden Schlaf wartete, trat auf einmal ein Männlein an sein Lager. Das versprach, es werde ihn noch in derselben Nacht zu den Seinen bringen. Auf der weiten Reise müsse der Ritter aber wach bleiben. Schlafe er unterwegs ein, so solle seine Seele dem Männlein verfallen sein. Der Ritter hatte gleich gemerkt, daß es der Satan war, der ihn verführen wollte. Als er aber bedachte, daß er sonst im Elend bleiben müßte bis an sein Lebensende, willigte er ein und unterschrieb mit seinem Blut den Vertrag, den ihm das Männlein vorlegte.

Alsbald sprang die Tür des Kerkers auf, und der Ritter fand sich auf dem Rücken eines Löwen wieder, der sich in die Lüfte erhob und ihn so schnell wie der Wind über Länder und Meere davontrug, der Heimat entgegen. Doch die Fahrt währte länger und länger, und den erschöpften Ritter überfiel bald bleierne Müdigkeit. Die Lider wurden ihm schwer. Im selben Augenblick aber, als er dem Schlaf nicht länger widerstehen konnte, stieß ein weißer Falke aus den Wolken nieder, umschwebte ihn und streifte mit seinen Fittichen das Haupt des Ritters, sobald er einzuschlummern drohte.

Endlich dämmerte der Morgen. In der Ferne tauchten die dunklen Berge des Schwarzwalds auf, und bald erblickte der Ritter die Zinnen seiner Burg. Vor dem Tor setzte der Löwe seinen Reiter ab und verschwand. Ein heftiger Sturm kam auf, und der Wind trug das Papier mit dem Teufelspakt davon.

Wie ein Bettler stand der Ritter vor seiner Burg, von der Sonne verbrannt, ergraut von Kummer und Not, in abgerissenen Gewändern. Niemand erkannte ihn mehr. »Was für ein seltsamer Fremder!« dachte der Torwächter und verwehrte ihm den Eintritt. Ein Fest solle heute in der Burg gefeiert werden, vernahm der Ritter. Endlich habe die Herrin nachgegeben und sich zur Heirat bewegen lassen mit einem Edelmann, der schon viele Jahre um sie freie, nachdem ihr Gatte im fernen Land verschollen sei.

Der Ritter bat, die Edelfrau möge an diesem Freudentag einem armen Bettler einen Schluck Wein gönnen. Dies meldete man, und alsbald ließ die Herrin dem Bittenden einen Becher voll Wein bringen. Er trank ihn aus und legte heimlich den halben Ehering hinein. Dann schickte er ihn zurück.

Die Edelfrau erschrak zutiefst, als sie auf dem Grunde des Bechers die Ringhälfte entdeckte. Rasch holte sie die andere Hälfte, und siehe da, die beiden Teile verschmolzen alsbald zu jenem Ring, den einst ihr Gatte getragen! Sie eilte zum Tor, und als sie in dem wartenden Bettler ihren totgeglaubten Gatten erkannte, warf sie sich ihm zu Füßen und bat um Verzeihung. Er aber hob sie auf und schloß sie in seine Arme.

Das Hochzeitsfest wurde zur Willkommensfeier. Der treue Falke umkreiste die Wiedervermählten und blieb fortan bei ihnen. Das Bild des Tieres nahm der Ritter aus Dankbarkeit in sein Wappen auf und nannte seine Burg fortan Falkenstein. Und übers Jahr wurde den Eheleuten zu ihrer großen Freude das erste Kindlein geboren.

Der Ursprung der Zähringer

In den dichten Wäldern nahe der heutigen Stadt Freiburg lebte einst ein armer Köhler. Als er einmal einen seiner Meiler abräumte, fand er unter den Holzkohlen am Boden eine schwere geschmolzene Masse, die seltsam glänzte. Er prüfte sie und merkte bald, daß es gutes Silber war. Sogleich schichtete er einen neuen Meiler auf und holte die Erde, mit der er ihn bedeckte, von derselben Stelle. Und siehe da! Wieder fand sich in der Asche geschmolzenes Silber. Nun wußte er, daß das edle Metall in reicher Menge im Gestein jenes Orts enthalten war. Fortan grub er nach Silber und brachte mit der Zeit einen gewaltigen Schatz zusammen.

Eines Tages wurde dem Köhler zugetragen, der Kaiser sei aus seinem Reich vertrieben worden und habe mit seinem Hofstaat Zuflucht suchen müssen auf dem nahen Kaiserstuhl. Auch berichtete man, der Herrscher wolle dem Manne seine Tochter zur Frau geben und ihn zum Herzog machen, der ihm wieder zu seinem Reich verhelfe. Da lud sich der Köhler einen Sack voll Silber auf den Rücken und suchte den Kaiser auf. Dem zeigte er seine Schätze und versprach noch viel mehr davon, wenn jener sein Versprechen einlöse. Der Kaiser musterte den schmutzigen Köhler zuerst geringschätzig. Als er aber bedachte, daß er mit dem Silber ein Heer rüsten und seine Feinde verjagen könnte, willigte er ein.

So wurde der Köhler Herzog und Schwiegersohn des Kaisers, und er gewann aus der heimatlichen Erde so viel Silber, daß er mit dem Reichtum nicht nur das Dorf und das Schloß Zähringen, sondern auch die Stadt Freiburg und viele andere Städte und Burgen erbauen konnte.

Das Ende der Suggentaler Bergleute

Das Suggental, ein kleines Nebental der Elz zwischen Denzlingen und Waldkirch, war früher reich an wertvollen Erzen. In den Gruben arbeiteten viele Bergleute, und weil ihr Verdienst recht ansehnlich war, wurden sie wohlhabend und stolz.

Reichtum und Überfluß herrschten auch im Grafenschloß droben auf der Schloßmatte. Dort aß man die erlesensten Speisen von goldenen Tellern und trank den köstlichsten Wein aus kristallenen Kelchen. Die Gräfin hatte eine einzige Tochter, die so schön und reich war, daß viele um ihre Hand warben. Sie aber wollte nur den zum Manne nehmen, der ihr im Schloß einen gläsernen Weiher anlegen würde, so daß sie vom Bett aus den Goldfischen zuschauen könnte. Der Wunsch schien vermessen, doch der Oberhauptmann der Bergleute war so verliebt in die junge Gräfin, daß er unter unsäglicher Mühe und hohen Kosten vom Plattenhof am Kandel ins Tal bis zum Schloß eine Wasserleitung bauen ließ und dort einen Weiher aus gegossenem Glas baute.

Die Hochzeit wurde mit großer Pracht gefeiert. Bei dem Gelage ging es hoch her. In ihrem Übermut höhlten die Gäste Brotlaibe aus, schlüpften mit den Füßen in die Krusten und tanzten damit im Saal umher wie in Schuhen. Immer ausgelassener wurde das Treiben, immer wilder der Tanz. Plötzlich vernahm man vor den Fenstern das Geläut eines Glöckleins. Der Pfarrer ging mit den Sterbesakramenten vorbei, um einen Kranken zu versehen. Im Saal wurde es still, und einige wollten niederknien aus Ehrfurcht vor dem Allerheiligsten. »Was kümmert euch die Schelle?« rief da die Gräfin lachend. »Jede meiner Kühe hat auch so eine am Hals!« Und weiter ging's mit Spielen, Tanzen, Lärmen.

Der Pfarrer hatte seinen Weg fortgesetzt, war hinaufgezogen zum alten Bauern im obersten Talhof, dem er die Sterbesakramente reichte. Als er wieder gegangen war, schickte der Greis seinen Sohn ans Fenster, um nachsehen zu lassen, ob Wolken am Himmel stünden. Ein kleines Wölkchen nur, nicht größer als ein Hut, sei über dem Wald, meldete der Bursche. Nach einer Weile fragte er ihn wieder. Jetzt sei die Wolke schon so groß wie ein Faß, sagte jener. Und als er ein drittes Mal nachschaute, da war die Wolke ganz dunkel und so groß wie ein Scheunentor. Der Kranke bat daraufhin den Sohn, jener möge ihn auf seine Schultern laden und hinauftragen auf den Luserberg, um dem Strafgericht Gottes zu entgehen, das bald über das Tal komme.

Kaum waren die beiden auf der Berghöhe angelangt, da brach ein Unwetter los, wie sie noch keines erlebt hatten. Blitze zuckten von allen Seiten nieder, und es donnerte unaufhörlich. Über dem Tal entlud sich ein ungeheurer Wolkenbruch. Wassermassen schossen die Hänge herab und vereinigten sich zu einer gewaltigen Flutwelle, die alle Häuser im Suggental mitriß außer der Kirche und dem obersten Hof.

Von den Bewohnern blieben nur der alte Mann, sein Sohn und ein Kind am Leben. Die Wiege mit dem Kleinen wurde von der Wasserwoge das Tal hinabgetragen. Unterwegs rettete sich eine Katze in das seltsame Fahrzeug, und sobald es zu kippen drohte, sprang das Tier auf die andere Seite, um es wieder ins Gleichgewicht zu bringen. Erst unterhalb des Dorfes Buchholz blieb die Wiege im Geäst einer hohen Eiche hängen. Als das Wasser sich verlaufen hatte, holte man sie herunter und fand Kind und Katze noch am Leben.

Das Tal hatte man früher Reichental geheißen. Nach dem furchtbaren Unglück gaben ihm die Leute den Namen Sunken- oder Suggental.

Sagen der Hochburg

Auf einem Höhenrücken über dem Brettenbachtal östlich von Emmendingen stand einst die Hochburg, eine der stärksten und mächtigsten Festungsanlagen Badens. Hachberg soll sie früher geheißen haben nach ihrem Erbauer Hacho, einem Dienstmann der Zähringer. Später Sitz der Markgrafen von Hachberg, Festung und zeitweilige Residenz der Markgrafen von Baden, im Bauernkrieg belagert, im Dreißigjährigen Krieg von den Kaiserlichen teilweise zerstört und von den Franzosen nach dem Wiederaufbau geschleift, erlebte die Burg eine recht wechselvolle Geschichte. Mancherlei Sagen ranken sich um ihre alten Mauern.

In den verschütteten Kellern der Ruine, heißt es, liege ein ungeheurer Schatz verborgen, den eine Jungfrau bewache. Im Mondschein habe man sie schon in einem Erker stehen sehen und singen hören. Auch steige sie allnächtlich hinunter ins Brettenbachtal, um sich am Bach zu waschen und ihre goldenen Haare zu kämmen und zu flechten. Ganz weiß sei sie gekleidet, und an ihrem Gürtel trage sie einen Bund mit vielen Schlüsseln.

Ein Bauer aus Windenreute, der in der Mühle einen Sack Mehl holen sollte, hatte sich auf dem nächtlichen Heimweg verspätet. Plötzlich kam ihm die weiße Jungfrau entgegen und sprach ihn an: »Komm mit mir auf die Hochburg«, bat sie, »ich will dir den Schatz zeigen! Du darfst davon nehmen, soviel du tragen kannst, ohne die Last abzusetzen, ehe du daheim bist!«

Der Bauer stellte seinen Mehlsack beiseite und folgte der Jungfrau den Pfad hinauf in die Burg. Durch viele Türen und Gänge führte sie ihn in ein großes Gewölbe. Mitten im Raum stand eine eiserne Kiste, auf der saß ein schwarzer Pudel. Die Jungfrau scheuchte ihn fort und öffnete die Truhe. Im Licht der Laterne blinkten goldene Ketten und Reifen, funkelten Edelsteine, leuchteten Perlen. Gierig griff der Bauer zu und füllte einen Sack, den er bei sich trug, bis zum Rand.

»Lade dir nicht zu viel auf!« mahnte das Fräulein, »und komm wieder, so oft du kannst! Denn wisse: Wenn die Truhe leer ist, hast du mich erlöst. Mißlingt es dir jedoch, dann muß ich abermals warten, bis das Holz zur Wiege des Kindes, das mir helfen kann, gewachsen ist.« Doch der Bauer dachte bei sich: »Wer weiß, ob ich wieder an den Schatz komme«, lud sich den Sack auf die Schultern und machte sich auf den Heimweg.

In der Freude über das Glück, das ihm widerfahren, schritt er anfangs rüstig aus, doch allmählich wurde die Last auf seinem Rücken schwerer und schwerer. Schon sah er die Lichter seines Hauses und hörte die Hunde bellen, da fürchtete er, unter der Bürde zusammenzubrechen und setzte den Sack ab, um auszuruhen. Plötzlich faßte ihn eine Hand und stieß ihn zu Boden, daß er die Besinnung verlor. Als er wieder zu sich kam, war der Sack mit dem Schatz verschwunden. Ganz verstört schleppte er sich nach Hause und erzählte, was ihm zugestoßen. So elend war ihm, daß er zu Bett gehen mußte. Drei Tage später holte ihn der Tod.

Das goldene Kegelspiel

In einem verschütteten Brunnen des ältesten Burgteils, so wird erzählt, soll ein goldenes Kegelspiel liegen. Einer der einstigen Burgherren hätte es dort versteckt, als er vor Feinden fliehen mußte.

Vom nahegelegenen Meierhof kam eines Sonntags ein Hütejunge zur Hochburg. Als er durch ein Mauerloch spähte, erblickte er zu seiner Verwunderung einen großen Saal, der ganz mit roten Teppichen ausgeschlagen war. An einer festlich gedeckten Tafel saßen zwölf Männer in Kleidern, deren Tuch mit Gold- und Silberfäden durchwirkt war. Jeder hatte einen goldenen Becher vor sich. In der Mitte der Tafel stand eine große, prachtvolle Kanne, umgeben von den erlesensten Speisen in kostbaren Tellern und Schüsseln. Ohne Furcht trat der Junge näher, und als die Männer ihm winkten und zu essen boten, ließ er es sich trefflich schmecken.

Nach dem Mahl holten die seltsamen Burgbewohner zwei Kugeln und neun Kegel aus reinem Gold, winkten dem Buben, aufzusetzen und fingen an zu spielen. Nachdem sie eine Zeitlang gekegelt hatten, ohne ein Wort dabei zu reden, gab einer von ihnen dem Jungen vier Goldstücke als Lohn. Alsbald war der Saal mit den Männern, der Tafel und dem Kegelspiel verschwunden, und der Bub stand, sich die Augen reibend, allein vor der Burg.

Eilends ging er zum Meierhof und erzählte, was sich begeben. Zuerst glaubte man ihm nicht und schalt ihn, denn er war drei Tage ausgeblieben, als er aber die Goldstücke vorwies, schüttelten die Leute den Kopf und ließen sich den Platz zeigen, wo die Männer gespielt hatten. Doch so sehr der Junge auch suchte, er fand die Stelle nicht mehr.

Von den zwölf Männern geht die Sage, sie seien einst mächtige Kriegsleute gewesen und hierher verbannt worden. Käme Deutschland einmal in große Not, so würden sie herabsteigen von der Hochburg und es von seinen Feinden befreien.

Das Christophelsgebet

Im Elztal herrschte einmal große Armut. In ihrer Not kamen zwei Männer aus Oberprechtal und einer aus Biederbach ein dreiviertel Jahr lang zusammen, um miteinander das Christophelsgebet zu sprechen. Dabei mußten sie freitags eine Stunde vor Mitternacht die Worte vor- und rückwärts aufsagen, das Gesicht der Erde zugewandt, und durften nicht aufschauen, auch wenn das Geistervolk um sie her noch so lärmte.

Als sie wieder einmal beteten, erschien eine weiße glänzende Frau, berührte ihre Häupter und hieß sie aufblicken. Sie versprach, ihnen aus ihrem Elend zu helfen, wenn sie sich am nächsten Gründonnerstag nachts um halb zehn auf der Hochburg einfänden und ohne Furcht bis zur Mitternachtsstunde dort verharren würden.

Zur angegebenen Zeit begaben sich die Männer in den Burghof und beteten den Rosenkranz. Auf einmal vernahmen sie in der Tiefe ein Getöse wie von rollenden Kugeln. Ein Gang tat sich auf, und sie stiegen in das Gewölbe hinab. In einem der Keller fanden sie eine offene Truhe, die voller Goldstücke war. Flugs wollten sie ihre Taschen füllen, da ertönte ein solch gewaltiger Donnerschlag, daß sie entsetzt davonstoben.

Erst bei Tagesanbruch wagte sich der Biederbacher, der Mutigste von den dreien, wieder in die Nähe der Burg, um seine Freunde zu suchen. Als er sie nicht fand, glaubte er, sie hätten ihn im Stich gelassen und wären allein nach Hause gegangen. Voller Wut stopfte er einen Haufen Kuhmist, der im Burghof lag, in seinen Sack und warf ihn auf dem Heimweg einem der Oberprechtaler durchs offene Fenster in die Stube. Der fand ihn anderntags, aber gefüllt mit lauter Goldtalern. Er sagte es den andern, und die drei teilten sich das Geld. Fortan waren sie aller Not ledig.

Der vergrabene Schatz

Einer der Vorfahren des Kernebauern im Prechtal vergrub einst, als unruhige Zeiten kamen, seine Ersparnisse im Wald. Ein paar tausend Taler mögen es gewesen sein, und niemand außer ihm kannte den Ort. Zum Unglück verlor der Alte bald darauf den Verstand, und wenn ihn seine Frau oder sein Sohn fragten: »Vadder, wo hosch au sell Geld?«, lachte er nur spitzbübisch und sagte: »Sell haun i versorget, sell haun i versorget.« Zuletzt starb er und nahm das Geheimnis mit ins Grab.

Viele Jahre vergingen, und das vergrabene Geld geriet allmählich in Vergessenheit. An einem Sonntag, als der Vater des jetzigen Kernebauern einen Spaziergang durch den Wald machte, kam er an einem eigenartig gestalteten Baumstumpen vorbei. Er bückte sich, ihn näher zu betrachten, und entdeckte im Moos um den morschen Knorzen lauter kleine, golden glänzende Fröschlein. Nachdem er eine Weile dem Gehüpfe der Winzlinge zugeschaut hatte, bückt er sich, hob zwei, drei davon auf und wickelte sie behutsam in sein Sacktuch.

Nach dem Mittagessen zog er das Tuch aus dem Rock, knüpfte es auf und sagte: »Jetzt passet auf, i will euch was zeige!« – »Gleich werden die Fröschlein über den Tisch hopsen«, dachte er, doch drei Goldtaler waren es, die aus dem Tuch sprangen.

Kaum hatte der Bauer gemerkt, was geschehen, da fuhr er in seinen Rock und rannte hinaus in den Wald, den Schatz des Großvaters zu heben. Aber sei es, daß er den Baumstumpen nicht mehr fand oder die richtige Zeit verpaßt hatte, die goldenen Fröschlein suchte er vergebens.

Das Hornberger Schießen

Als einstens das Städtchen Hornberg noch gut schwäbisch war, sagte der Herzog einmal seinen Besuch an. Die Bürger wollten den hohen Gast würdig empfangen. Von der alten Burg herab sollten ihn Böllerschüsse begrüßen und ihm zeigen, daß man auch in Hornberg wußte, was bei Hof Sitte und Brauch war.

Man holte die alten Kanonen aus dem Zeughaus, setzte sie instand und zog sie hinauf auf den Schloßberg. Der Schützengilde wurde die Ehre zugesprochen, sie zu bedienen. Ein ganzes Faß Pulver kaufte man, und jeder Handgriff wurde geübt.

Endlich brach der große Tag an. In aller Frühe schon standen die Kanoniere bei ihren Geschützen, deren Rohre im Morgenlicht blitzten. Sorgsam hatten die Feuerwerker das Pulver eingefüllt und Papier nachgestopft. Die glimmenden Lunten lagen bereit. Die Sonne stieg höher und höher, doch der Gast ließ auf sich warten. Den Schützen wurde heiß in ihren Festwämsern. Gar zu gern wären sie hinabgestiegen ins Städtlein, um mit einem kühlen Bier ihren Durst zu löschen, aber es galt, trotz aller Mühsal auszuharren.

Endlich kam vom Rathaus das ersehnte Zeichen. Ein Kundschafter hatte auf dem Kinzigsteg Reiter und Pferde gesichtet. Da ging ein Krachen und Knallen los! Der Donner der Böllerschüsse hallte wider im engen Tal. Emsig luden und schossen die wackeren Männer, luden und schossen, bis das Pulverfaß leer war und sie zurückkehren durften, um sich in den Schenken gütlich zu tun. Unterwegs aber kam ihnen ganz aufgeregt ein Bote entgegen. »Schießt weiter«, rief er, »erst die Vorhut ist eingetroffen und der Herzog noch vor dem Tor!« Da machten die Kanoniere lange Gesichter, mußten gestehen, daß sie all ihr Pulver verschossen hatten und beschämt mit ansehen, wie der Fürst einige Zeit später sang- und klanglos in Hornberg einzog.

»Das geht aus wie's Hornberger Schießen«, sagt man seitdem, wenn eine lautstark angekündigte Unternehmung kläglich endet.

Nordschwarzwald
YBURG

Der Zierlegeist

Der Zierlebauer vom Schapbachtal war ein übler und gottloser Mann, den man öfter im Wirtshaus antraf als auf seinem Hof. Auch andere Bauern verleitete er zu Zechgelagen und Würfelspiel, und wenn einer seiner Trinkkumpane nach Hause drängte, hielt er ihn zurück und sagte: »Suffet nur, 's isch glich, wie m'r de Himmel verdiene, nie müesse m'r doch!«

Wen wundert's daß der Zierlebauer bei solch lasterhaftem Lebenswandel überall Schulden machen mußte und rechtschaffene Leute ihm aus dem Weg gingen? Eines Tages aber führte er im Wirtshaus wieder das große Wort, klimperte mit den Talern in der Tasche und schmiß Runde um Runde, daß jeder fragte, wie der Taugenichts zu solch plötzlichem Reichtum gekommen.

Nun muß man wissen, daß auf der Wolfach, jenem Bach, der am Zierlehof vorbeifließt, seit alter Zeit Flößerei betrieben wird. Als Gestöre oder Scheiterhölzer kommen die Stämme das Tal herab. Weil aber beim Zierle der Bach eine scharfe Wendung macht, wird viel Holz beiseitegetrieben und lagert eine Zeitlang herrenlos am Bachufer. In aller Heimlichkeit holte der Bauer des Nachts jene Stämme und Scheiter, um sie hinter seinem Hof aufzustapeln. Damit keiner den Diebstahl merkte, mischte er sie unter sein eigenes Holz vom Zierlewald. Und mit der Zeit fing er zur Verwunderung seiner Nachbarn sogar einen einträglichen Holzhandel an, der ihm manchen Batzen Geld einbrachte.

Um mögliche Zeugen seiner Gaunereien zu verscheuchen, verlegte sich der Bauer aufs »Gespensterln«. Kam man des Nachts am Zierle vorbei, so konnte es sein, daß eine vermummte Gestalt mit gespenstischen Bocksprüngen über den Weg lief, greuliche Schreie ausstoßend. Die meisten nahmen daraufhin Reißaus, und schließlich mied jeder zur Geisterstunde den unheimlichen Ort.

Eines Tages hatte droben in Burgbach der Simonswellebauer wieder ein stattliches Floß zusammengestellt, das Wehr geöffnet und war auf der herausschießenden Wasserflut guten Mutes das Tal hinabgefahren. Vor dem Zierlehof aber ging ihm das Stauwasser aus. Er legte deshalb sein Floß fest und kehrte zurück, um auf den kommenden Morgen seinen Stauweiher wieder anschwellen zu lassen.

Der Zierlebauer hatte indessen das herrenlose Floß entdeckt und sich die Hände gerieben bei dem Gedanken an den Profit, den ihm das Holz bringen würde, denn der Simonswelle besaß die schönsten Waldungen weit und breit und hatte die prächtigsten Stämme in seinen Gestören. Als die Dunkelheit hereingebrochen war, ging er ans Werk, haute die Weidenstränge durch, die die Stämme zusammenhielten, und stieg ins Wasser, um sie an Land zu ziehen. Plötzlich schoß eine Flutwelle das Tal herab und packte das Floß. Weil es aber festgemacht war, schoben sich die einzelnen Stämme übereinander und klemmten den Bauern ein, ehe er sich retten konnte. Seine Hilferufe verhallten ungehört.

Als anderntags der Simonswelle nach seinem Floß schaute, fand er die gräßlich verstümmelte Leiche des Zierlebauern zwischen den Stämmen. Doch er bemerkte auch die durchschnittenen Weiden und auf einem der Klötze den tiefeingeschlagenen Krampen des Toten. Da war offenbar, wie es zu dem Unglück gekommen, und er sagte zu seinen Knechten: »Hier hat Gott gerichtet.« Bald fand man auch hinter dem Zierlehof das Diebesgut und wußte nun, wie der Bauer zu seinem rentablen Holzhandel gekommen war.

In aller Stille wurde der Frevler bestattet, doch fand er im Grab keine Ruhe. Wie zu Lebzeiten trieb er des Nachts beim Zierlehof sein Unwesen, erschreckte und foppte die Leute oder scheuchte sie gar die steile Böschung hinab in den Bach. Auch rumorte er in Stall und Küche und klopfte an Fenster und Türen, so daß zuletzt niemand mehr auf dem Hof bleiben wollte. Erst als der spätere Besitzer neben dem Haus ein großes Kruzifix, das »Zierlekreuz«, aufstellen ließ, blieb der Geist verschwunden.

Die schöne Melusine

An einem Pfingsttag vor vielen Jahren ließ der Ritter Peter Dimringer sein Pferd satteln, um von seinem Stammschloß Staufenberg hinunterzureiten zur Messe nach Nußbach. Unterwegs sah er am Waldrand im Schatten der Blütenbäume eine Jungfrau sitzen, die war so schön, daß er den Blick nicht von ihr wenden konnte. Ihr weißglänzendes Gewand reichte bis zur Erde, und in ihrem goldenen Haar, das wie Sonnenlicht glänzte, trug sie einen Blumenkranz. Der Ritter grüßte artig, und die Jungfer neigte das Haupt und dankte ihm so voll Anmut und Liebreiz, daß er abstieg, ihr die Hand reichte und sich neben sie ins Gras setzte.

»Sagt mir, schönes Fräulein, wie Ihr heißt und warum Ihr so allein seid! Wartet Ihr auf jemanden?« fragte der Ritter. Die Jungfer schaute ihn an und sprach: »Melusine werde ich genannt, und auf dich und niemanden sonst habe ich gewartet. Denn wisse: Seit du lebst, kenne und liebe ich dich und habe dich begleitet auf allen Wegen und beschützt in allen Gefahren, daß dir nie ein Leid geschehen konnte.« Da wußte der Ritter, daß das schöne Mädchen eine Meerfei war. Traurig sagte er: »Nichts Lieberes konnte mir geschehen als Euch zu erblicken, doch wollte ich bei Euch sein und Euch immer bei mir haben bis zu meinem Tod.« – »Das mag geschehen«, sprach daraufhin die Jungfer, »und ich vermag immer in leibhaftiger Gestalt bei dir zu sein, wenn du mich rufst. Doch mußt du mir versprechen, daß du dir kein anderes eheliches Weib nehmen wirst. Übertrittst du dieses Gebot, so wirst du drei Tage darauf sterben, und als Vorzeichen deines Todes wird dir an deinem Hochzeitsfest ein bloßer menschlicher Fuß erscheinen.« Der Ritter war so verzaubert vom Anblick des Mädchens, daß er alles versprach, was es wünschte. Es schenkte ihm daraufhin einen goldenen Ring und versprach ihm so viel Geld, daß er fortan ohne Sorgen leben konnte.

Als der Ritter auf seine Burg zurückgekehrt war, dachte er immer nur an die liebliche Jungfer und wie schön es wäre, sie bei sich zu haben. Doch kaum hatte er den Wunsch ausgesprochen, stand sie bei ihm, und als er bald darauf in fremde Länder reiste, erschien sie ihm, so oft er ihre Gegenwart wünschte. Endlich kehrte er wieder in die Heimat zurück. Seine Verwandten und Freunde wußten nichts von dem seltsamen Bund mit der Meerfei. Sie drängten ihn, ein Weib zu nehmen, doch er sagte: »Eher will ich mich zu Riemen schneiden lassen, als daß ich mich vermähle.«

In Frankfurt wurde damals ein deutscher König gewählt. Auch der Staufenberger war dort zu Gast und tat sich im Ritterspiel so hervor, daß er die Augen des neuen Herrschers auf sich lenkte. Ja, die Gunst des Königs ging so weit, dem tapferen Ritter die Hand seiner schönen Nichte, einer reichen Herzogin von Kärnten, anzubieten. Eine solche Ehre auszuschlagen war sehr bedenklich. Der Staufenberger meldete dem König, er sei zu gering, eine Dame von solch hohem Stand zu ehelichen. Doch jener bestand auf seinem Willen, und auch die anderen hohen Herren redeten auf ihn ein, solch ein Glück nicht zu verscherzen.

Schließlich blieb dem Ritter nichts anderes übrig, als die Wahrheit zu sagen und zu bekennen, wem er die Treue versprochen hatte. Die Herren vernahmen's mit größter Verwunderung, und etliche Bischöfe und Priester, die auch zugegen waren, meinten, dies sei Teufelswerk. Ein böser Geist habe die Gestalt der Meerfei angenommen, ihn zu verführen und um sein Seelenheil zu bringen. Ein solches Versprechen gelte nicht vor Gott. Es beflecke seinen Namen für ewige Zeiten. Als der Ritter sich in seiner Ehre angegriffen sah, wurde er unschlüssig und willigte endlich ein, die Nichte des Königs zu heiraten.

Das Fest wurde mit großer Pracht auf Schloß Staufenberg gefeiert. Viele Gäste hatten sich im Ritterssal versammelt. Man schmauste und zechte an der reich gedeckten Hochzeitstafel. Plötzlich aber lief ein Riß über die Decke des Saales, und für Augenblicke sah man in dem Spalt einen Menschenfuß, schön und weiß wie Elfenbein. Alles saß wie erstarrt. Der Bräutigam erbleichte. Er allein wußte das Zeichen zu deuten. Bald war die Erscheinung verschwunden, und als man auf den Söller lief, um nach dem Riß zu forschen, fand sich auch dort keine Spur mehr.

Verstört ging man auseinander. Der Ritter aber legte sich auf sein Lager, ließ einen Priester kommen, beichtete ihm seine Sünden und wurde mit den Sterbesakramenten versehen. Dann nahm er Abschied von seiner Braut und den Verwandten und starb am dritten Tag im Frieden Gottes.

Der fremde Reiter

An einem Sommerabend war es vor vielen Jahren. Über dem Dörflein Nußbach tobte ein fürchterliches Unwetter. Blitze zuckten in rascher Folge nieder, und gewaltige Donnerschläge ließen die Fenster klirren. Regentropfen und Hagelkörner prasselten gegen die Scheiben. Beim Bauern Diebold in der Herrengasse hatte man sich in der Wohnstube versammelt. Vor dem Herrgottswinkel betete die Familie, und die Bäuerin las, wie es bei Gewittern der Brauch war, den Anfang des Johannesevangeliums vor.

Plötzlich vernahm man den Hufschlag eines Pferdes. Es hielt vor dem Haus, die Tür flog auf, und herein trat, völlig durchnäßt, ein fremder Reiter. Seine Kleider hingen ihm in Fetzen vom Leib, auch blutete er aus vielen Wunden. Der Fremde trat auf den Bauern zu und sprach: »Wer Ihr auch seid, ich bitte Euch, helft mir! Ich bin ein Edelmann und auf der Flucht vor meinen Feinden. Meinen Besitz haben sie mir genommen, doch mein übriges Vermögen trage ich in diesem Säcklein bei mir. Verwahrt es für mich, bis ich wiederkomme, ich werde es Euch lohnen! Und verratet mich nicht, wenn meine Verfolger nach mir suchen!« In aller Eile stürzte der Reiter wieder hinaus, warf sich auf sein Pferd und sprengte die Gasse hinunter. Kurz darauf kamen Soldaten ins Dorf und fragten nach dem Fremden. Da ihnen niemand Auskunft gab, zogen sie am selben Abend weiter, Zusenhofen zu.

Der Bauer verwahrte das Geld des Reiters an einem sicheren Ort. Doch es schien, als habe der Besuch des Fremden das Unglück ins Haus gebracht: Im Herbst starb die Bäuerin an einer heimtückischen Krankheit, die beiden ältesten Söhne liefen davon, die besten Kühe verendeten an einer Seuche, und eine Mißernte zehrte die letzten Vorräte auf.

Jahre gingen dahin, ohne daß sich der Reiter meldete. Als die Not auf dem Hof immer größer wurde, kam dem Bauern öfters der Gedanke, daß der Fremde vielleicht schon längst tot sei und sein Geld nicht mehr brauche. Eines Tages holte er den Geldsack aus seinem Versteck, schnürte ihn auf und fand ihn voller Golddukaten. Er nahm einige heraus, um zu beschaffen, was er dringend brauchte. Da merkte er, wie wohl es tat, Geld in der Tasche zu haben, und er dachte immer seltener daran, daß es nicht sein eigenes war. Ein Wunsch kam zum andern, der Hof brauchte neues Feldgerät, einen tieferen Brunnen, eine größere Scheune, schönes Vieh. Der Geldsack des Fremden schrumpfte immer mehr, und die Nachbarn wunderten sich, daß der Diebold auf einmal aller Sorgen ledig war.

Eines Tages aber stand der fremde Reiter wieder vor der Tür und forderte sein Vermögen zurück. Der Bauer erschrak zuerst, faßte sich aber schnell und sagte: »Mann, ich kenne Euch nicht und habe Euch nie gesehen. Wollt Ihr mich vielleicht erpressen? Schert Euch zum Teufel!«

Der Reiter erbleichte, doch er schwieg still, bestieg sein Pferd und ritt traurig davon. Fortan aber hatte der Bauer keine ruhige Stunde mehr. Alles, was er anfing, schien verflucht. Sein Hof kam in fremde Hände, und sein Leben endete im Armenhaus. Auch nach seinem Tod fand er keine Ruhe. In Gewitternächten sieht man zuweilen ein Licht in seinem ehemaligen Hof umherirren, wie wenn jemand etwas suche. Manchmal bewegt es sich auch die Gasse hinunter, Zusenhofen zu, als ob der Bauer auf jenen warte, dem er so bitteres Unrecht getan.

Die Schloßjungfrau von der Schauenburg

Vor vielen hundert Jahren lebte auf der Schauenburg bei Oberkirch ein stolzer Ritter, dem wurde statt des erhofften Knaben ein Mädchen geboren. Als die Mutter bald darauf starb und er mit dem Kaiser in fremdes Land ziehen mußte, gab er das Kind einer armen Taglöhnersfrau in Pflege.

Damit das Mädchen nicht hochmütig werde, verschwieg ihm die Frau seine Herkunft. Aus dem Kind wurde mit den Jahren eine wunderschöne Jungfrau. Ein Bauernbursche war ihr von Herzen zugetan, und wenngleich sie bettelarm schien, warb er um sie. Auch ihr gefiel der junge Mann. Die beiden gelobten sich ewige Treue, und bald sollte Hochzeit sein.

Nach vielen Jahren in der Fremde kehrte der Ritter auf seine Burg zurück. Er sehnte sich danach, sein einziges Kind wiederzusehen. Nun erst erfuhr die Jungfer, daß sie ein Edelfräulein war und die Tochter eines reichen Herrn. Sie vergaß, was sie gelobt hatte, verließ Bräutigam und Pflegemutter und folgte dem Boten ihres Vaters hinauf auf die Burg. Dort führte sie ein Leben im Überfluß, wurde bewundert und umworben, und als ein reicher Vetter sie um ihre Hand bat, willigte sie gerne ein. An ihrem Hochzeitstag aber starb sie eines jähen Todes.

Weil die Jungfrau die Treue gebrochen hatte, fand sie nach ihrem Tod keine Ruhe und muß umgehen, bis jemand bereit ist, sie zu erlösen. Oft erscheint sie am Fuße der Schauenburg, wo einst die Burgmühle stand. Man heißt deshalb das Bächlein dort »das Feenbächle«. Ein Hirtenbub sah sie einmal den Berg herabkommen. Ganz weiß sei ihr langes Gewand gewesen und es habe bis zum Boden gereicht, erzählte er später, und einen Kranz von Frühlingsblumen habe sie im Haar getragen. Als sie aber den zierlichen Schuh vom Fuß gezogen und ihn mit stummer, flehender Gebärde gebeten habe, Wasser aus dem Bach zu schöpfen, da wäre ihm der Gedanke gekommen, daß dies wohl die unerlöste Schloßjungfrau sei. Die Angst habe ihn gepackt, und er sei schnell davongelaufen.

Die Begegnung hatte das Kind so erschüttert, daß es zu fiebern begann und bald das Bewußtsein verlor. In seinen wirren Reden sprach es immer wieder von der weißen Frau, und nach drei Tagen war es tot.

Auch ein junger Jäger traf die weiße Frau einmal. Er sah sie in ihrem langen Kleid über die taufrische Wiese gehen und wunderte sich, daß die Tropfen ihr Gewand nicht netzten. Sie bat ihn, ihr den Weg nach Oberkirch zu zeigen, und als er ihr die Richtung wies, reichte sie ihm zum Dank ein Geldstück und sagte: »Jetzt werde ich endlich heimfinden.« Der Jäger betrachtete die Münze verwundert, denn sie war schon längst nicht mehr im Gebrauch. Er ging der Frau nach, und weil er sie aus den Augen verloren hatte, fragte er Holzfäller, die neben der Straße bei der Arbeit waren, ob jemand vorbeigekommen wäre. Doch sie schüttelten die Köpfe und versicherten, niemand gesehen zu haben. Da wußte der Jäger, daß er der Schloßjungfrau begegnet war.

Einen Knecht aus Gaisbach bat die weiße Frau auch einmal, ihr einen Schluck Wasser aus dem Brunnen zu schöpfen. Er merkte gleich, wen er vor sich hatte, zeigte aber keine Furcht und hoffte auf reichen Lohn. Im Brunnentrog ringelten sich Schlangen und allerlei giftiges Gewürm, doch er schöpfte furchtlos, und die Tiere taten ihm nichts. Aber als er das Wasser der Frau bringen wollte, stolperte er, und der Schuh fiel zu Boden. Erschrocken sah er, daß das verschüttete Wasser sich in lauter giftige Kröten und Schlangen verwandelte. Da begann die weiße Frau zu jammern und klagte: »Jetzt muß ich nochmals fünfzig Jahre auf meine Erlösung warten.«

Die Geisterhochzeit

Die einst so stolze Burg Lauf (Neuwindeck) in der Ortenau teilte das Schicksal vieler ihrer Nachbarburgen: Sie wurde erobert und zerstört. Auf grausame Weise seien die Bewohner damals umgekommen, sagt man, und deshalb soll es in dem alten Gemäuer spuken.

Einst gelangte ein junger Ritter, dem die Gegend fremd war, in die Burg. Abend war es, und er suchte eine Herberge für die Nacht. Als er niemanden antraf, band er sein Pferd im Hof fest und stieg die steinerne Wendeltreppe hinauf. Hallen und Gänge schienen wie ausgestorben, und auf sein Rufen kam keine Antwort.

Doch im Rittersaal fand er ein Mädchen. Es saß in einer Nische und schien so in Gedanken versunken, daß es den Ritter gar nicht bemerkte. Es war schön wie ein Engel, aber bleich wie Schnee. Der Ritter begrüßte das Fräulein, nannte Namen und Herkunft und bat um ein Nachtlager. Es blickte ihn daraufhin freundlich an, holte Wildbret und Wein und nickte ihm zu, daß er sich's schmecken lasse.

Während der Ritter aß, saß die Jungfer schweigend daneben. Er fragte nach Eltern und Geschwistern und erfuhr, daß sie die Letzte ihres Stammes sei. Je länger er sie betrachtete und mit ihr sprach, um so liebreizender und anmutiger schien sie ihm. Zuletzt gestand er ihr, daß er nichts sehnlicher wünsche als sie für immer zu besitzen. Sie schien sich darüber zu freuen, stand auf und holte aus einem Kästchen zwei Ringe, heftete sich ein Kränzlein aus Rosmarin ins schwarze Haar und bat ihn, ihr zu folgen. Er gehorchte, aber nicht ohne Grauen, denn alles schien ihm so merkwürdig, und gern hätte er jetzt sein vorschnell gegebenes Wort zurückgenommen. Da traten zwei Greise in langen schwarzen Talaren in den Saal und geleiteten das Brautpaar in die Burgkapelle. Dort ging die Jungfer zu einem der Grabmäler hin, berührte das steinerne Bildnis eines Bischofs, und zum Entsetzen des Ritters wurde die Gestalt lebendig, erhob sich und schritt zum Altar, dessen Kerzen sich von selbst entzündeten! Orgelklang füllte den Raum, und mit tiefer, hohler Stimme sprach der Bischof: »Kurt von Stein, bist du gesonnen, diese Jungfrau Berta von Windeck zu deinem ehelichen Weibe zu nehmen?«

Den Ritter schauderte es, das Wort erstarb ihm auf den Lippen, und auf einmal vernahm er den ersten Schrei eines Hahns drüben auf dem Meierhof. Da fuhr ein Windstoß durch die Kapelle, alle Türen schlugen krachend zu, die Burg erbebte in ihren Grundfesten, und lautes Hohngelächter dröhnte durch die Hallen. Dem Ritter schwanden die Sinne. Als er wieder zu sich kam, lag er im hohen Gras des Schloßhofes, und neben ihm weidete friedlich sein Pferd. Noch ganz benommen, schwang er sich in den Sattel und ritt eilends davon.

Brigitte von Hohenrod

Auf Burg Hohenrod bei Sasbach lebte einst ein Ritter, der galt als herrisch und geizig. Seine Frau Brigitte dagegen war fromm und mildtätig, besuchte und pflegte die Kranken in den Dörfern ringsum und verschenkte an die Armen, was sie entbehren konnte. Das mißfiel dem Ritter, und er verbot es ihr. Doch sie tat weiterhin, was das Herz ihr befahl. Als sie einmal unterwegs war, einem kranken Weiblein einen Korb voller Speisen zu bringen, begegnete ihr der Ritter. »Was hast du in dem Korb?« fragte er drohend. »Rosen«, antwortete sie. Da hob er den Deckel auf und sah mit Verwunderung, daß der Korb wirklich voll duftender Rosen war.

Brigitte wollte ihrem Gemahl eine gute Ehefrau sein und gebar ihm zwei schöne Knaben. Als aber eine Magd aufs Schloß kam, die ihm besser gefiel, verstieß er sie und nahm jene zum Kebsweib. Ohne zu klagen, wanderte die Edelfrau hinüber ins Rheintal, und als sie Arbeit bei einem Bauern fand, diente sie dort zwanzig Jahre als Magd, ohne daß ihre Herkunft bekannt wurde. Im Alter zog es sie wieder in die Heimat, und sie fand eine Herberge auf dem Breitenbrunner Hof, eine halbe Stunde nur von Hohenrod. Jeden Samstag erschien sie mit anderen Armen vor dem Schloßtor, um Almosen zu empfangen.

Auch der älteste Sohn, der die Gaben verteilte, erkannte seine Mutter nicht, doch fiel ihm das gesittete Benehmen der Frau auf, und er erzählte davon seinem Vater. Der ließ die Bettlerin holen. Auch ihm war Brigitte fremd geworden, doch bemerkte er den Trauring an ihrem Finger. »Von wem habt Ihr den Ring?« fragte er. »Den habt Ihr mir bei unserer Trauung gegeben«, antwortete Brigitte. Da fiel es dem Ritter wie Schuppen von den Augen. Er schloß seine Frau in die Arme und bat sie, ihm zu verzeihen und auf dem Schloß zu bleiben.

Die Magd und deren Kinder wolle er fortschicken, doch sollten sie keine Not leiden müssen.

Brigitte blieb bis an ihr Lebensende auf Hohenrod. Sie nahm sich mit noch größerem Eifer der Armen und Kranken an. Jeden Tag ging sie hinunter nach Sasbach zur Kirche, der sie auch die große Barbaraglocke schenkte. Als die Edelfrau wieder einmal auf dem Weg dorthin war, fing plötzlich die Glocke von selbst an zu läuten. Der Mesner stieg auf den Turm, um nach der Ursache zu forschen. Wie er die Burgfrau kommen sah, rief er: »Die närrische Brigitte kommt!« Da stürzte er aus dem Turmfenster und brach sich das Genick. Eine Stimme vom Himmel aber sprach: »Sie ist heilig!«

Je älter die fromme Frau wurde, desto bescheidener lebte sie. Sie kleidete sich mit Tüchern, die sie selbst gewoben hatte, und ernährte sich zuletzt nur von der Milch einer Ziege. Als ihre Todesstunde nahte, läuteten in der ganzen Gegend die Glocken von selbst.

Noch lange gedachten die Menschen voll Dankbarkeit der Edelfrau, und Burg Hohenrod nannte man fortan auch das »Brigittenschloß«.

Die Geister vom Mummelsee

Der Mummelsee, ein kleiner Bergsee, liegt in einem Talkessel am Fuß der Hornisgrinde. Die dunklen Tannen des Hochwalds spiegeln sich in seinem Wasser. An wolkenverhangenen Tagen, wenn die Touristen ausbleiben, weil Regenschleier über den Berg treiben oder Nebel über dem Wasser liegt, ahnt man etwas vom einstigen Zauber des Sees in der Einsamkeit jener Landschaft, zu der früher nur Holzabfuhrwege und Saumpfade führten. Und doch lockte sie damals schon Besucher an, die den Zauber zu ergründen suchten. Der Jesuit Athanasius Kircher berichtet 1678, ein Markgraf von Baden habe zusammen mit Geistlichen und Hofleuten den See aufgesucht, geweihte Eicheln in seine Fluten geworfen und heilige Gegenstände darin versenkt. Plötzlich sei »ein schauriges Ungetüm von noch nie gesehener Gestalt« daraus hervorgetaucht und habe die ganze Gesellschaft vom Ufer verscheucht. Sieben Tage lang habe daraufhin ein furchtbares Unwetter getobt.

Nicht nur Mümmlein oder Wasserjungfern hausen also im See. Die Sagen jedoch, die von ihnen berichten, sind die schönsten, und deshalb sollen sie zuerst erzählt werden.

Die Mümmlein

Am Ufer des Mummelsees blühen seltsam blasse Seelilien. Abends verwandeln sich die Blüten in Nixen, die sich, vom Mondlicht umflossen, über den Wellen im Tanze wiegen, bis um Mitternacht der König sie ruft und sie in das Dunkel des Wassers tauchen. Früher kamen sie manchmal auch ans Land, waren aber sehr scheu und mieden die Menschen.

Ein Hirte hütete einmal im Sommer seine Kühe und Schafe in der Nähe des Sees. Als er des Abends die Tiere zusammengetrieben hatte, vertrieb er sich die Zeit damit, seiner Flöte allerhand Weisen zu entlocken. Da gesellte sich einmal ein Mümmlein zu ihm und lauschte seinem Spiel. Der Bursche betrachtete das fremde Fräulein mit Verwunderung, denn sein Aussehen war ganz anders als das der Bauernmädchen. Es trug ein langes seidenes Gewand von wunderbarer Farbe. In seinem schwarzen Haar, das bis zur Erde niederfiel, hingen weiße Seerosen, und dazwischen schimmerten weiße Perlen. Am auffallendsten aber waren die großen dunklen Augen, die ihn neugierig musterten. »Warum spielst du nicht mehr?« fragte das Mümmlein, »deine Lieder gefallen mir.« Der Bursche setzte seine Flöte wieder an die Lippen und blies, bis ihm

der Atem fast ausging. Dann fragte er das Fräulein, wo es herkomme und erfuhr, daß es mit vielen anderen Mümmlein in einem Palast am Grunde des Sees wohne. Noch lange redeten die beiden miteinander. Als es aber Mitternacht zu ging und der Mond schon hoch über dem Wald stand, nahm das Mümmlein Abschied und tauchte hinab in die Tiefe des Wassers.

Fortan blieb der Bursche in der Nähe des Sees, und an jedem Abend wartete er auf die Freundin. »Ich komme, wenn ich kann«, hatte sie ihm versprochen, »wenn ich aber ausbleibe, so gehe nicht an den See, um mich zu rufen! Es wäre unser Verderben.«

Einmal hatte der Hirte zwei Tage nacheinander umsonst gewartet. Als es am dritten Abend auf Mitternacht zuging, stieg er hinunter zum See und rief nach dem Mümmlein.

Kaum waren seine Worte verhallt, da zuckte ein Blitzstrahl nieder, ein gewaltiger Donnerschlag folgte, und das Wasser begann zu schäumen und zu kochen. Nachdem es sich wieder geglättet hatte, erschien auf seinem Spiegel ein großer Fleck wie von dunklem Blut. Entsetzt floh der Bursche und mied den Ort künftig. Auch von den Mümmlein zeigte sich fortan keines mehr.

In Seebach war es wie in vielen Dörfern im letzten Jahrhundert noch Sitte, daß die jungen Mädchen des Abends zusammenkamen, um zu spinnen, einander Geschichten zu erzählen und zu singen. Eines Abends klopfte es leise an die Tür, und als man öffnete, traten drei weißgekleidete Seejungfrauen ein, jede ein niedliches Spinnrädchen in der Hand. Sie baten bescheiden, bleiben zu dürfen. Den Fräulein gefiel es in der Gesellschaft der jungen Leute so gut, daß sie an keinem Abend mehr fehlten. Mit dem Glockenschlag elf aber nahmen sie Kunkel und Hanf und verschwanden wieder, da half kein Bitten und Betteln. Niemand wußte so recht, woher sie kamen, doch ging das Gerücht, sie seien aus dem Mummelsee.

Seit sie die Spinnstube besuchten, fanden sich Burschen und Mädchen noch einmal so gerne dort ein, ging die Arbeit rascher von der Hand, brachten die Spinnerinnen jedesmal vollere Spulen und feineren Faden nach Hause. Nur eines behagte den jungen Leuten nicht: daß die Fräulein Schlag elf Uhr aufbrachen und sie allein ließen. Ein Bursche stellte deshalb einmal die Wanduhr um eine Stunde zurück. Der Abend verging wie im Fluge, und als es elf schlug, entfernten sich die Seejungfern wie gewöhnlich, ohne zu merken, daß es schon Mitternacht war.

Am Morgen darauf kamen Holzfäller am Mummelsee vorbei. Da vernahmen sie in der Tiefe ein Wimmern und Klagen, und auf dem Wasser schwammen drei große Blutlachen. Seitdem kamen die Seefräulein nie mehr zum Spinnen. Der Bursche aber, der die Uhr nachgestellt hatte, wurde bald darauf krank und starb am dritten Tag.

Einst sahen zwei Hirten, die beim See ihr Vieh hüteten, daß auf einmal ein mächtiger brauner Stier aus dem Wasser stieg und sich zu ihren Rindern gesellte. Alsbald folgte ihm ein kleines Männlein und wollte ihn zurücktreiben. Als das Tier sich störrisch zeigte und nicht gehorchte, bat das Männlein die Hirten, ihm behilflich zu sein. Es gelang ihnen, den Stier ans Ufer zu treiben, wo er sich in das Wasser stürzte und verschwand. Das Männlein bedankte sich bei den Hirten, schenkte jedem einen Kieselstein und sprach: »Wohin ihr den Stein werft, da wird ein warmer Quell dem Boden entspringen, der heilsame Kräfte besitzt gegen mancherlei Krankheiten.«

Die Hirten trugen die Steine lange Zeit mit sich. Einer von ihnen kam einmal in ein liebliches Wiesental. Er setzte sich auf einen Felsen, um auszuruhen. Als er in die Tasche griff, fühlte er den Stein des Wassermanns. Aus Langeweile ließ er ihn den Hang hinabrollen. Aber siehe da! Wo der Stein liegen blieb, öffnete sich im Felsen ein Spalt, und heißes Wasser sprudelte hervor. So entstanden die Heilquellen von Baden-Baden. Dem anderen Hirten rutschte sein Stein im oberen Enztal aus der Tasche, und dort, wo heute Wildbad ist, quoll heißes, heilkräftiges Wasser aus dem Boden.

Ein Jäger sah das Männlein einmal am Wasser sitzen, den Schoß voller Goldstücke, mit denen es spielte. Es dünkte ihm eine leichte Beute, und rasch gab er Feuer. Doch das Männlein hatte den Schützen bemerkt und war blitzschnell im See verschwunden, den Schatz mit sich nehmend. Als der Schütze nachladen mußte, tauchte es wieder auf und rief: »Hättest du mich um das Geld gebeten, so hätte ich es dir geschenkt. Nun aber mußt du samt deinen Nachkommen in Armut dein Leben fristen!«

Ein anderes Männlein kam einmal abends spät zum Hof eines Bauern und bat um Herberge für die Nacht. Der Bauer bot ihm Platz auf der Ofenbank oder in der Scheune. Als es damit nicht zufrieden war, sagte er unwillig: »Von mir aus kannst du auch im Weiher oder Brunnentrog schlafen.« Gleich grub es sich ein Loch zwischen Schilf und Binsen und kroch hinein. Am anderen Morgen, als es sich von seinem nassen Lager erhob, waren seine Kleider ganz trocken. Der Bauer fragte, woher es komme und wohin es wolle. Sein Weib hätte es verloren und schon in vielen Seen danach gesucht, erzählte es, und nun sei es auf dem Weg zum Mummelsee. Der Bauer war neugierig geworden und erbot sich, den Kleinen zum See hinauf zu begleiten. Ehe sich das Männlein dort in die Tiefe hinabließ, bat es seinen Begleiter, zu warten, bis es wieder auftauche oder ihm ein Zeichen gebe. Nach ein paar Stunden kam der Wanderstecken des Kleinen in einer Blutlache an die Wasseroberfläche. Da wußte der Bauer, daß das Männlein nie mehr auftauchen würde.

Der Herzog von Württemberg ließ einmal ein Floß bauen und schickte damit einige Männer hinaus zur Mitte des Sees, sie sollten seine Tiefe ergründen. Als sie schon mehr als neun Zwirnnetze hinuntergelassen und immer noch keinen Boden gefunden hatten, begann das Floß plötzlich zu sinken, obwohl es aus Holz war, und nur mit Mühe konnten sich die Männer ans Ufer retten.

Die Rotmäntel im Murgtal

Die Schwarzwälder hatten unter den Franzoseneinfällen einst viel zu leiden, und als der Kaiser seine Soldaten schickte, die Feinde aus dem Land zu jagen, ging's den armen Bauern auch nicht besser, denn sie wurden von den Österreichern ebenso ausgeplündert wie zuvor von den Welschen. Deshalb griffen sie in ihrer Verzweiflung manchmal selbst zu den Waffen, zu Jagdflinten und Dreschflegeln, Äxten und Mistgabeln, um sich gegen die Willkür der Fremden zu wehren. Im Murgtal bei Baiersbronn soll es dabei einmal zu einer regelrechten Schlacht gekommen sein.

Als einst dort, wo heute Baiersbronn und Mitteltal liegen, nur einzelne Höfe standen, drangen oft über den Bergsattel des Ruhesteins große, wilde Männer in das stille Schwarzwaldtal, plünderten die Häuser und Kirchen, trieben die Viehherden fort und machten mit ihren langen Messern nieder, wer sich ihnen in den Weg stellte. Rotmäntel nannte man sie, weil sie allesamt rote Mäntel trugen. Sie redeten in einer Sprache, die niemand verstand als der Lindenwirt in Baiersbronn, der als Kind in die Lateinschule gegangen war. Kein Mensch im sonst so friedlichen Murgtal konnte sich sicher fühlen. Weiber und Kinder wagten sich nicht mehr vors Dorf hinaus, und die Männer nahmen Axt oder Flinte mit, wenn sie ihre Felder bestellten. Jeden Tag mußten Wächter auf den Kirchtürmen nach den Rotmänteln Ausschau halten, und wenn sie die Feinde erspähten, gaben sie mit der Glocke ein Zeichen, damit sich die Bauern zusammentaten, um die Räuber zu vertreiben.

An einem Sonntag erschien einmal ein ganzes Heer von Rotmänteln auf der Höhe über dem Tal. Doch die Bauern zeigten keine Furcht und zogen den Feinden entgegen. Voller Zorn hatten sie sich geschworen, dem Treiben der Räuber für immer ein Ende zu setzen. Es gelang ihnen auch, den feindlichen Haufen zu umzingeln und von allen Seiten auf die verhaßten Rotmäntel zu schießen. Die Räuber wehrten sich und feuerten zurück, doch fiel seltsamerweise auf beiden Seiten kein einziger Mann. Man hatte sich nämlich verwahrt und kugelfest gemacht und konnte die feindlichen Kugeln wie Brosamen aus Ärmeln und Hosenbeinen schütteln.

Endlich holten die Murgtäler ein altes Bäuerlein, von dem man sagte, es könne mehr als Brot essen. Das sprach: »Laßt mich nur die erste Kugel abfeuern, dann könnt ihr allesamt drauflosschießen!« Es lud sorgfältig seine Flinte, murmelte einen Zauberspruch, legte an, schoß, und schon lag einer der Feinde in seinem Blut! Nun schossen auch die andern. Jede Kugel traf und streckte die Räuber zu Boden. Nur der Hauptmann Schlotki, ein riesiger Kerl, blieb übrig, und so heftig die Bauern auch auf ihn eindrangen, ihn stießen, schlugen und würgten, sie konnten ihn nicht töten, denn er war gegen Hieb, Stich und Schuß gefeit. Schließlich fesselten sie ihn und warfen ihn in die Murg. Da er nicht unterging, wälzten sie große Felsbrocken auf ihn. Drei Tage lang kämpfte der Räuber, um sich zu befreien. Endlich versprach er den Bauern Berge von Gold und Silber, wenn sie ihn freiließen.

Als man aber nicht auf ihn hörte und ihn immer wieder mit Steinlasten und Holzstämmen unter das Wasser drückte, wollte er seiner Qual selbst ein Ende setzen. Er riet den Bauern, die drei heiligen Hostien, welche in seinem linken Daumenballen eingewachsen seien, herauszuschneiden. Dann könne er sterben, und sie seien für immer von ihm befreit.

Man tat, wie er geheißen, und ein Strom von Blut ergoß sich aus der Hand des Riesen in die Murg und färbte das Wasser rot. Drei Tage dauerte es, bis Schlotki endlich tot war. Das Wasser des Flusses zeigt aber heute noch eine rötliche Farbe. Man nennt ihn deshalb die Rote Murg.

Drei Blutstropfen auf der Schlangenkrone

Als einst in der Gegend von Freudenstadt ein Metzgerbursche auf dem Weg ins Nachbardorf war, um dort zur Kirchweih zu gehen, sah er auf einmal im Wald ein Schloß vor sich. Und wie er es verwundert betrachtete, schaute aus einem der Fenster eine wunderschöne Jungfer, die grüßte ihn freundlich und bat, sie mitzunehmen zum Tanz. »Nichts lieber als das«, dachte der Bursche. Unterwegs schärfte sie ihm ein, sich den Platz wohl zu merken, wo das Schloß stehe, damit er sie wieder zurückbringen könne.

Beim Fest ging es recht lustig zu, sie aßen und tranken, und als sie sich müde getanzt hatten und auf dem Heimweg waren, gestand die Jungfer dem Burschen, sie sei eine verwunschene Prinzessin. Er aber könne sie erlösen und dadurch reich und glücklich werden. An den drei folgenden Freitagen müsse er zum Schloß kommen. Er werde sie dort antreffen, immer jedoch in einer anderen Tiergestalt. Das erste Mal werde ein Bär brummend auf ihn losgehen. Doch wenn er keine Furcht zeige, könne ihm das Tier nichts zuleide tun. Beim zweiten Mal werde sich ein wilder Löwe auf ihn stürzen, aber auch vor ihm brauche er sich nicht zu ängstigen. Am dritten Freitag endlich werde sie als Schlange ihm erscheinen, eine goldene Krone auf dem Haupt. Dann müsse er sich mit seinem Degen an seiner linken Seite verwunden, drei Tropfen des hervorquellenden Bluts auf die Krone fallen lassen und diese der Schlange abnehmen. Er dürfe dabei aber keinen Laut von sich geben. Gelinge ihm dies, so sei sie erlöst, könne ihn heiraten und ihm all die Schätze schenken, die in ihrem Schloß verwahrt seien.

Der Bursche tat, worum ihn die Jungfer gebeten. Am ersten Freitag sprang der Bär zwar grimmig auf ihn los, doch er fürchtete sein Brummen nicht. Er zitterte auch nicht vor dem brüllenden Löwen. Und als am dritten Freitag die Schlange züngelnd aus dem Gebüsch schoß, blieb er unerschrocken, zog den Degen, entblößte seine linke Seite und stach zu, bis die Wunde blutete. Da kroch die Schlange sacht zu seinen Füßen hin, und er ließ drei Blutstropfen auf ihre Krone fallen. Als er diese aber dem Tier abnehmen wollte, schrie plötzlich der Teufel aus dem Geäst einer Eiche: »Nimm dich in acht, sie sticht dich!« Da erschrak der Bursche, und ihm entfuhren die Worte: »Jesus, Maria und Josef!«

Die Schlange schoß zischend hin und her und bäumte sich auf, als wollte sie ihn töten. Nach einer Weile aber wurde sie ganz sanft und sagte traurig: »Jetzt muß ich warten, bis von dem Baum, auf dem der Teufel saß, eine Eichel herabfällt, Wurzeln schlägt und zu einem Baum wird. Das erste Kind, das in die Wiege aus dem Holz dieses Baumes gelegt wird, kann mich erlösen, wenn es mehr Mut hat als du.«

Die Erde tat sich auf, die Schlange verschwand, und auch das Schloß versank vor seinen Augen. Sein ganzes Leben lang ärgerte sich der Bursche, daß er sein Glück verscherzt hatte.

Sagen von der Hohennagold

Wo die Nagold mit scharfem Knick sich nach Norden wendet, liegt das malerische Städtchen, das vom Fluß den Namen hat. Über ihm erhebt sich der bewaldete Schloßberg, gekrönt von den Resten einer mittelalterlichen Burganlage, der Hohennagold. Um die alten Mauern ranken sich mancherlei Sagen.

Die wüste Urschel

Auf dem Brunnen neben dem Nagolder Rathaus findet man eine merkwürdige Gestalt, eine Frau, aus rotem Sandstein gehauen, mit seltsam plumpen Gesichtszügen. Dies sei ein Abbild der wüsten Urschel, sagen die Leute, jener Grafentochter, die einst auf der Burg lebte.

Das Mädchen war schon als Kind zum großen Kummer der vornehmen und eitlen Eltern außerordentlich häßlich und wurde deshalb von ihnen recht stiefmütterlich behandelt.

Das Gesinde lachte und spottete heimlich über das arme Ding und nannte es die wüste Urschel. Tagtäglich bekam das Mädchen die Verachtung der anderen zu spüren. Darüber war es betrübt und traurig, doch trug es sein Geschick in der Stille und ohne Klage. Oft ging es allein über das Härle hinab zur Nagold, setzte sich dort auf einen Felsen im Wald und schaute stundenlang dem Wasser zu, das zu seinen Füßen still das Tal hinabfloß.

Als das Mädchen zur Jungfer herangewachsen war und erkannt hatte, daß es Schlimmeres gibt als ein häßliches Gesicht, machte es sich zur Aufgabe, den Armen zu helfen und die Kranken zu pflegen. Mit Freuden verschenkte es, was es entbehren konnte, um anderer Not zu lindern. Und mit Hingabe tat es auch die niedrigsten Dienste, um andern beizustehen. Eines Tages fand man die Jungfer tot an ihrem Lieblingsplatz. Noch lange trauerten die Nagolder um das Schloßfräulein, und wenn sie von der wüsten Urschel sprachen, so taten sie dies voll Ehrerbietung und Dankbarkeit.

Auf der Burg Hohennagold lebte einst ein reicher Graf, der mancherlei Kostbarkeiten besaß. Als er eines Tages mit dem Kaiser gegen die Ungarn reiten mußte, ließ er tief im Schloßberg ein Gewölbe bauen und alle seine Schätze dorthin schaffen. Den Schlüssel zur Tür in die Schatzkammer gab er seiner Tochter. Jahr für Jahr wartete sie auf die Rückkehr des Vaters. Als man ihr die Botschaft überbrachte, er sei in der Schlacht ums Leben gekommen, traf sie die Nachricht so schwer, daß sie bald darauf starb. Den Schlüssel nahm sie mit ins Grab. Auch im Tod fand das Fräulein keine Ruhe. Man sagt, es müsse den Schatz bewachen, bis er gehoben werde.

Zur Winterszeit suchte einmal ein Mann dürres Holz auf dem Schloßberg. Da fand er im Gestrüpp eine Blume, wie er noch keine gesehen. Er pflückte sie und steckte sie an den Hut, und als er diesen abnahm, weil er ihm auf einmal viel schwerer dünkte, hing ein goldener Schlüssel daran. Verwundert blieb er stehen und betrachtete den seltsamen Fund. Als er wieder aufschaute, sah er auf der Höhe ein weißgekleidetes Fräulein stehen, das ihm winkte und bat, mit dem Schlüssel das Tor zu dem Gewölbe zu öffnen. Doch er fürchtete sich, rannte davon und ließ sogar den Hut samt dem Schlüssel fallen. Wohl reute ihn später seine Torheit, doch vergebens suchte er nach der Blume und dem Schlüssel.

Kriemhild von Waldeck

Auf der Burg Waldeck an der Nagold zwischen Wildberg und Calw hauste vor Zeiten ein Ritter, der seine Bauern quälte, die Kaufleute überfiel und mit seinem wüsten Treiben prahlte wie viele des Adels in jener Zeit.

Der Waldecker hatte eine schöne Tochter, die hieß Kriemhild und war ganz anders als ihr Vater. Sie suchte Gutes zu tun, wo sie nur konnte, pflegte die Kranken und half den Armen. Oft kam sie nach Bulach, um die Kinder zu besuchen und ihnen Geschenke zu bringen.

Als Rudolf von Habsburg deutscher König geworden war, wurde der Landfriede verkündet und jeder mit schweren Strafen bedroht, der ihn mißachtete. So zog auch ein Heer vor das Raubritternest im Nagoldtal, erstürmte es und brannte es nieder. Alle Burgleute kamen dabei ums Leben, auch die unschuldige Kriemhild.

Seither, so sagt man, haust ihr Geist in den Trümmern der einstigen Burg und harrt der Erlösung. Unermeßliche Schätze sollen in Kellern der Ruine verborgen liegen, von einem Hund bewacht. Oft schon erschien die Jungfrau in natürlicher Gestalt, spielte mit den Kindern des Waldecker Hofs oder wies Verirrten den rechten Weg.

Am Heiligen Abend wollte einst ein armer Schustergesell, der in Kuppingen im Gäu bei einem Meister in Arbeit stand, in seine Heimat nach Sommerhardt gehen. Er kam in der Finsternis von der Straße ab, rutschte aus und verlor im tiefen Schnee sein Felleisen. Auf einmal stand das Schloßfräulein vor ihm, nahm ihn an der Hand und führte ihn auf den Weg zurück. Und wie er treuherzig der Jungfer sein Leid klagte wegen des verlorenen Felleisens, brachte sie es ihm und schenkte ihm dazu zwei ihrer goldenen Haare. Als es aber drüben in Bulach ein Uhr schlug, da verwandelte sich das Fräulein in eine Schlange. Der Bursche erschrak und lief voll Angst hinunter zur Talmühle, wo man ihm freundlich öffnete. Als er erzählte, was ihm zugestoßen, und in die Tasche griff, um die Haare der Schloßjungfrau zu zeigen, da zog er zwei Stangen reinen Goldes hervor.

Des Talmüllers dreijähriges Kind kam ein andermal in die Nähe der Burg und setzte sich, des Spielens müde, mitten auf den Weg. Plötzlich glitt eine Schlange aus dem Gebüsch, kroch zu dem Kleinen hin, das keine Scheu zeigte, und ließ sich streicheln. Dabei lösten sich einige Schuppen von der Haut des Tieres. Das Kind hob sie auf und trug sie nach Hause, um damit zu spielen. Am Abend legte die Müllerin sie in ein Schächtelchen. Als man anderntags danach sah, fand man statt der Schuppen schwere Golddukaten in der Schachtel.

Graf Eberhards Flucht aus dem Wildbad

Ein angeschossener Eber, der im warmen Wasser seine Wunde wusch, soll den Jägern vorzeiten den Weg gewiesen haben zu der heilkräftigen Quelle mitten im Wald. Graf Eberhard von Württemberg, jener alte Haudegen, der in seinem bewegten Leben manchen Kampf ausgefochten hatte mit Städten und Fürsten zum Wohl seines Landes und zur Vermehrung seiner Macht, weilte einst im Wildbad, um seinen siechen Leib zu kräftigen. Seine Feinde erfuhren davon und gedachten, den alten Widersacher zu fangen.

Sie besetzten das enge Tal oberhalb und unterhalb des Bades. Für den Württemberger schien es kein Entrinnen zu geben. Doch ein armer Hirte aus Zavelstein meldete sich bei dem Grafen und erbot sich, ihn zu retten, er kenne geheime Wege und Pfade, die nur wenigen bekannt seien. Der Graf vertraute dem Mann und folgte ihm den steilen Berg hinauf, durch das Dickicht der Waldungen und die Enge tiefer Schluchten. Als der Alte müde wurde, nahm ihn der treue Hirte auf den Rücken und trug ihn ein Stück des beschwerlichen Wegs. Zur Mittagszeit machten sie Rast, und der Graf bettete sein Haupt in den Schoß seines Gefährten, um auszuruhen.

Endlich waren die beiden Flüchtlinge in Sicherheit, und der alte Herr konnte unbesorgt weiterreisen nach Stuttgart. Für seinen treuen Dienst wurde der Hirte reich belohnt, und um sein Wildbad ließ der Graf Mauern ziehen, damit man künftig ohne Furcht vor Überfällen das heilende Wasser genießen konnte.

Die Grafen von Eberstein

Als Kaiser Otto seine Feinde geschlagen und die Stadt Straßburg bezwungen hatte, zog er vor die Burg der Grafen Eberstein, die es mit seinen Widersachern gehalten hatten. Die Feste stand auf einem hohen Felsen über dem Murgtal. Eineinhalb Jahre lang wurde sie schon vom kaiserlichen Heer belagert, und mit ihren starken, hohen Mauern und ihren tapferen Verteidigern schien sie unbezwingbar.

Schließlich riet man dem Kaiser zu folgender List: Er solle einen Hoftag nach Speyer ausschreiben, zu dessen Turnier jeder Ritter eingeladen sei. Die Grafen von Eberstein würden sicher nicht versäumen, sich dort einzufinden, da ihnen freies Geleit zugesichert würde und sie ihre Tapferkeit beweisen könnten. Mittlerweile möge der Kaiser durch geschickte und kühne Leute die Burg erstürmen lassen, auch wenn während des Hoftags Frieden gehalten werden sollte.

Daraufhin wurde der Festtag zu Speyer verkündet. Der König und viele Fürsten und Herren, unter ihnen auch die drei Ebersteiner, waren zugegen, und manche Lanze wurde gebrochen. Abends begannen die Reigen, wobei der jüngste Graf von Eberstein, ein schöner, anmutiger Mann, vortanzen mußte. Während einer Pause nahte sich den drei Grafen heimlich ein hübsches Edelfräulein und raunte ihnen zu:

»Hütet Euch, denn der Kaiser will Eure Burg ersteigen lassen, während Ihr hier weilt! Kehrt noch in dieser Nacht zurück!«

Die drei Brüder entschlossen sich, der Warnung zu folgen. Doch sollte dies in aller Heimlichkeit geschehen; deshalb forderten sie zuvor andere Ritter für den folgenden Tag zum Turnierkampf und hinterlegten sogar hundert Goldgulden als Gebühr. Als es um Mitternacht still wurde im Lager, setzten sie über den Rhein und gelangten nach raschem Ritt glücklich in ihre Burg.

Anderntags vermißte man die Ebersteiner beim Lanzenspiel und erfuhr, daß sie Hals über Kopf abgereist waren. Da vermutete der Kaiser, die Grafen seien gewarnt worden und befahl, die Burg so schnell wie möglich zu stürmen, um ihrer Rückkehr zuvorzukommen. Doch die Angreifer holten sich nur blutige Köpfe.

Der Kaiser erkannte, daß mit Gewalt nichts auszurichten war und sandte drei Ritter auf die Burg, um mit den Grafen zu verhandeln. Als die Boten kundtaten, der Kaiser werde die Feste so lange belagern, bis der Hunger die Burgleute zur Aufgabe zwänge, führten die Ebersteiner sie in Keller und Speicher und zeigten ihnen Fässer voll Wein und Berge von Korn. Die Abgesandten merkten nicht, daß die Fässer doppelten Boden hatten und größtenteils mit Wasser gefüllt waren und daß unter dem Getreide Streu und Hobelspäne lagen. Sie hinterbrachten dem Kaiser, es sei vergeblich, die Burg länger zu belagern, denn ihre Vorräte reichten gut und gern noch für drei Jahre.

Kaiser Otto wurde daraufhin geraten, seine Tochter mit dem jüngsten Ebersteiner zu vermählen und auf diese Weise jenes tapfere Geschlecht auf seine Seite zu bringen. Die Grafen waren mit einem solchen Friedensschluß einverstanden, vor allem der jüngste, der in seiner Braut die freundliche Warnerin vom Turnier zu Speyer wiedererkannte, und die Hochzeit wurde mit großer Pracht gefeiert.

Die Enzjungfrau

Auf einer Anhöhe bei Neuenbürg findet man die Ruine eines alten Schlosses, und im Bergwald jenseits der Enz stand einst die Raubburg. Von einer Burg zur andern unter dem Fluß hindurch soll ein unterirdischer Gang führen, in dem Schätze verborgen liegen. Sie werden von einem weißgekleideten Edelfräulein, der Enzjungfrau, bewacht.

Zuweilen sieht man die Jungfer des Nachts von der Raubburg über die Schlößleinsbrücke auf das alte Schloß gehen, ein Licht in der Hand. Als ein Mann aus Birkenfeld abends einmal zur Enz hinunterstieg, bemerkte er einen Schwan, der im Mondlicht den Fluß herabschwamm. Er warf ihm drei Brocken Brot zu. Plötzlich verwandelte sich das Tier in die Enzjungfrau. Der Mann erschrak und wollte davonlaufen, doch die Jungfer sprach ihn freundlich an und sagte, er könne sein Glück machen, wenn er in der nächsten Nacht Schlag zwölf Uhr sich auf dem alten Schloß einfinde. Dort solle er einen Stein, den sie ihm genau beschrieb, zur Seite schieben und in den Berg hinabsteigen.

Der Mann faßte sich ein Herz und tat, wie ihm geheißen. Er fand auch gleich den Stein, wälzte ihn zur Seite und erblickte im Schein seiner Laterne eine Treppe, die steil in die Tiefe führte. »Vielleicht ist dort ein Schatz zu heben«, dachte der Birkenfelder und stieg hinab. Bald gelangte er in ein kahles Gewölbe. An einer der Wände entdeckte er ein Menschengerippe, mit Halseisen an die Mauer gekettet, und daneben stand ein Hafen, in dem drei weiße Kirschkerne lagen. Doch Schätze fand er keine, und er kehrte deshalb recht unzufrieden nach Hause zurück.

Als er andern von seinem Mißerfolg berichtete, riet man ihm, den Ort noch einmal aufzusuchen und die Kirschkerne mitzunehmen. Vielleicht würden sie sich in Schlüssel zu der geheimen Schatzkammer verwandeln. In der nächsten Nacht stieg er wieder zum Schloß hinauf, doch so sehr er auch suchte, er fand den Stein nicht mehr, der den Eingang verschloß.

Sagen der Yburg

Auf einem der Waldberge bei Baden-Baden findet man die Überreste einer alten Festung, der Yburg. Einst gehörte sie den Tempelherren, die sie erbaut haben sollen. Als aber einmal des Nachts die Burg überfallen wurde, kamen alle Bewohner um. Die Ruine der Yburg galt fortan als unheimlicher, verrufener Ort, den man am besten mied. Geisterbanner sollen schon viele Poltergeister und Kobolde in Säcken und Krügen hierhergebracht haben, damit sie anderswo keinen Schaden anrichten oder Schabernack treiben konnten. Es wimmelt also von Spukgestalten zwischen den alten Mauern.

Ein Mann aus Umweg war einmal in einer Vollmondnacht aufgewacht, und weil er meinte, es würde bald Tag, stand er auf und ging zur Yburg hinauf, um Holz zu holen. Er wußte, daß das alte Gemäuer schon lange unbewohnt war; deshalb wunderte er sich, als er sah, daß im Burghof viele Leute in den verschiedensten Trachten versammelt waren, um zu kegeln. Auch unterhielten sie sich in einer Sprache, die er nicht verstand. Als sie ihn erblickten, winkten sie ihm, die Kegel aufzusetzen, und er tat dies ohne Bedenken. Das Spiel dauerte lange. Auf einmal läutete drunten in Steinbach die Morgenglocke, und augenblicklich verschwanden die Leute, die Kegel und die Kugeln. Nur der Kegel, den der Mann gerade hatte aufstellen wollen, blieb ihm in der Hand. Er legte ihn in seinen Korb, den er mit Holz füllte, und ging nach Hause. Als er dort den Kegel wieder hervorholte, zeigte es sich, daß jener aus reinem Gold war.

Ein Mann aus Neuweier kam auch einmal zum Laubsammeln auf die Yburg. Er vernahm lautes Geschrei, und als er sich neugierig näherte, sah er, daß im Burghof gekegelt wurde. Auch ihn forderte man auf, die Kegel zu setzen. Weil er so eifrig war, legte man ihm nach dem Spiel alle Kegel in seinen Tragkorb. Unterwegs wurde ihm aber die Last zu schwer, und er warf alle fort bis auf einen. Zu Hause entdeckte er dann, daß der Kegel aus purem Gold war. Eilends ging er den Weg zurück, um die anderen zu suchen, aber er fand keinen mehr.

Als einstens ein Schäfer seine Herde bei der Yburg weidete, trat ein Mann auf ihn zu und forderte ihn auf, mitzukommen ins Schloß. Der Schäfer wollte anfänglich seine Tiere nicht allein lassen, doch der Fremde versicherte ihm, er könne unbesorgt sein, die Schafe würden bewacht. Er führte den Schäfer in den Turm. Dort saßen vier vornehm gekleidete Männer um einen Tisch und tranken roten und weißen Wein. Sie fragten ihn allerlei, und als sie erfuhren, daß er sehr arm sei, schenkten sie ihm zweitausend Gulden, ohne daß sie einen Dienst dafür verlangten. Als der Schäfer wieder zu seiner Herde kam, bemerkte er mit Verwunderung, daß der Platz, auf dem die Tiere weideten, von einem undurchdringlichen Spinngewebe umgeben war. Die Schafe konnten nicht eher weiterziehen, bis die Spinne, die das riesige Netz gesponnen, ihre Fäden wieder aufgelöst hatte.

Der Teufelspakt

Einem Müller in Baden-Baden drohte einst die Mühle einzustürzen, weil sie schon recht alt war und manchem Hochwasser hatte trotzen müssen, doch fehlte dem Mann das Geld, eine neue bauen zu lassen. Als er eines Morgens unter der

Haustür stand und überlegte, was zu tun sei, trat ein vornehm gekleideter Fremder zu ihm und fragte, warum er so bekümmert dreinschaue. »Geld für eine neue Mühle sollte ich haben; die alte tut's nicht mehr lang«, antwortete der Müller düster. »Wenn's weiter nichts ist«, meinte der Fremde und lächelte, »ich kann's Euch verschaffen.«

In der Nacht führte er den Müller hinauf in das alte Schloß über der Stadt. Hinter einem Felsen holte er einen Schlüsselbund hervor und schloß eine Eisentür auf, durch die sie in die Gewölbe des alten Gemäuers gelangten. Mitten in einem der düsteren Räume stand eine eiserne Kiste. Als der Fremde sie öffnete, sah der Müller mit Verwunderung, daß sie bis an den Rand gefüllt war mit glänzenden Silbertalern. »Nimm, soviel du willst!« forderte der Fremde ihn auf. Das ließ sich der Müller nicht zweimal sagen und füllte in aller Eile den mitgebrachten Sack. Alsdann verschloß der Mann die Kiste wieder, begleitete den Müller hinaus, verriegelte auch die Eisentür mit aller Sorgfalt und legte den Schlüsselbund hinter den Felsen.

Ohne Säumen ließ nun der Müller die baufällige Mühle niederreißen und eine neue erstellen. Aber ehe sie fertig war, merkte er mit Schrecken, daß das Geld nicht reichte. Da stieg er des Nachts wieder hinauf zum alten Schloß, fand auch die Schlüssel hinter dem Felsen und gelangte zu der Geldkiste. Doch im Schein seiner Laterne sah er, daß auf dem Deckel ein schwarzer Pudel lag. Aber der Müller ließ sich nicht schrekken, scheuchte das Tier hinunter und öffnete die Kiste. Wieder füllte er seinen Sack mit Silbertalern. Als er sich jedoch zum Gehen wandte, bemerkte er, daß die Eisentür zugefallen war. Er wollte sie öffnen, aber kein Schlüssel paßte, und so sehr er auch dagegenhämmerte, sie gab nicht nach. Erschöpft setzte er sich endlich nieder. »Bald wird das Licht meiner Laterne erlöschen«, dachte er, »und wenn ich keinen Ausweg finde, muß ich hier elendiglich verschmachten.«

Da ging die Tür plötzlich wie von selbst auf, und herein trat ein Mann, der war gekleidet wie ein Jäger. Er fuhr voller Zorn auf den Müller los. »Habe ich dich erwischt, du gemeiner Dieb!« rief er, »gleich werde ich dich in Stücke reißen!« Als er sah, daß der Müller vor Angst zitterte, lenkte er ein und sagte: »Du hast den Tod verdient, doch schenke ich dir das Leben, wenn du mir nach fünfzehn Jahren deine Seele überläßt.« Da merkte der Müller, daß er es mit dem Teufel zu tun hatte, doch er unterschrieb in seiner Not den Pakt, den jener ihm vorlegte. Daraufhin kam er frei und durfte sogar den Sack voller Silbertaler mit nach Hause nehmen.

Die neue Mühle wurde fertiggestellt, und Geld hatte er nun im Überfluß, doch je mehr Jahre verstrichen, desto heftiger befiel ihn die Angst vor dem Tag, an dem der Teufel ihn holen käme. Oft weilte er stundenlang in der Kapuzinerkirche, lag mit ausgebreiteten Armen vor dem Altar und betete mit solcher Inbrunst, daß der Pfarrer ihn schließlich nach der Ursache seines Kummers fragte. Lange wollte er nicht mit der Sprache heraus, aber endlich erzählte er von seinem Pakt mit dem Teufel. Da riet ihm der Pfarrer, ins Kloster zu ziehen und dort seine Sünde zu büßen. Das tat er auch und führte fortan ein solch gottesfürchtiges Leben wie keiner der Mönche.

Als der Tag kam, an dem der Pakt erfüllt werden sollte, stellte sich der Müller vor den Altar. Die Kapuziner umringten ihn in Erwartung des Bösen. Zur angegebenen Stunde wurde an die Kirchenpforte geklopft, und als man nach dem Begehr fragte, verlangte eine Stimme voller Schärfe die Herausgabe des Müllers. Da antworteten die Mönche, der Sünder habe Buße getan, und Gott sei ihm gnädig. Der Teufel aber möge den Pakt herausgeben. Ein grimmiges Gebrüll ertönte, aber dann war es still. Als die Mönche die Tür öffneten, sahen sie niemanden. Vor dem Eingang aber lag, in tausend Fetzen zerrissen, der Teufelspakt.

Der Müller blieb noch drei Jahre im Kloster. Als er danach wieder in seine Mühle zurückkehrte, setzte er dort sein frommes und gottseliges Leben fort bis an sein Ende.

Der Schatz im Burgstättleskopf

Ein Bergvorsprung bei Ettlingen heißt Burgstättleskopf. Dort soll vor uralter Zeit eine Burg gestanden haben. In ihr wohnten einst drei Schwestern, von denen eine blind war. Die Eltern hatten ihnen viel Geld hinterlassen, das sie gerecht untereinander aufteilen sollten. Doch die beiden sehenden Schwestern betrogen die blinde. Als jene ihren Anteil bekommen sollte, drehten sie den Scheffel, mit dem sie die Golddukaten maßen, um und bedeckten nur den Boden mit Geldstücken, den sie zuvor mit Pech bestrichen hatten. Zunächst merkte die Blinde nichts. Als sie aber über die Dukaten tastete, spürten ihre feinfühligen Finger das Pech. Da wußte sie, daß die Schwestern sie betrogen hatten. Voller Zorn stieß sie einen so schrecklichen Fluch aus, daß augenblicklich das Schloß mit seinen Bewohnern in die Tiefe sank.

Eine der verwünschten Schwestern läßt sich seither öfters sehen. Sie ist weißgekleidet und trägt einen Schlüsselbund mit sich. Einmal erschien sie einem Schafhirten, der oberhalb der Kalbenklamm auf seiner Flöte blies. Sie führte ihn zu einem Platz voller Schlüsselblumen. Von denen mußte er eine abbrechen und zum Burgstättleskopf bringen. Dort zeigte ihm die Jungfer eine verschlossene Tür. Als er sie mit der Blume berührte, sprang sie auf, und sie gelangten ins Innere des Berges. In einem Gewölbe standen Kisten, die mit lauter Schafszähnen gefüllt waren. »Nimm dir davon, soviel du willst!« sagte die Jungfer, »aber vergiß das Beste nicht!«

»Was soll ich mit dem wertlosen Plunder?« dachte der Bursche enttäuscht, steckte aber einige Zähne in die Tasche und trat ins Freie. Als krachend die Tür hinter ihm zuschlug, da merkte er, daß er die Schlüsselblume vergessen hatte, doch kümmerte ihn dies wenig. Erst nachdem er am anderen Morgen in die Tasche gegriffen und statt der Zähne Goldstücke vorgefunden hatte, vermißte er die Schlüsselblume, die ihm den Berg nochmals aufgeschlossen hätte. Und nun verstand er auch die Mahnung der Jungfer.

Einem Bauern ging es ähnlich. Sein Schwein hatte sich beim Burgstättleskopf verlaufen. Mit einer Gerte, die er sich von einem Haselstrauch geschnitten hatte, suchte er im Gebüsch nach dem vermißten Tier. Dabei berührte er mit der Haselrute zufällig die Felswand, die sich öffnete und den Blick freigab ins Innere des Berges. In einem Gewölbe saß eine weißgekleidete Frau, einige Kisten um sich. Auf einer davon lag ein schwarzer Pudel, der zu knurren begann und ihn mit funkelnden Augen anstarrte. Doch der Bauer zeigte keine Furcht, trat hinzu, scheuchte den Hund weg und öffnete mit seiner Gerte die Kisten. Sie waren voller Geld und kostbarem Gerät. Auch ihm erlaubte die Frau, zu nehmen, was er sich wünschte, und mahnte, das Beste nicht zu vergessen. Ohne zu zaudern, legte der Bauer die Gerte beiseite und packte von den Schätzen ein, soviel er tragen konnte. Als er wieder im Freien stand, schloß sich donnernd die Felswand hinter ihm, und der Eingang war verschwunden. Da merkte der Bauer, daß er die Haselrute vergessen hatte und nie mehr in den Berg gelangen konnte.

Am Oberrhein
Karls Ruhe

Das Jagdmesser des Kaisers

Als Kaiser Friedrich II. an einem Sommerabend des Jahres 1218 von Breisach kommend durch die Talauen des Oberrheins ritt, überfiel ihn die Müdigkeit. Er stieg vom Pferd, um zu rasten, lagerte nahe einer Kapelle und schlief ein. Im Traum erschien ihm alsbald Karl der Große, der ihm befahl, eilends hinaufzusteigen zur nahen Limburg. Die Gräfin von Habsburg habe eben einen Sohn geboren, dessen Pate er sein solle. Der Junge würde ihm dereinst auf den Kaiserthron folgen. Als Patengeschenk möge er deshalb dem Kind sein goldenes Jagdmesser geben.

Hierauf erwachte der Kaiser. Er wunderte sich über den Traum, doch als er bald danach zur Limburg gelangte und hörte, daß die Gräfin eben ein Knäblein zur Welt gebracht hatte, erkannte er, daß Gott es war, der ihm im Traum seinen Willen kundgetan hatte, und daß er nicht zögern durfte, zu tun, was Karl ihn geheißen hatte. Er übernahm zur Freude der Eltern die Patenschaft über den kleinen Rudolf und reichte dem Grafen sein Jagdmesser. »Gebt es Eurem Sohn, wenn er zum ersten Mal zur Jagd geht«, sagte er, »es soll ihm gute Dienste leisten und ihn jederzeit an seinen kaiserlichen Paten erinnern!«

Der Knabe wuchs heran und wurde kräftig und stark. An seinem neunten Geburtstag bat er seinen Vater, ihn auf die Jagd mitzunehmen. Der Graf erlaubte ihm, bis zum Waldrand mitzureiten. Dort sollte er unter der Obhut eines Dieners auf die Rückkehr der Jäger warten.

Der Tag wurde heiß, und während der Diener schlief, suchte der Grafensohn nach Erdbeeren, denn der Durst quälte ihn. Plötzlich brach ein riesiger Wolf aus dem Wald hervor und stürzte sich auf den Knaben. Rudolf zog sein Jagdmesser, das Patengeschenk des Kaisers, und wollte furchtlos den ungleichen Kampf aufnehmen. Doch kaum hatte er die Waffe berührt, da schwirrte ein Pfeil aus dem Dickicht und streckte die Bestie nieder.

Verwundert schaute sich der Knabe nach seinem Retter um. Aus dem Dunkel des Waldes trat eine hohe Gestalt in langem Mantel. »Fürchte dich nicht«, sprach der Fremde, »ich bin Kaiser Karl und will dir gerne beistehen, denn auf dir wird die Hoffnung des Reiches einst ruhen. Ich will dir die Höhle zeigen, in der ich weile, wenn mich mein Weg hierherführt. Wenn die Spitze deines Jagdmessers anfängt zu glühen, dann weißt du, daß ich dir nahe bin und mit Rat und Tat zur Seite stehen kann.« Die Gestalt verschwand, wie sie gekommen, und Rudolf kehrte tief bewegt zu dem Diener zurück.

Jahre vergingen, bis die Spitze des Messers zum ersten Mal erglühte. Rudolf stieg zur Höhle hinunter, wo Kaiser Karl ihn erwartete. »Bald wirst du den Kaiserthron besteigen und mit Mut und Weisheit regieren«, sprach der Herrscher, und er lehrte ihn, sich auf das hohe Amt vorzubereiten.

Als eines Tages der Ruf Kaiser Friedrichs an Rudolf erging, als Kreuzfahrer mitzuziehen ins Heilige Land, erglühte wieder die Spitze des Jagdmessers. Diesmal ließ Kaiser Karl den Grafen niederknien und sprach zu ihm: »Nun wirst du mich lange Zeit nicht mehr sehen. Du bist jetzt stark genug, die Last der Kaiserkrone zu tragen. Verwalte gut, was Gott dir anvertrauen wird. Wenn die Spitze des Messers zum dritten Mal erglüht, ist dein Ende nahe. Dann will ich kommen und prüfen, ob du in meinem Geiste regiert hast.«

Jahre später wurde Rudolf von Habsburg deutscher Kaiser.

Der Landvogt von Badenweiler

Freiherr von Hapsperg, vor mehr als vierhundert Jahren Landvogt der Herrschaft in Badenweiler, galt als eifriger Anhänger der Lutheraner. Seinen Untertanen aber war er ein recht harter und strenger Herr, der sich manche Gewalttat erlaubte. Einem Juden, der schon des öfteren wegen kleiner Diebereien bestraft worden war, hatte er einst gedroht, wenn er sich noch einmal etwas zuschulden kommen ließe, würde er aufgehängt.

Als der Vogt eines Tages mit seinem Diener und dem Stadtknecht von Müllheim nach Sulzburg ritt, entdeckte er von der Höhe aus den Juden in der Ferne und sah, daß jener, kaum hatte er den Herrn erblickt, eilends die Flucht ergriff. Der Vogt ließ ihn durch seine Begleiter einfangen. Wie man nun den Zwerchsack des Juden untersuchte, fand man ein paar Hühner darin, und jener gestand auch bald, sie in Zunzingen gestohlen zu haben. Der Vogt erinnerte den Spitzbuben an seine Drohung und ließ ihn kurzerhand am nächsten Nußbaum aufknüpfen. Man nennt den Platz deshalb heute noch Judengalgen.

Der Markgraf erfuhr nachträglich von der ungesetzlichen Verurteilung, beließ es aber bei einer Rüge. Im Volk jedoch murrte man über die Härte des Vogts. Noch verhaßter machte jener sich durch seine Jagdleidenschaft. Bei Treibjagden wurden zum Ärger der Bauern die Felder rücksichtslos niedergeritten. Gefiel es dem Herrn, am Sonntag zu jagen, so ließ er die Treiber sogar aus der Kirche holen.

Einmal ritt der Hapsperger zur Jagd aus, obwohl seine Frau Geburtswehen verspürte. Erst als man ihn nach Hause rief, weil die Mutter und das neugeborene Kind im Sterben lagen, wandte er sein Pferd und sprengte zurück. Beim Judengalgen aber scheute das Tier. Der Landvogt stürzte und brach sich den Hals. In der Müllheimer Kirche wurde der Tote zusammen mit seiner Frau und dem Kind beigesetzt. Sein Geist jedoch fand keine Ruhe. Auf dem Pferd kauernd, von einer bellenden Hundemeute umgeben, jagt er seither durch die Lüfte. Am häufigsten trifft man ihn beim Judengalgen. Wehe dem, der dem wilden Jäger nicht ausweicht!

Zwei Burschen, die des Nachts beim Röttler Schloß aus dem Wald kamen, hörten in der Ferne des Hapspergers Jagdgeschrei. Spottend ahmten sie die Rufe nach. Als darauf aber das Getöse schnell näher kam, packte sie die Angst, und sie flohen Hals über Kopf ins nahe Röttler Pfarrhaus. Kaum hatten sie die Tür hinter sich zugeschlagen, da war es, als ob jemand einen ganzen Arm voll Knochen dagegen werfe, und eine laute Stimme rief: »Habt ihr mir helfen jagen, so helft mir jetzt auch nagen!«

Fausts Ende

An einem Herbstabend des Jahres 1548 war ein Bauer mit seinem Buben auf dem Heimweg nach Staufen. Sie hatten lange auf dem Feld gearbeitet, und es dunkelte schon, als sie zu dem Johanniter-Bannkreuz am Krozinger Sträßlein kamen. Plötzlich vernahmen sie in der Ferne ein gewaltiges Rauschen, wie wenn ein Sturmwind einherbrauste. Der schreckliche Lärm kam näher und näher, und als sie aufschauten, sahen sie in der Dämmerung ein seltsames Wesen durch die Luft auf sie zukommen. Der Bub meinte nachher, ein riesiger Vogel sei es gewesen mit großen, schwarzen Schwingen. In ihrer Angst flüchteten die beiden zum Johanniterkreuz und beteten, Gott möge sie bewahren vor dem Treiben Satans. Nach einiger Zeit verstummte der Lärm, und sie konnten ihren Weg fortsetzen.

Es war schon Nacht geworden, als sie nach Staufen kamen. Der Bauer hatte im »Löwen« noch etwas zu besorgen. Wie er nun in die Gaststube trat, sah er am Kachelofen zwei Fremde sitzen. Der eine trug einen schwarzen Rock und ein Barett und sah aus wie ein Doktor, der andere schien ein reisiger Knecht zu sein, denn er hatte ein Schwert an der Seite und Sporen an den Stiefeln. »He, Bauer«, rief der vermeintliche Doktor, »hast du auf dem Weg vom Krozinger Schloß hierher nicht einen großen schwarzen Vogel gesehen?« – »Und bist du mit deinem Buben nicht zu den Johannitern gelaufen?« fügte der andere hinzu. »Glaub mir, die können dir auch nicht helfen, denn die meisten von ihnen gehören mir!« Und er lachte gellend, daß es allen durch Mark und Bein ging. Dem Bauern wurde recht seltsam zumute, denn niemand außer seinem Buben und ihm konnte von dem Vogel wissen und gesehen haben, wie sie bei dem Kreuz Zuflucht suchten.

Zehn Tage blieben die beiden Fremden im »Löwen«, mieden aber den Umgang mit anderen Leuten. Sie zechten und ließen sich's wohl ergehen, und der Knecht, den der Doktor seinen Schwager nannte, sorgte dafür, daß es an nichts fehlte. In der Nacht vor dem Gallustag vernahm der Wirt heftigen Lärm in der Kammer der Gäste, als ob die beiden miteinander stritten. Das ganze Haus wachte darüber auf, und schon wollte er gehen und Frieden stiften, da wurde es plötzlich still. Als am anderen Morgen keiner der Fremden zur Suppe kam, ging der Wirt in ihre Kammer und sah zu seinem Entsetzen den Doktor tot am Boden liegen, blau im Gesicht und mit umgedrehtem Hals. Von seinem Gefährten fand sich keine Spur, doch roch es in der Kammer abscheulich nach Schwefel, und es währte lange, bis der Gestank daraus verschwunden war.

Man sagt, damals sei der Pakt Faustens mit dem Teufel abgelaufen gewesen, und Satan habe die arme Seele in die ewige Verdammnis geholt – aus dem »Löwen« in Staufen.

Die wiedererweckte Tote

Als einstens dem Besitzer des Stutz'schen Hauses am Freiburger Münsterplatz die Frau wegstarb, gebot der Mann, der Toten ihr kostbares Geschmeide anzulegen und sie mit all ihrem Schmuck in den Sarg zu betten, denn er hatte sie sehr geliebt. Zum Hausgesinde des reichen Herrn zählten auch ein Diener und eine Köchin, die eine Liebschaft miteinander hatten, aber nicht heiraten konnten, weil sie arm waren. Wie die beiden nun sahen, welch kostbarer Schatz dem Leichnam ins Grab gegeben wurde, kam ihnen der Gedanke, daß ihnen zum Glück verhelfen könne, was der Toten nicht mehr von Nutzen sei, und sie schlichen des Nachts hinaus auf den Kirchhof, um das Grab zu öffnen und den Schmuck zu entwenden. Vorsichtig hoben sie den Deckel vom Sarg und sahen im Schein ihrer Laterne die Herrin im Sterbehemd bleich und still im Kissen ruhen. Als sie aber der Toten die goldene Kette vom Hals nesteln wollten, schlug jene plötzlich die Augen auf und erhob sich. Entsetzt flohen die beiden und sagten niemandem etwas von dem Vorfall.

Doch nicht der Geist der Verstorbenen war es, der die Leichenfledderer erschreckt hatte, sondern die Frau selber, die nur scheintot gewesen war. Sie stieg aus ihrem Grab und begab sich nach Hause. Der Mann wunderte sich, als mitten in der Nacht jemand an der Haustür schellte, machte das Fenster auf und fragte: »Wer ist drauß?« – »Die Frau aus dem Haus«, war die Antwort. »Die ist tot und begraben«, erwiderte der Mann und wollte das Fenster wieder schließen. Die Stimme aber beteuerte: »So gewiß bin ich es, als gleich unsere Schimmel aus dem Speicherloch heraussehen.«

»Welch dummer Scherz!« dachte der Mann, aber da hörte er plötzlich Pferdehufe auf der Treppe, und als er nachschaute, da sah er leibhaftig seine beiden Pferde unter dem Dach am Speicherfenster! Eilends öffnete er die Tür und schloß seine Frau in die Arme. Auch das Gesinde lief zusammen, und in Windeseile verbreitete sich in der ganzen Stadt die Kunde vom Wunder der wiedererweckten Toten.

Weil der Diener und die Köchin fürchteten, sie seien von ihrer Herrin auf dem Kirchhof erkannt worden, fielen sie vor dem Herrn auf die Knie, bekannten ihr Vergehen und baten um eine milde Strafe. Aber jener dankte ihnen von Herzen, hatten sie doch seine Frau vor dem Tod bewahrt. Er sah ihre Not und beschenkte sie so reichlich, daß sie heiraten konnten. Auch ließ er zum ewigen Andenken ein Bildnis der beiden Schimmel an die Giebelöffnung stellen.

Die Frau lebte noch sieben Jahre. Doch die Todesnähe hatte sie gewandelt; sie wurde schweigsam und still und ging oft hinüber ins Münster, um zu beten. Auch spann und wob sie ein großes Tuch mit Bildern aus dem Leben des Heilands und stiftete es dem Gotteshaus. Dort gebraucht man es noch heutigentags als Fastentuch.

Vom Schwaben, der Freiburg kaufen wollte

Ein Bäuerlein aus dem Schwabenland kam des öfteren in Geschäften nach Freiburg. Jedesmal, wenn es in der Stadt mit ihren stolzen Türmen, schmucken Häusern und silbrigen Bächlein zu Gast war, fiel ihm der Abschied schwerer, und schließlich kam ihm der Gedanke, Freiburg zu kaufen. Also lud es zwei Fässer auf seinen Wagen und füllte sie bis an den Rand mit Gold- und Silbertalern, denn nach Art der Schwaben hatte es gehörig gespart und war recht wohlhabend – doch im Verborgenen – versteht sich!

Anderntags fuhr unser Bauer das Dreisamtal hinab nach Freiburg und sprach auf dem Rathaus vor. »Was kostet s'Städtle«, fragte er, »i will mr's kaufa.« Da lachten die Ratsherrn und erkundigten sich belustigt, was er denn drangeben wolle. »Zwei Fässer voll Gold und Silber«, sagte das Bäuerlein ernsthaft. Der Bürgermeister meinte, das müsse man erst nachprüfen. Der Bauer nickte, stieg auf den Wagen und hob voller Stolz den Deckel vom ersten Faß. Doch wie erschrak er, als er sah, daß es nur Sand und Steine enthielt! Schnell öffnete er das zweite Faß, fand aber auch dort nichts anderes.

Die Freiburger fielen mit Hohn und Spott über das Bäuerlein her, das seinen Ochsen die Peitsche gab und eilends mit seiner »kostbaren« Ladung das Weite suchte. Auf dem Heimweg hatte es dann Zeit, über die seltsame Verwandlung seiner

Taler nachzudenken. Da dämmerte ihm der Gedanke, sein Weib habe ihm die Sache eingebrockt, und es gedachte, sich an ihm zu rächen.

Als der Bauer seine Frau zur Rede stellte, gab sie alles zu. »Sei froh, daß du dein Geld noch hast!« sagte sie. »Das Städtlein hättest du doch nicht bekommen. Ja, vielleicht hätten dich die Freiburger angesichts der vielen Taler des Diebstahls verdächtigt und in den Turm gesteckt.« Das leuchtete dem Bauern ein, und er dachte bei sich, was für gescheite Leute es doch unter den Schwaben gebe – sogar unter den Weibern!

Die Freiburger aber lachten noch lange über den Wunsch des Bäuerleins. Damit sie sich immer an das Geschehnis erinnerten, gaben sie einem ihrer Tortürme den Namen Schwabentor und schmückten ihn mit dem Bildnis des Bauern.

Der Lappen des Teufels

In Kippenheim kam einmal ein Mann zur Nachbarin, die eine Hexe sein sollte, um eine Sille auszuleihen. Jene war gerade dabei, Butter zu stoßen, ließ die Arbeit aber ruhen und ging, die Sille zu holen. Zuvor jedoch bat sie den Mann, das Butterfaß ja ruhig stehen zu lassen. Als die Frau draußen war, hob der Mann das Faß auf und sah, daß ein roter Lappen darunter lag. Von diesem schnitt er schnell ein Stück ab, steckte es ein und stellte das Faß wieder an den Platz zurück.

Zu Hause leerte er den wenigen Rahm, den er vorfand, in sein Butterfaß, legte das Lappenstück darunter und begann zu stoßen. Aber kaum hatte er angefangen, da lag ein großer, goldgelber Butterklumpen im Faß. Seine Frau staunte nicht wenig, doch als er den Hergang erzählte, sagte sie, mit solcher Butter wolle sie nichts zu schaffen haben und es auch nicht leiden, daß er sie auf den Markt bringe.

Wie sie nun miteinander stritten, da kam ein grüngekleideter Herr in die Stube und fragte den Mann: »Nun, guter Freund, wie hat Euch das Butterstoßen heute gefallen?« – »Recht gut«, antwortete der Mann, »und ich habe einen großen Klumpen gewonnen.« Darauf holte der Fremde ein großes Buch hervor und befahl: »So tragt Euch hier mit Eurem Blute ein!« Da merkte der Mann, daß der Teufel ihm an den Kragen wollte. Er erschrak, doch blieb er gefaßt und bat, der Herr möge am nächsten Abend wiederkommen, eine solche Sache müsse wohl überlegt sein. Nachdem der Teufel mit dem Buch verschwunden war, liefen die Leute zum Pfarrer, berichteten ihm alles und fragten, was zu tun sei. »Schreibt statt Eures Namens die Worte ›Jesus von Nazareth, König der Juden‹!« riet der Pfarrer.

Am nächsten Abend war der Teufel wieder zur Stelle und fragte den Mann, ob er sich nun eintragen wolle. Jener nickte, brachte sich eine Wunde bei und begann mit seinem Blut zu schreiben. Doch kaum stand das Wort »Jesus« auf dem Papier, da versetzte ihm der Satan einen solch gewaltigen Schlag, daß er ohnmächtig zu Boden stürzte. Dann fuhr der Teufel unter großem Geschrei zum Fenster hinaus und riß dabei aus Wut den ganzen Kreuzstock mit.

Das Buch, das der Böse zurückgelassen hatte, brachte der Mann anderntags dem Pfarrer, der es verbrannte und damit all die vielen Menschen, die darin eingetragen waren, von ihrem Bund mit dem Teufel befreite.

Der Schwarze Pfaff

Die Bühler sollen einmal einen Pfarrer gehabt haben, der seiner Gemeinde ein gar schlechter Hirte war. Er ließ sich Meßgelder zahlen, las aber dafür keine Messe. Die Leute in Neusatzeck erzählen ähnliches von einem Priester aus dem Kloster Ottersweier, der seine Kutsche mit heiligem Öl anstrich, bei Hungersnöten Brot zu Wucherpreisen verkaufte und in der Beichte Geschenke erwartete, wenn die Gläubigen nach der Absolution verlangten. Zur Strafe mußte er nach seinem Tod umgehen, und davon erzählen grausige Geschichten.

Der »Schwarze Pfaff«, wie ihn die Leute nannten, erschien als Priester in langer, schwarzer Kutte, zuweilen ohne Kopf, aber mit gläsernen Augen und feurigen Schnallen an den Schuhen. Er zeigte sich auch als Männlein, das allerhand Schabernack trieb. So soll er einmal in einer mondhellen Nacht einem Mann begegnet sein, der auf dem Weg von Ottersweier nach Bühl war. Er habe jenen gepackt und in das Salzwässerle, ein vorbeifließendes Bächlein, gedrückt, wobei der späte Wanderer fast erstickte. Einem Straßburger Pfarrer, der von der Begebenheit hörte, gelang es, den Schwarzen Pfaffen in eine Tabakspfeife zu bannen, die dann in eine Mühle eingemauert wurde. Als jene später aber abbrannte, konnte der Geist wieder sein Unwesen treiben.

Ein alter Mann aus Ottersweier entdeckte auf seinem Acker beim Salzwässerle ein Fohlen. Weil er glaubte, das Tier sei irgendwo ausgerissen, nahm er es mit, um anderntags nach seinem Eigentümer zu fragen. Obwohl er die Stalltür fest verriegelt hatte, war es am anderen Morgen verschwunden. Da meinten die Bauern, das herrenlose Pferd sei niemand anderes als der Schwarze Pfaff gewesen.

Ein Ottersweierer Wirt hatte Ärger mit seinem Wein, weil der nicht klar werden wollte. Als er in seinem Zorn einen kräftigen Fluch ausstieß, bannte er damit den Schwarzen Pfaffen ins Faß, und der Wein, den er später abließ, war ganz dunkel und ungenießbar. Da packte er das Faß und warf es in die Jauchegrube. Doch als er einige Zeit später Mistbrühe pumpen wollte, versagte die Pumpe ihren Dienst. Er wollte die Schraube lösen, aber auch das gelang nicht. Schließlich schlug der Schmied die Pumpe gewaltsam auf. Da sprang höhnisch grinsend der Schwarze Pfaff heraus.

Eine alte Frau, die jeden Tag Milch nach Bühl trug, verspätete sich einmal auf dem Heimweg. Plötzlich stand der Schwarze Pfaff vor ihr und winkte ihr, mitzukommen. Voller Furcht folgte sie ihm. Der Geist führte sie zu einem ebenen Platz im Wald und sagte, er wolle kegeln und sie solle die Kegel aufsetzen. Sie willigte ein, erschrak aber doch gewaltig, als sie merkte, daß es Menschenknochen waren, die sie aufzustellen hatte, und Totenschädel als Kugeln dienten. Das Spiel währte, bis es ein Uhr schlug. Da verschwand auf einmal alles. Nur ein Totenschädel blieb zurück, doch der war voller Dukaten. Die Frau nahm das Geld und ging vergnügt nach Hause.

Noch mancherlei Streiche verübte der Schwarze Pfaff, bis ihn endlich der Bischof in einen Kamin bannte. Dort soll er heute noch stecken.

Wie Karlsruhe zu seinem Namen kam

Einst wollte Markgraf Karl Wilhelm seine Residenzstadt Durlach vergrößern und verschönern. Die engen und krummen Gäßchen sollten verschwinden und dafür breite, gerade Straßen gebaut werden. Doch die Durlacher sträubten sich gegen jede Änderung. Sie blieben auch bei ihrer Weigerung, als der Markgraf drohte, seine Residenz zu verlegen.

Karl Wilhelm war darüber sehr ungehalten. Eines Nachmittags ging er im Hardtwald auf die Jagd, um seinen Ärger zu vergessen. Er traf einen Hirsch, verfolgte das Tier und ließ dabei sein Gefolge weiter hinter sich. Vom langen Ritt ermüdet, setzte er sich schließlich auf einen Eichenstumpf mitten im Wald. Bald war er eingeschlummert.

Erst nach Stunden fanden seine Jagdgenossen ihren schlafenden Herrn. Man weckte ihn, und als er sich umschaute, gefiel ihm der Ort so gut, daß er sagte: »In meinem Leben habe ich noch niemals besser geschlafen als hier. An diesem Platze möchte ich immer wohnen. Karls Ruhe soll er künftig heißen. Und über diesem Baumstumpf will ich eine Kirche errichten, in der ich einstens zur ewigen Ruhe gebettet werde.«

Alsbald mußten die Jäger einige Bäume mit Zeichen versehen, damit der Ort wiedergefunden würde. Und bald darauf begann man mit den Bauarbeiten für die Stadt mit ihren geraden, fächerartig vom Schloß ausgehenden Straßen. Der Altar der Kirche wurde an der Stelle des Eichenstumpfs errichtet, und unter ihm befand sich die Gruft, in welcher der Markgraf nach seinem Tod beigesetzt wurde.

Bei der späteren Erweiterung des Marktplatzes mußte die Kirche abgerissen werden. Über der Grablege erhebt sich nun eine steinerne Pyramide.

Der Spuk im Mannheimer Schloß

In den Gängen des Mannheimer Schlosses soll schon des öfteren eine Frau in altmodischer Hoftracht gesehen worden sein. Sie trug ein weißes Seidenkleid, das mit schwarzen Blumen bestickt war, und hatte immer ein Hündlein bei sich. Wenn sie bei der Schildwache vorbeirauschte, mußten die Soldaten ihre Gewehre umkehren, so daß die Kolben nach oben schauten. Einer von ihnen präsentierte sein Gewehr einmal in der üblichen Weise, das Bajonett also nach oben. Dem gab die Hofdame eine schallende Ohrfeige.

In den Rauhnächten zwischen dem Christfest und dem Dreikönigstag konnte man früher eine feurige Kutsche aus dem Schloß fahren sehen, in der die Geister eines Hofherrn und einer Hofdame saßen. Das Gefährt rollte die breite Straße hinunter, wendete dann gegen die Planken hin und versank beim Eintrachtshaus in der Erde. Einem Mann, der den Spuk genauer besehen wollte und zum Fenster hinausschaute, als die Kutsche an seinem Haus vorbeifuhr, schwoll augenblicklich der Kopf so stark an, daß man den Kreuzstock des Fensters herausbrechen mußte, damit er ihn wieder in die Stube zurückziehen konnte.

Zabergäu und Kraichgäu
Joachim Burzik · 1987

Vergiß das Beste nicht!

Als einmal ein armer Hirte aus Eibensbach im Spätherbst bei der Ruine Blankenhorn seine Herde hütete, fand er am Waldrand eine große, schöne Schlüsselblume. Weil er zu dieser Jahreszeit noch nie eine solche Blume hatte blühen sehen, brach er sie und steckte sie an den Hut.

Auf dem Heimweg wurde ihm der Hut immer schwerer. Er nahm ihn ab und bemerkte voll Verwunderung, daß sich die Blume in einen silbernen Schlüssel verwandelt hatte. Als er ihn betrachtete, stand auf einmal eine Jungfrau vor ihm in einem schneeweißen Gewand, redete ihn freundlich an und führte ihn zum nahen Berghang. Hinter dichtem Gesträuch gewahrte er eine Tür, und als er sie mit dem Schlüssel öffnete, sah er eine Felskammer vor sich, die mit Schatztruhen voller Silber und Gold angefüllt war. Verblüfft wandte er sich nach dem Fräulein um, doch das lächelte nur und sprach: »Nimm davon, soviel du tragen kannst; aber vergiß das Beste nicht!« Und als er hineingriff in die Truhen und Taschen und Ärmel seiner Jacke füllte mit Goldstücken, mahnte sie ihn abermals und ein drittes Mal: »Vergiß das Beste nicht!«, ehe sie verschwand.

Wie er nun in der Dunkelheit der Höhle allein zurückblieb, packte ihn die Angst. Er stopfte hastig noch zu sich, was er schleppen konnte, und floh ans Tageslicht. Unter lautem Krachen schlug die Tür hinter ihm zu.

Erst daheim in seiner Hütte, als er die gewonnenen Schätze vor sich ausbreitete, fiel ihm ein, daß er den Schlüssel in der Höhle zurückgelassen hatte. In aller Eile lief er zu dem Berghang und suchte nach dem Eingang der Schatzkammer, doch er fand die Tür nicht mehr. Hätte er den Schlüssel nicht vergessen und den ganzen Schatz bergen können, so wäre das Fräulein erlöst gewesen. Doch er tröstete sich damit, daß er genug an Reichtum hatte, um fortan ein sorgloses Leben führen zu können. Weil der Hirte aber den Neid seiner Mitbürger fürchtete und den Verdacht, er wäre auf unrechte Weise zu seinem Wohlstand gekommen, wanderte er nach Amerika aus. Ehe er jedoch fortzog, offenbarte er Freunden in Eibensbach sein Geheimnis, und als er ihnen später einen Brief aus seiner neuen Heimat schrieb, fügte er hinzu: »Eibensbach und Blankenhorn tun mir und meinen Kindern wohl.«

Mancher Eibensbacher hat daraufhin nach den Schätzen unter der Ruine Blankenhorn gesucht, aber keiner hat sie bisher gefunden.

Die Altweibermühle von Tripsdrill

Am Fuß des Michaelsberges unweit von Brackenheim findet man in dem kleinen Nest Treffentrill, auch Tripsdrill genannt, eine alte Mühle, ein Wunderwerk, denn auf unerforschliche Weise vermochte einst ihr Mahlwerk betagte, gebrechliche Weiblein in junge, hübsche Mädchen zu verwandeln.

Wie die Überlieferung berichtet, währt das Wunder schon dreihundert und mehr Jahre. Aus allen Gegenden strömten sie einst herbei, humpelnd, kriechend, mit krummen Rücken und runzeligen Gesichtern, von ihren mitleidigen Männern auf Schubkarren oder Leiterwagen gefahren, ein gar trauriger Zug alter, verhutzelter Weiber. Mit letzter Kraft stiegen sie die steilen Stufen zum Giebel der Mühle hinauf, kletterten unter großer Mühe in den hölzernen Trichter – und alsbald begann die Prozedur ihrer Verjüngung. Im Mahlwerk wurden sie gerüttelt, geknetet und durchgewalkt. Die überflüssigen Fettpolster schwanden dahin, die Haut glättete sich und schimmerte rosig, und die Haare bekamen auf wundersame Weise wieder Fülle und Glanz. Und als sich dann die untere

Tür der Mühle öffnete und sie hinaustraten, rank und schlank nun und so jung und hübsch wie ehedem, da mögen die wartenden Männer sich ihrer Bäuche und Kahlköpfe geschämt haben, wenn sie ihre verjüngten Weiblein in die Arme schlossen. Nun war alle Mühe, aller Schmerz vergessen. Bis in die Nacht hinein wurde gefeiert, und voller Freude über die neugewonnene Jugend und Schönheit zog man nach Hause.

So war es einst. Doch auch heute noch, sagt man, leiste die Altweibermühle ihren Dienst, man müsse nur daran glauben. Und wenn die Wirkung nicht so offensichtlich sei wie früher – jung sein und bleiben könne man auch mit krummem Rükken und grauem Haar.

Die Gründung des Klosters Maulbronn

Als einstens der fromme Ritter Walter von Lomersheim sein Ende nahen fühlte, gedachte er, ein Kloster zu stiften, um damit Gott zu dienen. Doch der Ort, den er dafür wählte, behagte den Mönchen wenig, denn er lag an der offenen Landstraße, und mancherlei Gesindel hauste in jener Gegend. Daher beschlossen die frommen Brüder, einen besseren Platz zu suchen. Den Weg sollte ihnen ein Maulesel weisen, ein williges und braves Tier, das gewohnt war, geduldig schwere Lasten zu tragen. Denn hatte nicht einst Gott einen Esel auserwählt, den Engel zu sehen, der des Propheten Augen verborgen blieb? Und hatte nicht Christus selbst auf einer Eselin Einzug gehalten in Jerusalem?

So dachten sie, luden ihre geringe Habe auf den Rücken des Tieres und ließen es laufen. Das Kloster sollte dort gegründet werden, wo das Eselchen anhielt, um zu rasten.

Ein seltsamer Zug suchte sich da seinen Weg durch Wald und Feld, bergauf und bergab, voran der Maulesel, die Schar der Mönche geduldig hinterdrein. Doch der fromme Gesang der schwitzenden Brüder wurde immer matter, denn das Tierlein führte sie stundenlang kreuz und quer durchs Land, und es schien ihnen, als gingen sie in die Irre.

Endlich öffnete sich vor ihnen ein liebliches Tal, von einem Bächlein durchflossen, an dessen Quelle der Esel anhielt, um zu trinken. »Dies ist gewiß der Ort, den uns Gott zugedacht!« sprachen die Mönche voller Freude und begannen sogleich mit dem Bau des Klosters, dem sie den Namen »Maulbronn« gaben.

Bald jedoch zeigte sich, daß auch jene entlegene Gegend nicht sicher war vor lichtscheuem Gesindel. Eine Bande übler Gesellen hatte in der Nähe ihren Unterschlupf, und die Räuber fürchteten nun, die Mönche könnten ihr Versteck verraten. Sie kamen deshalb eines Tages zum Bauplatz und drohten, alles niederzureißen, wenn der Klosterbau nicht alsbald eingestellt werde. Da trat aus der Mitte der erschrockenen Mönche einer hervor und sprach: »Ihr braucht euch keine

Mühe zu geben mit dem Niederreißen, denn wir wollen euch mit einem heiligen Eid versprechen, den Bau nicht zu vollenden.« Darüber wunderten sich die Räuber; weil sie aber an dem Wort der Mönche nicht zweifelten, zogen sie ab und ließen jene in Frieden.

Die Brüder indessen bauten lustig weiter, als ob nichts geschehen wäre. Die Kirche wuchs empor, der Kreuzgang schloß sich an, und starke, feste Mauern umgaben bald die Klostergebäude. Als schließlich das Geläut eines Glöckleins durch den Wald hallte, zur Messe zu laden, vernahmen auch die Räuber den frommen Ruf und erschienen voller Zorn vor dem Kloster, um sich an den eidbrüchigen Mönchen zu rächen. Jene indessen gewährten den Gesellen bereitwillig Einlaß und führten sie zur Klosterkirche. »Wir haben unser Wort gehalten und den Bau nicht vollendet«, sprach der Abt, wies auf eine Lücke in der Wand der Chorschranke und zeigte auch den Mauerstein, der in jene Öffnung gehörte, aber noch am Boden lag. Da merkten die Räuber, daß die schlauen Mönche sie überlistet hatten, gaben sich geschlagen und suchten sich anderswo einen Schlupfwinkel.

Heute noch sprudelt das Wasser aus dem Eselsbrunnen im Klostergarten, erinnert das Bildnis einer mit Stricken gefesselten Schwurhand an den Eid der Mönche und zeigt die Lücke in der Chorschranke, daß die Brüder ihr Versprechen hielten, den Klosterbau unvollendet zu lassen bis zum Jüngsten Tag.

Das Geheimnis des Ottilienbergs

Die heilige Ottilie soll einst das Kloster auf dem Jägerberg bei Eppingen gestiftet haben. Im Dreißigjährigen Krieg wurde es von den Schweden geplündert und niedergebrannt. Zuvor aber hatten die Nonnen den Klosterschatz und die Glocke des Kirchleins vergraben und waren vor den Räubern geflohen. Vielleicht überlebte keine der frommen Frauen die Wirren jener Zeit, denn der Schatz blieb verborgen, und man erzählte, an jenem düsteren Ort gingen Geister um, ihn zu bewachen: eine weißgekleidete Frau, die einen großen Schlüsselbund um den Hals trage, und eine Ziege mit schneeweißem Fell. Lange Zeit fand sich deshalb für den Hof, der dort errichtet worden war, kein Pächter.

Nun trug es sich zu, daß einem Kuhhirten des nahen Dorfes Mühlenbach träumte, er solle auf die Heidelberger Brücke gehen; dort könne er sein Glück machen. Er kümmerte sich zunächst nicht weiter darum, aber als er in der darauffolgenden Nacht denselben Traum hatte und in der nächsten wieder, zögerte er nicht länger und folgte dem Geheiß. Seine Geduld wurde auf eine harte Probe gestellt: Einen halben Tag stand er auf der Brücke und wartete auf das verheißene Glück.

Ein Heidelberger, der des Wegs kam, sprach ihn an und fragte, auf wen er denn so lange warte. Als der Kuhhirt seinen Traum erzählte, lachte jener und sagte: »Ach, auf Träume kann man sich nicht verlassen. Mir hat auch geträumt, auf dem Ottilienberg sei unter dem Waschkessel ein Schatz vergraben. Derweil kenne ich gar keinen Berg dieses Namens.«

Unser Kuhhirt schwieg und begab sich eilends hinauf auf den Ottilienberg, fand auch gleich den bezeichneten Platz, fing an zu graben und stieß bald auf eine Kiste voller Golddukaten. Er war so klug, niemandem davon zu erzählen, und reiste ins Ausland, wo er durch den gewonnenen Reichtum fortan ein Leben in Saus und Braus führen konnte. Seitdem blieben die Geister aus, und der Pachthof wurde wieder bezogen.

Ein Knecht des Hofpächters soll später einmal beim Pflügen auf das Öhr der Glocke gestoßen sein. Weil es schon Abend war, wollte er am nächsten Morgen erst den Fund bergen. Als er aber anderntags danach suchte, fand sich von der Glocke keine Spur mehr.

Das Holderbrunnenfräulein

Nahe bei Waldangelloch entspringt eine Quelle, der man den Namen »Holderbrunnen« gab, weil dort einst ein Holderstrauch stand. Ein armes Weiblein ging oft zu jenem Ort, um Gras für seine Kuh zu holen.

Als die Alte einmal erst spät nach Hause kam, fragten die Nachbarn besorgt, warum sie so lange ausgeblieben sei und erfuhren, sie sei bei guten Freundinnen gewesen, die sie heute kennengelernt habe. Darüber wunderten sie sich, und weil die Frau in den folgenden Nächten auch so spät heimkehrte, schlichen ihr einige nach. Sie sahen die Alte mit zwei schönen fremden Fräulein am Holderstrauch stehen. Als sie nähergingen, tauchten die Mädchen in den Brunnen und verschwanden.

Nun fragten sie die Alte nach den Wasserfräulein und drängten sie, ihre schönen Freundinnen in ihr Haus einzuladen. Und wirklich! Eines Abends, als man bei ihr in die Spinnstube kam, waren auch die beiden Fremden zu Gast. Jede hatte ein Laternchen dabei, eine Kunkel und Hanf. Zuerst musterte man sie verstohlen und schwieg. Weil sie aber gekleidet waren wie die anderen Dorfmädchen, ihre Arbeit geschickt verrichteten und dabei lachten und scherzten, schwand bald alle Scheu. Neugierig fragte man nach ihrer Behausung. Da erzählten sie, ihre Wohnung in einem großem See tief unter der Erde sei ähnlich beschaffen wie die der Menschen. Auch dankten sie, als man ihnen zu essen bot, nahmen aber bloß Obst und Brot.

Wie im Flug verging die Zeit. Als es neun Uhr schlug, zündeten die Wasserfräulein ihre Laternen an und gingen fort trotz aller Bitten der anderen, noch ein wenig zu bleiben. Doch versprachen sie, am folgenden Abend wiederzukommen.

Die Gesellschaft der Menschen schien ihnen zu gefallen, denn dreiundzwanzig Tage lang fanden sie sich Abend für Abend in der Spinnstube ein. Sie waren fleißig und gegen jedermann freundlich. Ein hübscher Bursche, der auch immer zu Gast war, schien wie verzaubert von der seltsamen Schönheit des einen Wasserfräuleins. Er setzte sich in seine Nähe, wandte keinen Blick von ihm und lauschte begierig jedem Wort, das es sprach. Auch bat er, es auf dem Heimweg begleiten zu dürfen. Ein Stück weit ließ ihn die Jungfer mitkommen, doch dann bestand sie darauf, daß er zurückbleibe.

Als der Bursche wieder einmal sich nicht trennen wollte von seiner Liebsten, blickte sie ihn seltsam an und sagte dann, er dürfe mit zum Brunnen kommen, wenn er mit ihr hinabtauche in die Tiefe. Es dauerte lange, bis der Bursche sich dazu entschließen konnte, und erst nach vielem Zureden willigte er ein. Als sie an die Quelle kamen, wollten die Mädchen, daß zuerst das eine, dann der Bursche und zuletzt seine Liebste sich hinablasse. Weil aber der Junge der letzte sein wollte, schnallte ihm jene ihren Gürtel um und versicherte, damit sei er geschützt und brauche keine Angst zu haben.

Die Mädchen verschwanden in der finsteren Tiefe, doch der Bursche wagte nicht, ihnen zu folgen. Lange starrte er in das dunkle Wasser hinunter, auf dessen Spiegel das Licht des Mondes schimmerte. Auf einmal begann es zu brodeln und zu kochen im Brunnen, und eine Wolke von Blut stieg an die Oberfläche. Eilig warf der Bursche den Gürtel hinein, weil er dachte, daß er ihn nicht hätte zurückbehalten dürfen. Nach einiger Zeit war das Wasser wieder still und ruhig. Lange stand er noch bei dem Brunnen, aber seine Liebste blieb verschwunden, und auch in die Spinnstube kamen die Wasserfräulein nie mehr.

Der Knecht mit dem Fahrsamen

Vor vielen Jahren diente bei einem Waldangellocher Bauern ein Bursche aus Eschelbach als Knecht. Von dem hieß es, er habe sich beim Teufel Fahrsamen beschafft, und wenn er den bei sich trage, könne ihm kein Unglück zustoßen.

Und wirklich, dem Burschen gelangen die tollsten Kunststücke! Mit dem vierspännigen, schweren Holzfuhrwerk jagte er die steilsten Berghänge hinab, und wenn auch der Wagen schleuderte und mit seiner Last zu kippen drohte, er stürzte nie um. Einmal brachte der Knecht einen Wagen voll Korn in die Scheune. Weil niemand da war, der ihm beim Abladen helfen konnte, fuhr er einfach die senkrechte Leiter zur Obertenne hinauf und warf dort das Korn ab. Währenddessen kam der Bauer in die Scheune und sah mit Entsetzen sein Fuhrwerk samt den Pferden unterm Dach stehen. »Was treibt der Bursche wieder für Teufelswerk!« dachte er, schwieg aber und ging schnell hinaus. Als der Knecht abgeladen hatte, fuhr er die Leiter wieder hinab, ging zu seinem Herrn und sagte: »Ein Glück, daß Ihr in der Scheuer kein Wort gesprochen habt. Ich wäre sonst mit Roß und Wagen herabgefallen.«

Ein andermal besuchte der Knecht mit einem Waldangellocher Kameraden ein Mädchen, das im »Engel« in Menzingen bediente. Das ärgerte die zwölf Menzinger Burschen, die auch in der Wirtsstube saßen, und an den bösen Blicken und üblen Drohungen merkten die beiden bald, daß man sie nicht ungeschoren heimziehen lassen wollte. Als es draußen dunkel geworden war, schlichen die zwölf sich nach und nach hinaus. Der Waldangellocher bekam es mit der Angst zu tun, doch der Knecht blieb gelassen, lächelte nur und sagte: »Keine Sorge! Die werden uns kein Härchen krümmen.«

Erst als es elf Uhr schlug, machten sich die beiden auf den Heimweg. Draußen vor Menzingen sahen sie jene zwölf Burschen am Wegrand warten. Mit Äxten, Dreschflegeln und

Mistgabeln bewaffnet standen sie da, aber in den seltsamsten Stellungen und vollkommen regungslos! Der Knecht führte seinen Kameraden zu den Gebannten, stieß den einen in die Seite, zog den andern an der Nase und forderte gar den Waldangellocher auf, einem die Tabakspfeife aus dem Mund zu ziehen. Jener probierte es, brachte es aber nicht fertig. So trieben sie eine Weile ihre Späße mit den Menzinger Helden und setzten schließlich ihren Weg fort. Kurz vor Waldangelloch griff der Knecht in seine Tasche und murmelte ein paar Worte. Dann sagte er: »Jetzt habe ich die zwölf Burschen von ihrem Bann befreit.« Fortan ließ man ihn in Ruhe, wenn er nach Menzingen kam, um sein Mädchen zu besuchen.

Nachdem der Waldangellocher gesehen hatte, welch wundersame Macht der Fahrsamen seinem Besitzer verleiht, wollte er auch welchen haben und bat den Knecht, ihm dabei zu helfen. In der Christnacht führte ihn jener aufs Feld hinaus zu einem Kreuzweg. Dort zeichnete er einen Kreis in den Boden, stellte sich mit dem andern hinein und ermahnte ihn, keinen Laut von sich zu geben, was auch geschehe. Danach zog er ein Büchlein aus der Tasche und fing an, still darin zu lesen.

Als es Mitternacht schlug, hörten sie in den Lüften ein Getöse, als ob das Wilde Heer über sie hinwegzöge. Bald verstummte der Lärm, und voller Entsetzen sahen die beiden dicht über ihren Köpfen einen Mühlstein, der an einem dünnen Faden hing und auf sie herabzustürzen drohte. Doch sie sagten kein Wort und verharrten an ihrem Platz. Nun rasselte eine vierspännige Kutsche daher, und einer beugte sich heraus, um zu fragen, wie weit es noch wäre bis zum nächsten Ort. Wieder blieben die beiden still und stumm, und die Kutsche raste davon. Einige Zeit später kam einer in einer Holzwanne dahergerutscht. Der tat, als säße er in einem Schiff, gebrauchte zwei Stecken als Ruder, bewegte sich aber nur sehr mühsam vorwärts. Als er bei den beiden anlangte, fragte er treuherzig: »Kann ich die Kutsche wohl noch einholen?« Da mußte der Waldangellocher laut lachen. »Du Dummkopf«, rief der Knecht zornig, »jetzt hast du dich mit deinem Gelächter für alle Zeiten um den Fahrsamen gebracht!«

Das Brettener Hundle

An einer Außenwand der Laurentiuskirche in Bretten findet man das steinerne Bildnis eines Hündleins, dem der Schwanz fehlt. Das Bild soll früher seinen Platz über einem der Stadttore gehabt haben. Wie es zum Wahrzeichen der Stadt wurde, davon erzählen die folgenden beiden Sagen.

Die List der Brettener

Einst wurde die Stadt Bretten von Feinden lange Zeit belagert, doch die Bürger wehrten sich so tapfer, daß sie nur durch den Hunger bezwungen werden konnten. Als die Not der Eingeschlossenen immer größer wurde, griffen sie zu einer List. Mit ihren letzten Vorräten mästeten sie ein Hündlein, bis es dick und fett war. Dann ließen sie es zum Stadttor hinaus ins feindliche Lager laufen.

Wie nun die Soldaten das fette Möpslein sahen, dachten sie: »Wenn die Brettener ihre Hunde so gut füttern können, dann müssen sie noch genug zu beißen haben.« Also gaben sie die Belagerung auf und zogen ab. Zuvor aber hieben sie dem Hündlein den Schwanz ab und schickten es verstümmelt in die Stadt zurück.

Der grausame Metzger

In Bretten lebte einst ein Mann, der besaß ein gar treues und gelehriges Hündchen. Er hatte dem Tier beigebracht, beim Krämer, Bäcker und Metzger einzukaufen. Dazu gab er ihm einen Korb ins Maul, in dem eingewickelt das Geld lag und ein Zettel, auf dem stand, was es bringen sollte. Auch wenn der Geruch von Fleisch und Wurst dem Hündlein noch so verführerisch in die Nase stieg, nie rührte es einen Bissen an.

Eines Tages aber bekam der Metzger einen Gesellen, der war katholisch und ärgerte sich, daß der Besitzer des Hundes auch am Freitag Fleisch und Wurst holen ließ. Als das Tier an einem solchen Tag mit einer Bestellung bei ihm erschien wie gewöhnlich, sprach er bei sich: »Wart, Ketzer, dich werde ich das Fasten lehren!«, griff das Hündlein und hackte ihm auf dem Block das geringelte Schwänzlein ab. Dies legte er in den Korb und gab ihn dem Tier zu tragen. Das arme Hündlein lief blutend nach Hause, brachte ihn seinem Herrn, legte sich ihm zu Füßen, winselte noch eine Weile vor Schmerz, streckte dann alle Viere von sich und starb.

Die Brettener waren entrüstet über die grausame Tat des Metzgergesellen, und jener wurde alsbald aus der Stadt gewiesen. »Dir geschieht wie dem Hund von Bretten«, sagen heute noch die Leute, wenn Treue übel belohnt wird.

Wie Bruchsal den Eichelberg verlor

Von ihrem Fürstbischof liehen einst die Bürger Bruchsals einen größeren Geldbetrag und überließen ihm dafür als Pfand den Eichelberg, eine bewaldete Anhöhe vor der Stadt. Es war vereinbart worden, daß die Schuld zu einem bestimmten

Zeitpunkt zu tilgen sei, andernfalls falle das Pfand an den Fürstbischof.

Unter großer Anstrengung gelang es den Bruchsalern, die Geldsumme rechtzeitig aufzubringen. Als man sie aber dem Bischof aushändigen wollte, hieß es, jener sei verreist. Nachdem der hohe Herr zurückgekehrt war, ließ er den Bürgern melden, die Frist sei verstrichen und der Eichelberg fortan sein Eigentum. Dagegen protestierten die Bruchsaler und erhoben Klage beim Kaiser.

Das kaiserliche Gericht gab den Bürgern recht. Doch der Fürstbischof wollte den Eichelberg nicht herausgeben. Er lud deshalb zwölf Ratsherren auf das Schloß, bewirtete sie auf das Beste und suchte sie für sich zu gewinnen. Als sie aber standhaft blieben und sich weigerten, zu tun, was er verlangte, packte ihn der Zorn. Er ließ die Ratsherren in den Hof hinunterbringen und der Reihe nach enthaupten. Es wird berichtet, ein Strom von Blut sei damals über den Schloßhof geflossen. Schließlich kam die Reihe an den Zwölften. Der Bischof fragte den Scharfrichter, wie ihm das Köpfen gefalle. »Wenn's Krautköpfe wären, hätte ich meinen Spaß daran«, antwortete jener, »aber bei diesen braven Männern ist's eine Schande.« Darauf schwieg der Bischof und ließ den Letzten laufen.

In Bruchsal herrschte helle Empörung, als man erfuhr, was sich zugetragen, und die Bürger schworen ihrem Herrn Rache. Sie machten aus, ihn zu fangen, wenn er durch die Stadt fahre. Die ganze Bürgerschaft solle durch die Notglocke zusammengerufen werden, damit man stark genug sei, die Wache des Bischofs zu überwältigen. Jenem wurde jedoch der Plan der Bruchsaler hinterbracht. Eilends ließ er in aller Heimlichkeit den Klöppel aus der Glocke nehmen und dafür einen Fuchsschwanz hineinhängen. Als er dann über die Saalbrücke fuhr und man das Glöcklein läuten wollte, war kein Ton zu hören, und der Bischof kam ungeschoren durch die Stadt.

Den Eichelberg haben die Bruchsaler übrigens nie mehr zurückbekommen.

Am unteren Neckar
vincit amor omnia
J. BURZIK
87

Die heilige Regiswindis

Man sagt, das kleine Städtlein Lauffen am Neckar verdanke seinen Namen dem Fluß, der an jenem Ort mit Ungestüm durch die Felsen bricht. Vor dem Strudel fürchteten sich einst die Schiffer, denn mancher Nachen wurde in die Tiefe hinabgezogen, und erst als man die Wunnensteiner Wetterglocke dort versenkte, milderte sich die Wildheit des Wassers.

Einst soll auf dem Felsen über dem rechten Ufer des Nekkars eine Kaiserpfalz gestanden haben. Dort lebte um das Jahr 814 Pfalzgraf Ernst. Der hatte ein einziges Kind, ein Töchterlein mit Namen Regiswindis, das er abgöttisch liebte. Auch die Dienerschaft und alles Volk waren dem Mägdlein zugetan, glich es doch eher einem Engel als einem irdischen Wesen. Eine Amme, die Schwester eines Roßknechts, wachte Tag und Nacht bei dem Kinde, damit ihm kein Übel begegnen möge.

Nun geschah es einmal, daß jener Roßknecht sich an seinem Herrn verging. Der Graf befahl voller Zorn, den untreuen Diener im Schloßhof auspeitschen zu lassen. Als die Amme mit ansehen mußte, wie sehr ihr Bruder vor aller Augen erniedrigt wurde, beschloß sie im geheimen, am Grafen Rache zu nehmen.

Eines Tages ritt Pfalzgraf Ernst mit seiner Gemahlin und dem ganzen Gefolge zur Jagd. Nur die kleine Regiswindis blieb mit ihrer Amme in der Burg zurück. Kaum war die Jagdgesellschaft in den Wäldern verschwunden, da nahm die Amme das Kind und erwürgte es mit dem goldenen Kettlein, das es am Halse trug. Um die Bluttat zu vertuschen, warf sie den Leichnam über den Burgfelsen hinab in den Strudel.

Kaum aber hatte sie die grausige Tat vollbracht, da ward sie inne, was sie getan, denn auch sie hatte das Kind von Herzen geliebt. In wilder Verzweiflung eilte sie ins Tal hinab und zur

anderen Seite des Flusses, um sich dort in das Wasser zu stürzen.

Der Pfalzgraf, der eben von der Jagd heimkehrte, wunderte sich über das seltsame Gebaren der Amme und schickte seine Knechte, sie zu greifen und vor ihn zu bringen. Als er erfuhr, was sie getan hatte, befahl er außer sich vor Wut, die Mörderin lebendigen Leibes an jener Stelle in den Burgfelsen einzumauern, wo sie das Kind in den Fluß hinabgestoßen hatte.

Mit allem Eifer begann man dann nach dem Leichnam zu suchen. Doch drei Tage währte es, bis der Strudel das tote Kind freigab. Aber der kleine Körper war wie durch ein Wunder bis auf die Würgemale am Hals unversehrt. Die Ärmchen kreuzweise über der Brust gefaltet, im Haar einen Kranz von Rosen, das bleiche Gesichtchen still und voll Frieden, so brachte man es den Eltern.

Überall im Land herrschte tiefe Trauer. Selbst der Bischof von Würzburg kam zur Kaiserpfalz, um den Grafen und seine Gemahlin zu trösten. Als er hörte, in welch wundersamem Zustand man das tote Kind gefunden hatte, meinte er, Regiswindis sei gewiß eine Heilige. Er riet dem Grafen, auf dem steilen Neckarufer gegenüber der Burg das Kind zu bestatten und daneben eine Kapelle zu bauen. Aus dem Grab soll kurze Zeit danach von selbst ein wilder Rosenstock gewachsen sein, und so oft der Vater jenen Ort besuchte, dufteten seine Blüten süßer als sonst.

Später wallfahrten viele Gläubige zur Ruhestätte des unschuldigen Kindes. Man errichtete deshalb an jenem Ort eine Kirche, die man der kleinen Heiligen weihte und in deren Chor man den silbernen Sarg mit ihrem Leichnam bestattete. Jener Sarg mit den Gebeinen ist verschwunden, doch in der Kapelle neben der Kirche, dem einstigen Beinhaus der Stadt, findet man heute noch den Steinsarg der Regiswindis.

Das Käthchen von Heilbronn

Am Markt in Heilbronn wohnte einst ein Waffenschmied, der hatte ein gar hübsches und anmutiges Töchterlein. Doch es war nicht nur die Schönheit, die von den Leuten bewundert wurde; auch Liebreiz, Sittsamkeit und Bescheidenheit des Mädchens rühmte man in der ganzen Stadt, und ging es durch die Gassen, das schwarzsamtene Leibchen mit feinen Silberkettlein behängt, so flüsterten die Menschen einander zu: »Seht, das schöne Käthchen!«

Eines Nachts hatte die Jungfer einen seltsamen Traum: Ein Ritter in blitzender Rüstung trat in ihre Kammer, verneigte sich vor ihr und bat sie, seine Frau zu werden. Schon wollte sie ihm voller Freude die Hand reichen – da erwachte sie pochenden Herzens.

In derselben Nacht lag auf seiner Burg Graf Friedrich Wetter vom Strahl, ein reicher und angesehener Herr, todkrank darnieder. In wilden Fieberträumen erschien ihm ein Engel, der ihn in die Kammer eines schönen Mädchens führte und ihm verkündete, dies sei die Tochter des Kaisers und seine zukünftige Braut. Bald darauf genas er und vergaß, was er geträumt hatte.

Viele Monate waren seitdem vergangen, da kam Graf vom Strahl auf einer Reise durch Heilbronn. Eine Eisenschiene seiner Rüstung war gesprungen, und er suchte den Waffenschmied auf, den Schaden beheben zu lassen. Während sich der Meister an die Arbeit machte, rief er seine Tochter, sie möge den vornehmen Gast mit Brot, Schinken und Wein bewirten. Doch als Käthchen mit Speise und Trank in die Werkstatt trat und den Grafen erblickte, erschrak das Mädchen zutiefst, ließ Becher und Teller fallen und floh halb von Sinnen in seine Kammer. Jener Fremde in blanker Rüstung war niemand anders als der Ritter, der ihm einst im Traum erschienen und dessen Braut es sein sollte!

Der Graf wunderte sich über das seltsame Gebaren des schönen Mädchens, machte sich aber keine Gedanken darüber, und als der Schaden an seiner Rüstung ausgebessert war, stieg er aufs Pferd und ritt weiter. Käthchen indes hatte geglaubt, ihr Traum ginge nun in Erfüllung, und bangen Herzens auf ihren Bräutigam gewartet. Als sie ihn aber fortziehen sah, ohne daß er sich nach ihr umblickte, stürzte sie sich voller Verzweiflung aus dem Fenster und blieb mit gebrochenen Gliedern auf dem Pflaster des Marktplatzes liegen.

Wochenlang rang die Tochter des Waffenschmieds mit dem Tod, aber auch im hitzigsten Fieber vertraute sie niemandem ihr Geheimnis an. Nachdem sie wieder zu Kräften gekommen war und gehen konnte, packte sie ihre wenigen Habseligkeiten zusammen und verließ eines Nachts in aller Heimlichkeit ihr Vaterhaus. Den Grafen suchend, irrte Käthchen so lange im Land umher, bis sie ihn endlich auf seinem Schloß fand. Fortan folgte sie ihm als dienende Magd, verrichtete ihm zu Gefallen die niedrigsten Dienste und gab sich fast wie ein treues Hündlein, das niemand aus der Nähe seines Herrn vertreiben kann.

Dem Grafen war das merkwürdige Gebaren des Heilbronner Bürgermädchens unverständlich. Käthchens beharrliche Anhänglichkeit wurde ihm bald lästig, und er bat sie in aller Freundlichkeit, zu ihrem Vater zurückzukehren. Als dies nichts nützte, fuhr er sie barsch an und schickte sie mit bösen Worten fort. Doch so sehr er sie mit Schmach und Verachtung strafte, immer wieder kam die Jungfer zu dem geliebten Manne zurück.

Eines Abends traf Graf Wetter das Mädchen schlafend unter einem blühenden Holderstrauch unweit der Burg. Nachdenklich musterte er die Schlummernde, bemerkte die Schwielen an ihren feinen Händen, die Wunden an ihren nackten Füßen, aber auch die Zartheit und den Liebreiz der im Schlaf gelösten Züge ihres Antlitzes. Plötzlich begann das Mädchen zu sprechen. Erst stockend, dann immer lebendiger erzählte es sein Geheimnis. Der Graf beugte sich zu der Schlafenden nieder und vernahm voller Erstaunen, daß er ihr schon seit langem als Bräutigam zugedacht. Und auf einmal entsann er sich seines eigenen Traums, erinnerte sich, daß jenes schöne Mädchen, das ihm einst als Braut verheißen worden war, niemand anderes sein konnte als des Waffenschmieds Tochter.

Sogleich faßte er den Entschluß, die Jungfer zu heiraten, auch wenn der Standesunterschied dies erschweren sollte, und er begab sich mit seiner Braut nach Heilbronn, den Vater um ihre Hand zu bitten. Als die beiden jedoch vor den Waffenschmied traten, gestand jener, nur der Ziehvater des Mädchens zu sein. In Wirklichkeit sei es, so sagte er, die Tochter des Kaisers und eine Prinzessin. Nun stand dem Glück der jungen Leute nichts mehr im Weg, und die selbstlose Treue, in der die Jungfer ihrem verheißenen Bräutigam gedient hatte, wurde schließlich belohnt, als Graf Wetter vom Strahl das Käthchen zur Frau nahm.

Am Markt von Heilbronn steht heute noch ein hohes, altertümliches Haus. Die Leute nennen es das »Käthchenhaus«, weil hier einst jene schöne Jungfer gewohnt haben soll.

Die Weiber von Weinsberg

Zu jener Zeit, als zwischen dem Hohenstaufenkönig Konrad III., der auch Kaiser des Reiches war, und seinem Vetter, dem Herzog Welf von Bayern, grimmige Fehde herrschte, zog ein kaiserliches Heer vor die Burg Weinsberg, deren Bewohner treu zum Welfen hielten. Jeden Angriff der Feinde wehrten sie tapfer ab. Da beschloß König Konrad, die Burg so lange zu belagern, bis der Hunger die Weinsberger zur Übergabe zwänge. Bald war Schmalhans Küchenmeister bei den Burgleuten, und ihre Lage wurde immer aussichtsloser, doch weigerten sie sich hartnäckig, dem Staufer die Tore zu öffnen. Darüber ergrimmte König Konrad so sehr, daß er drohte, die Verteidiger allesamt töten zu lassen, wenn er ihrer habhaft würde.

In der Nacht vor jenem Tag, an dem die Burg schließlich genommen werden sollte, schlich sich eine junge Weinsbergerin ins Lager der Feinde und bat den König, den Burgleuten freien Abzug zu gewähren. Konrad, milde gestimmt durch den Liebreiz der Botin, gewährte daraufhin den Weibern die Gnade, vor dem letzten Sturm die Burg zu verlassen und dabei mitnehmen zu dürfen, was ihnen am liebsten wäre und sie auf ihren Schultern davontragen könnten.

Als der Morgen graute, öffneten sich die Tore der Feste, und

den Berg herab kam langsam ein seltsamer Zug: Jede der Frauen trug ihren Mann auf dem Rücken. Keuchend unter den schweren Lasten stiegen sie zur Stadt hinunter, wo sie der König mit seinem Gefolge erwartete. Verwundert blickte Konrad ihnen entgegen, hatte er doch angenommen, daß die Weiber ihre Habseligkeiten zu retten versuchten. Herzog Friedrich, sein Neffe, stellte sich dem Zug in den Weg und meinte, solcherlei Tun sei gegen die Abmachung. Der kaiserliche Herr aber lächelte über die List der Weiber und sprach: »Laßt sie in Frieden ziehen! Am Wort des Königs soll man nicht drehen und deuteln!«

Wohl wurden Stadt und Burg später zerstört, aber von der Treue der Weinsberger Frauen erzählt man noch heute. Und wer den rebenumkränzten Hügel hinaufsteigt zur Ruine der Weibertreu, wie man die Burg fortan nannte, wird auch die Verse lesen, die Justinus Kerner in Erinnerung an jenes ferne Ereignis in den Stein meißeln ließ:

Getragen hat mich mein Weib nicht,
aber ertragen!
Das ist ein schwereres Gewicht,
als ich mag sagen.

Das Weinsberger Faß

Einst war Weinsberg wie viele andere schwäbische Städte eine freie Reichsstadt. Auf höchst merkwürdige Weise soll sie vor etlichen hundert Jahren ihrer Rechte und Freiheiten beraubt worden sein.

An einem finsteren Abend des Jahres 1440 hielt ein mit vier Pferden bespannter Wagen vor dem Stadttor. Weil es schon geschlossen worden war, rief der Fuhrmann den Torwächter und begehrte Einlaß. Er sei auf dem Weg nach Heilbronn von der Dunkelheit überrascht worden, sagte er, und suche eine Bleibe für die Nacht. Da die Zeiten unsicher waren und es stürmte und regnete, öffnete der Wächter das Tor und ließ den späten Gast passieren. Im Lichte der Fackel gewahrte er auf dem Wagen ein riesiges Faß, wie man in Weinsberg noch keines gesehen hatte.

Der Fremde spannte vor dem nächstgelegenen Wirtshaus die Pferde aus, trank, nachdem er sie versorgt hatte, in der Gaststube noch einen Schoppen Roten und begab sich bald in seine Kammer. Er sei rechtschaffen müde und müsse in aller Frühe weiter, sagte er entschuldigend zum Wirt.

Nach Mitternacht aber, als die letzten Lichter gelöscht waren und die ganze Stadt im Schlaf lag, ging der Fuhrmann leise in die Gasse hinunter, öffnete den Faßboden, und aus der dunklen Höhle schlüpfen einige Gewappnete. Im Schatten der Häuser schlichen sie hinüber zur Torstube. Dort saßen ein paar brave Bürger beim Würfelspiel und hielten Wache. Wie erschraken sie, als plötzlich die Tür aufgerissen wurde und Bewaffnete in die Stube drangen! Ehe die Überraschten Alarm schlagen konnten, waren sie gefesselt und geknebelt.

Lautlos öffneten die Eindringlinge das Tor, und ein großer Haufen von Rittern und Knechten, der draußen im Hinterhalt gelegen hatte, stürzte alsbald in die Stadt und besetzte Tore und Türme. Als die Bürger durch den Lärm wach wurden, nahmen sie erschrocken wahr, daß ihr Erzfeind, der Ritter Kunz von Bebenberg, mit seinen Spießgesellen sich in aller Heimlichkeit der Stadt bemächtigt hatte und jeder Widerstand sinnlos war.

Wie nun der Kaiser von dem Bubenstück erfuhr, forderte er die Stadt zurück. Inzwischen aber hatte der Kurfürst von der Pfalz Weinsberg dem Bebenberger um 3300 Gulden abgekauft, eine Summe, welche die armen Bürger obendrein selber aufbringen mußten, und scherte sich nicht um den kaiserlichen Befehl. Die Stadt blieb pfälzisch, bis sie von Herzog Ulrich erobert wurde und an Württemberg kam. Wie einst Troja durch ein hölzernes Pferd bezwungen wurde, so verlor Weinsberg durch ein Weinfaß seine Würde als freie Reichsstadt.

Der Reiter im Dahenfelder Wald

Der prächtige Wald zwischen Dahenfeld und Cleversulzbach gehörte einst den Dahenfeldern. Als jene einmal dringend Geld brauchten, ihre Gemeindekasse aber leer war, wandten sie sich an den reichen Nachbarort Neuenstadt am Kocher. Man half ihnen bereitwillig aus, verlangte aber als Pfand den Wald.

Die Dahenfelder setzten alles daran, ihre Schuld vor dem festgelegten Termin zu begleichen, und als sie die Summe beisammen hatten, schickten sie das Geld durch einen Boten nach Neuenstadt. Dort hätte man indes den ertragreichen und wertvollen Wald gerne behalten, und als der Dahenfelder auf dem Rathaus vorsprach, hieß es, der Stadtvogt sei gerade verreist, er möge später wiederkommen. Doch jedesmal, wenn der Abgesandte erschien, um das Darlehen zurückzuzahlen, ließ sich jener verleugnen, und er mußte unverrichteterdinge heimziehen. Dies üble Spiel trieb der listige Vogt so lange, bis der Zahlungstermin verstrichen war und der schöne Wald damit Eigentum der Neuenstädter wurde.

Der schlaue Stadtvogt sollte keine Freude an seinem Erfolg haben. Die Sache ließ ihm keine Ruhe und machte ihm schließlich so sehr zu schaffen, daß er bald darauf starb. Doch auch der Tod brachte dem Mann keine Erlösung. Als Geist muß er seither des Nachts auf einem Schimmel durch jenes Waldstück reiten. Besonders häufig zeigt er sich bei Sturm und anderem Unwetter, und gar schauerlich hallt dann sein Ruf durch die Nacht: »Der Wald gehört den Dahenfeldern! Gebt den Dahenfeldern ihren Wald zurück!«

Die heilige Notburga

Von seiner Burg Hornberg aus, jener alten Feste bei Neckarzimmern hoch über dem Neckartal, soll einst der mächtige Frankenkönig Dagobert über sein Reich geherrscht haben. Zu jener Zeit kamen christliche Glaubensboten ins Land, um die

Heiden zu bekehren. Auch der König ließ sich taufen, wie es beim fränkischen Adel Brauch geworden war, doch blieb er ein strenger und kriegerischer Fürst, der mit seinen Nachbarn manch blutigen Handel ausfocht.

Seine Tochter Notburga indes war andern Sinnes. Von der früh verstorbenen frommen Mutter im christlichen Glauben erzogen, mied sie das wüste Treiben am Hof und zog sich oft zurück in die Einsamkeit und Stille des Waldes, um zu beten und Gottes Frieden zu suchen.

Seit langem schon führte der Frankenkönig Krieg gegen die heidnischen Wenden. Des ewigen Streites müde, beschloß er, sich mit dem Wendenfürsten Samo auszusöhnen und ihm seine schöne Tochter zur Frau zu geben. Notburga weigerte sich jedoch entschieden, den Heiden zu heiraten. Aber so sehr sie ihren Vater auch bat, er möge sie nicht zu dieser Ehe zwingen, der Frankenkönig beharrte auf seinem Willen.

Der Verzweiflung nahe, beschloß die Jungfrau zu fliehen. Eines Nachts schlich sie sich heimlich aus der Burg und stieg ins Tal hinab, um in einer einsamen Felsengrotte am anderen Neckarufer Zuflucht zu suchen. Am Fluß fand sich jedoch kein Nachen, mit dem sie hätte übersetzen können. Schon fürchtete sie, ihren Plan aufgeben zu müssen, da kam aus dem nahen Wald eine weiße Hirschkuh, ließ sich vor ihr auf die Knie nieder und gab ihr zu verstehen, sie solle sich auf ihren Rücken setzen. Notburga kannte das Tier; schon oft war sie ihm auf ihren Wanderungen begegnet, hatte es zu sich gelockt, gefüttert und liebkost. Nun ließ sie sich von ihm über den Fluß zur Felsenhöhle am anderen Ufer tragen.

Dort verbrachte die unglückliche Königstochter die nächsten Tage. Um Nahrung brauchte sie sich nicht zu sorgen, denn die Hirschkuh trug ihr Brot und Früchte zu, die das kluge Tier von einem treuen Diener holte, den das Mädchen zuvor in seinen Plan eingeweiht hatte. Dem König indes, der erbost war über den Ungehorsam seiner Tochter, fiel bald auf, daß sich die zahme Hirschkuh häufig in der Nähe der Burg aufhielt. Einmal folgte er der Spur des Tieres, überquerte mit seinem Pferd den Fluß und entdeckte den Zufluchtsort Notburgas. Er fand sein Kind in der dunklen Höhle vor einem Altar knien, den es sich aus Steinen und Hölzern gebaut hatte, neben sich die zahme Hirschkuh.

Der Anblick rührte den König, und er bat Notburga mit sanften Worten, wieder zur Burg zurückzukehren, wo ihr Bräutigam auf sie warte. Als aber das Mädchen sich weiterhin weigerte und beteuerte, keine Macht der Welt könne es davon abbringen, sein Leben allein dem Dienste Gottes zu weihen, und als alles Bitten und Drohen nichts nützte, packte ihn ein übermächtiger Zorn. Er griff nach dem Arm seines Kindes, um es gewaltsam aus der Höhle zu zerren. Doch wie erschrak er, als sich der Arm vom Körper des Mädchens löste! Von Entsetzen gepackt, ließ er ihn fallen, sprang auf sein Roß und sprengte davon.

Notburga warf sich vor ihrem Altar nieder und bat Gott um Hilfe. Auf einmal kroch aus einem Felsenspalt eine kleine goldene Schlange, legte ihr Heilkräuter auf die blutende Wunde, und bald war ihr Arm wieder angewachsen.

Noch viele Jahre lebte die Königstochter in jener Höhle. Die Kunde von ihrer wundersamen Heilung verbreitete sich rasch, und bald kamen Menschen von nah und fern zu der frommen Einsiedlerin, um sich bei ihr Trost und Hilfe zu holen. In jener Nacht, als sie im Frieden Gottes starb, sah man einen hellen Lichtschein über der Grotte. Nach dem Willen Notburgas lud man die Bahre mit ihrem Leichnam auf einen Wagen, vor den man zwei schneeweiße Stiere spannte, die bisher noch unter keinem Joch gegangen waren. Die Tiere sollten ihren Weg selbst wählen dürfen, und wo sie anhielten, wollte die fromme Frau begraben werden.

So geschah es, und über der letzten Ruhestätte Notburgas errichtete man ein Gotteshaus, die Kirche von Hochhausen am Neckar.

Die Minneburg

Als einstmals die Ritter von Habern, drei junge Brüder, in den Wäldern am unteren Neckar jagten, führte sie ihr Hund, ein kluges und vortreffliches Windspiel, vom wildreichen Talgrund hinweg auf eine steile Anhöhe über dem Flußufer. Sie wunderten sich darüber, ritten aber dem Tier nach, das beharrlich und mit sonderbarem Eifer einer Fährte zu folgen schien. Endlich hielt es vor dem Eingang einer Höhle und wartete, bis seine Herren nachgekommen waren. Die Ritter traten neugierig näher und erblickten in der Tiefe des Felsenlochs drei weißgekleidete Gestalten. Zuerst meinten sie, Engeln zu begegnen, aber als jene sich ängstlich vor ihnen niederwarfen und um Gnade und Schonung baten, merkten sie, daß es Menschen waren, drei Mädchen, die sich in der Höhle verborgen hatten.

Die drei Brüder waren von Jugend auf in allen ritterlichen Tugenden erzogen worden, und sogleich erboten sie sich deshalb, die Mägdlein zu beschützen. Und jene faßten allmählich Vertrauen zu den Junkern und erzählten, was sie veranlaßt hatte, in dieser unwirtlichen Felsenhöhle Schutz zu suchen.

Als einst ihr Vater, der Ritter von Handschuchsheim, gestorben war, gingen die meisten Besitzungen der Familie an den Lehnsherrn zurück. Das kleine Erbteil, das den drei Töchtern zugestanden hätte, wurde ihnen von habgierigen Verwandten weggenommen. Den Edelfräulein blieb schließlich nur noch die Burg, in der sie wohnten, doch wurden sie dort Tag für Tag von Raubrittern und anderen üblen Gesellen belästigt, die die schutzlosen Mädchen zu freien gedachten. In ihrer Not hatten sie sich die Höhle zum Zufluchtsort gewählt, und nur ein alter, treuer Diener kannte ihr Versteck. Er brachte ihnen, was sie zum Leben brauchten, und bewachte den Zugang. Als die Ritter die Höhle entdeckten, weilte er gerade im nächsten Dorf, um Nahrung zu besorgen.

Die drei Brüder bekümmerte das bittere Los der Jungfrauen. Sie kamen fortan jeden Tag zur Höhle, brachten ihnen Geschenke und suchten, ihnen ihr Geschick zu erleichtern. Auch fanden sie Gefallen an der Schönheit und Anmut der Mädchen, und es währte nicht lange, da hatten sie einander so lieb, daß sie sich nie mehr trennen wollten.

Über dem Felsenloch erbauten die Brüder später ein festes Haus und nannten es »Minneburg«. In das Mauerwerk über dem Tor aber ließen sie das Bildnis eines Hundes einfügen, jenes treuen Windspiels, das sie einst zu der Höhle und zu ihrem Glück geleitet hatte.

Der getreue Rabe

Auf Burg Stolzeneck am Neckar oberhalb des Städtchens Eberbach lebte einst Ritter Ottmar mit seiner schönen Schwester Williswinde. Eines Tages mußte der Ritter, dem Ruf seines Lehensherrn folgend, in den Krieg ziehen. Williswinde blieb mit dem alten Kastellan und einigen Dienstleuten auf der Burg zurück, doch fürchtete sie sich nicht, denn die Stolzenecker hatten keine Feinde. Auch hoffte das Edelfräulein, daß der Bruder bald gesund heimkehren werde.

Williswinde hatte einst einen jungen Raben, der aus dem Nest gefallen war, nach Hause genommen und aufgezogen. Nun folgte ihr das Tier auf Schritt und Tritt. Wenn es hungrig war, flog es seiner Herrin auf die Schulter oder zupfte sie so lange am Gewand, bis sie ihm ein Stück Fleisch oder einen Bissen Brot reichte.

Eines Abends erschien ein Pilger am Burgtor und bat um Herberge für die Nacht. Im Heiligen Land habe er geweilt und mancherlei Gefahren auf seiner Reise überstehen müssen, gab er kund. Voll Mitleid ließ ihn das Edelfräulein ein, bewirtete ihn reichlich und schenkte ihm anderntags, als er weiterziehen wollte, einige Taler. Kaum war der Fremde fort, trat der Kastellan zu Williswinde und bat sie, zukünftig vorsichtiger zu sein. »Jener Pilger schien mir ein Wolf im Schafspelz«, sagte er, »denn ich sah, wie er die Stärke unserer Mauern und Tore prüfte und unsere Rüstung musterte.« Doch die Jungfer schalt ihn wegen seines Mißtrauens gegenüber dem frommen Mann. »Wie könnte er uns übel vergelten, daß wir ihn freundlich aufnahmen!« meinte sie. Aber der Kastellan schwieg und nahm sich vor, die Wachen zu verstärken.

Ein paar Tage später erschien ein Ritter auf der Burg und verlangte das Fräulein zu sprechen. Voller Verwunderung erkannte sie in ihm jenen verdächtigen Bettler. Ohne seine seltsame Verwandlung zu erklären, forderte er sie herrisch auf, ihm zu folgen und seine Gemahlin zu werden. Als sie erschrocken um Bedenkzeit bat, drohte der Fremde, so lange zu bleiben, bis sie sich entschieden habe, sich seinem Willen zu fügen. Der Kastellan riet der hilflosen Jungfer, des Nachts heimlich die Burg zu verlassen und Schutz in einem nahen Kloster zu suchen. Doch die Knechte des Fremden bemerkten die Flucht, jagten ihr nach und holten sie bald ein. Der Ritter ließ sie in einen festen Turm bringen. »Drei Tage hast du Zeit, dir deine Antwort zu überlegen«, sagte er höhnisch, als er die Kerkertür schloß und sorgfältig verriegelte.

Voller Verzweiflung bat das unschuldige Mädchen Gott um Hilfe. Niemand brachte ihm Speise und Trank, niemand außer seinen Feinden kannte seinen Aufenthaltsort. Plötzlich flatterte etwas vor dem Fenster, und durch die Gitterstäbe schlüpfte sein treuer Rabe. Im Schnabel brachte er der Gefangenen Beeren, mit denen sie den ärgsten Hunger stillen konnte.

Am Morgen des dritten Tages öffnete sich die Kerkertür. Schon glaubte das Mädchen, sein Peiniger komme, es zu holen, da erkannte es seinen Bruder und stürzte ihm weinend in die Arme. Er war aus dem Krieg zurückgekehrt, hatte vom Kastellan vernommen, was geschehen war und sich sogleich aufgemacht, die Schwester zu suchen. Lange war er umhergeirrt, bis ihm der Rabe den Weg zu ihrem Verlies zeigte. Rasch hob Ottmar das Mädchen auf sein Pferd und jagte zur Burg zurück, um hinter Mauern den Angriff des Feindes zu erwarten. Doch der fremde Ritter blieb verschwunden.

Heute noch findet man in Stein gehauen das Bildnis des getreuen Rabens an einem Torbogen der Ruine Stolzeneck.

Zwerg Perkeo

Auf einer Reise durch Tirol begegnete Kurfürst Karl Philipp in Innsbruck einstens einem Knopfmacher, der zwar von zwergenhaftem Wuchs, aber immer gutgelaunt und zu lustigen Späßen aufgelegt war. Er fand so großen Gefallen an dem Kleinen, daß er ihn als Hofnarren mit nach Heidelberg auf sein Schloß nahm. Dort zeigte sich bald, daß der Knirps nicht nur ein unterhaltsamer Spaßvogel, sondern auch ein gewaltiger Zecher war, den so leicht keiner unter den Tisch trank. Der Kurfürst meinte deshalb, er wüßte keinen besseren Kellermeister und ernannte überdies den Kleinen zum »Ritter und Kammerherrn des Faßkönigs«. Auch mußte der Hofschneider dem Zwerg ein buntscheckiges Gewand fertigen, das eines fürstlichen Hofnarren und Kellermeisters würdig war. Ein funkelnder Orden schmückte seine Brust, und statt des Degens trug er einen riesigen Kellerschlüssel an der Seite.

Als der Fürst sich wieder einmal an der Schlagfertigkeit und dem Witz seines kleinen Trinkgesellen ergötzte, stieß er mit ihm an und sprach: »Ein großer Zecher bist du ja, Ritter des Faßkönigs, aber schaffst du es, jenes Faß drunten in meinem Schloßkeller, welches als das größte der Welt gilt, leerzutrinken? Wahrlich, dann soll dir mein Schloß und ganz Heidelberg zu eigen sein!« – »Perché no?« entgegnete der Kleine selbstbewußt, »warum auch nicht?« – »Ich nehme dich beim Wort, mein Freund«, meinte darauf der Kurfürst, »und will dich fortan Perkeo nennen.«

Viele Jahre lang versah Perkeo sein Narren- und Kellermeisteramt zur Freude seines Herrn und des ganzen Hofes. Auch die Heidelberger Bürger schätzten und liebten den Zwerg, der allen Fleiß aufwandte, das riesige Faß zu leeren. Ob er es vollbrachte, ist ungewiß. Die einen sagen, er habe darauf verzichten müssen, weil der Kurfürst mit den Heidelbergern in Streit geraten und samt seinem Hofstaat nach Mannheim übergesiedelt sei. Es wird gar behauptet, jenen Streit mit der Stadt habe der Herr angezettelt, weil er fürchtete, Heidelberg an den trinkfreudigen Perkeo zu verlieren. Andere meinen, der Zwerg habe das Faß bis auf den letzten Tropfen geleert. Deshalb hätten die Bürger nach seinem seligen Tode sein Bildnis neben dem berühmten Faß im Schloßkeller aufgestellt.

Wie dem auch sei – noch heute heißt jenes Bild des fröhlichen Zechers die vielen Besucher des kurfürstlichen Schloßkellers willkommen.

Das Heidenloch

Vom Heidelberger Schloß soll sich einst ein Gang unter dem Neckar hindurch bis zur Höhe des Heiligenbergs erstreckt haben. Man sagt, er sei uralt, denn schon zur Römerzeit habe sich auf dem Berg eine Orakelstätte befunden. Deshalb wohl gab man seinem Ausgang, der heute noch nahe dem Aussichtsturm zu finden ist, den Namen Heidenloch.

Die Wände des Ganges drohten einzustürzen; auch glaubte

man, dort unten hausten böse Geister. Deshalb traute sich niemand hinab in die finstere Tiefe. Einmal aber wurde ein zum Tode verurteilter Übeltäter an einem Seil in den Gang hinabgelassen. Man hatte ihm das Leben versprochen, wenn er das Geheimnis der Höhle ergründe und wieder heraufkäme. Lange wartete man auf die Rückkehr des Mannes. Als er endlich wieder ans Tageslicht kam, blickte er ganz verstört, und sein Haar war vor Angst schneeweiß geworden. Erst Stunden später konnte er berichten, was ihm widerfahren.

Nachdem er sich ein gutes Stück in dem finsteren Gang vorgetastet hatte, erblickte er plötzlich im Licht seiner Fackel zwei ungeheure Löwen zu beiden Seiten der Höhle. Sie fauchten und starrten ihn grimmig an, aber er nahm allen Mut zusammen und kam an ihnen vorbei, ohne daß sie ihm ein Leid zufügten. Der Gang endete vor einer eisernen Tür, und als er sie öffnete, tat sich vor ihm ein weitläufiges Kellergewölbe auf. An einem Tisch saßen drei Männer in altertümlicher Tracht und mit langwallenden Perücken, die viele Pergamentblätter vor sich liegen hatten und schrieben. Schließlich blickte einer auf und fragte nach seinem Begehr. Da erzählte er seine Geschichte und bat bescheiden um Hilfe.

»Gut«, sprach jener daraufhin, »du kannst dir aus der Kiste dort so viel Geld nehmen wie du willst. Aber du bist der letzte, der lebendig aus diesem Gang wieder herauskommt. Daß sich in Zukunft ja keiner mehr zu uns herunterwagt! Sag das denen da oben!« Und zum Zeichen, daß der Mann wirklich bei ihnen gewesen war, gaben sie ihm ein Stück Pergament mit voller Zeichen, die niemand deuten konnte.

Zitternd vor Angst gelangte der Mann wieder ins Freie. Er war dem Tod entronnen, und mit dem Geld konnte er seine Schuld tilgen, doch er beschwor die anderen, die Drohung ernst zu nehmen und den schrecklichen Ort künftig zu meiden. Das Pergament, das er mitgebracht hatte, soll übrigens noch heute in der Heidelberger Bibliothek aufbewahrt sein.

Haller und Hohenloher Ebene,
Taubergrund und Bauland
refugium et consolatrix
F. BURZIK · 87

Der Haalgeist

Das Salz brachte Schwäbisch Hall, jener alten Reichsstadt am Kocher, früher Reichtum und Ansehen. Die Solequelle, der »Salz- und Segensbronn« der Haller, soll einst vom Grafen des Kochergaus entdeckt worden sein. Eines flüchtigen Wildes Spur, so erzählt die Sage, habe ihn in eine Waldklinge geführt, zu einer stinkenden Lache, bei der sich viele Tiere einfanden, um zu trinken und das Salz zu lecken.

Die Salzsieder hatten die Sole zu schöpfen und in riesigen Pfannen zu erhitzen. Da sie harte Arbeit leisten mußten, gewährte man ihnen mancherlei Freiheiten. Vor allem ihre Spottlust war überall bekannt und gefürchtet. Im alten Haller Faustbuch ist zu lesen, daß selbst Christus, wenn ihn sein Weg durch Hall geführt hätte, nicht »ohn Gespött und unbeschissen« davongekommen wäre.

Beim Salzsieden soll zuweilen auch der Haalgeist erschienen sein. Er zeigte sich in mancherlei Gestalt: als schwarzer Pudel, finster blickendes Ungeheuer mit Drachenhals und Löwentatzen oder als zottiges Kalb. Jedenfalls konnte er einem gehörig Angst einjagen, es sei denn, man war so unerschrokken wie jener Salzsieder, der plötzlich, als er des Nachts noch bei der Arbeit war, eine lange Nase durch einen Spalt in der Wand des Siedhauses fahren sah und eine dumpfe Stimme fragen hörte: »Isch des net e Noos?« Statt einer Antwort füllte unser Salzsieder sogleich seine Schöpfe mit heißem Salzwasser, schüttete dies dem Eindringling über die Nase und fragte: »Isch des net e Guuß?« Ehe er sich's aber versah, faßte ihn der Haalgeist im Genick, warf ihn über den Kocher hinweg auf den Gänsberg und rief: »Isch des net e Wuuref?!«

Schlimmer erging es einem Nachtwächter, der ihn einmal bei seinem Spottnamen »Ododele« rief. Er wurde von dem erzürnten Geist gepackt und über die Henkersbrücke in den Kocher geworfen, wo er jämmerlich ertrank.

Der Haalgeist galt bei den Hallern indessen nicht nur als Schreckgestalt, sondern auch als Warner und Vorbote künftigen Unheils. Drohte eine Überschwemmung, so kam er des Nachts vom Kocher her in die untere Stadt, schwenkte eine Laterne und rief mit lauter Stimme: »Davelä, raumt aus, 's kummt e groß Wasser!« Mit dem »Davelä« meinte er die Salzsieder, bei denen der Name David sehr gebräuchlich war. Und so weit der Haalgeist mit seinem Warnruf die Stadt hinaufging, so weit trat drei Tage später der Kocher über die Ufer.

Der wilde Rechberger

Auf dem Einkorn bei Schwäbisch Hall hauste einst der Junker Rechberger, ein wilder Gesell, der sich vor niemandem fürchtete und mancherlei üble Streiche ausheckte. Einmal soll er aus Übermut mehrere Bauleute, die auf seiner Burg eine Mauer hochzogen, vom Gerüst geschossen haben.

Jagen und Schießen gingen ihm über alles, und oft streifte er durch die Wälder, um dem Wild nachzustellen. Eines Abends überraschte ihn dabei die Dunkelheit, und er verbrachte mit seinem Diener die Nacht in einer einsamen Feldkapelle. Als er am anderen Morgen weiterzog, bemerkte er nach einiger Zeit, daß er seine Handschuhe in dem Kirchlein gelassen hatte und befahl dem Reitknecht, sie zu holen. Jener kehrte um, wie ihm geheißen, kam aber bald darauf schrekkensbleich zurück und berichtete, in der Kapelle stehe ein Sarg, und ein Totengerippe mit feurigen Augen sitze auf der Bahre. An den Händen aber trage es des Ritters Handschuhe. Unwillig darüber ritt der Rechberger selber zurück zur Kapelle und fand auch alles so, wie es sein Diener berichtet hatte. Doch der Junker ließ sich nicht schrecken, trat auf das Gespenst zu, riß ihm die Handschuhe herunter und ritt seines Wegs.

Einige Zeit später weilte der Rechberger bei einem Zechgelage auf der Limpurg. Als er gegen Mitternacht mit seinen Kumpanen auf dem Heimweg durch den Bühlertann kam, erhob sich mit einem Mal in den Lüften ein Brausen und Toben, ein Schreien, Heulen und Wimmern. Das Wilde Heer jagte heran! Des Junkers Gesellen verbargen sich ängstlich, der Rechberger aber ließ die gespenstische Schar unerschrocken vorüberziehen. Am Ende des Zuges ritt ein schwarzer Mann in einem grünen Sammetwams, der führte neben sich ein gesatteltes Pferd am Zügel. Der Junker fragte ihn, wem denn das ledige Roß gehöre. »Mein Herr, der Teufel, hat einen getreuen Diener, Rechberger mit Namen, für den ist es bestellt«, gab der Schwarze zur Antwort, »denn heut übers Jahr wird er erstochen werden und auf diesem Pferd in die Hölle reiten!« Und so geschah es auch.

Seitdem muß der wilde Rechberger als Geist umgehen. Er spukt in der Gegend zwischen dem Kocher und der Bühler, im

Fischachtal und besonders auf der Tüngentaler Ebene bis nach Obersontheim, wo er einst jagte. Oft treibt er Schabernack mit den Leuten, führt nächtliche Wanderer in die Irre und tanzt als Licht vor ihnen her, das plötzlich erlischt, wenn es sie in einen Sumpf oder Graben geleitet hat. Auch soll er sich schon Eierträgern heimlich in den Korb gesetzt haben, daß sie die schwere Last kaum schleppen konnten, und an der Markungsgrenze dann mit Hohngelächter davongesprungen sein. Außerdem vermag er den Lärm nachzuahmen, den ein überladenes Fuhrwerk macht, das festsitzt und das man mit aller Gewalt aus dem Sumpf ziehen will. Man hört dann ein Knallen und Knarren und Fluchen, läuft man aber hinzu, um zu helfen, so ist es augenblicklich still.

Der wilde Rechberger soll auch Feuer speien und Häuser in Brand stecken können. Als einmal die Müllersleute in Obersontheim über ihn spotteten, erschien der Geist am oberen Mühlenfenster und glotzte mit feuerrotem Gesicht durch die Scheibe, daß alle zu Tode erschraken. Noch in derselben Nacht brannte die Mühle nieder.

Das Häslein von Tüngental

Als einst ein Graf von Limpurg in der Nähe des Dörfleins Tüngental jagte, scheuchten seine Hunde ein Häslein auf, das in einer Ackerfurche geschlafen hatte. Das Tierlein suchte Haken schlagend der hechelnden Meute zu entkommen. Weil nun aber viele Hunde des Hasen Tod sind, hatte es wenig Aussicht, sein kleines Leben zu retten. In allerhöchster Not flüchtete es sich in den Chor der Tüngentaler Kirche und kroch unter den geöffneten Mantel des Madonnenbildes auf dem Altar. Dort verharrte es, als gehöre es zur heiligen Jungfrau. Und seltsam! Alsbald schwiegen die Hunde, die hinter dem Häslein in die Kirche gedrungen waren, schwiegen und blieben artig vor den Stufen des Altars sitzen!

Inzwischen war auch der Graf, der zuvor mit Erheiterung die wilde Jagd verfolgt hatte, in die Kirche gekommen. Er wunderte sich nicht wenig, als er sah, in wessen Obhut sich das Häslein begeben hatte. Alsbald trug er das Tierlein ins Freie und sprach: »Du hast in dem Gotteshaus Schutz gesucht, und die Madonna hat ihn dir offensichtlich gewährt. Da meine wilden Hunde selbst auf der Heiligen Jungfrau Gebot achten, will ich dich deiner Freiheit nicht berauben. Lauf hin in Frieden!« Drauf ließ er das Häslein los, das alsbald in großen Sätzen das Weite suchte, ohne von den Hunden verfolgt zu werden.

Die wundersame Begebenheit sprach sich herum, und bald kamen Pilger von nah und fern zur Tüngentaler Kirche, um vor dem mildtätigen Bildnis zu beten. Von ihren Opfergaben konnte man später einen größeren Chor bauen, in den man ein neues Madonnenbild stellte. Neben der Jungfrau sitzt ein Häslein, das hilfesuchend zu ihr aufblickt. Die Kirche nannte man fortan »Unsere Frau zum Hasen«.

Der letzte Hohensteiner

Die Burg Hohenstein bei Vellberg im Bühlertal war einst ein berüchtigtes Raubritternest. Der Burgherr lauerte mit seinen Spießgesellen den Handelszügen auf, überfiel Reisende, stahl den Bauern das Vieh vom Feld und sogar das Korn aus den Scheunen.

Einmal fingen die Räuber einen Fuhrmann, der mit einer Ladung Wein ins Bayerische wollte. Sie schleppten ihn auf ihre Burg und warfen ihn in den Kerker. Seiner Mutter aber ließen sie sagen, sie solle sich sputen, das Lösegeld zu zahlen, wenn sie ihren Sohn lebendig wiedersehen wolle. Daraufhin gab die Frau alle ihre Ersparnisse dran, um ihrem Kind die Freiheit zu erkaufen.

Als der Raubritter den Fuhrmann ein zweites Mal überfiel und gefangennahm, verkaufte die Mutter Haus und Hof und bettelte zusammen, was an der Summe noch fehlte, um ihren Sohn abermals freizukaufen. Der Hohensteiner dachte bei sich: »Da ist noch mehr zu holen«, setzte dem Fuhrmann seine Knechte auf die Spur und ließ ihn ein drittes Mal fangen.

Doch nun konnte die Frau kein Lösegeld mehr aufbringen, denn sie war bettelarm geworden. Also warf sie sich dem Ritter zu Füßen und bat ihn flehentlich, ihren einzigen Sohn freizulassen. Jener aber schickte sie zornig fort und rief: »Dein Sohn muß im Turm verfaulen, wenn du das Geld nicht beschaffst. Scher dich fort, du Hexe!« Weinend erhob sich die Frau und ging. Unter dem Burgtor wandte sie sich noch einmal um und sprach mit fester Stimme: »Du willst meinen Sohn faulen lassen. Ich aber werde dir eine Seuche schicken, an der du vor ihm in die Grube fährst!«

Der Ritter lachte über die Prophezeihung der Frau und schalt sie höhnisch eine alte Heddel. Aber die Worte gingen ihm nimmer aus dem Sinn, und als er anderntags mit seinen Spießgesellen ausritt, fing er plötzlich an zu schreien: »O, ich armer Mann, die elende Hex will mich verbrennen!« Wie wild schlug er um sich und war fast von Sinnen, so daß seine Begleiter ihn zu den geistlichen Herren auf die Comburg brachten. Sie sollten seine irre Seele trösten und heilen. Doch aller Zuspruch half nichts; der Ritter starb schon am folgenden Tag, und mit ihm erlosch das Geschlecht derer von Hohenstein.

Der Schuster und das Männlein

Im Dreißigjährigen Krieg war Crailsheim vom Feinde verwüstet und von seinen Bürgern verlassen worden. Zu denen, die später wieder in die Stadt zurückkehrten, gehörte auch ein armer Schuhmacher mit seiner Familie. Man wies ihm als Wohnstatt ein Häuslein an der Brücke bei der Armenhäuserkapelle zu.

Zunächst bemerkten die Schustersleute in ihrer Wohnung nichts Ungewöhnliches. Als aber eines Abends in der Adventszeit der Mann allein in der Stube war, schlüpfte plötzlich ein kleines Männlein zur Tür herein und setzte sich stillschweigend neben ihn. Es hatte ein gutmütiges, freundliches Gesicht und schneeweiße Haare, trug einen grünen Rock mit großen Taschen, einen Dreispitz auf dem Kopf und unter dem Arm ein Säcklein. Der Schuster erschrak zuerst, aber als das Männlein sich nicht rührte und stumm blieb, faßte er sich wieder. Doch fand er nicht den Mut, das Geistlein anzureden und nach seinem Begehr zu fragen, und als die Hausfrau in die Stube trat, verschwand der kleine Gast sogleich.

Dem Männlein schien es bei den Leuten zu gefallen. Bald kam es wieder, und zuletzt verbrachte es nicht nur die Abende im Schusterhaus, sondern blieb auch des Nachts bis zum Tagesanbruch am Bett des Mannes sitzen. Merkwürdigerweise konnte die Frau den Geist nicht sehen, und der Schuster scheute sich, ihr davon zu erzählen. Doch endlich berichtete er ihr von der seltsamen Erscheinung. Da meinte sie, dies müsse man dem Pfarrer melden, und jener riet, die Sache geheimzuhalten, das Männlein aber bei seinem nächsten Besuch anzusprechen, doch nicht mit »du« oder »er«, sondern mit »man«; verlange das Geistlein aber einen Dienst, so solle man es anweisen, die Arbeit selbst zu tun.

In der Nacht vor dem Heiligen Abend kam das Männlein wieder zu dem Schuster. Da faßte er sich ein Herz und fragte: »Was begehrt man?« Das Männlein winkte, mitzugehen, und als der Schuster ihm folgte, tat sich plötzlich vor den beiden ein Gang auf, der tief in die Erde hinabführte. An seinem Ende blieb das Männlein stehen, holte aus seinem Säcklein eine kleine Hacke und hielt sie dem Schuster hin mit den Worten: »Man kann scharren.« Jener aber erinnerte sich der Ratschläge des Pfarrers und entgegnete: »Man kann selber scharren.«

Das Männlein schien darüber nicht gekränkt, sondern begann sogleich emsig den Boden aufzuhacken, bis der Deckel eines großen ehernen Kessels zum Vorschein kam. Daraufhin hielt das Geistlein inne und sprach zum Schuster: »Man kann heben.« Jeder aber erwiderte: »Man kann selber heben«, worauf das Männlein willig den schweren Kessel aus dem Erdreich hob. Es schien mit dem Schuster zufrieden zu sein, denn alsbald bot es ihm die Hand. Der aber wickelte erst sein Schnupftuch um die Finger, ehe er sie dem Männlein reichte. Das Tuch verbrannte augenblicklich zu Pulver, und der Schuster fiel ihn Ohnmacht, das Geistlein aber verschwand auf der Stelle, denn nun war es erlöst.

Als die Frau in der Nacht von der Spinnstube heimkam, fand sie ihren Mann wie tot am Boden liegen. Neben ihm stand der eherne Kessel. Eilends holte sie den Pfarrer, und als es ihnen gelungen war, den Schuster wieder zur Besinnung zu bringen, öffneten sie den Kessel und fanden ihn bis zum Rande gefüllt mit alten Gold- und Silbermünzen. Unter den Geldstücken aber lag ein Zettel, auf dem geschrieben stand, der Schatz gehöre dem Schuhmacher, der für die Erlösung des Männleins bestimmt gewesen sei, nun aber nur noch sieben Jahre zu leben habe. Alles, was geschehen sei, müsse bis zu seinem Tode geheimgehalten werden, sonst könne seine Seele keine Ruhe finden.

Die Crailsheimer wunderten sich, als die Schustersleute ihr Häuschen vergrößerten und den Armen reichlich Almosen gaben, trotz ihres offensichtlichen Reichtums aber still und zurückgezogen lebten. Den Mann sah man nie mehr lachen, und als die sieben Jahre um waren, trug man ihn zu Grabe.

Die Glocken von Tiefenbach

Auf der Eulenburg bei Crailsheim wohnten einst die drei Fräulein von Roten. Sie führten ein gar frommes und gottgefälliges Leben, taten viel Gutes und besuchten jeden Tag die kleine Kapelle im Wischartwald, um zu beten. Der Weg dorthin war weit und führte durch dichten Tann, aber die Schwestern fürchteten sich nicht, auch nachts nach jener Stätte zu wandern.

Einmal jedoch, es war um die Weihnachtszeit, hatten sich die Fräulein verspätet, und es ging bereits auf Mitternacht zu, als sie sich auf den Heimweg machten. Plötzlich vernahmen sie in der Ferne ein seltsames Rauschen und Sausen in den Lüften, und als sie ängstlich anhielten und lauschten, glaubten sie auch wütende Rufe und Flüche zu hören, als ob ein Zug wilder Gesellen über sie hereinbräche. Die Fräulein zitterten vor Furcht und wollten zur Kapelle zurück, um dort Schutz zu finden. Aber sie mußten in ihrer Bedrängnis den Weg verfehlt haben und irrten stundenlang durch die finsteren Wälder, immer gejagt von dem wüsten Lärmen der bösen Geister. Zuletzt knieten sie nieder und baten Gott, sie aus ihrer Not zu erretten. Sie gelobten, ihm all ihr Hab und Gut zu weihen, wenn er sie gesund auf die Eulenburg zurückkehren ließe. Kaum hatten sie ihr Gebet beendet, da schwand das Toben und verlor sich in den fernen Wäldern. Der Mond brach aus dem Gewölk, und bald hatten sie den rechten Weg gefunden.

Wie sie es versprochen hatten, vermachten die Fräulein alsbald ihre Burg und ihren gesamten Besitz der Gemeinde Tiefenbach unter der Bedingung, daß jedes Jahr in der Zeit der zwölf heiligen Nächte die Glocken geläutet werden sollten, um Verirrten den Weg zu weisen. So wurde es auch mehrere Jahrhunderte lang gehalten. Die Fräulein aber zogen sich in das Kloster Mistlau bei Kirchberg zurück und lebten dort bis zu ihrem Tode. Als die letzte der Schwestern zu Grabe getragen wurde, sollen die drei Tiefenbacher Glocken geläutet haben, ohne daß jemand das Glockenseil berührt hatte.

Die Gräfin Adelheid

Auf der Schöneburg bei Crailsheim lebte einst die Gräfin Adelheid, die Gemahlin des Grafen Kraft von Hohenlohe. Sie war so fromm und gut, daß ihr nicht nur Menschen und Tiere, sondern auch die unbelebte Kreatur willig gehorchten. Fuhr sie etwa nach Crailsheim, so tat sich vor ihrer Kutsche ein unterirdischer Gang auf, und gelangte sie vor die Stadt, so sprangen die Flügel des Ansbacher Tores von selber auf, um sie einzulassen. Fiel ihr einmal etwas unversehens aus der Hand, einer ihrer seidenen Handschuhe etwa oder ihr kostbarer Fächer, so brauchte sie sich nicht danach zu bücken, denn wie von Zauberhand kehrte alles wieder zu ihr zurück.

Eines Tages war die Gräfin wieder auf der Fahrt von der Schöneburg nach Crailsheim. Da kam ihr vor dem Stadttor der Armesünderkarren entgegen, auf dem die Henkersknechte einen unschuldig Verurteilten zum Richtplatz führten. Als der Unglückliche die Gräfin erblickte, fiel er vor ihr nieder und bat sie, ihm zu seinem Recht zu verhelfen. Da die Gräfin meinte, der Sünder habe nach dem Richtspruch des Rats den Tod verdient, wandte sie sich ab und befahl dem Kutscher, weiterzufahren. Als sie aber vor dem Tor anlangte, blieb es diesmal verschlossen, und unter Dröhnen und Krachen stürzte der unterirdische Gang, der von ihrer Burg bis nach Crailsheim geführt hatte, im selben Augenblick zusammen. Da merkte die Gräfin, daß sie Unrecht getan, ließ die

Kutsche wenden und zur Richtstätte fahren. Aber sie kam zu spät; der Verurteilte hing schon am Galgen.

Adelheid starb, noch ehe ein Jahr vergangen war. Im Kloster Gnadental bei Waldenburg fand sie ihre letzte Ruhe. Das Volk aber erinnerte sich noch lange seiner Wohltäterin, denn die Gräfin hatte all ihr Vermögen den Armen der Grafschaft vermacht.

Der Gründische Brunnen

Im Speltachtal nahe bei Crailsheim findet man in aller Einsamkeit zwischen Wald und Wiesen einen Quelltopf, von dem es heißt, er sei so tief, daß nie ein Mensch seinen Grund erforschen könne. Man nannte ihn deshalb den Gründischen Brunnen. Ebenso wird erzählt, daß auch der schwerste Gegenstand, den man hineinwerfe, nicht bis auf den Grund sinken könne, denn die Kraft des heraufquellenden Wassers würde ihn immer wieder nach oben tragen. Als einmal ein Müllersknecht mit seinem Wagen vom Weg abkam und in den Quelltopf stürzte, ertrank er jämmerlich, aber sein Leichnam kam bald darauf an die Oberfläche. Und ein Mann, der in den Brunnen sprang, um sich zu ertränken, konnte nicht untertauchen, obwohl er sich mit einem Stein beschwert hatte.

An manchen Tagen im Jahr kann man weit hinunterschauen in die Tiefe des Wassers, und manchmal glaubt man Gold und Edelsteine heraufleuchten zu sehen. Am Grunde der Quelle sollen nämlich Meerfräulein wohnen. Heute scheuen sie die Gesellschaft der Menschen. Doch dies war nicht immer so. Einst kamen sie oft in das Dorf Gründelhardt und halfen den Bauern bei ihrer Arbeit. Auch wußten sie, was die Zukunft bringen würde. So hatten sie lange vor der Reformation geweissagt, daß Prediger kämen, die Meßopfer und Ohrenbeichte abschaffen würden.

In der nahen Betzenmühle waren sie oft zu Gast und besuchten die Lichtstube. Einmal aber, als es recht lustig zuging, vergaßen sie, auf die Uhr zu schauen und kehrten erst nach dem Hahnenschrei zum Brunnen zurück. Fortan wurden sie nie mehr gesehen.

Der Gründische Brunnen wechselt seitdem den Ort. Heute ist es schon die dritte Stelle, an der er erscheint, und niemand weiß, wann und wo er dereinst hervorbrechen wird.

Eppele von Gailingen

»Rauben und Morden ist keine Schand; das tun die Besten im ganzen Land« – so prahlten die Raubritter, die in der »kaiserlosen, der schrecklichen Zeit« nach dem Untergang der Staufer ihr Unwesen trieben. Als einer der schlimmsten galt Eppele von Gailingen. Zwischen Crailsheim und Nürnberg lauerte er den Kaufmannszügen auf, überfiel Klöster, Dörfer und Burgen, und waren seine Raubzüge noch so frech und kühn, nie konnte man ihn fassen. Es hieß, Eppele habe dem Teufel seine Seele verschrieben und dafür ein Roß erhalten, das ihn aus jeder Bedrängnis erretten könne.

Einmal zog der Ritter mit einer kleinen Schar von Knechten aus, das Schloß von Erkenbrechtshausen an der Jagst zu überfallen. Aber der Freiherr Gaymann von Crailsheim, dem der Besitz damals gehörte, hatte davon erfahren und dem Räuber einen Hinterhalt gelegt. Eppele blieb nur die Flucht, doch die Feinde sprengten ihm nach und trieben ihn auf einen hohen Felsen über dem Jagsttal, den Beierlesstein. Schon glaubten sie ihn in ihrer Gewalt, da faßte der Ritter die Zügel seines Rosses fester, rief: »Appele, hopp!«, gab ihm die Sporen und setzte mit kühnem Sprung über den Felsen in den Abgrund hinunter. Die Wasser der Jagst schlugen über Roß und Reiter zusammen, doch zur Verwunderung der Verfolger tauchten beide wieder auf, gelangten unversehrt ans andere Ufer und jagten davon. Noch lange zeigte man auf dem Beierlesstein die Spuren der Hufeisen, die Eppeles Rappe beim Absprung im Felsen hinterlassen hatte.

Ein andermal gelangte der Raubritter unerkannt nach Crailsheim hinein. Er hatte es auf die Schätze des Freiherrn von Ellrichshausen abgesehen, in dessen Schloß Gold, Silber und andere Kostbarkeiten verwahrt wurden. Eppele trieb sein Roß gegen die Mauer des Schloßhofes, hinter der die Schatzkammer war, blickte sich um, und als ihn niemand beachtete, kletterte er behend an der Wand empor und schlüpfte durch ein Fenster ins Innere des Hauses. Als er aber die Schatztruhe erbrach, wurde er entdeckt und von den Dienern und Knechten durchs ganze Schloß gejagt. Mit knapper Not gelangte er ins Freie und schwang sich auf seinen Rappen. Da sah er, daß die Wärter inzwischen das Tor verriegelt hatten. Aber er faßte sich schnell wieder, packte die Zügel, rief: »Appele, hopp!« und sprengte über die Mauerbrüstung. Bei dem gewaltigen Satz verlor sein Pferd ein Hufeisen. Es flog im hohen Bogen auf das Dach eines Nachbarhauses, wo man es vor kurzem erst fand. Bis die Diener die schwere Hoftür geöffnet hatten, um den Räuber zu verfolgen, war er schon längst durch die Gassen und das Stadttor entkommen.

Einmal aber bekamen die Nürnberger den Eppele doch in ihre Gewalt. Im Triumph führten sie ihn in ihre Burg und hielten ihn dort im fünfeckigen Turm in sicherem Gewahrsam. Weil der Räuber der Stadt so viel Schaden zugefügt hatte, sollte er wie ein gemeiner Strauchdieb am Galgen enden, so beschloß es der hohe Rat. Eppele nahm das Urteil gleichmütig hin, erbat sich aber von den Nürnbergern eine letzte Gnade: Man möge ihn vor seinem Tod noch einmal zu seinem geliebten Rappen in den Burghof lassen, damit er von ihm Abschied nehmen könne.

Diesen bescheidenen Wunsch wollten die Bürger dem Ritter nicht abschlagen. Man führte ihn zu seinem Roß, das seinen Herrn freudig wiehernd begrüßte. Lange umhalste und streichelte Eppele das treue Tier. Aber plötzlich schwang er sich in den Sattel, gab ihm die Sporen, rief: »Appele, hopp!« und setzte mit einem gewaltigen Sprung über Mauer und Burggraben. Noch heute kann man auf der Mauerbrüstung nahe bei dem fünfeckigen Turm die Spuren der Hufeisen sehen, die der Rappe hinterließ.

Wieder gelang dem Raubritter die Flucht, und keine Sage erzählt, wie sein bewegtes Leben schließlich endete. Den Bürgern aber trug seine tollkühne Tat den Spottvers ein: »Die Nürnberger hängen keinen – sie hätten ihn denn!«

Die Bluttat des Edelmanns

Nahe bei Crailsheim stand einst auf einem Bergrücken über dem Degenbachtal eine feste Burg, das Stammschloß der Herren von Lohr. Ein Edelmann jenes Geschlechts war überall im Frankenland bekannt wegen seiner Herrschsucht und Rücksichtslosigkeit, und vor allem die Bauern fürchteten den strengen Herrn. Sein Sohn hingegen war ganz anders geartet. Er glich der Mutter, die er früh verloren hatte, war gütig und mitleidvoll, ein echter Edelmann.

Als der Junker einstens in den Wäldern oberhalb des Dörfleins Westgartshausen jagte, begegnete er einem Bauernmädchen, das so schön und anmutig war, daß er sich vornahm, alles daranzusetzen, die Jungfer als Gemahlin heimzuführen. Doch jene sträubte sich zuerst und wies ihn ab. Es zieme sich nicht, sagte sie, daß der Herr ein Mädchen aus niederem Stand eheliche, und des Edelmanns heimliches Liebchen wolle sie auch nicht werden.

Der Junker indes gab nicht auf. Um dem Mädchen zu zeigen, daß er es ernst meine, trat er vor seinen Vater und offenbarte ihm seine Liebe. Doch da kam er übel an. Zornbebend rief der Alte: »Unser edles Geschlecht willst du schänden durch eine Bauerndirne! Wart, dir will ich die Suppe versalzen!« Und alsbald ließ er sein Pferd satteln und ritt davon, von seinem Knecht, einem zwergwüchsigen, heimtückischen Burschen begleitet, der ihm schon bei mancherlei Schandtaten beigestanden hatte.

Der Junker, das Schlimmste fürchtend, jagte hinterher, und als er merkte, daß die beiden sich nach Westgartshausen wandten, lenkte er sein Pferd hinüber zu den Feldern abseits des Dorfes, wo er seine Liebste bei der Arbeit wußte. Es gelang ihm auch, die Erschrockene zu überzeugen, welche Gefahr ihr drohe, und sie zu überreden, mit ihm zu fliehen. Er zog sie auf sein Pferd und sprengte davon, Jagstheim zu, wo ihm ein Bauernhof zu eigen war. Dort wollte er die Jungfer verbergen, bis sie getraut würden.

Doch die beiden Liebenden kamen nicht weit. Als die Dämmerung hereinbrach und die bleiche Mondsichel am Himmel emporstieg, hörten sie Hufschlag hinter sich. Der Junker spornte sein Roß an, aber das Tier war müde von der doppelten Last, die es zu tragen hatte, und bald wurden sie von ihren Verfolgern eingeholt. Der Alte war es und sein Knecht. Jene hatten mittlerweile im Dorf erfahren, wo das Bauernmädchen zu finden sei, und waren wie vom Satan besessen den beiden nachgeritten. »Laß die Bauerndirne!« rief der Alte und zückte sein Schwert, um es dem Mädchen in die Brust zu stoßen. Im selben Augenblick riß der Junker sein Pferd herum, und die Waffe traf ihn mitten ins Herz. Da sprang zähnefletschend wie ein wildes Tier der teuflische Zwerg herbei und stieß der Jungfer den Dolch in den Leib.

»Nun habt Ihr uns durch den Tod für immer verbunden«, seufzte das Mädchen, den Leichnam seines Liebsten im Tode noch an sich pressend.

Im Schutze der Nacht hoben die Mörder zwei Gräber aus und legten die Toten hinein. Als der Morgen dämmerte, hatten sie ihr grausiges Werk beendet. Niemand würde die Leichen finden, glaubten sie, denn jener Ort war Lohrs eigener Grund.

Die Eltern des Mädchens forschten nach der Vermißten, und im Jagsttal ging bald das Gerücht von der Bluttat des Edelmanns um. Als ein Bauer zufällig die Gräber fand, ward offenbar, was man befürchtet hatte. Doch wagte es niemand, die Hand gegen den Herrn zu erheben.

Des Nachts schlichen Leute hinaus zu den Gräbern auf dem Blachfeld bei Ingersheim und schmückten sie mit Blumen und Gewinden. Darüber geriet der Edelmann in fürchterliche Wut. Er schwor, jeden Bauern aufspießen zu lassen, den er an jenem Ort antreffe, und beschloß, den Leichnam des Bauernmädchens auszugraben, damit er den wilden Tieren zum Fraß diene.

Mit einigen Knechten ritt er eines Nachts hinaus zu den Gräbern. Doch als sie an die Arbeit gingen, zog plötzlich ein fürchterliches Gewitter auf. Blitze zuckten, und der Donner rollte so gewaltig, daß es schien, als breche der Himmel über ihnen zusammen. Auch brauste und tobte es in den Lüften, wie wenn das Wilde Heer daherfahre. Erschrocken liefen die Knechte davon. Da packte der Edelmann selbst den Spaten und stieß ihn in das Grab des Mädchens. Im selben Augenblick aber fuhr ein greller Blitz hernieder, und als der Donner verhallt war, sahen die Knechte voller Entsetzen im Schein ihrer Fackeln die Leichen ihres Herrn und des Zwerges seltsam verkrümmt am Boden liegen. Gott selber hatte die Mörder gerichtet!

Seit jener Zeit soll der Lohr auf schnaubendem Roß und in Begleitung von schwarzen Hunden in finsteren Nächten ruhelos zwischen dem Ort, wo er einst die Toten verscharrt hatte, und dem Dörflein Westgartshausen hin und her jagen. Auch den Knecht hat man schon auf jenem Weg gesehen, und vor allem die Mädchen, sagt man, müßten sich vor dem üblen Gesellen in acht nehmen.

Der Ritter von Katzenstein und sein Sohn

Auf Burg Katzenstein bei Langenburg lebte einst ein Ritter, der war wohl tapfer und kühn, aber hart und streng gegen Bauern und Gesinde, und selbst seine Angehörigen fürchteten sich vor ihm. Als seine Gemahlin bei der Geburt des ersten Sohnes starb, ließ er den Knaben, den er Wildemar nannte, ganz ohne Pflege aufwachsen. Doch der Junge hatte ein gutes Herz und schlug der Mutter nach, einer stillen und bescheidenen Frau. Er weilte gern drüben im nahen Bächlingen, und weil er unter den Bauernkindern groß wurde, achtete er sie wie seinesgleichen.

Auch als Junker gesellte sich Wildemar oft zu den Bauern. Unter den Mädchen des Dorfes hatte es ihm eine besonders angetan: Gertrud, die aus Hohebach stammte und ihrem Vetter, dem Ortsrichter von Bächlingen, den Haushalt führte. Jener warnte das Mädchen und sagte, es solle von dem Junker lassen, denn heiraten könne er es nicht, und als Buhlin sei es ihm, dem Dorfrichter, zu schade. Und der Ritter, als ihm die Kunde von der seltsamen Liebschaft zugetragen wurde, ließ seinen Sohn kommen, stellte ihn zur Rede, wetterte fürchterlich und stieß die schlimmsten Drohungen aus, doch weigerte sich Wildemar hartnäckig, auf das Mädchen zu verzichten.

Eines Abends trafen sich die beiden Liebenden wieder einmal an der Jagstbrücke. Still glitt das Wasser zu ihren Füßen dahin. Lange blickten sie schweigend hinab in den Fluß. Als sie sich zum letzten Mal umarmt hatten und sich trennten, brach plötzlich eine dunkle Gestalt aus dem Ufergebüsch hervor, packte das Mädchen und stieß es in die Fluten hinab. Ohne zu zögern, sprang der Junker ihm nach, und unter großer Mühe konnten sich die beiden ans Ufer retten. In der Nacht noch flohen sie nach Hohebach zu den Eltern des Mädchens, wo sie Aufnahme fanden. Dort lebten sie dreizehn Jahre, ohne daß jemand etwas über die Herkunft des Burschen erfuhr, den die Jungfer mitgebracht hatte.

Bald nachdem er die Untat begangen hatte, überfiel den Katzensteiner bittere Reue. Er verschloß sich den Menschen. Nur sein alter Diener durfte um ihn sein. Nun geschah es, daß die Bächlinger an einem Pfingstmontag ein Fest feiern wollten. Um den alten Herrn aufzuheitern, redete der Diener ihm zu, die Bauern auf die Burg zu laden. Unter der Linde im Schloßhof sollten sie ihren Maientanz abhalten.

Und wirklich, dem Ritter behagte das fröhliche Treiben der jungen Leute! Ein auffallend hübsches zwölfjähriges Mädchen gefiel dem Katzensteiner besonders, und er bat es zu sich, um es zu beschenken. Als er es nach dem Namen fragte, erfuhr er, daß es Gertrud heiße nach seiner Mutter, der Base des Bächlinger Dorfrichters. Und als er weiterforschte, ward offenbar, was ihn zutiefst erschütterte: Das Mädchen war sein Enkelkind! Voller Freude ließ er alsbald seinen Sohn holen, bat ihn um Verzeihung und sorgte dafür, daß jenem alle Ehren zuteil wurden, die ihm als jungem Ritter gebührten.

Die Waldenburger Fastnacht

Zur Fastnachtszeit im Jahre 1570 soll es gewesen sein, als eine Gesellschaft junger Edelleute auf Schloß Waldenburg ein fröhliches Fest feierte. Allerlei kunstvolle Masken und Kostüme hatte man sich besorgt. Kobolde und Dämonen erschreckten die Damen und machten Jagd auf die Elfen und Feen, die durch den Saal schwebten oder über Flure und Galerien huschten.

Gegen Mitternacht soll sich zu den zwölf Teufeln ein dreizehnter gesellt haben, der an Ausgelassenheit alle andern überbot. Im wilden Tanze ergriff er einen Leuchter mit bren-

nenden Kerzen, warf ihn in die Höhe und fing ihn so geschickt wieder auf, daß keines der Lichter erlosch. Begeistert spendete man dem Fremden Beifall, und die Schönste der Elfen wollte ihm mit einem Kuß danken. Als sie sich aber zu ihm drängte, fing ihr Federkleid Feuer, und im Nu wurde das Edelfräulein zu einer lodernden Fackel. Von Angst und Schmerz gepeinigt, rannte es schreiend durch den Saal. Die Musik brach ab. Alles stob auseinander. Nur wenige eilten dem Mädchen zu Hilfe. Aber alsbald fingen auch ihre Kostüme und Masken an zu brennen. Das Feuer griff auf die Vorhänge und Türen über, und bald stand der ganze Saal in hellen Flammen.

Aus dem fröhlichen Mummenschanz war ein schrecklicher Totentanz geworden. Die Schreie der Sterbenden hallten gespenstisch durch die Nacht. Wohl eilten die Bürger von Waldenburg herbei; aber helfen konnte niemand mehr, denn der Aufgang zum Rittersaal brannte lichterloh. In ihrer Verzweiflung sprangen einige der Eingeschlossenen aus den Fenstern. Doch der Burggraben war ausgetrocknet, und sie stürzten sich zu Tode.

Im Volk erzählte man später, von den Leichen sei keine Spur geblieben. Der Teufel habe sie alle geholt.

Das Villingertalfräule

Im Schloß zu Wachbach bei Mergentheim soll einst eine Gräfin gelebt haben, deren Geiz und Hartherzigkeit überall bekannt und gefürchtet waren. Sie selbst lebte in Saus und Braus, während bei ihrem Gesinde oft Schmalhans Küchenmeister war. Ihre vier prächtigen Rösser ließ die Gräfin mit Wein waschen, den Knechten aber gab sie keinen Tropfen davon. Arme Leute, die keine Kuh oder Ziege halten konnten, kamen oft aufs Schloß, um Milch zu kaufen. Die Gräfin verlangte den üblichen Preis, ließ die Milch aber wässern. »Drei Schoppen Milch, ein Schoppen Wasser, das gibt auch ein Maß!« schärfte sie ihren Mägden ein und achtete genau darauf, daß ihr Gebot befolgt wurde.

Als die Gräfin an einem Winterabend einmal mit ihrem Schlitten durchs Villingertal fuhr, begegnete sie einem alten Mann, der vor Hunger und Müdigkeit am Wegesrand zusammengebrochen war. Der Kutscher hielt an und wollte ihm helfen. Seine Herrin aber rief zornig: »Fahr zu, fahr zu!«, und als er zögerte, griff sie selbst in die Zügel und lenkte den Schlitten über den Hilflosen hinweg. Anderntags fand man den Alten tot im Schnee liegen.

Weil die Gräfin zu Lebzeiten so viel Böses getan hatte, fand sie nach ihrem Tod keine Ruhe. Lange Zeit begegnete man ihr, einem alten, zerlumpten Weiblein, im Villingertal. Man hieß sie deshalb das »Villingertalfräule«. Meist sprach sie kein Wort, aber man tat gut, ihr aus dem Wege zu gehen, denn oft führte sie späte Wanderer in die Irre oder erschreckte Pferde, daß sie scheuten und den Wagen in den Bach warfen. In Winternächten, wenn der Sturm durch das Tal brauste, vernahm man manchmal auch ihren Ruf: »Fahr zu, fahr zu!«

Boxberger Sagen

Boxberg war einst ein kleiner Flecken, der Wüstenberg hieß und zu dem neben den wenigen Häusern im Tal auch eine Burganlage gehörte. Als einmal Feinde vor dem Tor erschienen, sammelten sich die wehrhaften Männer, um sie gebührend zu empfangen. Unter ihnen war auch ein Schneiderlein.

Das gebärdete sich besonders mutig, schmähte die Feinde und hieb mit seinem Schwert auf Hecken und Stauden ein, um jenen zu zeigen, wie's ihnen erginge, sollten sie einen Strauß wagen. Als nun aber die Feinde die Mauern zu stürmen begannenund das Tor einzurennen, da schlich sich das Schneiderlein still nach Hause. Dort verkroch es sich im Stall und schlüpfte in das Fell einer frisch geschlachteten Ziege, das es eilends zusammennähte. Bald drangen die Feinde in den Flekken und plünderten die Häuser, fanden jedoch wenig Brauchbares, denn die Wüstenberger waren arme Leute, die selber nicht genug zu beißen hatten. Endlich aber entdeckte man die Ziege und zog sie unter Freudengeschrei aus dem Stall, um sie gleich abzuschlachten. Doch wie staunten die Kriegsknechte, als das Tier plötzlich zu wimmern anhub und kläglich rief: »Erbarmen, Erbarmen! Verschont das Kind im Mutterleib!« Unser tapferes Schneiderlein mußte manchen Hohn und Spott über sich ergehen lassen, als man es aus dem stinkenden Balg zog, doch man ließ das vor Angst schlotternde Männlein am Leben. Den Flecken aber nannte man fortan »Boxberg«.

Ein anderer Bürger jenes Orts erwarb sich größeren Ruhm. Als Boxberg wieder einmal von Feinden bedroht wurde, geschah es, daß deren Anführer im Angesicht der Bürger aufrecht und unbewehrt durch das Lager ging, das man unweit der Mauern auf einem Hügel jenseits der Umpfer aufgeschlagen hatte. Er wollte den Boxbergern damit kundtun, wie gering er von ihnen dachte. Darüber ärgerten sich die Bürger, und ein Stallknecht bat den Burgherrn, dem feindlichen Obersten den Hut vom Kopf schießen zu dürfen. Der Anführer staunte nicht wenig, als ihm plötzlich die Kopfbedeckung davon flog. »Wie leicht hätt's mich das Leben kosten können«, dachte er, sagte aber zu seinen Soldaten: »Ein Glücksschuß, der denen nur einmal gelingt.« Und um seinen Mut zu beweisen, fuhr er fort, weiterhin ohne Schutz durch das Lager zu gehen. Als der Stallknecht dem Obersten aber zum zweiten Mal den Hut vom Kopf schoß, ohne daß er ihm dabei ein Härchen krümmte, sprach jener voller Anerkennung: »Alle Achtung! Das ist ein Schütze!« Er schickte einen Boten zu den Belagerten hinüber, dankte dem Burgherrn und dem trefflichen Knecht für ihre Rücksichtnahme und ließ fortan Burg und Ort in Frieden.

Auf Burg Boxberg war des öfteren auch der berühmte Doktor Faust zu Gast. An einem Wintertag lustwandelte er einmal mit den Edelfrauen in den Gärten an der Ostseite der Burg. Alles lag unter tiefem Schnee, und ein kalter Wind pfiff um die Mauern, so daß die Fräulein in ihren seidenen Gewändern erbärmlich froren. Alsbald ließ Faust die Sonne scheinen. Der Schnee taute, Gras sproß aus der Erde hervor, und die allerschönsten Veilchen zierten bald den Garten. Auch die Bäume begannen zu blühen, bekamen Blätter, und schon reiften an ihren Zweigen die köstlichsten Früchte. Sogar die Weinstöcke schlugen aus und trugen Trauben. Als seine Begleiterinnen davon kosten wollten und Faust baten, sie ernten zu dürfen, lächelte jener und gestattete es, doch nicht eher als er das Zeichen dazu gebe. Wie er nun sah, daß alle bereit waren, die schönsten Trauben abzuschneiden, nahm er den Zauber von ihnen, und erschrocken merkten sie, daß sie die Nasen der andern in der Hand hielten und dort ihre Messer angesetzt hatten. Blätter, Blüten und Bäume waren verschwunden, und Schnee bedeckte wie vordem überall die Erde.

Der Garten, in dem dies geschehen sein soll, wird seitdem der »Veilchengarten« genannt.

Die Meerwiesen bei Walldürn

Einstens lag nahe bei Walldürn ein großer See, und auf der Anhöhe über dem Ufer, dem Schloßbuckel, stand die Jörgenburg. Ob der Untergrund nicht fest genug war oder ein böser Fluch das Unheil verursachte, ist ungewiß. Jedenfalls versank eines Tages die Burg im Wasser. Der größte Teil des Sees wurde später zugeschüttet, doch der Name »Meerwiesen« erinnert noch heute an das Gewässer.

In den Gewölben des Schloßbergs sollen Truhen voll Silber und Gold verborgen sein, und in großen eichenen Fässern lagert uralter Wein. Mancher, der des Nachts an dem düsteren Gemäuer vorbeikam, sah durch die Wände und Mauern das edle Metall blinken und gleißen. Doch traute sich keiner, die Schätze zu heben, denn sie werden von einem grimmig dreinschauenden Teufel bewacht, der einen großen, glühenden Schlüssel in der Hand hält.

Als ein Bauer einmal seinen Acker am Fuß des Schloßbergs pflügte, blieb seine Pflugschar plötzlich im Griff einer ehernen Truhe hängen. Er versuchte, die schwere Last aus dem Boden zu heben, doch sie ließ sich nicht bewegen. »Geh heraus in Gottes Namen!« rief er zweimal. Als sich die Truhe immer noch nicht rührte, rief er zornig: »Wenn's nicht in Gottes Namen geht, so in Teufels Namen!« Da bebte die Erde, und die Schatztruhe versank für alle Zeiten in der Tiefe. Hätte der ungeduldige Bauer ein drittes Mal »In Gottes Namen!« gerufen, wäre gewiß der Schatz sein eigen geworden.

Inmitten der Meerwiesen liegt der Marsbrunnen. Einst sollen Meerfräulein dort gewohnt haben, seltsame Wesen, halb Mensch, halb Fisch. Sie waren scheu, aber freundlich zu jedermann und besuchten eine Zeitlang in Walldürn die Spinnstuben. Schlug es auf dem Kirchturm neun, so brachen sie eilends auf und kehrten zu ihrem Vater, dem Seekönig, in den Marsbrunnen zurück. Einmal, als es recht lustig zuging, vergaßen sie, auf die Glocke zu achten und merkten erst um zehn Uhr, wie spät es war. »O weh«, jammerten sie, »heute sind wir wohl zum letzten Mal bei euch gewesen!« und gingen traurig fort. Anderntags war das Brunnenwasser wie mit Blut gefärbt, und die Meerfräulein ließen sich fortan nie mehr sehen.

Die Wettenburg

Nahe bei Wertheim stand einst auf einem steilen Berg, der an drei Seiten vom Main umflossen wird, die Wettenburg. Ihre letzte Besitzerin, eine Gräfin, war wegen ihres Geizes und ihrer Strenge in der ganzen Gegend berüchtigt. Vor allem ihre Bauern hatten unter der Rücksichtslosigkeit der Herrin zu leiden, und oft wurden sie zu unnützen Frondiensten gerufen, wenn auf dem eigenen Hof jede Hand gebraucht wurde.

Erschienen Bettelleute am Burgtor, so schickte die Gräfin die Armen mit bösen Worten weiter. Einmal kam ihr in den Sinn, einen Flußarm des Mains um die vierte Seite des Schloßbergs leiten zu lassen, damit dem Bettelvolk für alle Zeiten der Zugang zur Burg verwehrt sei. Darüber erschrak der Schloßvogt und meinte, Gott könne es mißfallen, wenn man den Lauf des Flusses willkürlich ändere. Doch die Gräfin beharrte auf ihrem Willen und entgegnete: »Es mag Gott lieb oder leid sein; mein Vorhaben wird ausgeführt! So wenig ich diesen Ring wiedersehe, so wenig unterbleibt es!« Damit streifte sie einen Ring vom Finger und warf ihn in den Fluß hinab.

Als nun der Tag kam, da das Werk vollendet war, lud die Gräfin Gäste zu einem Mahl, um das Ereignis zu feiern. Da fand der Koch in einem der Karpfen, die er zum Festschmaus bereitete, einen ihm wohlbekannten Ring. Er brachte ihn eilends der Besitzerin, seiner Herrin. Als jene den Ring erblickte, erschrak sie und wurde blaß wie der Tod. Zugleich fuhr ein greller Blitz nieder, ein gewaltiger Donnerschlag folgte, und die Wettenburg mit all ihren Bewohnern versank im Berg.

Alle sieben Jahre soll man das Schloß an dem Unglückstag auf dem Grunde des Mains sehen können. Und alle sieben Jahre öffnet sich oben auf dem Berg, wo es einst stand, eine Höhle. Ein Schäfer, der einst bei einem Unwetter in ihr Unterschlupf fand und einschlief, erwachte erst nach siebenmal sieben Jahren wieder. Als er nach Hause zurückkehrte, kannte ihn niemand mehr, und es dauerte lange, bis man ihm glaubte.

Ein anderer Schäfer, der aus Kreuzwertheim stammte, entdeckte die Höhle ebenfalls und fand auch Stufen, die in die Tiefe führten. Weil er ein mutiger und beherzter Bursche war, stieg er hinab. Durch einen Gang kam er in hell beleuchtete Gemächer mit kostbaren Möbeln und in einen prächtigen Garten. Doch weil er niemand antraf, suchte er nach einem Ausgang und gelangte auch nach langem Umherirren ins Freie. Eilends begab er sich nach Hause und kam gerade recht zur Hochzeit seiner Frau. Sieben Jahre hatte sie auf ihn gewartet und ihn schließlich für tot gehalten. So lange war er wohl im Berg gewesen.

Einige Burschen aus Kreuzwertheim, die nahe bei jenem Ort einmal ihr Vieh hüteten, entdeckten auch die Höhle. Sie flochten aus Lindenbast ein Seil und ließen den Mutigsten in den Schacht hinab. Als sie ihn wieder heraufgezogen hatten, fand er lange Zeit keine Worte, um zu erzählen, was ihm begegnet war. Endlich berichtete er von Menschen in altertümlicher Tracht, die da unten reglos um einen Tisch gesessen und ihn angestarrt hätten. Auch habe er Schatztruhen gesehen, doch die seien von greulichen Tieren bewacht worden. Das Geschehnis hatte den Jungen so erschreckt, daß er erkrankte und bald darauf starb.

Quellen

Baader, Bernhard: Volkssagen aus dem Lande Baden, Band I und II, Karlsruhe 1851/59
Bechstein, Ludwig: Aus dem Sagenschatz der Schwaben, Stuttgart 1982
Benz, Eberhard: Der Häseltrog, Böblingen
Binder, W.: Alemannische Volkssagen, Geschichten und Mährchen, Band I und II, Stuttgart 1842/43
Birrlinger, Anton: Sagen, Märchen, Volksaberglauben, Freiburg/Br. 1861
Bolay, Theodor: Sagen aus dem Zabergäu, Stuttgart 1931
Brüstle, Hans: Das Wilde Heer, Freiburg/Br. 1977
Brustgi, Franz Georg: Die goldene Kette, Reutlingen 1947
–: Sagen und Schwänke von der Schwäbischen Alb, Konstanz
–: Sagen und Schwänke von Neckar und Unterland, Konstanz
German, W.: Haller Dovelich, Schwäbisch Hall 1907
Grimm, Gebrüder: Deutsche Sagen, Band I und II 1816/18
Kapff, Rudolf: Schwäbische Stammeskunde, Jena 1926
Künzig, Johannes: Badische Sagen, Leipzig-Gohlis 1923
–: Schwarzwald-Sagen, Jena 1930
Lohss, Hedwig: Alt-Stuttgarter Geschichten und Sagen, Stuttgart 1960
Mayer, Carl: Unter Teck und Neuffen, Kirchheim u. Teck 1948
Meier, Ernst: Deutsche Sagen, Sitten und Gebräuche aus Schwaben, Stuttgart 1852
Möking, Bernhard: Sagen und Schwänke vom Bodensee, Konstanz
Nagel, Kurt: Das Sagenbuch aus dem Schwabenland, Münster 1985
Peukert, Will-Erich: Deutsche Sagen Band II, Berlin 1962
Petzold, Leander: Schwäbische Sagen, Düsseldorf/Köln 1975
Rieple, Max: Die vergessene Rose, Stuttgart
–: Sagen und Schwänke vom Schwarzwald, Konstanz
Schmidt-Ebhausen, F. H.: Schwäbische Volkssagen, Stuttgart
Schneider, Fritz: Die Ostalb erzählt, 1953
Schnezler, August: Badisches Sagenbuch, Karlsruhe 1846
Schwab, Gustav: Die Neckarseite der Schwäbischen Alb, Stuttgart 1823
Straub, Wilhelm: Sagen des Schwarzwaldes, Bühl/Baden 1985
Weitbrecht, Carl: Württemberg, wie es war und ist, Band I, Stuttgart 1898
Wetzel, Manfred: Aus uralter Zeit, Ostfildern 1984
–: Der Schatz im Berg, Reutlingen 1985
Württemb. Ev. Lehrerunterstützungsverein: Sagen und Geschichten, Band I und II, Stuttgart
Zimmer'sche Chronik, Hrsg. Barack Karl, Freiburg/Br./München 1881/82

Ortsregister

Siegfried Junghans

Sweben, Alamannen und Rom

Die Anfänge schwäbisch-alemannischer Geschichte. 280 Seiten mit 32 Abbildungen. Kunstleinen. Der Autor hat aus zahlreichen antiken Quellen ein farbiges Bild jener Völker rekonstruiert, die sich hinter den Namen »Schwaben« und »Alamannen« verbergen.

Klaus Hoggenmüller/Wolfgang Hug

Die Leute auf dem Wald

Alltagsgeschichten des Schurwalds zwischen bäuerlicher Tradition und industrieller Entwicklung. 247 Seiten mit 52 Abbildungen auf 32 Tafeln. Kunstleinen.

An Dichterhand durchs Schwabenland

Ein Gang durch die Jahreszeiten. Hrsg. von Waltraud Pfäfflin. 128 Seiten mit immerwährendem Kalender und 12 Farbbildern schwäbischer Künstler. Bibliophiler Einband. Dichter aus vier Jahrhunderten führen durch die Heimat und durch das Jahr.

Klaus Koziol

Badener und Württemberger

Zwei ungleiche Brüder. 202 Seiten. Kunstleinen. Gründe und Ursachen für die Unterschiede zwischen Badenern und Württembergern, die ihnen zugrunde liegenden Einstellungen und Werthaltungen, insbesondere deren historische Wurzeln werden erstmals analysiert und erläutert.

Otto Borst

Die heimlichen Rebellen

Schwabenköpfe aus fünf Jahrhunderten. 452 Seiten mit 28 Kunstdrucktafeln. Leinen. Dieses Buch zeigt das *andere* Württemberg, das Geburtsland der heimlichen Rebellen, die sich um eine bessere Heimstatt des Menschen in dieser Welt bemühten.

An Dichterhand durchs Badnerland

Ein Gang durch die Jahreszeiten. Hrsg. von Hans Leopold Zollner. 128 Seiten mit immerwährendem Kalender und 12 Farbbildern badischer Künstler. Bibliophiler Einband. Dichter aus vier Jahrhunderten führen durch die Heimat und durch das Jahr.